汉译世界文学名著丛书

鳕鱼海岬

〔美〕梭罗 著

李家真 译注

商务印书馆
创于1897 The Commercial Press

据提克讷及菲尔兹公司一八六五年版及普林斯顿大学出版社二〇〇四年版译出

汉译世界文学名著丛书
出版说明

1902年，我馆筹组编译所之初，即广邀名家，如梁启超、林纾等，翻译出版外国文学名著，风靡一时；其后策划多种文学翻译系列丛书，如"说部丛书""林译小说丛书""世界文学名著""英汉对照名家小说选"等，接踵刊行，影响甚巨。从此，文学翻译成为我馆不可或缺的出版方向，百余年来，未尝间断。2021年，正值"汉译世界学术名著丛书"出版40周年之际，我馆规划出版"汉译世界文学名著丛书"，赓续传统，立足当下，面向未来，为读者系统提供世界文学佳作。

本丛书的出版主旨，大凡有三：一是不论作品所出的民族、区域、国家、语言，不论体裁所属之诗歌、小说、戏剧、散文、传记，只要是历史上确有定评的经典，皆在本丛书收录之列，力求名作无遗，诸体皆备；二是不论译者的背景、资历、出身、年龄，只要其翻译质量合乎我馆要求，皆在本丛书收录之列，力求译笔精当，抉发文心；三是不论需要何种付出，我馆必以一贯之定力与努力，长期经营，积以时日，力求成就一套完整呈现世界文学经典全貌的汉译精品丛书。我们衷心期待各界朋友推荐佳作，携稿来归，批评指教，共襄盛举。

商务印书馆编辑部
2021年8月

自然的不仁一面
（代译序）

一八六五年，《鳕鱼海岬》（*Cape Cod*）首次刊行。这是梭罗出版时间最晚的一本关于自然的书籍，我乐意把它和《两河一周》（*A Week on the Concord and Merrimack Rivers*, 1849）、《瓦尔登湖》（*Walden*, 1854）、《缅因森林》（*The Maine Woods*, 1864）并称为梭罗的"自然四书"，不仅是因为梭罗毕生只写了这四种单独成书的自然著作，更因为在我看来，这四本书之于自然爱好者，分量不亚于儒门四书之于儒门子弟。无论是否赞同梭罗的观点，所有读者都能从这些杰作当中找到难得的审美享受和思维乐趣。

在出版于一九八二年的梭罗传记《梭罗的日子》（*The Days of Henry Thoreau*）当中，以研究梭罗擅名的当代美国学者沃尔特·哈定（Walter Harding, 1917—1996）写道：

> （《鳕鱼海岬》是）梭罗写得最阳光、最快活的一本书。书中充满了插科打诨、双关妙语、夸诞故事和愉快随和的趣谈，不包含任何说教。除了几段关于鳕鱼岬历史的题外话之外，这本书完完全全、彻彻底底是一份关于他在鳕鱼岬半岛历次旅行的报告。这份报告以他一八四九年的鳕鱼岬之游为

线索，并将他一八五〇及一八五五年两度重游的所见所闻织入其中，无疑是古往今来最好的一部关于鳕鱼岬的著作。直至今天，人们依然把他这本书作为样板和标尺，借以衡量关于鳕鱼岬的所有书籍。

的确，梭罗这本书远比他别的著作轻松诙谐。他在书中调侃自然、调侃宗教、调侃历史，调侃人类的种种行为和认识，时不时也调侃他自己，整本书浸透一种家常闲话一般的亲切和风趣，足可使读者兴味盎然。据梭罗的友人、美国作家爱默生（Ralph Waldo Emerson, 1803—1882）所说，梭罗在家乡康科德的讲堂宣读书中一些篇章的时候，听众纷纷"笑出了眼泪"。

另一方面，哈定和另一位梭罗传记作者、美国文学批评家约瑟夫·克鲁奇（Joseph Krutch, 1893—1970）都认为，《鳕鱼海岬》是梭罗"最不深刻"的一部著作；另一些批评家则认为，这本书存在杂乱无章、东拉西扯的毛病。也许是由于这些原因，《鳕鱼海岬》一向不受西方批评家的待见，遭受的冷遇到近年才有改观，但照我的感觉，这本书包含着同样丰富的理趣和哲思，深度并不逊色于梭罗的其他三本自然之书。除此而外，这本书虽然包含景物描写、风土人情、掌故奇谈、戏仿、狂想、自然史、历史、调查报告等众多性质迥异的成分，但与其说是杂乱无章、东拉西扯，倒不如说是五彩斑斓、琳琅满目。

在梭罗的"自然四书"当中，《鳕鱼海岬》堪称独树一帜，因为他其余三种著作里的自然更多是显得温情脉脉，这本书里的自然却显得格外冷峻无情。梭罗行走的鳕鱼岬，是一片"人类施设仅余残骸的海岸",一切都显得苍凉肃杀,一切都显得濒死垂危。大洋的伟力和狂暴的气候,使得残骸的意象贯串全书:崩解的陆地、频发的海难、贫瘠的土壤、矮小的树木,鳕鱼岬本身只是大陆的残骸,鳕鱼岬上的生灵以捡拾残骸为生,过的也是一种类似于生活残骸的生活。梭罗笔下的海滩,把自然的不仁体现得淋漓尽致:

> 海滩是一个荒蛮怵目的地方,不包含一丝假意殷勤。这里遍地都是螃蟹、鲎和剃刀蛤,以及大海抛上来的其余一切,活脱脱是一间巨大的**停尸房**,饥肠辘辘的狗儿可以在这里成群游荡,乌鸦也可以天天来这里捡拾潮水留下的残羹剩饭。人和动物的尸骸并排停放在这里的搁架上,在日晒水浸中腐烂漂白,每一股潮水都会帮它们在尸床上翻一次身,给它们身下垫上新鲜的沙子。这便是赤裸无遮的大自然,真诚得没有人性,丝毫不考虑人类的观感,顾自在鸥飞浪卷之处,啃啮森然壁立的海岸。

然而,"诸如此类的残骸是在为海滨增光添色,给了它一种更加难得、更加雄壮的美。"大洋不光是一种破坏的力量,还是"制造大陆的实验室"。自然的冷峻面目,一方面使人心惊胆战,一方面又使人胸襟开阔,因为"外部世界越是荒凉,我的精神就越是高涨。所有的城镇,全部都需要通风透气。众神乐见纯净的火焰,燃烧在他们的祭坛,绝不会怡然歆享,雪茄的青烟。"海滩小鸟的啁啁哀鸣,听起来虽然像是哀悼海员的挽歌,但"透过这一片惨惨戚戚，我们却依稀听见了一段纯净无疵、莫可名状的永恒旋律，因为亘古以来，这旋律虽然是一户人家的挽歌，却又是另一户人家的欢快晨曲。"

即便是夺去无数生命的海难，也不见得是一种纯粹的祸灾：

> 一艘艘载有种子的船，原本要前往一个个兴许用不着这些种子的港口，结果是漂上一座座荒无人烟的海岛，船员悉数丧生，一些种子却得以幸存。种子品类繁多，总有几种能找到相宜的土壤和气候，在异乡落地生根，最后还可能赶走土生土长的植物，把落脚之处改造成适合人类栖居的土地。世上不存在有百害而无一利的事情，海难虽然在一时之间令人扼腕，但终将如此这般，为一片大陆的植物宝库增添新的品种，在总体上转化为当地居民的一份恒久福祉。

哪怕是面对"无可倚靠、无可立足、无可依附"的无情自然，我们依然可以"去心灵大洋的锚地打捞失物"，"去寻找其他任何人都不曾找到或无法找到的东西"。透过种种肃杀与荒凉，透过万物刍狗的冷酷面具，我们依然可以认识外在和内在的种种生机与希望，正因如此，梭罗才在这本书的结尾向读者郑重推荐这个海岬：

> 泉水和瀑布算什么？这里有的是泉中之泉，瀑中之瀑。来这里的话，最相宜的日子是秋冬时节的暴风天，最相宜的旅店则是灯塔，或者是渔夫的小屋。站在这里，你可以把整

个美洲大陆抛到身后。

需要说明的是,本书正文(在给出详细解释的前提下)保留了梭罗列出的动植物学名及少许非英文引文,目的是完整反映梭罗的写作意图和文字风格,方便感兴趣的读者更好地领略这位作家的匠心。

二〇二三年三月九日

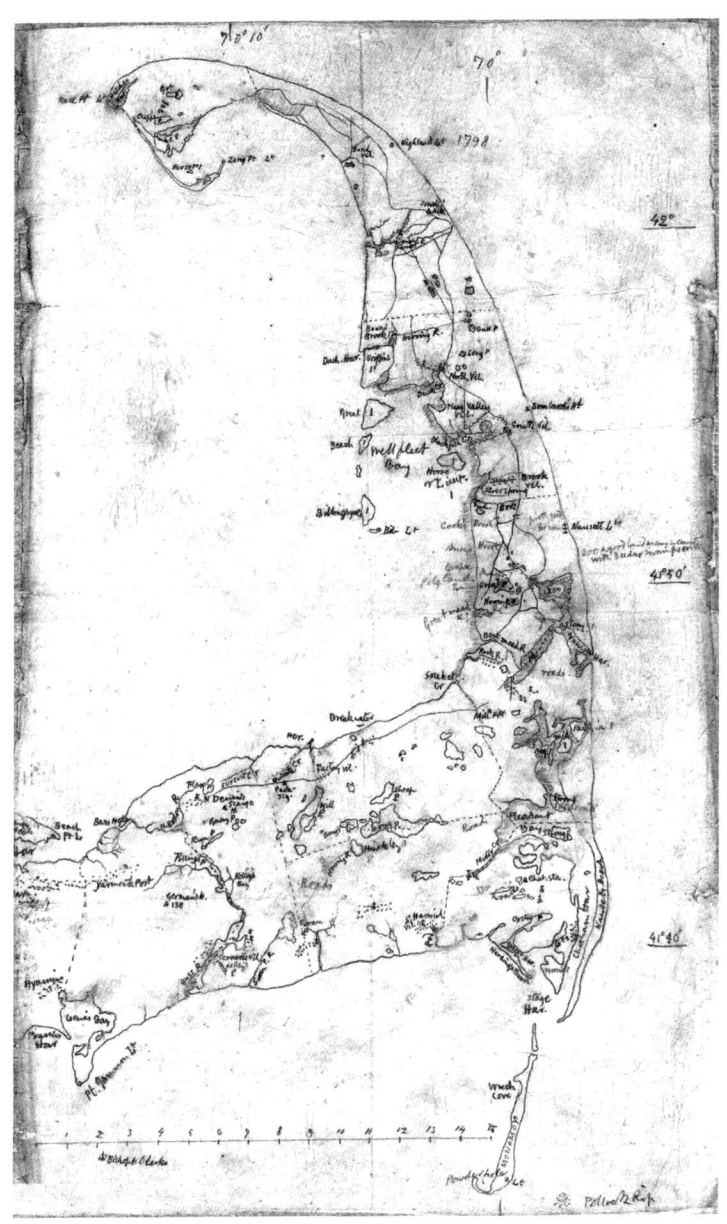

梭罗绘制的鳕鱼岬示意图

目 录

题记……………………………………………………1

一 海难………………………………………………3
二 公共马车即景……………………………………22
三 瑙塞特平原………………………………………36
四 海滩………………………………………………67
五 威尔弗利特的养蚝人……………………………93
六 再上海滩…………………………………………120
七 横越海岬…………………………………………153
八 高地灯塔…………………………………………177
九 大海与沙漠………………………………………206
十 普罗文思顿………………………………………248

题记

起点是赞叹世间万物,哪怕是最平凡的物事,
中途是悉心叙写所见之物,撰著有益的文字,
终点是为自然写真造像,画得比任何人神似,
　　(倘若我们,能有此等妙笔。)

——林奈《旅行》①

---

① 梭罗于1862年去世,本书首次出版于1865年,由梭罗的妹妹索菲娅(Sophia Thoreau, 1819—1876)及友人钱宁(William Ellery Channing, 1818—1901)编纂而成。题记原文为拉丁文,出自瑞典博物学家卡尔·林奈(Carl Linnaeus, 1707—1778)名著《植物学》(*Philosophia Botanica*)附录的"旅行"("Peregrinatio"),括号里的部分是梭罗加的。

一　海难[1]

据说海洋覆盖了超过三分之二的地球表面，可你要是住在离大海区区数里的内陆，没准儿会一辈子看不见它的任何痕迹，就跟它是另一个世界似的。为了好好瞧瞧大海的样子，我曾于一八四九年十月及次年六月两次造访鳕鱼岬，还曾于一八五五年七月造访特鲁罗[2]，第一次和第三次是和一位游伴[3]一起去的，第二次则是孤身前往。算上这三次旅程，我总共在鳕鱼岬待了大概三个星期，其间两次沿大西洋岸从伊斯特汉步行到普罗文思顿[4]，还从海湾[5]一侧走过

---

[1]　本篇首次发表于1855年的美国杂志《普特讷姆月刊》(*Putnam's Monthly*) 第五辑。

[2]　鳕鱼岬（Cape Cod）是马萨诸塞州东南角的一个海岬；特鲁罗（Truro）为马萨诸塞州城镇，位置靠近鳕鱼岬北端。

[3]　这位游伴是钱宁。

[4]　鳕鱼岬向东伸入海中之后向北竖直延伸，伊斯特汉（Eastham）和普罗文思顿（Provincetown）均为马萨诸塞州城镇，分别位于鳕鱼岬南北走向部分的南端和北端。

[5]　鳕鱼岬南北走向部分的西侧为鳕鱼岬湾（Cape Cod Bay），东侧为大西洋。鳕鱼岬湾北接马萨诸塞湾（Massachusetts Bay）。但从本书叙述来看，梭罗没有对这两个海湾进行区分，而是把它们统称为"马萨诸塞湾"。本书后文的"马萨诸塞湾"，均应理解为两个海湾的合称。

一次,只少走了四五里①,途中曾六七次横穿海岬。不过,由于我先前的海滨体验太过浅淡,这些旅程只让我略微沾上了大海的咸鲜。对于我这些文字里的咸味,读者们可不能寄望太高,它充其量只相当于陆地清风吹过海面之后染上的咸味,或者是离海二十里的窗子和树皮从九月海风里汲取的咸味。一直以来,我时常去康科德②周围十里的湖滨远足,不过最近,我把远足的范围延伸到了海边。

依我看,我完全可以写一本关于鳕鱼岬的书,就像我邻居为"人类文化"撰文立说那样③,因为"鳕鱼岬"不过是"人类文化"的另一个名字,相较于人类文化的其余变相,这海岬也算不得格外疏松多沙。至于说这本书的名字,我估计"Cape"(海岬)这个词是源自法文词语"*cap*"(海岬/脑袋),"*cap*"又源自拉丁名词"*caput*"(脑袋),"*caput*"则兴许源自拉丁动词"*capere*"(抓住),因为我们抓东西都是抓脑袋,正如俗话所说,"要抓住时间的额发"④。抓毒蛇的时候,也是抓它的脑袋最安全。海岬的名字"Cod"

---

① 一英里约等于一点六公里。梭罗书中使用的大多是英美计量单位,为贴近原文口气起见,译文尽量使用对应的中文习惯说法,并以注释说明这些计量单位与公制单位的换算关系。

② 康科德(Concord)为马萨诸塞州内陆城镇,梭罗的家乡。

③ "我邻居"指的是梭罗的友人、美国作家及改良主义者布朗森·阿尔科特(Amos Bronson Alcott, 1799—1888)。阿尔科特曾在康科德居住,著有《人类文化的义理和准则》(*The Doctrine and Discipline of Human Culture*, 1836)。

④ 西方传统中有时间是个半秃子(只有前额有头发)的说法,"要抓住时间的额发"是一句源远流长的西方俗语,意为"机不可失"。举例来说,尼德兰人文主义思想家及神学家伊拉斯谟(Erasmus, 1466—1536)编纂的《格言集》(*Adagia*)当中就载有一条格言:"要抓住时间的额发,因为她脑后无毛。"

（鳕鱼），则直接来自巴塞洛缪·戈斯诺尔德船长于一六〇二年在此地捕获的"大量鳕鱼"①。这种鱼的名字"cod"，似乎源自撒克逊词语"*codde*"（种子的外壳），要么是因为这种鱼长得像种子的外壳，要么就因为它肚子里装着许多鱼卵。"codling"（"*pomum coctile*"？）和"coddle"（烹煮豌豆之类的绿色蔬菜），兴许也是从"*codde*"衍生而来（参见《词典》）②。

鳕鱼岬是马萨诸塞州伸出的一只赤裸弯曲的臂膀，肩部在鹫鸟湾，肘部或说"麻筋儿"在恶洲岬③，腕部在特鲁罗，沙质的拳头则在普罗文思顿。马萨诸塞州在鳕鱼岬后方严阵以待，背倚绿

---

① 巴塞洛缪·戈斯诺尔德（Bartholomew Gosnold, 1571—1607）为英格兰律师及探险家，在1602年的航程中为鳕鱼岬命名；"大量鳕鱼"的说法见于戈斯诺尔德的随行人员、英格兰律师加布里埃尔·阿彻（Gabriel Archer, 1574?—1610?）撰写的航程记述。

② 英文词语"codling"是一类做菜用的苹果的通称，"*pomum coctile*"是拉丁文，意为"煮过的水果"；关于"参见《词典》"的说法，英国词典编纂家内森·贝利（Nathan Bailey, ?—1742）编有《通用英语词源词典》（*An Universal Etymological English Dictionary*, 1721），其中称"cod"源自撒克逊词语"*codde*"，并在"codlin"（即"codling"）一词之后给出了"*pomum coctile*"的解释。此外，英国词典编纂家塞缪尔·约翰逊（Samuel Johnson, 1709—1784）编有《英语词典》（*A Dictionary of the English Language*, 1755），其中为"cod"列出的义项之一是："（源自撒克逊词语'*codde*'）种子的外壳或外皮。"

③ 鹫鸟湾（Buzzard's Bay）是鳕鱼岬与大陆相连处的一个海湾，得名原因是人们曾把栖息在那里的鱼鹰误认为鹫鸟（buzzard, 鹰科鹫属一些鸟类的通称）；恶洲岬（Cape Mallebarre）指鳕鱼岬东南角莫诺莫伊半岛（Monomoy）附近海域，该地海难多发，因有"恶洲"之名。1958年的暴风雨使得莫诺莫伊半岛与鳕鱼岬隔绝，变成了莫诺莫伊岛。

山，双脚扎进海底，像拳击手一样守卫着她的海湾①，抗击从东北袭来的暴风雨，不时将她的大西洋敌手从大地的膝头掀上天空。她还把另一个拳头举在她前胸位置的安妮岬②，随时准备出拳制敌。

我从地图上发现，鳕鱼岬前臂的东侧或说外侧，必定有一片连绵不断的海滩，从海岸线的总体轮廓来判断，这片海滩的长度超过三十里，足可让我饱览大洋风光。然而，奥尔良境内有个瑙塞特港③，港湾的入口使这片海滩出现了中断，若要从陆上走完这片海滩，那就只能以伊斯特汉为起点。十之八九，我可以从伊斯特汉一直走到急流角④，行程虽然长达二十八里左右，其间却不会碰上任何障碍。

一八四九年十月九日，星期二，我们从马萨诸塞州的康科德启程。到了波士顿，我们发现，本该在前一天抵埠的普罗文思顿汽船尚未到港，原因是遇上了猛烈的风暴。我们还看见大街上有人发号外，标题是"死难！一百四十五人在科哈塞特⑤丧生"，于

---

① 绿山（Green Mountains）是佛蒙特州的一座南北向山脉，在马萨诸塞州西边；"她的海湾"即"马萨诸塞湾"，在本书当中是鳕鱼岬湾和马萨诸塞湾的合称。

② 安妮岬（Cape Ann）是马萨诸塞州东北部的一个海岬，得名于英王查理一世（Charles I, 1600—1649）之母丹麦的安妮（Anne of Denmark, 1574—1619）。

③ 奥尔良（Orleans）为马萨诸塞州城镇，在伊斯特汉的南边，鳕鱼岬由东西向转为南北向的拐角处；瑙塞特港（Nauset Harbor）是从大西洋伸入鳕鱼岬的一个小海湾。

④ 急流角（Race Point）是鳕鱼岬西北端的尖角，在普罗文思顿境内，该处有一座建于1816年的灯塔。

⑤ 科哈塞特（Cohasset）为马萨诸塞州滨海城镇，在波士顿东南约三十公里处。

是决定绕道科哈塞特，从那里去鳕鱼岬。坐上火车，我们看见了许多爱尔兰人，他们去科哈塞特是为了认尸，为了慰问幸存者，为了参加当天下午的葬礼。车到科哈塞特以后，几乎所有乘客都开始往约莫一里外的海滩跑，其他的许多人，也从附近的乡野拥到了这里。科哈塞特公地上总共有几百号人，哩哩啦啦地走向海滩，有徒步的，也有坐马车的，其中还有几个猎手模样的人，身穿猎装，带着猎枪、猎囊和猎犬。我们路过教堂墓地，看见里面有一个新挖的大坑，形状与地窖相仿佛。通往海滨的道路蜿蜒崎岖，景色怡人，快到海边的时候，几辆干草车和农用大车迎面驶来，向我们身后的教堂驶去，每辆车都载着三个做工粗糙的松木大箱子，箱子里装着什么东西，自然是不问可知。这些车子的主人，全都变成了殡葬工。海滨的一道道篱笆旁边停着许多马车，马儿就拴在篱笆上，海滩上下一里多的范围之内，到处都是搜寻尸体和翻检残骸的人。近岸处有一个名为"灌木岛"的小岛，岛上有一座小木屋。从南塔斯基特到锡楚埃特①的海岸，嶙峋的程度号为马萨诸塞之最，海浪把岸边那些坚硬的正长岩②礁石冲得寸草不生，却又无法把它们冲垮捣碎。这片海岸，是许多海难发生的地点。

　　载满移民的"圣约翰号"双桅横帆船，从爱尔兰的戈尔韦③

---

① 南塔斯基特（Nantasket）是马萨诸塞州滨海城镇赫尔（Hull）的一片海滩，锡楚埃特（Scituate）为马萨诸塞州滨海城镇，在赫尔东南约二十公里处。上文中的灌木岛（Brush Island）属于科哈塞特，大致位于赫尔和锡楚埃特连线的中点。
② 正长岩（syenite）是一种类似于花岗岩的火成岩。
③ 戈尔韦（Galway）为爱尔兰西部港口城市。

驶来，于星期日上午在此地失事。眼下已经是星期二的上午，大海依然在狂暴地拍击礁石。离海水几杆①远的地方有一座葱绿的小山，山坡上摆着十八或二十个我前面说的那种大箱子，箱子周围簇拥着一群人。打捞上来的尸体都归置在了这里，总共有二十七八具。一些人正在手脚麻利地钉箱盖，另一些人正在用推车把箱子运走，还有些人正在掀起尚未钉上的箱盖，往白布底下窥视，因为每一具尸体，连同依然沾在尸体上的破衣烂衫，上面都松松地盖着一张被单。我没有看见什么哀恸的迹象，现场却有一种郑重其事的紧迫气氛，感染着所有的人。一个男的正在辨认一具尸体，一个殡葬工或木匠正在大声询问一个同行，某个小孩的尸体装到哪个箱子里去了。人们揭开被单的时候，我看见了许多只大理石一般煞白的脚，许多颗头发纠结的脑袋，还有一具惨白肿胀、遍体鳞伤的尸体，那是一位溺死的姑娘，多半是来美国给人家帮佣的，她身上依然沾着一些破布，肿胀的脖子上绕着一根一半勒进皮肉的细绳。这一具人类躯壳的蜷曲残骸，被礁石或鱼类划出了深深的口子，骨头和肌肉都露了出来，看上去倒没有什么血污，就有些红红白白的颜色，残骸上嵌着一双直愣愣大瞪着的眼睛，眼睛里却没有任何光泽，就像是两扇不透光的窗板，又像是搁浅船只那塞满沙子的舷窗。有的箱子里装了两个以上的孩子，还有的箱子装的是一个家长和一个孩子，箱盖上没准儿用红粉笔写着："布里奇特②·某某某，以及她的外甥。"船帆和衣物的

---

① 这里的"杆"（rod）为长度单位，一杆约等于五米。
② "布里奇特"原文为"Bridget"，是典型的爱尔兰女性名字。

碎片，盖满了周围的草地。后来我听一个附近的居民说，有一个早年移居美国的女人，把她襁褓之中的孩子留在了老家，由她的姊妹代为照料，海难发生之后，这个女人也来到了海边，朝这些箱子里看，在其中一个箱子里——多半就是我刚刚引用过箱盖文字的那一个——看到了她的孩子和她的姊妹，她的姊妹把孩子抱在怀里，就跟特意做给她看似的。受了这幅景象的打击，这位母亲不到三天就去世了。

我们转身离去，沿着崎岖的海岸往前走。路遇的第一个小海湾里，到处都是看着像船只残片的东西，一小块一小块的，混杂着沙子和海草，以及不计其数的羽毛。不过，这些残骸看起来十分老旧，十分腐朽，以至我起初以为它们是以往某次海难的产物，已经在海滩上躺了许多个年头。我甚至想到了基德船长①，认为这些羽毛都是海鸟换毛时掉下来的，并且暗自揣测，这一带没准儿还流传着以往那次海难的掌故。我问一个水手，这些是不是"圣约翰号"的残骸，他跟我说是。我又问他，"圣约翰号"是在哪里触礁的，他指向我们前方一块离岸一里的礁石，说那块礁石名为"鲸鱼礁"，然后补了一句：

"你看，那艘船还有一部分支棱在水上，看着跟一艘小艇似的。"

我看见了。据人们估计，破船是被铁缆和船锚挂在那里的。我问水手，我刚才看见的是不是所有遇难者的尸体。

---

① 基德船长（Captain William Kidd, 1645—1701）为英国传奇水手，死在绞刑架上，因为英国政府认定他从事海盗活动。

"那还不到遇难者的四分之一。"

"别的遇难者在哪里呢?"

"大部分都在你眼前那艘破烂下面。"

照我们的感觉,光是这个小海湾里的垃圾就已经够多的了,足以构成一艘大船的全部残骸,要想用推车把它们全部运走,肯定得耗费好些天的时间。地上的垃圾有几尺①厚,其间散布着东一顶西一顶的女帽,东一件西一件的外套。就在围观残骸的人群中央,几个男的正在用推车收集风暴卷来的海草,然后运往潮水够不着的高处,一个个干得热火朝天,尽管他们经常得把混在海草里的衣物碎片清理掉,而且随时可能碰上藏在海草底下的尸体。不管淹死了谁,他们总归不会忘了,这海草是一种宝贵的肥料。这一次的海难,并没有使社会的纤维发生可以察觉的震颤。

"圣约翰号"失事的时候,它竭力追随的那艘英国双桅横帆船松开锚链,弃锚求生,靠运气撞进了科哈塞特港湾的入口,眼下我们可以看见那艘船的桅杆,高高耸立在南边大约一里的礁石上方。我们沿着海岸走了一小段,在一块礁石上看见了一件男装,再往前去,又看见了一条女用围巾、一件长裙和一顶草编女帽,还有"圣约翰号"的划艇,以及它的一根桅杆,桅杆躺在干燥的高处,只不过已经断成几截。另一个礁石嶙峋的小海湾里,离海水几杆远的地方,"圣约翰号"的一部分船帮躺在几块二十尺高的礁石背后,尚未分崩离析。这块船帮兴许有四十尺长,十四尺宽。相较于之前看见的那些小块残骸,这巨大的残骸更是让我

---

① 一英尺约等于三十厘米。

惊叹海浪的伟力。最粗大的木材和铁箍也已被海浪轻松折断，使得我顿时明白，什么材料都抵挡不住海浪的力量，面对它的冲击，铸铁也只能土崩瓦解，铁船也只能在礁石上撞个粉碎，跟蛋壳没有两样。话又说回来，这块船帮上的一些木头本来就已经十分腐朽，我几乎可以用我的雨伞把它扎穿。有人告诉我们，船上的一些人就是靠这块船帮得了救，还指给我们看，大海是从哪里把船帮抛进这个小海湾的。船帮进来的地方现在是一片干地，我看了看那里的情形，禁不住暗自感叹，这样的环境还能够有人获救，简直是匪夷所思。再往前一点儿的地方，一群人簇拥在"圣约翰号"的大副周围，听他讲他的经历。大副是个长相秀气的小伙子，口口声声说当时是船长在管事，看样子有点儿激动。他说，他们跳进划艇的时候，划艇进了水，又赶上大船猛然倾侧，划艇里的水就把缆绳给坠断了，这么着，划艇就跟大船分开了。听到这里，一个男的一边从人群里往外走，一边说：

"咳，我觉得他的说法假不了。你们懂吧，缆绳是被划艇里的水坠断的，装满水的划艇重得很呢……"他扯着又粗鲁又较真的大嗓门，如此这般地说个没完，仿佛他在这件事情上押了什么宝，但又对这件事情毫无人道的兴趣。近旁的礁石上站着个大块头的男人，眼睛直勾勾地望着大海，嘴里嚼着大块大块的烟草，就跟永远也戒不掉了似的。

"走吧，"另一个人招呼他的同伴，"咱们走。整件事情咱们都看见了，没必要等在这儿看葬礼啦。"

再往前去，我们又看见一个站在礁石上的男人，听说是这次海难的幸存者。这个人一脸严肃，穿着夹克和灰色的紧腿裤，双手插在兜里。我问了他几个问题，他倒是有问必答，可他似乎不想谈海难的事情，很快就走开了。站在他旁边的是一个划救生艇的水手，身穿一件油布夹克。水手告诉我们，当时他们光想着去救那艘英国帆船，因为他们在海上遇见了"圣约翰号"的划艇，以为所有的船员都在艇上，再加上又被波浪挡住了视线，看不见大船上的人，早知道大船上还有人的话，他们兴许能救几个起来。再往前一点儿的地方晾着"圣约翰号"的船旗，旗子平摊在一块礁石上，四角都压着石头。船舶的这个组件长年充当狂风的消遣，一方面脆弱不堪，一方面又不可或缺、意义非凡，成功登岸也算是理所当然。从这里的礁石上可以望见一两座房子，一些幸存者正在里面疗养身心的伤创。他们中的一个，已经没有存活的希望。

我们沿着海岸继续前行，登上一处名为"白岬"的礁岩，为的是看看科哈塞特群礁的全貌。不到半里外的一个小海湾里，一个老头带着儿子，赶着套好的牲畜，正在收集那场致命风暴卷上岸来的海草，瞧他们那副安详专注的架势，就跟这世上压根儿不曾有过海难似的，尽管他们看得见鲸鱼礁，也就是撞沉"圣约翰号"的那块礁石。老头对这次海难有所耳闻，而且知道大部分的详情，不过他说，海难发生之后，他并没有去现场看过。遭了海难的海草，比如他列举的岩藻①、海带和海藻，才是他最关心的东西，他会用车子把它们运进自家的谷场，至于说那些尸体，对他而言也只是海潮卷来的海草，只不过没有用处而已。这之后，我们从那艘救生艇旁边走过，它静静地泊在港湾里，等待着下一次

---

① "岩藻"原文为"rockweed"，是生长于海滨礁岩的多种褐色海藻的通称。

的紧急救援。这天下午，我们远远地看见了葬礼的队列，走在头里的是"圣约翰号"的船长，以及其他的幸存者。

总体说来，眼前的场景并不像我预想的那么惊心动魄。要是我身处某个荒僻的所在，看到孤零零一具海浪卷上沙滩的尸体，感触肯定会深一些。此时此刻，我更多是站在风浪这一边，仿佛它们理应抛掷摔打这些凄惨的人类尸体，做的是一件天经地义的事情。自然法则既是如此，干吗要浪费时间去敬畏、去哀悯？末日来临之时，我们想必不会太过感怀朋友的离别，或者是个体前途的毁灭。我意识到，海难死者的尸体完全可能越堆越高，就像在战场上那样，直到它们再也不像是人类通常命运之外的特例，再也不能在我们心里激起任何波澜。把所有墓地的死者加在一起，数目也没有葬身大海的死者这么多。只有那些专属于我们的个体事物，才能撼动我们的心灵。一个人一生只能出席一场葬礼，只能审视一具尸体。但我也意识到，这次海难会使这片海滨的居民受到不小的触动。他们会在海边守望许多个日日夜夜，等着大海交出它吞噬的死者，他们的怀想与同情，会成为那些远方丧主的替身，后者尚未听闻海难的噩耗。海难发生许多天之后，有个人在沙滩散步，看见水面漂着一个白色的东西。人们划着小船凑到近前，发现那是一具女尸，直立着从水下冒了上来，头上的白帽被风刮到了脑后。依我看，许多孤独的散步者都会由此认为，海滨美景本身也遭了海难，直到他们能最终了悟，诸如此类的残骸是在为海滨增光添色，给了它一种更加难得、更加雄壮的美。

干吗要关心这些死尸？实在说来，它们根本没有朋友，有也只是虫豸或鱼类。它们的主人跟哥伦布和朝圣先民①一样,原本打算来新大陆闯荡,确实也来到了新大陆的近旁,来到了离海岸不到一里的地方。可他们尚未得到踏上新大陆的机会,便已经迁往一片更新的大陆,哥伦布从未梦见那片大陆,科学也尚未发现它存在的证据,我们却认定它信而有征,相关的证据比哥伦布为他的新大陆找来的证据普适得多、确凿得多。它存在的证据,绝不只是海员嘴里的种种传说,绝不只是一些微不足道的漂木海草,还包括一股本能的洋流,这洋流永不停歇,拍打着我们所有的海岸。我看到的是这些人漂上岸来的空空躯壳,与此同时,他们自己却已被抛上一处更靠西边的海岸,我们所有人都在奔向那里,最终也都能抵达那里,没准儿还会跟他们一样,途中得穿越风暴与黑暗。不用说,我们理应感谢上帝,因为他们没有"被海难拖回人世"②。哪怕海员抵达了最最安全的天国港埠,尘世的朋友们兴许还是会觉得他遭了海难,原因是他们认为,波士顿才是更好的港湾。然而,朋友们也许无法看见,来迎接他的是一位技艺精

---

① 此处所说的"朝圣先民"(Pilgrims)是指从英国移居北美大陆的早期殖民者,尤其是 1620 年乘坐"五月花号"(*Mayflower*)抵达北美的英国清教徒,因为这些人逃离英国是为了寻求宗教自由。

② 与这句引文相似的说法见于英格兰诗人安德鲁·马维尔(Andrew Marvell, 1621—1678)的诗歌《灵魂与肉体的对话》("A Dialogue between the Soul and Body")。在这首诗中,灵魂抱怨说,自己"常常在即将到港之时,/被海难拖回健康的肉体",意思是肉体常常在将死之时得到救治,使灵魂难以摆脱肉体的羁绊。此外,在坎特伯雷大主教托马斯·赫灵(Thomas Herring, 1693—1757)于 1756 年 6 月写给朋友的一封信中,有两句可能源自马维尔诗歌的引文:"我常常在即将到港之时,/被海难拖回人世。"

湛的领航员，吹拂那海岸的是一阵阵最美好最和煦的清风，他完好的航船在良辰吉日到港靠岸，而他心醉神迷地亲吻那里的土地，任由他陈旧的躯壳，在这里随波辗转。跟自己的肉身分道扬镳，固然是一件艰难的事情，只不过毫无疑问，一旦肉身离去，往后的日子便可谓逍遥自在。他们的一切计划、一切希望，全都像气泡一般瞬间炸裂！成群的婴孩，被暴怒的大西洋摔在了礁石上！不，不对！纵然"圣约翰号"没能抵达这里的港口，可它已经被传送到那里的海岸。再猛烈的狂风也无法吹倒精魂，因为它仅仅是精魂的呼吸。义人的坚定意志，不但不会被鲸鱼礁或任何物质礁石撞得四分五裂，反倒会开山裂石，不达目的决不罢休。

有人为临终的哥伦布写了首诗，稍做改动，便可以用于"圣约翰号"的乘员：

> 他们的一切行将消散，
> 另一段航程行将开始，
> 引领他们去探寻发现，
> 远方的一片未知土地。
>
> 那土地只能孤身探求，
> 绝没有消息传回人间；
> 启程前往那里的水手，
> 从没有哪个去而复返。
>
> 没有断枝或雕花木板，

从那片遥远荒原漂来，
水手不会在那片海面，
遭遇纯真孩童的尸骸。

别犹疑，我高贵的水手们，
快扬帆，扬起你们的风帆；
各位精魂！你们即将登程，
去空气的大洋，悠然浮泛！

那大洋的深度，无法测量，
用不着担心，暗藏的凶险，
天使会扇动，他们的翅膀，
载你们的小船，一路向前。

现在就满怀热忱，欣然退出，
这一些泥土堆成的粗陋岸隅；
玫瑰色云霞，渐渐散开之处，
隐约显现，上帝赐福的岛屿。①

---

① 引文出自美国教士及神学家威廉·弗讷斯（William Furness, 1802—1896）由丹麦作家奥伦施拉格（Adam Oehlenschläger, 1779—1850）德文原作译出的诗歌《致临终的哥伦布》("To Columbus Dying")。梭罗说的"稍做改动"，主要是略去了原诗的第四节和最后一节，并把原诗中的"你"改成了"他们"和"你们"。

这次旅行之后，夏日里的一天①，我从波士顿出发，沿着海岸往科哈塞特这边走。天热得要命，逼得一些马儿爬到了赫尔镇老要塞的雉堞顶端，为的是吹点儿凉风，全不管那地方十分逼仄，几乎没有转身折返的余地。海滩各处的刺苹果（Datura stramonium）花开正艳，看到这位世界公民，这位植物界的库克上校②，这种随压舱沙石走遍全球的野草，我禁不住觉得，自己正行走在汇聚万族的通衢。其实我应该称它为维京人，或者说海湾霸王③，因为它绝不是一种天真无邪的植物，让人联想到的不只是商业，还有商业附带的一切罪恶，仿佛它的纤维，刚好是海盗们搓绳子④的原料。离岸半里的一艘船上传来了人们的叫嚷，听上去仿佛来自乡间的谷仓，因为那些人的四周都是帆樯。他们的叫嚷不属于大海，纯乎是一种乡野之声。放眼海面，我看见岛屿正在迅速崩解，看见大海贪婪地啃啮大陆，使得山丘的跃升弧线陡然中断，例如阿勒顿角⑤的情形，植物学家可能会说这个岬角是"断头

---

① 根据梭罗的日记，这一天是1851年7月25日。
② "刺苹果"原文为"thorn-apple"，指茄科曼陀罗属一年生大型草本植物曼陀罗，拉丁学名如文中所列。这种植物具有强烈的致幻作用，很早就从北美传入欧洲，如今广布于世界各地。"库克上校"即英国著名探险家、皇家海军上校詹姆斯·库克（James Cook, 1728—1779）。
③ 维京人（Vikings）是生活在斯堪的纳维亚半岛的一个古代民族，八至十一世纪之间屡屡劫掠北欧及西欧海滨地区。"Viking"一词兼有"海盗"之义，"海湾霸王"则是对"Viking"一词本义的一种阐释。
④ "搓绳子"原文为"spin their yarns"，兼有"编故事"之义。
⑤ 阿勒顿角（Point Allerton）是赫尔镇东北端的一个岬角。

状的"①，它的弧线向天空伸展，足见有多少如今全是海水的地方，曾经都是它的地盘。另一方面，大自然正在以别出心裁的方式，将这些岛屿残骸打造成崭新的海岸，比如说赫尔镇内侧的霍格岛②，这个岛上的所有事物，似乎都在缓缓地流入未来时代。这小岛的形状已经变得跟涟漪一模一样，所以我觉得，岛上居民应该拿涟漪来充当盾徽的图案，盾徽上要有一道波浪，再在波浪的边缘添上伸展的曼陀罗（Datura），听人说，这种植物能造成长时间的精神错乱，同时又不影响身体健康。③我在海滩上渴得直喘粗气

---

① "断头状的"原文为"premorse"，为植物学术语，意思是"看上去像尖端被咬掉了一样"。

② 霍格岛（Hog Island）是赫尔镇南侧（背向大西洋的一侧）的一个岛屿，今名斯宾纳克岛（Spinnaker Island）。

③ 梭罗原注："詹姆斯顿杂草（或称刺苹果）。'这种植物出芽很早，奉命去那里（即弗吉尼亚）平定培根叛乱的一些士兵曾采集它的幼苗，焯过之后做沙拉。有些士兵大吃特吃，结果就上演了一出十分逗乐的喜剧，因为他们由此变成了十足的白痴，连着好些天都是如此。其中一个把羽毛往天上吹，另一个则恶狠狠地冲着羽毛投掷麦秆，又有一个一丝不挂，像猴子一样蹲在角落里，一边咧嘴大笑，一边冲前面两个做鬼脸，还有一个则一边深情款款地亲吻抚摸各位同伴，一边冲同伴们冷笑，表情比荷兰笑剧里的任何丑角都要滑稽。人们把这些精神错乱的士兵关了起来，以防他们糊里糊涂地自残自戕，虽然说人们发现，他们的一切举动都可谓天真无邪，而且一团和气。确实，他们的脑子不太清楚。他们耍了千百种诸如此类的简单把戏，十一天之后才恢复正常，完全不记得之前发生的任何事情。'——比弗利《弗吉尼亚史》第一二一页。"梭罗这条原注提及的《弗吉尼亚史》（*The History of Virginia*）讲的是弗吉尼亚殖民地的历史，作者是北美殖民地历史学家罗伯特·比弗利（Robert Beverley Jr., 1667?—1722）。"即弗吉尼亚"是梭罗加的，在原书当中，"脑子不太清楚"后面还有一句："如果没人阻止的话，他们会狼吞虎咽地吃掉自个儿拉的屎。""培根叛乱"（rebellion of Bacon）是弗吉尼亚殖民者纳撒尼尔·培根（Nathaniel Bacon, 1647—1676）于1676年发动的反抗殖民地总督的叛乱。

的时候，有人为我指出了远处的一座小山，说那个山坡上有一道永不枯竭的泉水，虽说我并没有前去探访，可那道泉水依然是我在赫尔镇听说的最有意思的事物。说不定，要是我哪天穿过罗马城的话，最难忘怀的也会是卡比托利欧山上①的某道泉水。千真万确，当时我还对那座法军老要塞里②的水井产生了一点儿兴趣，那口井据说有九十尺深，井底沉着一门大炮。南塔斯基特海滩上有不少从码头酒馆驶来的轻便马车，我数了数，一共有十二辆。车把式时不时地把马头转向海边，然后站到水里去纳凉，我由此看到了海滩对于城镇的价值，又有海风，又有可供洗浴的海水。③

雷雨将临，耶路撒冷村④的居民正在加紧干活，把摊在地上晾晒的爱尔兰海苔⑤收起来。阵雨从我旁边掠过，只往我身上洒了三五滴水，根本没起到清凉空气的作用。我感觉到的只是轻风拂面，但就在我视线范围之内，海湾里的一艘船已经被风吹翻，还有几艘被吹得走了锚⑥，差一点儿就搁了浅。科哈塞特群礁是一个

---

① 卡比托利欧山（Capitoline Hill）是罗马城中最高的一座山丘，为古罗马重要的宗教及政治中心。

② 美国独立战争（1775—1783）期间，赫尔镇的老要塞曾经驻有协同美军作战的法国军队。

③ 这段文字有一些语意含混的地方，译文参考了梭罗日记里的相关记述。

④ 据美国学者、科哈塞特居民大卫·瓦德沃斯（David Wadsworth, 1931—2015）的《科哈塞特》(*Cohasset*)一书所说，耶路撒冷村（Jerusalem village）是科哈塞特西北部与赫尔镇接壤的一片区域，今名威斯特角（West Corner）。

⑤ 爱尔兰海苔（Irish moss）是杉藻科角叉菜属的一种海藻，学名 *Chondrus crispus*，广泛分布于欧洲及北美的大西洋岩石海岸，可食用，并可用于提炼卡拉胶。

⑥ "走锚"是航海术语，指船只因船锚脱离海底而随浪漂移的危险状况。

无可挑剔的海水浴场，这里的海水纯净清透，水里压根儿没有淤泥污物的影子，胜过我之前见过的任何海水。借着沙质水底的映衬，我可以看见海鲈在我周围游来游去。被海水啃得奇形怪状的光滑礁石，还有一尘不染的岩藻，大大地增添了洗浴的乐趣，这些岩藻像发绺一般垂落到你身上，同时又牢牢地扎根礁石，你可以拽着它们往上爬。比岩藻高一点儿的地方粘着一溜藤壶，让我想起了某种丛生植物，开花植物的花蕾、花瓣和蒴果，在藤壶身上都能看到。它们沿着礁石的裂缝排开，就像是马甲上的一粒粒纽扣。这是一年里顶热的一天，可我发现海水冰寒刺骨，以至我游那么一两下就得起来，心里想要是遇上了海难，冻死的危险肯定比淹死还大。往水里扎一次，你就会彻底忘掉酷暑，刚刚你还在汗流浃背，眼下却得花半个钟头才能记起，世上有过天热的时候。棕黄的礁石好似成群的雄狮，蹲踞在海边挑战大洋，大洋的涛浪冲击它们，用无量的沙砾洗刷它们，一刻也不停息。退去的海潮留了一些水在礁石的小洞里，水色晶莹剔透，使得我无法相信它含有盐分，很想去喝上几口。礁石的高处则有下雨积成的一盆盆淡水，深浅寒凉不一，可供洗浴者各取所需。除此而外，光滑的礁石上还有一些比较大的孔洞，可说是再方便不过的休息室和更衣间。从这些方面来看，科哈塞特暗礁堪称我见过的最完美海滨。

我在科哈塞特看见一个秀美却不深的湖泊，面积大概有四百亩①，跟大海只隔着一带浅滩。听人说，春天里风暴大起的时候，

---

① 一英亩约等于四千平方米。

海水漫过了浅滩,大批灰西鲱①游到湖里之后,返回大海的通道就被封了起来。现如今,成千累万的灰西鲱纷纷死去,当地居民都在担心,一旦湖水蒸发干涸,这里恐怕会出现瘟疫。湖中有五个石头小岛。

按照一些地图的标注,这一片礁石嶙峋的海岸统称"乐游湾",而在科哈塞特的地图上,"乐游湾"似乎是个专名,特指我看见"圣约翰号"残骸的那个小湾。此时的大洋,完全不像一个曾有船只失事的地方,看起来既不浩渺也不雄壮,反倒如湖泊一般秀美。海难的残痕无影无踪,使得我无法相信,那一片纯净的沙滩里,居然埋藏着无数个海难死者的骸骨。不过,我还是接着讲我们的第一次海滨远足吧。

---

① 灰西鲱(alewife)为北美常见的鲱科西鲱属鱼类,学名 *Alosa pseudoharengus*。

二　公共马车即景[①]

当晚我们住在桥水镇，次晨在当地捡了几枚箭镞[②]，然后坐火车前往三明治[③]，中午之前就到了。三明治是"鳕鱼岬铁路"的终点[④]，尽管它仅仅是鳕鱼岬的始端而已。雨势凶猛，雨雾横飞，而且没有减弱的迹象，我们只好坐上那种几近过时的交通工具，也就是公共马车，并且告诉车夫，"今天能到哪就到哪"。我们已经忘了公共马车一天能走多远，只是听人家说鳕鱼岬的道路非常"难走"，当然人家也补了一句，说道路是沙质的，下了雨会好走一些。我们坐的是一辆格外狭窄的马车，可一排座位坐两个人还剩一丁点儿球形的空隙，所以车夫一等再等，直到有九名乘客上

[①] 本篇首次发表于1855年的《普特讷姆月刊》第五辑，在杂志中也是紧前篇，所以前篇末尾有"我还是接着讲我们的第一次海滨远足吧"之说。

[②] 桥水镇（Bridgewater）为马萨诸塞州城镇，北距科哈塞特约四十公里；收集箭镞之类的印第安文物是梭罗的爱好，梭罗的著作中多有提及。

[③] 三明治（Sandwich）为马萨诸塞州城镇，在鳕鱼岬西南部靠近大陆的位置，西距桥水镇约六十公里。

[④] 梭罗说的是"鳕鱼岬铁路"（Cape Cod Railroad）迄1854年为止的状况。这条铁路后来几经延伸，于1873年通到了普罗文思顿。

车为止①,压根儿不掂量乘客的块头大小。这之后,车夫动手关门,把门摔得砰砰响,折腾了三四下才把门关上,就跟这事儿都怪合页或插销不好似的,与此同时,我们大家都在调整呼吸的节奏,好助他一臂之力。

到现在,我们已经实实在在踏上了鳕鱼岬,它从三明治向东延伸三十五里,然后又向正北和西北延伸三十里,总长六十五里,平均宽度则是五里左右。它的腹地海拔二百尺,有些地方也许能达到三百尺。据本州地质学家希区柯克②所说,鳕鱼岬几乎完全由沙子构成,有些地方的沙层厚达三百尺,只不过,沙层往下一点儿的地方多半有一个隐藏的岩石内核。他还说,鳕鱼岬产生于洪积作用,只有末端和边缘的一小部分是冲积形成的。海岬的前半部分散布着东一块西一块的大石头,跟沙子混在一起,最后的三十里则少有大石,连砾石都不多见。按照希区柯克的推测,大洋经年累月侵蚀大陆,造就了波士顿港和其他一些海湾,微小的碎片被水流运送到离岸不远的地方,形成了这么一个沙洲。要是对这里的地表做一个农垦方面的测试,可以发现沙层之上有一层薄薄的土壤,从巴恩斯特博③开始逐渐减薄,到特鲁罗就没有了。但是,这件饱经风霜的外套有许多破洞和裂缝,将来也不太可能

---

① 当时的一些公共马车(比如1827年问世的"康科德大马车")有三排座位,依型号不同可载六人、九人或十二人。

② 即出生于马萨诸塞州的美国地质学家爱德华·希区柯克(Edward Hitchcock,1793—1864)。梭罗的引述源自希区柯克撰著的《马萨诸塞地质最终报告》(*Final Report on the Geology of Massachusetts*, 1841)。

③ 巴恩斯特博(Barnstable)为马萨诸塞州城镇,西邻三明治。

得到缝补，致使海岬的肌体时不时地裸露人前，至于说海岬的末端，则是完完全全一丝不挂。

坐火车的时候，我阅读的速度赶不上旅行的速度，这时我坐上马车，便把我那本一八〇二年印行的《马萨诸塞历史学会资料汇编》第八卷①拿出来读，借此了解我此时所在的地方，因为书中载有鳕鱼岬各个城镇的简介。书中写道，从普利茅斯②那边过来的人，"乘车穿过一片绵延十二里、房屋稀少的林地，便可看见三明治定居点，对旅人来说，这里的景色较比悦目。"③另一位作者也说，三明治是个美丽的村镇。我倒是觉得，我们的村镇只经得起相互比较，跟大自然可比不了。我不敢恭维前引作者的品味，因为他把**美丽**村镇说得太滥，其实呢，装点这类村镇的没准儿只是一座"染整作坊"，"一间漂亮的学校"或教堂，以及"几爿各行各业的店铺"。在这类村镇，绿白两色的乡绅宅第排成整齐的行列，房门都对着同一条街道，这街道到底是更像一片沙漠，还是更像一座长长的马棚场院，实在是不好说。只有那些疲惫的旅人，或者是返乡的游子，也许还有回心转意的厌世之人，才会觉得这样的地方美，至于那个刚从林子里出来、感官不存偏见的人，若是沿着一条寸草不生的道路，穿过一连串说不清是农舍还是救济

---

① 马萨诸塞历史学会编纂的《马萨诸塞历史学会资料汇编》(*Collections of the Massachusetts Historical Society*) 有很多辑，梭罗说的是第一辑的第八卷。

② 普利茅斯（Plymouth）为马萨诸塞州城镇，东南距三明治约三十公里。

③ 本段中的引文除另有说明之外，均出自《马萨诸塞历史学会资料汇编》第一辑第八卷收载的《三明治概况》("Description of Sandwich")，该文作者是温德尔·戴维斯（Wendell Davis，生平不详）。

院的杂乱房屋，走近一个这样的地方，肯定不会有同样的感觉。话又说回来，我无法发表什么专门针对三明治的评论，因为我们见到的顶多是半个三明治，肯定还是掉了地的三明治，抹黄油的一面冲下。①我只是看见，镇子虽然小，建筑倒也密密麻麻，镇上有几家旨在利用当地沙子的玻璃作坊，还有一些十分狭窄的街道，马车在里面弯来拐去，绕得我们晕头转向，雨水直往车里灌，一开始是从这一边，一会儿又从另外一边，使得我恍然大悟，那些待在屋里的人，确实比我们这些坐车的人舒服。关于这个镇子，我的书里还有这么一句，"总体说来，本镇居民都过得挺丰裕的。"照我的估计，这话的意思是他们过得跟哲人不一样②，只不过马车停留的时间不够我们在镇上吃饭，所以我们没机会验证作者所说是否属实。也有可能，这句话指的是"他们能够产出的油脂"③数量。书里又说，"三明治居民大多对父辈的习俗、行当和生活方式充满热爱，并且遵行不悖"，于是我觉得，说来说去，他们跟其他地方的芸芸众生也没有多少区别。书里补充说，这是"一种类同，就现在而言，这种特性不会损害他们的德行和品味"，这句品评

---

① 这句话兼用了"Sandwich"（三明治）这个镇名作为食品的含义，并且暗用了西方俗语"bread always falls on the buttered side"，这句俗语字面意思是"掉地的面包总是抹黄油的一面冲下"，喻意是"坏事总是坏得彻底"。

② 梭罗心目中的"哲人"都安于清贫的生活，他的《瓦尔登湖》（*Walden*, 1854）当中也有类似叙述。

③ "他们能够产出的油脂"原文为"of oil they would yield"。这句引文不详所自，不见于《马萨诸塞历史学会资料汇编》第一辑第八卷，但该书收载的《普罗文思顿概况》（"Description of Provincetown"）一文包含这样一句话："人们每年可以在急流角捕到大约二百头鲨鱼，每头鲨鱼平均能产出四加仑油脂。"

只让我明白了一件事情，那就是作者跟他们那些人都是一般见识。从没有哪个民族靠诅咒父辈过活，不管父辈对他们来说是多大的一个诅咒。当然我必须承认，我们的资料来源比较陈旧，很有可能，如今他们已彻彻底底改弦更张。

我们沿海湾一侧行进，经巴恩斯特博、雅茅斯、邓尼斯和布鲁斯特①驶向奥尔良，右手边是一带丘陵，沿着海岬不断延伸。天气并不适合观赏路边景致，可我们还是把握机会，尽量辨识透过雨雾瞥见的陆地和水面。眼前的乡野大多荒芜不毛，就算有点儿植被，也只是残留在山丘上的一小撮灌木而已。我们在雅茅斯看到了四五年前种下的大片刚松②，如果我没记错的话，在邓尼斯也看到了同样的景象。从这些刚松旁边驶过的时候，我们发现它们排得整整齐齐，长得似乎格外茁壮，只不过行列当中出现了一些巨大的缺口。听人说，这样的土地只能种刚松，种别的都不上算。高一点儿的丘阜顶上都立着一根杆子，上面绑着一件旧风衣，或者是一张船帆，用途则是通风报信，比如说告知海岬南岸的居民，从波士顿驶来的邮船已经抵达北岸。看样子，海岬居民的大部分旧衣物都得为这个目的服务，不会给收荒的小贩剩下多少破衣烂衫。一架架风车矗立山顶，都是些庞大的八角形建筑，上面布满风吹日晒的痕迹，一座座盐场散布海岸各处，盐场里有一个个龟

---

① 雅茅斯（Yarmouth）、邓尼斯（Dennis）和布鲁斯特（Brewster）都是鳕鱼岬上的城镇。

② 刚松（pitch pine）是原产于北美大陆东部的一种松树，拉丁学名 *Pinus rigida*。

背一般的低矮屋顶，一些规模略小的风车，还有一长排一长排的大水槽，架在打进沼地的桩子上[①]，凡此种种，都是内陆居民见所未见的有趣事物。路旁的沙地点缀着一丛丛状如苔草的植物，学名 *Hudsonia tomentosa*[②]，同车的一位女士告诉我们，这种植物叫作"穷草"，因为它长在其他植物不肯落脚的地方。

马车里弥漫着一种温暖宜人的平等氛围，同车旅伴都有一股子乐观爽朗的快活劲头，使得我很受触动。这些人简直是"友善随和"的代名词，彼此之间如鱼得水，个个都像是终于学会了生活的艺术。他们似乎一见如故，言谈举止无比纯朴，无比坦率，营造出一种非同寻常的相见甚欢，换句话说，他们的交流似乎没有任何障碍，相见的欢愉达到了尽可能大的程度。旅伴之间没有畏惧或鄙视，大家都不挑不拣，满足于偶遇众人的陪伴。显而易见，车上没有谁自高自大，要求得到那种仅仅以财富地位为依据的愚蠢敬重，尽管这是新英格兰[③]许多地方的陋俗。然而，他们中确实有几个沿途各镇的所谓"头面人物"，比如说几位退休的海船船长，条件相当不错，跟所有的海船船长一样爱谈种地的事情；或是一位身板笔直、模样体面又可靠的男士，身穿一件长大衣，

[①] 鳕鱼岬地区当时晒制海盐的方法是先把海水泵进许多名为"水室"（water room）的大水槽，在水槽里进行初步蒸发，风车的作用则是驱动水泵。

[②] *Hudsonia tomentosa*（绒毛金石玫）为半日花科金石玫属开花小灌木，原产北美大陆东北部，又名沙石南（sand heather）。

[③] 新英格兰（New England）是美国东北部六个州（康涅狄格州、缅因州、马萨诸塞州、新罕布什尔州、罗得岛州和佛蒙特州）的合称。

曾经是海里的精盐,如今又是大地的精盐①;或是一位派头更足的绅士,当年没准儿担任过州议会的议员;或是一位典型的鳕鱼岬男士,长着红扑扑的宽脸膛,见惯大风大浪,轻易不会动气着恼;又或是一位渔夫的妻子,之前在波士顿等了一个星期的近海班轮,最终还是坐火车来了这里。

为了一丝不苟地尊重事实,我们不得不说,我们这天见到的寥寥几位女士,看起来都是格外抽巴。她们颧骨突出,鼻子高耸,牙齿掉了个精光,面部轮廓可以概括为一个清晰醒目的"W"。她们保持得不像她们的丈夫那么好,或者也可以说,她们保持得特别好,跟干制的标本一样。(她们的丈夫则都是腌制的,像腌泡菜那样。)尽管如此,我们对她们的敬重并没有分毫减损,我们自个儿的牙齿,同样是远远称不上完美。

我们冒雨前行,中途若有停顿,通常都是停在邮电所,于是我们觉得,撰写信件,赶在我们到达之前把信件整理好,一定是鳕鱼岬居民在这个雨天的首要工作。这一带的邮电所,特别有家庭作坊的气息。我们的马车时不时停在某间低矮店铺或民居门口,然后就有一个斫轮匠或鞋匠走出门来,身上穿着衬衫和皮革围裙,鼻梁上架着刚刚戴好的眼镜,一边把邮包递到乘客跟前,仿佛那是他自家烘焙的一块蛋糕,一边顾自向车夫兜售小道消息,完全无视乘客的存在,就跟他们都不过是行李似的。我们了解到,有

---

① "大地的精盐"(salt of the earth)实指"社会的中坚",典出《新约·马太福音》中耶稣对门徒的训诫:"你们都是大地的精盐,盐若是没了味道,如何还能再咸?"

个地方的邮电所长是个女的，人们说她是道路沿线最尽责的一名所长，我们却有点儿怀疑，她经手的邮件恐怕会受到十分严格的检查。马车在邓尼斯的邮电所停留的时候，我们大着胆子把脑袋探到窗外，想看看我们在往哪里走，随即看见前方耸立着一些奇形怪状的荒芜山丘，座座都长满穷草，在蒙蒙雨雾中若隐若现，虽然说近在咫尺，看起来却像是远在天边，仿佛前方已经是陆地的尽头，尽管还有一些马儿在朝那个方向跑。千真万确，我们眼前的邓尼斯乡野格外贫瘠，格外荒凉，我简直形容不出它的特质，说不定，前天才变成干地的海底就是这个样子。地上盖满穷草，几乎看不见树，只有东一座西一座饱经风吹日晒的小平房，屋顶往往刷成了红色，其余部分则未经粉刷，它们凄凄惨惨地矗在那里，连接土地的房基倒是十分宽大，所有安适想必都是深藏地底。然而，我们从《地名索引》①——我们还带了这本书——当中读到，一八三七年，共有一百五十位出身本镇的船长航行在美国的各个港口②。由此可见，这镇子的南部一定比眼前所见多得多的房子，否则我们就没法想象，船长们回家时该住哪儿，如果他们有回家之日的话。当然喽，事实是他们的房子都漂在水上，他们的家乡就是大洋。邓尼斯镇的这个区域几乎没有树木，我也没听他们说到过种树的打算。确实，镇上有座教堂，教堂周围种着

---

① "《地名索引》"原文为"Gazetteer"，指美国作家约翰·海沃德（John Hayward, 1781—1869）编著的《新英格兰地名索引》（*The New England Gazetteer*）。

② 这个说法出自海沃德的《新英格兰地名索引》。

四行伦巴第黑杨①，围出一个正方形的广场，它们的行列像屋柱一样笔直，拐角也像屋角一样方正，可我要是没看错的话，这些树全都是死的。我禁不住想，这地方需要一次复兴。我们的书里说，一七九五年，邓尼斯建起了"一座带尖塔的典雅教堂"②，兴许就是我看见的这一座，可我记不起来，我看见它的时候，它的尖塔到底是依然存在，还是已经因哀悼这些黑杨而归于坍塌。邓尼斯另外还有一座教堂，书里它说是一座"整饬的建筑"③，邻镇查特姆当时只有一座教堂，书里却只是说它"状况良好"④，别的什么也没说，依我看，这两句评语都不光可以理解为对教堂建筑状况的形容，还可以理解为对教堂精神风貌的形容。然而照我的估计，所谓的"典雅教堂"，不管是百老汇的三一教堂，还是诺布斯卡塞特的这座教堂⑤，其实都跟"美丽村镇"属于同一个类别。看到"典雅教堂"的福分，我永远也不会拥有。品行的美才是真正的美。天热的时候他们靠什么遮阴，我们不得而知，不过我们从书里读

---

① 伦巴第黑杨（Lombardy poplar）是杨柳科杨属乔木黑杨的一个变种，学名 *Populus nigra* var. *italica*，因最初培育于意大利的伦巴第地区而得名。这种树喜欢炎热干燥的气候，在潮湿的地方长不好。

② 引文出自《马萨诸塞历史学会资料汇编》第一辑第八卷收载的《邓尼斯概况》（"Description of Dennis"）。

③ 引文出自《邓尼斯概况》。

④ 查特姆（Chatham）是鳕鱼岬东南端的城镇，引文出自《马萨诸塞历史学会资料汇编》第一辑第八卷收载的《查特姆概况》（"Description of Chatham"）。

⑤ 百老汇（Broadway）是纽约的著名街道，百老汇的三一教堂（Trinity Church）始建于1698年，至今犹存；据《邓尼斯概况》所说，诺布斯卡塞特（Nobscusset）是邓尼斯西北部的一个村庄。

到，"查特姆经常起雾，比本县①境内别的地方都多。夏天里，雾气可以代替树木，使房屋免受太阳的炙烤。对于那些喜欢视野开阔的人来说"——这句话的言外之意，难道是查特姆居民不喜欢开阔的视野？——"雾气确实招人讨厌，不过，并无证据表明雾气有损健康。"②十之八九，自由来去的海风也起到了扇子的作用。撰著查特姆历史的作者还说，"许多家庭的早餐和晚餐没有什么区别，奶酪、蛋糕和馅饼在早餐里有多常见，在晚餐里就有多常见。"③读了这句话，我们还是没法确定，在他们的早餐或晚餐里，这几样东西到底常不常见。

到得此处，崎岖的道路开始贴着海岸延伸，一边是海湾，一边是号称鳕鱼岬最高点的"斯卡戈巉岩"④。说到从这座小山顶上看见的海湾全景，我们的向导写道，"这景色说不上多么秀丽，却可以让人感受到壮美的震撼。"⑤这样的震撼，正是我们求之不得的东西。我们穿过邓尼斯境内的苏埃特村，这个村镇坐落在苏埃特半岛和奎维特半岛上，书上说它"要是与诺布斯卡塞特相比"——我们迷迷蒙蒙地记得，马车曾驶入或驶近后面这个村镇——"也许称得上一个宜人的村镇，但要是与三明治相比，则没有美感可

---

① 即马萨诸塞州的巴恩斯特博县（Barnstable County），鳕鱼岬上的所有城镇都属于这个县。
② 引文出自《查特姆概况》。
③ 引文出自《查特姆概况》。
④ 引文出自《邓尼斯概况》。
⑤ 引文出自《邓尼斯概况》，但文章作者说的是从邓尼斯镇北部一些小山看见的景色，并非专指"这座小山"。

言。"① 可我们非常喜欢邓尼斯，有胜于我们在鳕鱼岬上看到的其他任何城镇，一是因为它无比新奇，二是因为在这个风狂雨骤的日子，它呈现出了一种无比壮美的凄凉。

苏埃特的约翰·希尔斯船长②，是本国第一个单靠日晒制得纯净海盐的人，虽然说法国的海滨地区，还有其他的一些地方，早已开始用同样的方法制盐。那是一七七六年的事情，当时的战事把食盐变成了稀罕贵重的东西。《历史学会资料汇编》③有关于希尔斯制盐试验的一份有趣记载，第一眼看见盐场的屋顶，我们就把这份记载读了一遍。巴恩斯特博县几乎没有注入海洋的淡水河流，因此是我国北方海滨最适合兴办盐场的地方。不久之前，人们还为此地的盐业投入了大约两百万元的资金。然而，如今的鳕鱼岬已经竞争不过西部的食盐进口商和制造商，这一来，此地的盐业正在迅速衰亡。人们纷纷放弃盐业，为渔业投入空前的热情。在鳕鱼岬各个镇子的条目里，《地名索引》会千篇一律地告诉你，这个镇子有多少人捕鱼为业，弄到的鱼和鱼油价值几何，食盐的产量和用量各是几多，有多少人在从事近海贸易，又有多少人在制造棕叶帽、皮具、靴子、鞋子和铁皮器皿，然后就没了，所以你只能自个儿想象，那些更为地道的家庭产业，那些几乎举世攸同的产业，在当地有何进展。

---

① 引文出自《邓尼斯概况》。

② 约翰·希尔斯（John Sears, 1744—1817）原本操船为业，后来晒盐致富，背景则是美国独立战争期间，英国对北美殖民地实行了食盐禁运。

③ 即《马萨诸塞历史学会资料汇编》，希尔斯制盐的事情见于《邓尼斯概况》。

将近黄昏，我们的马车驶过布鲁斯特，这个镇子用的是布鲁斯特长老[①]的名字，怕的是若非如此，他就会被人忘记。谁不曾听说布鲁斯特长老？谁又会知道他究竟是何方神圣？布鲁斯特似乎是鳕鱼岬上建筑最现代化的城镇，也是退休船长最青睐的居所。据说，"这个地方哺育了许多远航外国的船长和大副，比本县别的镇子都多。"[②]这里的沙地上矗立着许多现代化的美式房屋，跟剑桥港的情形一样，你简直可以赌咒发誓，说这些房子是从查理河顺流而下，漂过海湾来到这里的。[③]我把这些房子称为"美式"，是因为它们由美国人出资兴建，又是由美国木匠"搭了起来"，可它们都跟未经加工的原木相去无几，不过是一堆用白色涂料伪装过的东部木料[④]，我最不感兴趣的一种漂木。兴许我们有理由为本国的海上建筑感到自豪，用不着去问希腊人、哥特人[⑤]或意大利人讨要船舶的式样。船长们不会去请剑桥港的木匠来为自己营建水

[①] 布鲁斯特长老（Elder Brewster）即威廉·布鲁斯特（William Brewster, 1566?—1644），原籍英国，于1620年乘"五月花号"来到北美，成为普利茅斯殖民地的宗教领袖。

[②] 引文出自《马萨诸塞历史学会资料汇编》第一辑第一〇卷收载的《布鲁斯特详况》("A Topographical Description of Brewster")，这篇文章的作者是约翰·辛普金斯教士（Rev John Simpkins, 生平不详）。

[③] 剑桥港（Cambridgeport）是马萨诸塞州剑桥镇（Cambridge）的一个区域，与波士顿隔查理河（Charles River）相望。查理河长约一百三十公里，在波士顿流入大西洋。

[④] "东部木料"原文为"Eastern stuff"，在梭罗的作品中多次出现。从他在其他作品中的相关叙述来看，"Eastern stuff"指的是美国东部常见并大量用于建房的白松（white pine, *Pinus strobus*）。

[⑤] 哥特人（Goths）为古代日耳曼民族，他们的袭扰导致了西罗马帝国的灭亡。

上的住宅，至于说岸上的住宅，如果说他们非得模仿谁的话，肯定也只会模仿努米底亚人，把他们的船倒扣过来当房子用①，这样才更对他们的胃口。我们从书中读到，"有些时节，靠肉眼就可以从这里（越过肘形海岬内侧的海湾）看到威尔弗利特和特鲁罗的窗子玻璃反射的阳光，尽管那两个镇子坐落在本县大路上十八里开外的地方。"② 这些文字勾起了我们愉快的想象，因为我们已经二十四小时不见太阳。

说到多年之前③的布鲁斯特居民，同一位作者（约翰·辛普金斯教士）写道，"看样子，谁也不比他们更喜欢社交活动和天伦之乐。他们没有流连酒馆的恶习，要赶上公共节庆才去。据我所知，这地方连一个彻头彻尾的懒汉或酒鬼都没有。"④ 他这番品评，我的康科德乡人可承当不起。

最后，我们在奥尔良的希金斯客栈歇脚过夜，感觉非常像身处大洋里的一片沙洲，不知道雾气消散之后，前方显现的是陆地还是水面。我们在这里追上了两名意大利少年，他们背着自个儿的风琴，徒步穿过沙地，已经沿着海岬跋涉了这么远的距离，还

---

① 努米底亚（Numidia）是公元前202年建立的一个北非古国，于公元前46年被古罗马共和国兼并。据古罗马历史学家萨卢斯特（Sallust，前86—前35？）撰著的《朱古塔战争》（The Jugurthine War）一书所说，努米底亚人曾经用倒扣的船只权充住房，后来也把房子盖成倒扣船只的样式。

② 威尔弗利特（Wellfleet）是鳕鱼岬上的城镇，北接特鲁罗；引文出自《布鲁斯特详况》，括号里的文字是梭罗加的。

③ 《布鲁斯特详况》是1806年写的，故有"多年之前"之说。

④ 引文出自《布鲁斯特详况》。

准备继续前往普罗文思顿。我们心想，要是普罗文思顿的居民将他们拒之门外，他们的命运该是多么地凄惨！他们的下一站，还能是谁家的庭院？但我们最终断定，他们到这里来，不失为一个明智的选择，因为这里只有涛声，别的音乐肯定是罕有听闻。如是这般，伟大的启蒙机器迟早会派出它的使者，让他们跟随人口调查员的脚步，走遍新大陆所有的沙质海岬和灯塔，叫那些地方的蛮族输诚纳款。

三 瑙塞特平原[1]

第二天是十月十一日，星期四，上午的雨势跟先前一样大，可我们已经决定徒步前行，不去管天气如何。首先我们打听了一下，沿大西洋一侧的海岸能不能走到普罗文思顿，途中有没有溪流沼泽之类的障碍。客栈老板希金斯说路上没有障碍，而且比走大路远不了多少，只不过在他看来，我们肯定会觉得沙地上的路非常"难走"，大路的情况就已经够糟的了，马走在上面的话，沙子会没到马距。还好，客栈里有个人走过这条路，他的说法是我们尽可以放心前去，但要是潮水特别大，又赶上刮东风，沙岸下面有时就不太好走，甚至会有危险，因为风浪会造成沙岸塌陷。此地是鳕鱼岬的肘弯，也是它最狭窄的部分，大路在这里折向北边，我们先是顺着大路走了四五里，以便绕过右手边一个从大洋伸入内陆的小港湾，这港湾是奥尔良镇瑙塞特港的一部分。我们发现，如果沿着路边走的话，大路还是挺好走的，尽管它对于马儿来说确实"难走"，因为马儿走的是路中间。这一天跟前一天一样，风雨交加，雨雾横飞，我们便把雨伞支在背后，让风吹着我们快步走过沙地。眼前的一切告诉我们，我们来到了一片奇异的

---

[1] 本篇首次发表于1855年的《普特讷姆月刊》第六辑，收入本书时有所改动。

海岸。所谓大路不过是一条小径，在萧瑟荒芜的大地上蜿蜒伸展，爬过一道又一道缓坡，坡上寸草不生。沿途的房屋稀稀落落，矮小斑驳，但好像修缮不错，没有篱墙的海岬便是这些房子的前院，看上去十分整洁，确切说则像是大风帮忙，把房子周围的地面扫了个一尘不染。此间树木稀少，所以见不到柴垛之类的木头家什，这个特点，或许也对房屋的整饬外观有所贡献。这些房子就像是上岸的海员，一屁股坐下来享受大地的坚实，压根儿不计较自己姿势怎样，装扮如何。它们要的仅仅是坚实熟悉的土地，尚未企求肥沃与丰美。[①]足够荒凉的景物，在我眼里都有一种特殊的美，就眼前的景物而言，荒凉的本色还得到了天气的彰显。桩桩件件都散发着大海的气息，哪怕是在我们看不见海波浩渺、听不见海涛咆哮的时候。要看禽鸟，这里有的是海鸥，要看穿行田野的大车，这里有的是反扣墙边的小船，有些时候，路边还会出现用鲸鱼肋条编成的篱笆。树木就算是有，那也比房屋还要稀少，多一点儿的只有苹果树，因为谷地里有几片小小的苹果园。苹果树要么又细又高，失去了所有的旁枝，顶着一个平平的树冠，好似长在风吹日晒之地的大型李属灌木，要不就矮似侏儒，紧贴着地面分杈，活像是一丛榲桲[②]。由此可见，面对相似的生长环境，所有树木最终都会养成相似的生长习惯。后来我还在鳕鱼岬看见了许多完全长成的苹果树，全都超不过一人高，事实上那是一整片果

[①] "坚实熟悉的土地"、"肥沃"和"丰美"原文均为拉丁文。

[②] 榲桲（quince）是一种果实像梨的果树，为蔷薇科榲桲属唯一物种，学名*Cydonia oblonga*。

园,你站在地上就能摘下园子里所有的果子,但却很难从树下钻过去。其中的一些果树,照主人的说法已经长了二十年,高度却只有三尺半,在离地六寸①高的地方分杈,枝条向四方伸展了五尺的距离。果树被一圈儿捉尺蠖的焦油盒子②围在中央,看上去跟盆栽差不多,就跟冬天可以搬到室内似的。我又在另一个地方看见了一些矮小的苹果树,比茶藨子③大不了多少,主人却告诉我,这一年的秋天,这些树结出了一桶半④的苹果。要是把这些树拢到一起的话,我完全可以从上方一跃而过。在特鲁罗的高地灯塔⑤附近,我量了一些苹果树的尺寸,它们都是用采自周边灌木林的幼苗嫁接的。其中一棵长了十年,平均高度是十八寸,冠径九尺,顶部平整,两年前结了一蒲式耳⑥的果实。另一棵要是从种子算起,多半已经有二十年的树龄,它有五尺高,冠径十八尺,照例是在地面分杈,人没法从它下面钻过去,两年前结了一桶的果实。主人说起这些树的时候,每次都是用指代人的人称代词,比如说,"**他**是我从林子里挖来的,可**他**不结果子。"我在那一带看见的苹

---

① 一英寸约等于二点五厘米,十二英寸等于一英尺。

② 尺蠖(canker worm)为鳞翅目尺蛾科昆虫,包括春尺蠖(*Paleacrita vernata*)和秋尺蠖(*Alsophila pometaria*),幼虫会对果树造成严重的损害。焦油盒子的功能是粘住尺蠖的成虫,阻止它们上树产卵。

③ 茶藨子(currant)是茶藨子科茶藨子属(*Ribes*)一些植物的通称,这些植物通常是小型灌木。

④ 这里的"桶"(barrel)是容积及体积计量单位,约等于一百一十五升。

⑤ 高地灯塔(Highland Light)是鳕鱼岬上最古老也最高的灯塔,始建于1797年。梭罗看到的应该是1833年建的新塔,新塔又于1857年被更新的塔取代。

⑥ 蒲式耳(bushel)为容积及体积计量单位,美制一蒲式耳约等于三十五升。

果树，最大的一棵颠梢上的叶子离地九尺，冠径三十三尺，在地面朝五个方向分杈。毫无疑问，这样的生长习惯值得发扬，主人千万别听一些果农游客的建议，给它们修枝剪叶。

我在一户人家的院子里看到了一些树，有一棵显得十分茁壮，其余却要不是已经枯死，要不就奄奄一息。主人告诉我，他父亲用黑鱼①给院子里所有的树施过肥，唯独漏过了特别壮的那一棵。一八〇二年，北接奥尔良的查特姆镇连一棵果树都没有，与此同时，关于奥尔良的昔时记载也说，"果树在离海一里之内的地方种不活，种得离海比较远的也逃不过东风的残害，春天里风暴大起之后，树皮上都能尝出盐味儿。"②我们还留意到，树皮上往往覆着一层好似锈斑的黄色地衣，也就是 *Parmelia parietina*③。

在内陆人看来，风车是鳕鱼岬上最奇特、最有异域风情的建筑，连盐场也比不上它。这些灰扑扑的八角形塔楼，背面斜搭一根拖到地面的长长木柱，木柱的底端穿着一个车轮，滚动车轮便可调整风车的叶片，使之正对风来的方向。看样子，这种木柱多少也起着抵御狂风的支撑作用。车轮在风车四周碾出辙迹，形成

---

① "黑鱼"原文为"blackfish"，可以指多种鱼及水生哺乳动物，根据梭罗在后文列出的拉丁学名，"blackfish"指的是海豚科领航鲸属的长鳍领航鲸（long-finned pilot whale, *Globicephala melas*）。

② 查特姆没有果树的说法见于《查特姆概况》，该文写于1802年；此处引文出自《马萨诸塞历史学会资料汇编》第一辑第八卷收载的《奥尔良概况》（"Description of Orleans"），该文也写于1802年。

③ *Parmelia parietina* 即黄枝衣科石黄衣属真菌普通石黄衣，学名亦作 *Xanthoria parietina*。

一个巨大的圆圈。聚到一起合力调整叶片的邻人,多半都知道风在往那边吹,不需要风向标的帮助。这些风车看起来松松垮垮,还有点儿自己会动的意思,就像一群曳着一只翅膀或一条腿的受伤巨鸟,让人联想到荷兰的风景画片。它们雄踞高处,本身也很高,人们便拿它们来充当地标,因为这里没有高树,通常也没有别的能从远处地平线上看见的事物,尽管地形本身就格外地轮廓分明,哪怕是一个微不足道的锥形小丘,甚或是一道沙崖,都可以从远远的海上望见。准备登岸的水手通常是靠风车导航,要不就靠教堂,我们在乡野中行走,不得不只靠教堂定向。话又说回来,教堂也是一种风车,一周只转一天,动力是教义之风或舆论之风,偶尔才会是天堂之风。它碾磨的是另外一种谷物,倘若它磨出的不全是麸皮和霉粉,倘若它磨出的不是灰泥,我们便可以放心大胆,用它的产物来烤制生命的面包。

　　田野里散布着东一堆西一堆的贝壳,都是人们撬蛤蜊做鱼饵的时候留下的,因为奥尔良以盛产贝类闻名,尤其多的则是蛤蜊,或者按我们这位作者的说法,"确切说是蠕虫"①。这里的海滩比干地丰饶,居民衡量自家的收获,不光要看种出了多少蒲式耳谷物,还要看挖到了多少桶蛤蜊。一千桶蛤蜊饵料,价值估计相当于六千或八千蒲式耳玉米,蛤蜊一度还非常好挖,花费的力气和成本不会比种玉米更大。按照人们先前的想法,这里的蛤蜊怎么挖也挖不完。"原因在于,"史书如是写道,"有人说一片海滩即便被人翻了个底朝天,蛤蜊几乎全部挖完,过两年照样会出现大量

---

　　① 引文出自《奥尔良概况》,"蠕虫"的说法是形容贝壳里的软肉。

蛤蜊，跟以前一样多。许多人甚至断言，蛤蜊场必须得勤翻勤挖，就跟土豆田需要松土一样，要是省掉了这样的功夫，蛤蜊就会密密麻麻挤在一起，个头没法长大。"① 但我们听人说，此地的小蛤蜊，也就是 *Mya arenaria*②，已经不像以前那么多了。十之八九，蛤蜊场终归还是翻得太勤。然而，有个人告诉我，他一个冬天就在特鲁罗挖到并撬开了价值一百二十六元③的蛤蜊，这个人还跟我抱怨，蛤蜊之所以变得稀少，是因为人们拿它来喂猪。

在奥尔良和伊斯特汉之间，我们跨过一条至多十四杆长的溪流，名为"耶利米沟"④。据说，大西洋有时会通过它与马萨诸塞湾连为一体，把海岬的北部变成孤岛。地形所限，鳕鱼岬的溪流必然是长不了，因为它们没有奔跑的空间，刚跑起来就撞进了大海，何况我们自己也发现，这里的沙地不宜奔跑，给你空间也跑不动。这一来，有水奔流或可能有水奔流的通道，不管它体量多么渺小，个个都成了重要的事物，个个都享有获得命名的荣耀。我们从书中读到，毗邻奥尔良的查特姆镇根本没有溪流。这片土地的荒瘠情状，写出来也让人难以置信。从外表上看，这里的土壤，确切说是沙地，绝不能让任何一个内陆农夫产生耕种的念头，连扎篱

---

① 引文出自《奥尔良概况》。

② *Mya arenaria* 为海螂科海螂属贝类，中文名称是砂海螂。由《奥尔良概况》可知，上文中用来做鱼饵的蛤蜊就是砂海螂。

③ 按商品真实价格计算，1849 年的一美元大约相当于现在的四十美元。

④ 耶利米沟（Jeremiah's Gutter）是一条半天然半人工的运河，因沟边土地的主人耶利米·史密斯（Jeremiah Smith）而得名，曾经连通鳕鱼岬的东西两侧，现已废弃。

笆的念头都不会有。一般而言，鳕鱼岬的耕地看上去白白黄黄，就像是盐巴和玉米粉的混合物。这样的东西，他们也称之为土壤。内陆居民来这些地方走一走，对于"土壤"和"肥力"的观念就会遭到彻底的颠覆，在此之后的一段时间里，他会连土壤和沙地都分不清。查特姆有块土地是填海得来的，历史学家对它的描述是："一种外表疑似土壤的东西开始在这里形成，之所以要说**疑似**，是因为这东西并不是所有人都看得见，很多人兴许看见了也不认可。"① 照我们的感觉，对于鳕鱼岬的大部分地方来说，这番形容都算是挺贴切的。次年夏天，我们曾穿越伊斯特汉西侧的一片"海滩"，它横贯整个镇子，宽半里，面积一千七百亩，以前种过小麦，如今却见不到一丝一毫的腐殖土。② 这里的人把所有的沙地叫作"海滩"，不管冲击沙地的是水流的波浪还是气流的波浪，因为沙子通常都是从海边来的。"在一些二十五年前还没有山丘的地方，"伊斯特汉史家写道，"沙子贴着海滩草③堆积起来，业已堆成一座座五十尺高的小丘。在另一些地方，沙子填掉了一些小小的

---

① 引文出自《查特姆概况》，强调标记是该文作者加的。

② 梭罗这里的说法源自《马萨诸塞历史学会资料汇编》第一辑第八卷收载的《伊斯特汉概况及历史》（"A Description and History of Eastham"），但"西侧"和"横贯"并置，显得有悖情理。根据《伊斯特汉概况及历史》的原文，这片海滩先是从北向南延伸，然后又向东延伸，"横贯整个镇子"。

③ 根据梭罗在后文列出的拉丁学名，可知梭罗认为海滩草（beach-grass）是禾本科沙茅草属植物欧洲沙茅草（*Ammophila arenaria*）。但欧洲沙茅草原产于欧洲及北非海滨，十九世纪中叶才引入美国，而且是美国的西海岸。由此可见，梭罗看到的海滩草应当是与欧洲沙茅草同属且形态十分相近的美洲沙茅草，这种草原产于北美大陆东岸，学名 *Ammophila breviligulata*。

山谷,以及一些沼泽。哪里有生根牢固的丛生灌木,哪里就有一种奇特的景观:一团沙土黏附在灌木上面,好似一座小小的塔楼。有几个地方,曾有土壤覆盖的岩石已经裸露出来,又被风吹来的沙子冲刷得干干净净,看着就跟刚从采石场里挖出来似的。"①

伊斯特汉的贫瘠可说是成色十足,一目了然,我们却惊讶地获悉,这里依然能收获大量的玉米。奥尔良的客栈老板跟我们讲过,他每年能种出三四百蒲式耳玉米,还养了许多头大肥猪。尚普兰的《航行记》里有帧插图②,画的是一六〇五年的光景,画中有这一带的印第安玉米田地,还有田地里的印第安棚屋。一六二二年,就是在这个地方,用朝圣先民自己的话来说,他们从瑙塞特印第安人③手里"买了八大桶④或十大桶玉米和豆子"⑤,这

---

① 引文出自《伊斯特汉概况及历史》。

② 尚普兰(Samuel de Champlain, 1567—1635)为法国航海家、作家及地理学家,加拿大魁北克市的创建者,著有《尚普兰航行记》(*Les Voyages du Sieur de Champlain*)。该书有 1613 年及 1632 年两个版本,两个版本差异较大,这里说的是 1613 年版的插图。

③ 瑙塞特印第安人(Nauset Indians)指的是主要生活在鳕鱼岬的古代印第安部族,亦称鳕鱼岬印第安人(Cape Cod Indians)。

④ "大桶"原文为"hogshead",为容积及体积计量单位。依使用场合不同,一大桶相当于二百多升至五百多升。

⑤ 引文见于北美殖民地教士及历史学家托马斯·普林斯(Thomas Prince, 1687—1758)撰著的《新英格兰编年史》(*A Chronological History of New-England, In the Form of Annals*, 1736)。该书说"朝圣先民"(即"五月花号"乘员)购买玉米和豆子的地方是瑙塞特(Nauset)。1949 年刊行的《马萨诸塞考古学会公报》(*Bulletin of the Massachusetts Archaeological Society*)第十辑第四期载有《新英格兰印第安地名》("Indian Place Names in New England")一文,据该文所说,瑙塞特就是今日的伊斯特汉。

样才没有挨饿。[1]"一六六七年，该镇（伊斯特汉）投票决定，每户人家都必须消灭十二只黑鸟[2]或三只乌鸦，因为它们严重影响玉米的收成。同样的投票表决重复举行了许多年。"[3]一六九五年又通过一项额外的法令，也就是说，"本镇单身男子，但使依然未婚，每人皆须消灭黑鸟六只或乌鸦三只；不遵此令者不得成婚，以儆

---

[1] 梭罗原注："此后他们航行到一个名叫'马塔契埃斯特'的地方，又弄到了一些玉米，但他们的小帆船被风暴给吹走了，总督只好徒步返回普利茅斯，在丛林中走了五十里路。按照《莫尔特纪实》的记载，'他安全到家，只不过十分疲惫，而且surbated'，也就是脚酸了。（surbate这个词源自意大利文词语 *sobattere* 和拉丁词语 *sub* 或 *solea battere*，意为磨伤脚板，参见《词典》，并不像这段文字的一位注家推测的那样，'源自 *acerbatus*，意为产生怨恨或感到痛苦。'）surbate这个词非常罕见，只用于遭遇此种困境的总督，或者是与之地位相当的人物，尽管这类人通常都有大笔车马费可供使用，只要他们想，他们的脚板就不用受苦。"梭罗这条原注记述的事情见于《新英格兰编年史》，"马塔契埃斯特"（Mattachiest）在今日的巴恩斯特博镇和雅茅斯镇之间。原注提到的《莫尔特纪实》（*Mourt's Relation*, 1622）主要由"五月花号"乘员爱德华·温斯洛（Edward Winslow, 1595—1655）撰写，记述了"五月花号"乘员创建普利茅斯殖民地的始末，书名来自这本书的出版商乔治·莫尔特（George Mourt, 1585?—1624）。此外，原注引用的"他安全到家……"这句话见于《马萨诸塞历史学会资料汇编》第一辑第八卷收载的《爱德华·温斯洛纪实》（"E. Winslow's Relation"）节选，《莫尔特纪实》中没有同样的文字。

[2] "黑鸟"原文为"blackbird"，可以指美洲出产的各种拟黄鹂科鸟类，尤指黑鹂属（*Agelaius*）鸟类。此外，梭罗在后文《高地灯塔》一篇里提到了一种"黑鸦鸟"（Crow-blackbird），也许就是这里说的"黑鸟"。黑鸦鸟指的是北美常见的拟黄鹂科拟八哥属鸟类普通拟八哥，学名 *Quiscalus quiscula*。

[3] 引文出自美国教士伊诺克·普拉特（Enoch Pratt, 1781—1860）撰写的《伊斯特汉、威尔弗利特及奥尔良通史》（*A Comprehensive History of Eastham, Wellfleet and Orleans*, 1844），括号里的文字是梭罗加的。

违令之人。"① 然而时至今日，黑鸟依然在骚扰玉米。次年夏天，我亲眼看见了黑鸟偷吃玉米，还看见田地里有许多经常被我当成真人的稻草人，兴许这东西只吓唬乌鸦，并不吓唬黑鸟。② 我由此断定，要么是许多男子没有成婚，要不就是许多黑鸟成了婚。可他们每穴只撒三四粒种子③，疏苗的力度也比我们大。一八〇二年印行的《历史学会资料汇编》载有关于伊斯特汉的介绍，其中写道，"玉米的产量超过了居民的需求，每年约有一千蒲式耳玉米上市销售。此地的土里没有石头，犁起来非常快。玉米长起来之后，只需要一匹比山羊大不了多少的鳕鱼岬小马，再加上两名帮手的少年，一天之内就可以轻松翻完三四亩地。一年收五百蒲式耳玉米，对一些农夫来说不过是家常便饭，不久之前，有个农夫还从六十亩地里收了八百蒲式耳玉米。"④ 类似的记述今天也有，实在说来，新近的一些记述颇有因袭旧闻之嫌，而且我确信无疑，它们拿例

---

① 引文出自普拉特《伊斯特汉、威尔弗利特及奥尔良通史》。

② "只吓唬乌鸦，并不吓唬黑鸟"原文为"scarecrows, if not scare-blackbirds"。英文词语"scarecrow"（稻草人）由"scare"（吓唬）和"crow"（乌鸦）组成，字面意思是"吓唬乌鸦"，梭罗把这个词与他生造的"scare-blackbird"（字面意思是"吓唬黑鸟"）并置，使文字诙谐有趣。

③ 关于玉米播种，美国民间的传统说法之一是每穴撒五粒种子："一粒给黑鸟，一粒给乌鸦，一粒给鼹鼠，留两粒发芽。"

④ 引文出自《伊斯特汉概况及历史》，较原文有所省略。此外，《伊斯特汉概况及历史》的前文说伊斯特汉的玉米亩产量一般是"三十五蒲式耳，有时能达到四十五蒲式耳"，此处却把六十亩收八百蒲式耳（平均每亩才十三蒲式耳）作为一个高产特例，显得自相矛盾。由此可见，文中的亩数"sixty"（六十）应为"sixteen"（十六）之误，十六亩收八百蒲式耳（每亩五十蒲式耳）才是合理的数字。

外说事的时候，跟拿常态说事的时候一样多，还确信迄今为止，这里的大部分土地依然跟外表一样瘠薄。实际上，此地居然能种庄稼，已经是一件挺了不起的事情，按照另一些人的说法，原因也许是此地空气湿润，沙土温暖，霜冻罕见。一个正在錾磨盘的磨坊主告诉我，四十年前，他曾经来伊斯特汉帮人剥玉米，一晚上就剥了五百蒲式耳，地上的玉米棒子堆了六尺多高，现在呢，一亩的收成平均只有十五或十八蒲式耳。我从没见过有哪个地方像伊斯特汉这样，田里的玉米长得这么细小，这么没有指望。十有八九，这里的居民满足于广种薄收，原因是土地易于耕作。回报最丰厚的不一定是最肥沃的土地，这样的沙地没准儿也能为耕者带来可观的收获，不亚于西部的丰饶河谷。除此而外，没施过肥的沙地，种出来的菜蔬据说是特别甘甜，尤以南瓜为最，只不过沙地菜蔬的种子一旦撒到内陆，很快就会退化。我可以作证，这里的菜蔬若是侥幸存活，看起来确实格外葱绿，格外茁壮，当然喽，这当中可能也有沙地映衬的功劳。话又说回来，鳕鱼岬各个镇子的居民很少会自己种粮养猪，他们的园子通常只有巴掌大小，都是从深沼浅泽的边缘夺来的土地。

这天上午，我们耳边一直回荡着大海的咆哮，从几里之外的东岸传来，因为导致"圣约翰号"失事的那场风暴，依然使大海心潮澎湃。不过，我们在途中赶上了一个学童，他早已对这样的声音听而不闻，压根儿不知道我们说的是什么。他得把耳朵贴近海螺，才能更真切地听到同样的声音。海涛拍岸，声闻数里，弥满天地之间，使行路之人备感振奋。与其让狗儿在你家门口咆哮，何不让大西洋为整个海岬咆哮！总体说来，我们对那场风暴感到满意，因为它能向我们展示，盛怒的大洋是何情状。查尔斯·达尔文断言，狂风吹过之后，奇洛埃岛①的人们夜里可以在"二十一海里之外，隔着一片林木蓊郁的崎岖山野"②，听见岛岸的涛声。刚刚提到的那个学童年约八岁，我们让他在我们的伞下避雨，还跟他边走边聊，原因是我们觉得，了解海岬儿童对本地生活的看法，跟了解大人的看法一样重要。我们从他的口中知道，这一带最好的葡萄该上哪里去找。他手里的饭盒装着他的午餐，我们并没有冒昧打听盒中何物，但他午餐的内容，最终还是自动显现。最能满足好奇心的东西，始终是那些最朴素最家常的事实。最后，没等走到伊斯特汉教堂，我们便离开大路，穿行原野，走向海岬东岸的瑙塞特灯塔。那是三座挨得很近的灯塔，离我们有两三里远，之所以要建这么多座，为的是跟别的灯塔区别开来，但靠数量来显示区别，似乎是一种不动脑子的昂贵方法。③离开大路之后，我们立刻发现，自己置身于一片看似没有边际的平原，视野当中没有一棵树，没有一道篱笆，房屋也只有一两处。土地时或被人翻起，形成一道道低低的土脊，起到了篱笆的作用。我同伴说，眼

---

① 奇洛埃岛（Chiloe）是太平洋上智利海滨的一个岛屿，为智利第二大岛。
② 引文出自达尔文的《"贝格尔号"环球航行所经各处之自然史及地质学研究笔记》（*Journal of Researches into the Natural History and Geology of the Countries Visited during the Voyage round the World of H.M.S. Beagle*, 1845）第十四章；一海里约等于一点八公里。
③ 瑙塞特灯塔（Nauset Lights）在伊斯特汉境内，又名瑙塞特三姊妹（Three Sisters of Nauset），建三座塔确实是为了与特鲁罗的高地灯塔（单塔，前文曾有提及）和查特姆的灯塔（双塔）相区别。

前的景象跟伊利诺伊的起伏草原有得一比。我们穿行此地之时，正赶上风狂雨骤，由于天气的缘故，这地方无疑显得比实际还要广袤，还要荒凉。这片荒原里没有山丘，只有东一块西一块的干燥凹地，再加上雾气遮没了远处的地平线，所以我们无从判断，自己所在的地方是高是低。我们看见远处有一个踽踽独行的旅者，身影好似一个巨人。他走路的样子无精打采，仿佛他保持直立的姿势，只有一半是靠脚下的平原支撑，另一半是靠拴在双肩的带子从上方吊着的。因为没有衡量个头的参照物，稍远处的人影是大人还是小孩，肯定会很难分辨。对于内陆人来说，鳕鱼岬的风光确实是一幅永不消散的蜃景。这样的原野绵亘不断，朝各个方向延伸了一两里的距离。这便是曾经林木葱茏的"瑙塞特平原"，冬天来时，这里总是寒风呼啸，总是有纷飞的雪花，欢快地扑打旅人的脸。我庆幸自己逃离了城镇，那里给我的感受往往是说不出的悲惨和屈辱，还庆幸自己暂时摆脱了马萨诸塞的酒吧，那里的成人仍未戒除种种野蛮污秽的恶习，嘴里依然叼着雪茄。外部世界越是荒凉，我的精神就越是高涨。所有的城镇，全部都需要通风透气。众神乐见纯净的火焰，燃烧在他们的祭坛，绝不会怡然歆享，雪茄的青烟。

我们从背面绕过各个城镇，没踏进任何一个村庄，就这么一直走到普罗文思顿，边走边在伞下阅读途经各镇的历史，路上很少碰见其他的人。就我们最想了解的地形地貌而言，昔人的记述最为详尽，认真说的话，就其他的大多数方面而言，最详尽的仍然是昔人的记述，因为我已经发现，关于同一些镇子的现代记述，可读的部分大多只是或明引或暗抄的昔人记述，并没有增添什么同样有趣的内容。现代人写的城镇史，最终都沦为某个地方的教会史，因为这是它们唯一会讲的故事，作结时只知道引用往日牧师的拉丁墓志铭，全都是些现成的文字，来自古老美好的拉丁时代和希腊时代。它们会回溯每一名牧师的按立典礼，一板一眼地告诉你，做序祷的是谁，布道的是谁，做按立祷告的是谁，发表诫勉规箴的是谁，伸出接纳右手的是谁，念诵祝福祷文的又是谁①，还会告诉你，为了查明某名牧师是否谨守正道，教会前前后后召集了多少次会议，全体与会人员分别叫什么名字。鉴于我们要花一个钟头才能穿越这片平原，再加上沿途风景虽说奇特，却有点儿一成不变，所以我决定利用这段时间，读一点儿伊斯特汉的历史。

普利茅斯殖民地派出的委员会从印第安人手里买下伊斯特汉的时候，"有人问，比灵斯盖特是谁的？"②他们说的"比灵斯盖特"，指的是鳕鱼岬上伊斯特汉以北的所有土地。"印第安人回答说，没有人拥有那片土地。'如此说来，'委员会说道，'那片土地就是我们的了。'印第安人回答说，没错，是你们的。"③这真是一次非同凡响的所有权申索与确认，朝圣先民似乎把自个儿当成了

---

① 此处所说是十九世纪新英格兰地区清教牧师按立（就职）典礼的各个环节。"伸出接纳右手"（extend the right hand of fellowship）的环节是由一名资深教士向新任牧师伸出右手，正式接纳后者成为同道。这项仪式源自《新约·加拉太书》当中使徒保罗的自叙："号为教会柱石的雅各、矶法和约翰，看到我领受的恩典，便向我和巴拿巴伸出接纳的右手。"

② 引文出自《伊斯特汉概况及历史》。据该文所说，这件事情发生在1644年。

③ 引文出自《伊斯特汉概况及历史》。

"没有人"的代表。兴许这就是最初的例子，标志着朝圣先民第一次运用波澜不惊的手法，去"代表"一个尚未被人占据，至少是尚未得到充分利用的地方，而他们的后代沿袭了这种手法，至今仍在广泛应用。扬基人①到来之前，"没有人"似乎是整个美洲的唯一业主。但历史告诉我们，朝圣先民占据比灵斯盖特多年之后，终于，"来了个自称'安东尼中尉'的印第安人"②，说这片土地是他的，于是他们只好掏钱，从他手里买下这片土地。没准儿哪一天，说不定又有一个安东尼中尉跑来敲白宫的门，这事情谁能说得准呢？不管怎么说，我反正知道，要是你巧取豪夺，迟早得招来天大的麻烦。

曾多次担任普利茅斯殖民地总督的托马斯·普林斯③，当时是伊斯特汉定居点的领袖。这个镇上有一片曾是他家农场的地方，不久前还矗立着一棵梨树，据说是大约二百年前他从英国带来的，而且是他亲手种的。我们造访此地几个月之前，这棵树让风给刮倒了。根据一份晚近的记载④，这棵树前些年都还欣欣向荣，果子不大，但是非常好吃，平均每年能结十五蒲式耳。一位名叫

---

① 扬基人（Yankee）指美国北方尤其是新英格兰地区的居民，亦可泛指美国人。

② 引文出自《伊斯特汉概况及历史》。据该文所说，这件事情发生在1666年前后。

③ 这个托马斯·普林斯（Thomas Prince, 亦作 Thomas Prence, 1601?—1673）曾三次担任普利茅斯殖民地总督，不是前文注释中那个《新英格兰编年史》的作者。

④ 这份"晚近的记载"是指美国雕刻家及历史学家约翰·巴贝尔（John Barber, 1798—1885）编著的《马萨诸塞史料汇编》(*Historical Collections of Massachusetts*)。此书出版于1839年，只比梭罗此次造访鳕鱼岬早十年，本段关于这棵梨树的描述大多见于此书记载，字句也与此书记载相近。

赫曼·窦恩①的先生为它写过一些相当得体的诗句,我准备在此摘引,一是因为照我的记忆,这是我见过的唯一一首鳕鱼岬诗歌,二是因为这首诗确实写得不错:

> 老树啊!自从你离乡横渡大洋,
> 在异乡的土地发出第一片叶子,
> 二百个年头已乘着时间的翅膀,
> 与岁月的欢乐和悲哀一同飞逝。
> …………

(省略号代表那些宗教色彩较浓的句子,以及那些业已丧失生命力的句子。)

> 流亡的那群人早已经成为过往,
> 老树啊!你依然在原地巍然屹立,
> 在普林斯当初把你种下的地方,
> 不期然纪念着他的时代和族裔,
> 纪念我们那些值得景仰的父祖,
> 窦恩,希金斯,还有斯诺等人,
> 他们从普利茅斯来此安家落户,

---

① 赫曼·窦恩(Heman Doane)生平不详。据普拉特《伊斯特汉、威尔弗利特及奥尔良通史》所说,他是下文提及的约翰·窦恩(John Doane)的后人,托马斯·普林斯的朋友。

> 后人将永远赞颂,他们的美名。
> ……………
> 朝圣的老树啊!时间老人疏剪,
> 你的枝条,用光阴压弯你的腰,
> 但我们看见,你顶着岁月霜寒,
> 花开不断,佳果年年挂满树梢。

我本来还可以多引几句,只可惜韵脚的绳索,把它们跟一些不般配的同伴绑在了一起。一轭牛若是有一头颓然躺倒,轭具就会让站着的那一头不堪负荷。

伊斯特汉的首批移民之一是教堂执事约翰·窦恩,此人于一七〇七年去世,享年一百一十岁。根据传说,他生命中的最后几年是在摇篮里度过的。不用说,这可不是什么阿喀琉斯式的人生。① 把小窦恩往不死神水里浸的时候,窦恩的母亲肯定是双手打滑,让小窦恩整个儿没进了神水,包括脚跟在内。② 他为自家农场树立的石头界标,有一些至今屹立不倒,上面刻着他姓名的首字母缩写。

这个镇子的教会史,多少引起了我们的兴趣。看样子,"他们

---

① 阿喀琉斯(Achilles)是古希腊神话中的英雄,特洛伊战争中的希腊第一勇士,年纪轻轻便死于战阵。

② 根据古希腊神话,阿喀琉斯出生之后,他的母亲海洋女仙忒提斯(Thetis)拎着他的脚跟,把他浸到冥河的水里,好使他获得不死之身。但他的脚跟被母亲抓在手里,因此没有浸到河水,日后便成为他唯一的致命弱点。特洛伊战争中,阿喀琉斯被人射中脚跟,由此身亡。

老早就建起了一座小小的教堂,面积二十尺见方,屋顶是茅草苫的,四面都有孔洞,他们可以从那里冲外面放枪"①,当然喽,打的肯定都是妖魔。"一六六二年,本镇做出决定,每一头被风暴抛上海滩的鲸鱼,都应当留一部分供养牧师。"②毋庸置疑,把牧师的生计交给上帝,这样的安排似乎不无道理,因为牧师是上帝的仆人,上帝又是风暴的唯一主宰,倘若风暴卷来的鲸鱼寥寥无几,牧师们就应该反躬自省,原因可能是上帝对他们的祷告不满意。每当风暴来临,牧师们想必都会坐上海边的悬崖,眼巴巴望着海滩。至于说我,我要是一名牧师的话,我也会宁可指望鳕鱼岬背面③的海浪大发慈悲,为我卷上来一头鲸鱼,绝不会指望我所知的许多乡村教区,等着它们慷慨解囊。通常情况下,你可不能说一名乡村牧师的薪水"很像一头鲸鱼"④。话又说回来,靠搁浅鲸鱼养活的牧师,日子肯定很不好过。我宁肯扛上一柄鱼叉去福克兰群岛⑤,跟这种日子一刀两断。想想吧,一头鲸鱼竟然会被风暴打得奄奄一息,然后又被拖过一道道沙洲和沟堑,就为了供养牧师!这对于牧师来说,真不知道是一个多大的安慰!我听说过一名牧师,以前是打鱼的,曾经在桥水镇居住多年,连鳕鱼和黑线鳕都能分

---

① 引文出自普拉特《伊斯特汉、威尔弗利特及奥尔良通史》。

② 引文出自普拉特《伊斯特汉、威尔弗利特及奥尔良通史》。

③ "鳕鱼岬背面"即鳕鱼岬靠大西洋的一侧。

④ "很像一头鲸鱼"原文为"very like a whale",是莎士比亚名剧《哈姆雷特》第三幕第二场中的一句台词,剧中这句话是形容一片云的形状。

⑤ 福克兰群岛(Falkland Isles)是南大西洋的一个群岛,当时的主要产业是捕鲸和捕海豹。

辨①。鲸鱼供养的条件看似慷慨,实际上却会使大多数的乡村布道台顷刻之间空无一人,因为那些得人的渔夫②,早已不再是得鱼的好手。除此而外,这个镇子还对捕来的鲭鱼课征税赋,以便资助一所免费的学校,换句话说,他们对成群的鲭鱼收税,是为了让孩子成群的学校免费。"一六六五年,议会通过一项法令,要求对本府③所辖各镇不信《圣经》的居民施以肉刑。"④想想吧,一个人在春天的早晨惨遭鞭笞,直到他被迫承认《圣经》所言不虚!"本镇还投票决定,胆敢缺席教堂礼拜之人,皆须承受枷号之刑。"⑤制定这种法律的镇子,必须得设法保证,坐在教堂里的感觉跟坐在枷笼里截然不同,如其不然,遵纪守法者所受的惩罚就会比违法乱纪者还大。当年的伊斯特汉,情形如前所述,近些年来,这个镇子还以野营礼拜闻名,礼拜在左近的一片林子里举行,吸引了海湾各地数以千计的信众。照我们的猜测,这里之所以会形成这样一种不说不健康也得说不寻常的宗教情绪,原因是这里的人口有很大一部分是女性,她们的丈夫和儿子要么是在海上漂泊,

---

① "鳕鱼"(cod)是鳕科鳕属(Gadus)鱼类的通称,也可以指其他的一些鱼类;黑线鳕(haddock)为鳕科黑线鳕属鱼类,学名 Melanogrammus aeglefinus。黑线鳕和鳕属鱼类形态相似。

② "得人的渔夫"(fishers of men)典出《圣经》,实指众人仰赖的领袖或导师,此处是指牧师。据《新约·马可福音》所载,耶稣曾对圣彼得兄弟俩说:"来吧,来跟从我,我会把你们造就为得人的渔夫。"

③ "本府"指普利茅斯殖民地政府。该殖民地存在于1620至1691年间,全盛时期占据了今日马萨诸塞州东南部包括鳕鱼岬在内的绝大部分地区。

④ 引文出自普拉特《伊斯特汉、威尔弗利特及奥尔良通史》。

⑤ 引文出自普拉特《伊斯特汉、威尔弗利特及奥尔良通史》。据该书所说,这也是1665年的事情。

要不就已经淹死,留下的只有她们自己,还有各位牧师。根据那份旧日的记载,"在奥尔良、伊斯特汉和北边的各个镇子,癔症发作的情形非常普遍,尤其是星期日的礼拜期间。一个女的发了病,通常就会有五六个女的跑去安慰,礼拜现场立刻陷入彻底的混乱。有些老人做出了一种兴许既不合理也不厚道的推测,说她们的癔症有一部分是故意的,奚落和恐吓将有助于防止这样的不幸事件。"① 现在是什么情形,我们不得而知。不过,就是在这片平原上的一座房子里,我们瞧见了一个男子气特别足的女人,看样子从来没犯过癔症,也没去安慰过那些犯了癔症的人,也可能对她而言,人生本身就是一场癔症——好一个玛塞特女人,拥有任何男人都不曾拥有或流露的坚毅与粗砺。要知道她秉性如何,只需要看看她脖子上的椎骨和肌腱,看看她那副等闲便可咬断板钉的钢铁颌骨。她挺身对抗这个世界,说起话来像一名穿衬裙的战舰水手,又像是正在隔着大浪冲你喊叫。看她的模样,她似乎觉得活着就是受罪,同时又坚强得足以抵挡任何惨祸。我看她是个犯有杀婴大罪的女人,从不曾有过兄弟,有也只是某个死在襁褓之中的小东西——她要兄弟来做什么呢?——至于她的父亲,肯定也死在了她尚未出生的时候。这个女人告诉我们,去年夏天的野营礼拜没有办,怕的是招来霍乱,今夏早些时候本来要办,可黑麦长得太迟,来不及准备铺地的麦秆,这样就没法睡觉。有时候,参加野营礼拜的会有一百五十名牧师(!)和五千名听众。礼拜的场地名为千禧林,属于波士顿的一家公司,是我在鳕鱼岬见过

---

① 引文出自《伊斯特汉概况及历史》,该文写于1802年,故有"旧日"之说。

的最适合，确切说是最不适合，举办这类活动的地方。这片林子围了栅栏，一年四季都能看见支棱在橡树之间的一个个帐篷架子。他们搭了个灶台，装了个水泵，又把所有的厨具、篷布和家具存放在林中一座永久性建筑里面。做礼拜的时间，则总是选在月圆之日。礼拜开始一周之前，他们会派个人来把水泵清干净，与此同时，牧师们也会把自个儿的喉咙清干净，只不过十有八九，后者喷出的水流，并不总是像前者那么清澄。我看见了他们往年夏天大快朵颐的一张张桌子，桌子下面还留着一堆堆的蛤蜊壳，于是便暗自揣测，不用说，这都是那些不奉正教者、旧病复发者或暴饮暴食者干的好事。看情形，野营礼拜似乎别无选择，必须办成一个祷告会和野餐会的奇特组合。

第一个在此定居的牧师是一六七二年搬来的塞缪尔·特瑞特教士，据说这位绅士"理应在新英格兰传教士当中享有一个崇高地位"①。他劝化了许多白人和印第安人，还把《西敏信条》译成了瑙塞特语言②。关于特瑞特劝化的这些印第安人，第一个向他们传教的理查德·伯恩曾于一六七四年写信给顾金③，说自己去探望过

---

① 引文出自《伊斯特汉概况及历史》。普拉特《伊斯特汉、威尔弗利特及奥尔良通史》当中也有与此十分相近的字句。

② 《西敏信条》(*Westminster Confession of Faith*，文中写作 the Confession of Faith) 是英国教会领袖在西敏寺宗教会议 (Westminster Assembly) 期间于 1646 年拟订的新教标准信条，塞缪尔·特瑞特 (Samuel Treat, 1648—1716/1717) 把它译成了瑙塞特印第安人的语言。

③ 理查德·伯恩 (Richard Bourne, 1610?—1682) 是出生在英国的北美传教士；顾金 (Daniel Gookin, 1612—1687) 是长期生活在北美的英国殖民者，曾任马萨诸塞殖民地印第安事务总管，对印第安人持同情态度。

一个生病的印第安人,"他说出了一些非常可钦的虔诚话语"①,然而,说到他们当中的大多数,伯恩的说法却是,"事实是他们中的许多人学习非常懒散,使得我痛心疾首。"②按照旁人的形容,特瑞特先生堪称最彻底的加尔文教徒③,不是那种半途而废或巧言搪塞,以至于变得跟拔了刺的豪猪一样的教士,而是加尔文教派的坚定使者,能够把身上的刺投到远处,英勇地捍卫自己的信仰。他的布道词有一卷手稿流传至今,据一位评论者所说,"它似乎是为出版准备的。"④以下文字是我从别处转引的,是他对《路加福音》第十六章第二十三节⑤的阐发,意在儆戒有罪之人:

"你们不久就要堕入无底的深渊。地狱已经自行扩张,准备接收你们。那里有的是地方供你们消遣……

"想想吧,你们就要去到一个上帝为伸张正义而预备的地方,一个专门用来严刑惩戒的地方。地狱就是上帝的管教所,

---

① 引文出自顾金编著的《新英格兰印第安人史料汇编》(*Historical Collections of the Indians in New England*)。该书于1674年编成,1792年方得出版。引文中的"他"指那个生病的印第安人。

② 引文出自顾金《新英格兰印第安人史料汇编》。

③ 加尔文教派(Calvinism)是新教的一支,因法国宗教改革家加尔文(John Calvin, 1509—1564)而得名。

④ 引文出自普拉特《伊斯特汉、威尔弗利特及奥尔良通史》。

⑤ 《新约·路加福音》第十六章第二十三节的原文是:"他在地狱里受罪,举目望见远处的亚伯拉罕,以及亚伯拉罕怀中的拉撒路。"经文中的"他"是一个不义的财主,亚伯拉罕(Abraham)和拉撒路(Lazarus)都是义人。拉撒路讨饭为生,死后"被天使送到了亚伯拉罕的怀里"。

除此而外，你们还得记住，上帝的一切施为，无不体现祂的伟力。一旦祂意欲彰显祂的正义，彰显祂惩戒的力度，祂就会创造一个地狱，惩戒便在那里降临，绝无疏漏……即将成为上帝箭垛的人哪，你们的灵魂有祸了……

"想想吧，上帝将亲自担任刑吏之长，将你们打入苦海……祂的呼吸，便是吹起地狱烈焰的永恒风箱……祂若是惩戒你们，若是对你们动怒，便不会把你们当人看待，只会以祂无限的伟力，毫不留情地痛击你们。

"有的人以为罪孽会与尘世的生活一同终结，实可谓大错特错。上帝的造物，必须接受永恒律法的约束，堕入地狱的罪人，罪孽只会与日俱增。听了这句话，你们也许会觉得高兴。可你们必须记住，地狱里没有什么舒心惬意的罪孽，没有吃喝，没有歌舞，没有花天酒地，没有苟且偷欢，只有无法忍受的罪孽，楚毒可怖的罪孽，因承受苦刑、诅咒上帝、歹念横生、怒气冲天和公然亵渎而不断加重的罪孽……你们所有的罪孽会压住你们的灵魂，变成千堆万堆的柴火……

"罪人哪，我恳请你们认清，这些都是真实不虚的事情。千万别白日做梦，以为这是在诋毁上帝的仁慈，以为这只是用来把小孩子吓得魂不附体的无聊故事。即便使你们痛苦不堪，上帝依然不失仁慈。祂这个无价的特质，自然有无数的纪念丰碑，它们像繁星一般闪耀在荣光之地，唱诵着永恒的'哈里路亚'，赞颂祂拯救世人的大恩，尽管祂将千千万万的罪人打入地狱，借此弘扬祂的正义。"

然而，同一位作者继续写道，他虽然通过宣扬恐怖教义取得优势，自然而然地形成了一种雄壮有力、震撼人心的演说风格（*Triumphat ventoso gloriæ curru orator, qui pectus angit, irritat, et implet terroribus.* 见伯尼特《论死亡与复活之情状》第三〇九页），却无法成为一位受人欢迎的传教士。他讲道的声音大得惊人，离教堂很远的地方都能听到，甚至不会淹没于癔症妇女的疯狂尖叫，以及瑙塞特平原的狂风怒号，只可惜聒噪刺耳，并不比与之交织的各种杂音美妙。①

据说，"这类布道的效果是，在他担任牧师期间，有那么几次，听众确实幡然醒悟，惶恐自警。"② 有一次，一个较比单纯的小伙子几乎被他吓得失去了理智，致使他不得不竭力找补，好让对方觉得，地狱要比他原来说的凉爽一些。尽管如此，作者还是向我们保证，"特瑞特举止欢快，言谈可人，时或插科打诨，但从来不失分寸。他喜欢来点儿幽默，搞点儿恶作剧，还会爆发出一阵阵经久不息的响亮笑声，以此表明他乐在其中。"③

有一则广为人知的逸事，说的就是这个人。毫无疑问，我的

---

① 以上引文均出自《伊斯特汉概况及历史》，前几段是该文摘引的特瑞特布道词，最后一段是该文作者（该文未署作者名字）的评论。括号里的部分是梭罗加在引文中的，原本是该文的脚注，其中拉丁引文的意思是："高踞战车的演说家喋喋雄辩，大获全胜，折磨搅扰听众的心，使他们充满恐惧。"此外，该文脚注说拉丁引文出自英国神学家及作家托马斯·伯尼特（Thomas Burnet, 1635?—1715）的拉丁文著作《论死亡与复活之情状》（*De Statu Mortuorum et Resurgentium*），但译者查看了此书在1723至1733年间的多个版本，未能找到这句引文。

② 引文出自《伊斯特汉概况及历史》。

③ 引文出自《伊斯特汉概况及历史》。

许多读者都听过这则逸事,尽管如此,我还是冒昧摘引如下:

> 他与威拉德先生①(波士顿南区教堂的牧师)的女儿成婚之后,威拉德先生有时会请他去自己的教堂讲道。威拉德先生讲道时台风优雅,嗓音也浑厚悦耳;他那本《神学大全》没给他带来多少声望,经常还贻笑旁人,尤其是那些没读过它的人,可他的布道词饱含着思想的力量和语言的火花,顺理成章地为他赢得了大众的爱戴。有一次,特瑞特先生拿着自己的一篇得意之作,在岳父的教堂里宣讲,用的是他平素那种天怒人怨的方式,激起了听众的普遍反感。这之后,几名格外挑剔的评判等在了教堂里,见到威拉德先生便出言求告,说特瑞特先生确实是一位可敬的信士,但却是一名蹩脚的牧师,以后还是别请他来讲道为好。威拉德先生对他们的请求不置可否,转头问自己的女婿要来了讲稿,几周之后便照着稿子讲了次道,一个字也没有改。听众纷纷跑去找威拉德先生,想拿讲稿去印。"瞧啊,您跟您的女婿有多大的差别,"他们嚷道,"您讲道用的是跟特瑞特先生一样的稿子,他讲得一无是处,您却讲得十分精彩。"如文中注释所说,拿出特瑞特先生手写的讲稿之后,威拉德先生完全可以引一句《斐多寓言》②第五卷第五则寓言里的

---

① 威拉德(Samuel Willard, 1640—1707)为北美殖民地教士,著有《神学大全》(*A Compleat Body of Divinity*)。
② 《斐多寓言》(*The Fables of Phaedrus*)是公元一世纪古罗马寓言作家斐多(Phaedrus)在《伊索寓言》(*Aesop's Fables*)基础上编著的拉丁文诗体寓言集。

话，用来数落这些自作聪明的评论家：

*En hic declarat, quales sitis judices.*①

特瑞特先生死于脑中风，刚好是在"大雪天"之后②，那场令人难忘的风暴把他家周围的地面扫得一干二净，但却在大路上堆起了高得异乎寻常的积雪。人们在雪中挖出一条带拱顶的通道，印第安人便把他的遗体抬到了墓地。

读者们当可想象，你们阅读这些文字之时，我们一直在朝着正东偏北的方向，穿过广阔的平原走向瑙塞特海滩，一边跋涉前行，一边借雨伞的遮蔽看书，与此同时，裹挟着雾气和雨水的大风呼啸不停，仿佛我们正在赶赴一场情境相宜的周年纪念会，纪念的是特瑞特先生的葬礼。我们禁不住遐想，就是在这样的荒原里，某人身死雪中，像《苏格兰生活光影》③叙写的那样。

第二个来此定居的牧师是"塞缪尔·奥斯本教士，他出生在

---

① 引文出自《伊斯特汉概况及历史》，括号里的文字是梭罗加的，"如文中注释所说"之后的引文（包括拉丁引文）为该文脚注。拉丁引文的意思是："瞧，这东西可以说明，你们是些什么样的裁判。"引文所在的这则寓言大意是甲和乙比赛学猪叫，看谁学得像。听众都说甲学得像，乙便从怀里掏出一头小猪（乙"学"的猪叫其实是小猪在叫），对听众说了"瞧……什么样的裁判"这句话。

② 关于特瑞特的卒年，说法之一是1717年。该年二三月间，新英格兰地区迎来了一系列雪暴，史称"大雪天"（Great Snow）。

③ 《苏格兰生活光影》(*Lights and Shadows of Scottish Life*, 1822)是苏格兰作家约翰·威尔逊（John Wilson, 1785—1854）的著作，该书"雪暴"（"The Snow-storm"）一章提到了母子俩冻死在荒原里的事情。

爱尔兰，书是在都柏林大学念的"①。据说他是"一位兼具智慧与美德的贤人"②，教会了教众利用当地的泥炭，以及风干制备泥炭的方法，这对他们来说是一件功德无量的事情，因为他们几乎没有别的燃料。除此而外，他还带来了改良的农业技术。然而，尽管他多有贡献，一些教众仍然对他心怀不满，因为他信的是阿民念教派③。到最后，十名牧师在各自教会的支持下召开了一次宗教会议，对奥斯本进行压制。可想而知，这些人看不见他的功劳。这次会议是应两位神圣哲学家的要求召集的，一位是约瑟夫·窦恩，一位是纳撒尼尔·弗里曼。④ 会议报告中说，"本次会议发现，布道之时，牧师奥斯本先生曾向本地民众宣称，基督的义行与磨难**丝毫不能减少我们遵从上帝律法的义务**，基督的受难与顺服仅仅是**为祂自己**。这两种观点，我们认为，都包含着危险的谬误。"⑤

此外，"有人说，本次会议也确实发现，牧师奥斯本先生在公私场合都曾坚称，《圣经》里的应许全都是有条件的，而我们认为，这种观点也是错的，并且主张，《圣经》里包含一些无条件的

---

① 引文出自《伊斯特汉概况及历史》。

② 引文出自普拉特《伊斯特汉、威尔弗利特及奥尔良通史》。

③ 阿民念教派（Arminianism）是新教的一个教派，由荷兰神学家阿民念（Jacobus Arminius, 1560—1609）创立。该教派强调自由意志，反对"罪福前定"（即各人得救与否已由上帝预先注定）的主流教义，因此一度遭到打压。

④ 约瑟夫·窦恩（Joseph Doane, 1669—1757）和纳撒尼尔·弗里曼（Nathaniel Freeman, 1669—1760）是伊斯特汉当地显贵（两人都当过镇务理事），"神圣哲学家"的说法应是讽刺。

⑤ 此处及以下两处引文均出自普拉特《伊斯特汉、威尔弗利特及奥尔良通史》，引文中的强调标记也出自原文。

绝对应许,比如说赐予新心的应许,以及将祂的律法写在我们心上的应许①。"

他们接着说,"有人怀疑,我们也确实发现,奥斯本先生曾宣称,**顺服**是人获得拯救的一个衡量**因素**,而我们认为,这种观点包含着非常危险的谬误。②"

他们还罗列了许多诸如此类的观点歧异,对于这些东西,我的一些读者多半会比我熟悉。这么说吧,根据旅行家们的见闻,在遥远的东方,在雅兹迪人,亦即所谓的"拜魔者",迦勒底人③和其他一些人当中,你没准儿至今还能听见,这一类非同小可的教义论辩。由于前述的观点歧异,奥斯本被褫夺牧师职务,于是他搬去了波士顿,在那里办学多年。不过我觉得,他在泥炭草地的工作已使他得到了彻底的拯救,证据之一便是他得享遐龄,活到了九十岁至一百岁之间④。

奥斯本之后的牧师是本杰明·韦布教士,尽管附近的一名教士把韦布誉为"他所认识的最好的人和最好的牧师"⑤,史家的说法却是:

---

① 这两个应许分别见于《旧约·以西结书》及《旧约·耶利米书》。
② 按照新教的主流教义,人获得拯救仅靠信仰,不由行为决定,亦即"因信称义"(justification by faith alone)。
③ 雅兹迪人(Yezidis)和迦勒底人(Chaldeans)均为中东民族,信奉独特的宗教。中东地区其他一些宗教的信徒把雅兹迪人斥为"拜魔者"(Worshippers of the Devil)。
④ 塞缪尔·奥斯本(Samuel Osborn)生于 1685 年,卒于 1774 年。
⑤ 引文出自《伊斯特汉概况及历史》,普拉特《伊斯特汉、威尔弗利特及奥尔良通史》也包含基本一样的字句。

他自始至终都在步调一致地履行他的职责（这话让人联想到乡间的民兵会操①），从没有什么阴影来反衬他的品格，因此就没有太多值得叙说的地方。（恶魔没在他的道路上栽几棵投下阴影的树木，真是可惜。）他的心地像初降的新雪一般纯洁，彻底掩去田野里的每一块黑斑，他的心境像六月温煦夜晚的天空一般宁谧，其时月华皎洁，未有片云遮蔽。随便你说出哪一种美德，他必定早已践行，随便你说出哪一种恶习，他必定拒之千里。非要挑几样格外突出的品质的话，那便是他的谦卑，他的温厚，还有他对上帝的爱。此地民众曾长期接受雷霆之子（说的是特瑞特先生）的教诲，因他才得到慰藉之子的指引，因为他总是温言劝谕，为他们展示至高存在的仁慈，以此诱导他们向善。他的思想终日都在天国盘桓，很少会纡尊降贵，投向疮痍满目的凡尘下界。他跟特瑞特先生一样虔诚，但他关注的不是地狱，而是救主带来的那些令人欢欣鼓舞的喜讯。

听说瑙塞特平原曾有此等人物踏足，着实令我们啧啧称奇。

继续往下翻，我们的目光扫到了奥尔良镇乔纳森·巴斯科姆教士的名字："*Senex emunctæ naris, doctus, et auctor elegantium*

---

① 本段引文出自《伊斯特汉概况及历史》，括号里的文字都是梭罗加的。梭罗说"这话让人联想到乡间的民兵会操"，是因为"步调一致地履行"原文为"uniform discharge"，"uniform"兼有"军服"之义，"discharge"则兼有"开火"之义。

verborum, facetus, et dulcis festique sermonis."①。然后又扫到了邓尼斯镇内森·斯通教士的名字:"*Vir humilis, mitis, blandus, advenarum hospes*(该镇正需要他这样的人); *suis commodis in terrâ non studens, reconditis thesauris in cælo.*"②。在邓尼斯那个地方,这样的美德不难培养,因为我觉得,当地居民压根儿不可能汲汲寻求尘世的长物,只能认定自己的大部分财产是在天国。不过,最为公允切当的品行评语,似乎落到了查特姆的埃弗瑞姆·布里格斯教士头上。这评语用的是后期罗马人的语言,"*Seip, sepoese, sepoemese, wechekum*"③,而且没有附上译文,所以我们不明其意,但我们绝不怀疑,这句话肯定出自圣书的某个章节,多半就在使徒艾略特写给尼普穆克人的书札里④。

千万别以为我不喜欢这些昔时的牧师,十之八九,他们都是

---

① 拉丁引文出自《伊斯特汉概况及历史》,意为:"一位行为端方、很有教养的老人,一位行文优美风趣、言谈欢畅动听的作家。"

② 拉丁引文出自《邓尼斯概况》,括号里的文字是梭罗加的。引文的意思是:"一位谦谦君子,一位仁厚可亲的异乡来客;不求尘世荣华,但爱天国宝藏。"

③ 引文出自《查特姆概况》;据美国梭罗研究专家伊素·西博德(Ethel Seybold, 1910—2005)所说,这里的"后期罗马人"(later Romans)指的是印第安人。

④ "使徒艾略特"指的是出生在英国的传教士约翰·艾略特(John Eliot, 1604—1690)。他致力于向马萨诸塞印第安人传教,并把《圣经》译成了当地印第安人的语言,由此号为"印第安人的使徒"(the apostle to the Indians);尼普穆克人(Nipmucks)是生活在马萨诸塞中部的一个印第安部族;结合上文中的"后期罗马人",可知梭罗这句话是在调侃《圣经》,把艾略特比拟为向罗马人传教的使徒保罗,把艾略特"写给尼普穆克人的书札"(Epistle to the Nipmucks)与使徒保罗写给罗马人的书札(*Epistle to the Romans*,即《新约·罗马书》)相提并论。

各自世代最优秀的人物,值得后人为他们树碑立传,以此填满各个城镇的历史。只要能让我听见他们大力传播没准儿也确实听过的"喜讯",那我记述他们的笔调,也许就会恭敬一些。

要让读者体会到这片平原是多么宽广、多么奇特,我们穿越它花费的时间又是多么漫长,最好的法子,便是在我的记述当中,插入这些摘引的文字。

四 海滩[①]

到最后,我们终于抵达看似不断退去的平原边界,走进一片远看像是高地沼泽的原野,随即发现它其实是一片地势向海边缓缓抬升的干地,长满了海滩草、熊果、滨梅、矮橡树和滨李[②]。接下来,横穿一带寸草不生的沙地之后,我们并未觉得大海的咆哮比先前更响,满以为前方还有半里的路程,但却蓦然发现,自己已经站在一道俯临大西洋的悬崖边缘。远远的下方便是沙滩,宽度从六杆到十二杆不等,长长的一线浪花,正在向岸边奔来。眼前的大海格外阴沉,格外狂暴,天空布满阴霾,乌云依然在抛洒雨点,呼啸的疾风似乎并不是搅乱大海的祸端,只是在为业已暴动的大海摇旗呐喊。海涛撞上离岸稍远的一道道沙洲,激起千万个或绿或黄的弧形浪头,像是在翻越无数堵十至十二尺高的无形

---

① 本篇首次发表于1855年的《普特讷姆月刊》第六辑,收入本书时有所改动。
② 海滩草见前文注释;熊果(Bearberry)为杜鹃花科熊果属灌木,学名 *Arctostaphylos uva-ursi*;滨梅(bayberry)为原产北美大陆东部(主要是海滨地区)的杨梅科杨梅属灌木,学名 *Myrica pensylvanica*;矮橡树(shrub-oak)是几种植株较小、类似灌木的橡树的通称,此处应指原产美国东部及加拿大东南部的冬青叶栎(*Quercus ilicifolia*);滨李(beach-plum)为原产美国东海岸的蔷薇科李属沙生灌木,学名 *Prunus maritima* 或 *Prunus littoralis*。

堤坝,又像是千万条瀑布,溅成泡沫涌向沙滩。我们和欧洲之间别无一物,只有这狂野的大洋。

我们走下沙岸,把瑙塞特灯塔抛在身后,尽量贴近沙地最为坚实的水边,然后便优哉游哉地沿着沙滩往上走,走向西北边约二十五里处的普罗文思顿。我们依然撑伞为帆,借着身后吹来的强风前行,一边走,一边默默赞叹洋流的伟力:

$$ποταμοῖο\ μέγα\ σθένος\ Ὠκεανοῖο.①$$

白色的浪花冲向海岸,水沫贴着沙滩上涌,然后又向后退,一直退到我们目力所及的最远处(而我们暗自想象,在我们身前身后,浪花沿大西洋岸延伸的距离,不知道要比这远多少),节奏十分整齐,如果拿渺小事物来形容这庞然壮观的话,就像是一位唱诗班的指挥,正在用白色的指挥棒打拍子。浪头时或高高跃起,迫使我们忙不迭闪出原路,回头望去,我们踩出的脚印已经灌满海水和泡沫。海浪好似尼普顿②驱策的千万匹野马,一群群冲上岸来,白色的鬃毛远远地拖在身后,等天上终于透出片刻的阳光,鬃毛便染上彩虹的颜色。长长的海带也时不时被波涛抛上海面,宛如嬉戏水中的海牛,尾巴甩来甩去。

---

① 希腊文引文摘自荷马史诗《伊利亚特》(*Iliad*)第一八卷第六〇七行,意即"洋流的伟力"。

② 尼普顿(Neptune)是古罗马神话中的海神,相当于古希腊神话中的波塞冬(Poseidon)。

视野中不见一点帆影，一整天都是如此，因为所有的船只都被最近那场风暴赶进了港湾，此时还没能扬帆出海，至于说海滩上的人，我们连日来几乎一无所睹，只看见了一两个寻找漂木和失事船舶残骸的拾荒者。春天里，东边刮来的风暴过去之后，这片海滩有时会摆满东边漂来的木头，从一端排到另一端，谁捡到就归谁所有，对鳕鱼岬居民来说不啻天赐的恩物，因为本地几乎没有林木。走上海滩没多久，我们就碰上了一个这样的拾荒者，还跟他聊了几句。这是个典型的鳕鱼岬男人，长着一张风吹日晒颜色暗沉的脸，皱纹多得不辨五官，好似一片获得了生命的旧船帆，一道风雨剥蚀的肉做悬崖，一块此地沙岸常有的黏土坷垃。他头戴一顶尝过盐水的帽子，身穿一件七拼八凑的外套，外套五颜六色，但还是以海滩之色为主，就跟用沙子打磨过似的。我们走过他的身边，扭头一看，发现他那个斑斓多彩的后背，着实是一个值得研究的好素材，因为他外套上打了许多补丁，连颈项部位都有。若不是前胸还有数量多得多形状也更可怕的疤痕的话，后背上留着这么多的伤疤，对他来说确乎是一件不体面的事情。看他的模样，他有时也能吃上个把甜甜圈，却从来不曾俯就安逸的生活。他阴沉得不能笑，刚毅得不能哭，只好像蛤蜊一样一脸漠然，像一个戴上帽子长出双腿的蛤蜊，从海里走上了沙滩。没准儿他就是朝圣先民当中的一位，至不济也得是佩里格林·怀特[①]，上岸后一直待在鳕鱼岬的背面，任由漫漫岁月迁

[①] 佩里格林·怀特（Peregrine White, 1620—1704）是降生在"五月花号"航程中的第二个婴儿，后来成为普利茅斯殖民地的重要人物。他出生的时候，"五月花号"正泊在鳕鱼岬的港湾里。

流不止。此时他正在寻找残骸，寻找浸透海水长满藤壶的老木头，或是船板帆桁残存的木块甚至木片，然后把这些东西挪到潮水够不着的高处，码起来晾干。海浪送来的木头若是大得拖不远，他便将它就地劈开，或是把它滚到几尺之外，再往地里戳两根木棍，在木头上方交叉成十字，以此表明物已有主。腐朽的树干在缅因是满地都有的无用路障，时或被人们刻意往水里扔，在这里却被像他这样的人小心拾起，劈开晒干，俭省使用。冬天来临之前，拾荒者得把这些东西扛上肩头，吭哧吭哧运上沙岸，若是没有现成的沟谷好走，那就得使上锄头，沿对角线的方向，在沙地里挖一条长长的缓坡小径。你可以看见，他那根带钩子的铁尖拐杖就躺在沙岸上，随时准备派上用场。他是这片海滩的真正君上，"王权无可置疑"①，与海滩不分彼此，好似海滩鸟②一般。

在讲述格陵兰岛历史的著作当中，克兰茨引用了达拉杰③记述

---

① 引文出自英国诗人威廉·库珀（William Cowper, 1731—1800）的诗歌《诗篇，传为亚历山大·瑟尔柯克独居胡安·费尔南德斯岛时所作》（"Verses, Supposed to be Written by Alexander Selkirk, during His Solitary Abode in the Island of Juan Fernandez", 1782）。梭罗在《瓦尔登湖》当中引用了这首诗里的两句："凡我踏勘之地，皆为我之疆域，/ 我乃彼土君上，王权无可置疑。"

② 梭罗在后文列出了海滩鸟（beach-bird）的学名 *Charadrius melodus*，由此可知他说的"海滩鸟"是主要分布于北美大西洋岸和五大湖区的鸻科鸻属小型鸟类笛鸻，英文亦名"piping plover"。

③ 克兰茨（David Crantz, 1723—1777）为日耳曼传教士及历史学家，著有《格陵兰史》（*The History of Greenland*）；达拉杰（Lars Dalager, 1715?—1772?）为丹麦商人，据《格陵兰史》所说，达拉杰著有《格陵兰岛民风俗习惯纪实》（*Relation of the Ways and Usages of the Greenlanders*）。

格陵兰岛民风俗习惯的文字，如是写道，"任何人发现海滩上的漂木或海难残骸，都可以据为己有，哪怕他并不是本地居民，前提是他必须把东西拖上岸来，找一块石头压在上面，作为物已有主的标记。这块石头相当于保障物权的契约，东西压了石头，别的格陵兰岛民就不会去动。"① 这便是本能衍生的国际法。在克兰茨的书里，我们还找到了这么一段关于漂木的记述："他（大自然的创造者）没让这片冰冻三尺的崎岖地域长出树木，所以让洋流把大量木材运到它的岸边，木材照他的吩咐漂来此地，有一些独自上路，大多数则与浮冰一起漂来，然后便自行卡在岛屿之间。情形若非如此，我们欧洲人到这里就不会有柴烧，可怜的格陵兰岛民（他们生火确实不用木头，而是用鲸油）也不会有日用的木材，盖不了房子，支不了帐篷，造不了小船，削不了箭杆（这里倒也**长着**一些矮小却弯曲的赤杨②，如此等等），而他们的食粮和衣物，还有取暖、照明、做饭所需的鲸油，都得靠小船和弓箭弄来。漂来的木头当中有一些连根拔起的大树，在水中颠簸多年，与浮冰相互摩擦，枝丫和树皮剥落殆尽，虫蛀也很严重。一小部分木头是柳树、赤杨和桦树，来自（格陵兰岛）南部的各个海湾，也有一些粗大的杨树，想必来自更远的地方，不过，数量最多的还是松树和杉树。除此而外，我们还可以找到许多纹理细密、枝杈稀少的原木，我估计是落叶松，这种树喜欢装点乱石嶙峋的高山。另有一种颜色发红的坚实木头，气味比一般的杉树还好闻，带有清

---

① 引文出自克兰茨《格陵兰史》1767年英译本第一卷。
② 赤杨（alder）是桦木科赤杨属（*Alnus*）各种乔木及灌木的通称。

晰可见的交叉纹理,我估计跟美丽的银杉亦即石松[①]同属一种,后者有着与雪松一样的香气,生长在格雷佐[②]的高山上,瑞士人用它来做墙板。"[③]依照上文那个拾荒者的指引,我们走进一道名为"斯诺沟"的浅谷,从这里爬上了沙岸,因为别的地方都有不停滑落的沙子,灌满了我们的鞋,爬上去就算不难,至少也很不方便。

这道沙岸是鳕鱼岬的脊梁,从沙滩陡然耸起,升到海拔一百多尺的高度。刚爬上沙岸的时候,我们发现自己选定的竟然是这样一条道路,不由得兴奋莫名。在我们右手边的低处,绵亘着十几杆宽的平整沙滩,向着大洋微微倾斜,沙滩之外是翻腾不息的白色浪花,再往外是没过沙洲的淡绿海水,沙洲南北延伸,与鳕鱼岬的前臂等长,沙洲之外,则是永无倦怠的无垠大洋。在我们的左手边,闪亮的沙子铺成一片地道的沙漠,从沙岸的最边缘伸向内陆,宽度从三十杆到八十杆不等,沙漠尽头是一些十五尺或二十尺高的小沙丘,但在沙丘之间,沙漠时或深入内陆,延伸到沙丘背后很远的地方。沙丘之外是植被地带,也就是连绵起伏的高丘低谷,地面长满灌木,此时已染上想象范围之内最明艳的秋日色彩,放射着熠熠光辉。再往远处看,可以看见马萨诸塞湾的海面,东一片西一片浮现眼前。威尔弗利特境内的这个地方,这片纯净无疵的沙砾高原,被水手们唤作"伊斯特汉台地",一来是

[①] "石松"原文为德文词语"*zirbel*",指原产欧洲、又名石松(stone pine)的松科松属乔木瑞士松(*Pinus cembra*)。

[②] 格雷佐(Grisons)是瑞士东南部的一个邦,亦名格劳宾登(Graubünden)。

[③] 引文出自克兰茨《格陵兰史》1767年英译本第一卷,引文第一、三、四个括号中的文字是梭罗加的。

因为它从海上看像张桌子，二来是因为它曾经属于伊斯特汉。这片沙原足有五十杆宽，许多地方的宽度还远远不止此数，海拔有时可达一百五十尺。它几乎跟桌子一样平，没有一丝植被，从威尔弗利特南界向北铺展，一直延伸到两里半或三里之外，或者说目力所及范围的尽头。它朝着大洋微微抬升，然后便向着沙滩俯冲下去，坡度陡到了沙子能待住的极限，形状也规整得符合工程兵的梦想，好似一座庞然要塞的陡峻城堞，以沙滩充作它的护城坡，大洋则是城外的开阔战场。站在沙原之上，可以俯瞰大半个鳕鱼岬。简言之，我们要穿越的是一片沙漠，道路的一边是一幅格外富丽的秋景，一片好似应许之地的原野，另一边则是浩瀚的大洋。然而，尽管这地方视野如此开阔，原野中又几乎没有遮挡视线的树木，我们却没看见什么房屋——走在沙滩上的时候，我们一座也没看见——感受到的是大洋和沙漠联手缔造的孤寂之感。千百人来到此地，也不能真正动摇这份孤寂，只会像他们穿行沙地的足音一样，湮没在浩渺无际的风景里。

海岸各处几乎没有岩石，我们走了二十几里路，看见的岩石只有一两块。沙岸上的沙地跟沙滩一样松软，太阳照着的时候有点儿晃眼睛。拾荒者千辛万苦扛上来码好晾晒的几堆漂木，便是这片沙漠里仅有的突兀之物，乍一看无限庞大，无限遥远，简直像一座座印第安棚屋，但等我们走到近处，却发现它们小之又小，不过是一些木头"垛子"而已。

以瑙塞特灯塔为起点，沙岸在长达十六里的范围内保持着大致相同的高度，再往北去则没有这么平整，路上不光有一些横断沙岸的小沟小谷，时常还有整片整片的海滩草和滨梅，一直蔓延到沙岸的边缘。有一本一八〇二年印行的小册子，题为"巴恩斯特博县东海岸概况"，其中列出了人道协会的理事们设立"慈善之家"或"人道之家"的各个地点，"以及其他一些失事海员可以寻求庇护的处所"[①]。这本小册子印了两千份以供分发，经常来往此地海滨的船只都可以拿到一份。读这本失事海员指南的时候，我心里有点儿不是滋味，因为它的字里行间，到处都能听见海涛的声音，或者说是大海的哀叹，就跟作者是某次海难的唯一幸存者似的。关于我们眼前的这部分海岸，作者是这么说的："这片高地伸向大洋，尽头的沙岸十分陡峻，极难攀爬，尤其是在风暴天气。如果狂风大作，潮水猛涨，海浪就会冲到沙岸底部，把沙岸和大洋之间的沙滩变成不宜行走的危险区域。成功爬上高地的海员，千万别急着深入内陆，因为房屋通常离海岸非常远，夜里根本找不见，正确的做法是沿着高地往前走，去找横断沙岸的那些谷地。当地人把这种谷地称为'沟'，它们跟海岸成直角，半坡或沟底会有一条路，从民居通到海边。"[②] 这里所说的"路"，绝不能一概理解为一条看得见的乡间小径。

我们眼前就有两条这样的路，一条高，一条低，一条是沙岸，一条是沙滩，两条都向西北延伸了二十八里，从瑙塞特港直通急流角，沙滩没有任何豁口，沙漠也几乎没有明显的间断。瑙塞特

---

① 引文出自美国教士詹姆斯·弗里曼（James Freeman, 1759—1835）编写的《巴恩斯特博县东海岸概况》（"A Description of the Eastern Coast of the County of Barnstable"），《马萨诸塞历史学会资料汇编》第一辑第八卷也收载了这篇文章；"人道协会"指1786年成立的马萨诸塞人道协会（Massachusetts Humane Society）。

② 引文出自弗里曼《巴恩斯特博县东海岸概况》。

港入口的小海湾又窄又浅，满潮时沙洲上的水深也不超过八尺，假使你愿意横渡这个小海湾，就可以往南再走十到十二里，这一来，海滩的总长就达到了四十里，至于说南塔基特①东侧的沙岸和沙滩，也不过是这些沙岸沙滩的延续而已。这样的路，我觉得差强人意。走上这样的路，我便把鳕鱼岬踏在脚下，相当于不用鞍辔，直接骑上了它光秃秃的马背。这感觉可不像从地图上看，也不像从公共马车里看，从这里我看见它完完全全敞在露天，广大无边，真真切切，鳕鱼岬！这样的鳕鱼岬无法画进地图，随便你怎么着色，这是鳕鱼岬本身，是与它最肖似的事物，对它最逼真的描绘，对它最忠实的叙写，你已经不可能凑得更近，看得更清。如今我无法记起，面对此景，当时我作何感想。人们通常只追捧建有酒店的海滩，对只有"人道之家"的海滩敬谢不敏，我却希望看到人类施设仅余残骸的海岸，希望投宿真正的"大西洋之家"②，在那样的地方，大洋既是海上的东家，又是陆上的东家，可以径直冲上岸来，不需要拿码头来当落脚点，在那样的地方，唯一一个住店疗养的病患是一块正在坍塌的陆地，充其量也只是一块干地，关于那样的地方，你能说的只有这些，再无其余。

我们一路前行，悠然自得，一会儿在沙滩上走，一会儿在沙岸上走，间或稍事休息，坐上一根潮乎乎的木头，有时是枫木，

---

① 南塔基特（Nantucket）是鳕鱼岬南边的一个岛，该岛东岸与鳕鱼岬东岸几乎成一条直线。

② 鳕鱼岬上确实有一间名为"大西洋之家"（Atlantic House）的酒吧客栈，在普罗文思顿境内，1798 年开业，至今犹存。

有时是黄桦①,总之都曾经长年累月随波辗转,眼下才终于定居陆上,或者坐到沙岸上某座沙丘的背风面,以便一瞬不瞬地凝望大洋。沙岸着实陡峭,但凡碰上没有塌陷之虞的地方,我们便可以坐在它的边缘,跟坐在长凳上一样。我们这些内陆居民,眺望大洋的时候,难免要遐想地平线上有块陆地,可大洋上的云朵似乎紧贴水面,低到了它在陆地上从未达到的程度,当然,这也许是由于我们看得特别远的缘故。沙地也不是全无好处,虽然说非常"难走",脚踩着却很舒服,除此而外,尽管雨已经下了将近两天,但只要有半个钟头没下,沙丘上就会有可以落坐的干燥地面,因为它疏松多孔,湿沙易于滑落。这片沙漠无时不美,不管是在天清气朗之时,风狂雨骤之时,还是在暴雨初歇、太阳刚刚钻出云层,照耀它远处潮湿表面之时,它看起来都是如此洁白,如此纯净,如此坦荡如砥,使每一处细微的起伏和足迹纤毫毕现,而你的目光一旦滑出它的范围,便落到大洋之上。夏天里,鲭鱼鸥②——此地的鲭鱼鸥都是在左近的沙丘上筑巢——会急吼吼地追逐旅人,时不时尖叫着俯冲到旅人头顶,旅人还能看见它们像燕子一样疾飞,不依不饶地驱赶沙滩觅食的乌鸦,几乎横越整个海岬。

我已经有一阵不曾提及海涛的咆哮,不曾提及海潮无止无息

---

① 黄桦(yellow birch)为原产北美东部的桦木科桦木属乔木,学名 *Betula alleghaniensis*。
② "鲭鱼鸥"原文为"mackerel gull",指鸥科彩头鸥属鸟类黑头鸥(*Chroicocephalus ridibundus*),这种鸟比较胆大,有食腐的习性。

的起起落落，但在当时，它们确实在不停地冲刺嘶吼，一刻也不曾止息，它们的喧嚣震耳欲聋，你要是也在场的话，根本不可能听见我的声音。我写作本文的此时此刻，它们依然在冲刺嘶吼，因为那里的大海不会休歇，只不过此时此刻，它们也许不像当时那么聒噪，那么暴烈。当时我们完全沉浸于这沸反盈天的洋洋大观，于是便像克莱西兹①一样，默默走在轰鸣大海的岸边，虽然说心境与他不同。

Bῆ δ' ἀκέων παρὰ θῖνα πολυφλοίσβοιο θαλάσσης. ②

我之所以时不时插入一两句希腊文，原因之一是希腊文的音调与大洋格外相似，当然我很是怀疑，荷马所处的**地中**海，是否有过如此喧阗的时候。

那些时常参加伊斯特汉野营礼拜的人，注意力据说会被分作

---

① 据荷马史诗《伊利亚特》所载，克莱西兹（Chryses）是特洛伊阿波罗神庙的祭司。特洛伊战争期间，克莱西兹的女儿被希腊联军主帅阿伽门农（Agamemnon）掳为奴隶。克莱西兹向阿伽门农求恳，想为女儿赎身，但遭到阿伽门农的拒绝，后来才在阿波罗的帮助下救回了女儿。

② 梭罗原注："许多海浪同时冲刺的声音，无论是轻柔还是激烈，都没有英文词语可以形容。这些海浪听起来很是 *πολυφλοίσβοιος*，赶上大洋心情不错的时候，看起来就像一个 *ἀνάριθμον γέλασμα*。"梭罗这条原注当中的希腊文词语 "*πολυφλοίσβοιος*" 意为"喧腾"，"*ἀνάριθμον γέλασμα*" 意为"无穷无尽的笑靥"。正文中的希腊文引文是荷马史诗《伊利亚特》第一卷第三十四行，意为"他默默走在喧腾大海的岸边"。这句诗写的是克莱西兹为女儿赎身遭到拒绝后的伤心表现，句中的"他"即克莱西兹。

两半，一半托付给各位循道宗①牧师的宣讲，一半托付给鳕鱼岬背面海浪的宣讲，原因是礼拜期间，两者都会涌来此地。我断定此种情形之下，占上风的必然是声音大的一方。我们不妨设想，大洋若是向岸边的人群道一声"各位听众！"将会产生何等震撼的效果！那边厢，不过是某个约翰·马菲特②，这边厢，却是坡里弗洛伊斯博伊俄斯·萨拉萨③教士。

波浪卷上岸来的海草非常少，而且以海带为主，因为这里的沙滩几乎没有岩石，岩藻无处立足。这一种宽大的棕褐围裙，总是深深没入碧绿的海水，以半直立的姿势漂来漂去，用奇形怪状的手指抓着一块石头，或是一枚深海贻贝，尚未晕船的海船乘客，谁没从甲板上看过这样的情景？我曾经看见海带抓着一块大石头，足足有我脑袋的一半大。有时候，我们紧盯一团缆索似的海带，看着它在浪峰颠簸，饶有兴致地等着它漂上岸来，就跟它下面系着什么珍宝似的，只可惜到了最后，我们总是又惊讶又失望地发现，吸引了我们注意的这团海带，其实小得微不足道。眺望海面的时候，浮在水上的微细物件也显得硕大无朋，因为大洋的广袤给我们留下了无比深刻的印象，而每个漂浮物件在整个大洋中所

---

① 循道宗（Methodism）为新教主要宗派之一，从十八世纪中叶开始在北美流行。

② 约翰·马菲特（John Maffitt, 1795—1850）为出生在爱尔兰的美国循道宗牧师。

③ "坡里弗洛伊斯博伊俄斯·萨拉萨"原文为"Poluphloisboios Thalassa"，是梭罗对前引《伊利亚特》诗句中希腊文词组"$πολυφλοίσβοιο\ θαλάσσης$"（意为"喧腾大海"）的英文转写。

占的比例，在我们眼里又都是无比巨大。大洋费力搬运的这些物件，上了岸便显露本相，经常只是一些琐屑可笑的草渣木片，尺寸小得让我们大失所望，以至我们禁不住怀疑，大西洋自身没准儿也经不起距离更近的端详，哪天它上了我们的岸，我们兴许会发现，它只是一个小小的池塘。这些海带依种属不同而有"船桨藻""海乱麻""魔鬼裙""鞋底皮"或"丝带藻"[1]之名，在我们看来格外神奇，海味格外浓郁，实在是一种适合尼普顿装点战车的绝妙发明，又或是普罗透斯[2]的一个突发奇想。对内陆居民来说，各种海草也好，水手传说或渔夫奇谈也罢，关于大海的一切故事都有一种神奇的韵味，产自大海的一切品物都有一种神奇的特质，仿佛来自另一个星球。动物王国和植物王国在这种元素[3]当中相遇，以不可思议的方式交织在一起。据博瑞·圣文森特[4]所说，有一种海带拥有长达一千五百尺的茎干，是世界上已知最长的植物，而在福克兰群岛，曾有另一种海带的茎干被波浪抛上海岸，一艘帆船的水手竟然把它们当成了漂木，纷纷跑去捡拾，白白浪费了

---

[1] 船桨藻（oar-weed）和海乱麻（tangle）都可以指海带科海带属的指状海带（*Laminaria digitata*）；魔鬼裙（devil's-apron）指海带科糖藻属的糖海带（*Saccharina latissima*）或海带属的长海带（*Laminaria longicruris*）；鞋底皮（sole-leather）是海带属几种大型海带的通称；丝带藻（ribbon-weed）不详所指，可能是指石花菜科石花菜属的 *Gelidium vittatum*。

[2] 普罗透斯（Proteus）是古希腊神话中的一个海中神祇，以变化多端著称。

[3] "这种元素"指海水。一些古希腊哲学家认为，世界由地（土）、火、水、风（空气）四大元素构成。

[4] 博瑞·圣文森特（Bory St. Vincent, 1778—1846）为法国博物学家，著有多种游记及地理著作。

整整两天的工夫（见哈维那本关于海藻的著作①）。看样子，这种植物差不多可以食用，反正我已经拿定主意，真要是饿急了的话，我肯定会去尝试一下。有个水手告诉我，奶牛会吃这种东西。用刀切海带的时候，感觉跟切奶酪差不多，因为我一有机会就坐了下来，慢条斯理地削了一两英寻②海带，为的是更多地了解这种植物，看看它好不好切，是不是从头到尾都是空心的。它的叶片看着像一条宽宽的腰带，拧成了螺旋状，边缘有褶皱，或者说像是用锤子捶薄的一样，尖梢则通常被海浪冲得支离破碎，好似破衣烂衫。我带了一截海带茎干回家，一周之后便缩到了原来的四分之一大，表面还盖满海盐的结晶，像结了一层霜。读者们当可谅解我的青涩，虽然说我这种青涩，兴许不是读者们那种大海的青涩③，因为我家住河边，河水不会把这种植物冲上岸来。当我们细细揣摩，海带究竟生长在什么样的草地，该用什么样的耙子来耙，又该赶趁什么样的干草天④收割晾晒，难免会觉得满心好奇。有个对天气变化了如指掌的人，就这件事情写出了如下诗句⑤：

---

① "哈维"即爱尔兰植物学家威廉·亨利·哈维（William Henry Harvey, 1811—1866），圣文森特的说法和水手捡拾海带茎干的事情均出自哈维撰著的《北美海藻》（*Nereis Boreali-Americana*, 1851）第一卷。据该书所说，这些水手以为海带茎干可以当柴烧，所以才去捡拾。

② 英寻（fathom）为英制长度单位，一英寻约等于一点八米。

③ "青涩"原文为"greenness"，兼有"绿色"和"没有经验"之义。

④ 干草天（hay weather）指适合晾晒干草的天气。

⑤ 以下三处引文均出自美国诗人朗费罗（Henry Wadsworth Longfellow, 1807—1882）的诗作《海草》（"Seaweed"）。原诗共八节，每节六行，第一处引文是原诗的第一至三节和第四节的前三行，第二处是第四节的后三行，第三处是第八节。

春分秋分的暴风，

壮阔无朋，

一旦降临在大西洋面，

便怒冲冲鞭策劳苦浪花，

载着海草向陆地进发，

海草来自各处的礁岩：

来自百慕大的岛礁，来自

遥远亚速尔的某个明媚岛屿

伸入水中的暗礁边角；

来自巴哈马，来自

圣萨尔瓦多①四隅

银光闪闪的奔涌浪涛；

来自埋葬奥克尼岛礁，

回应嗓音粗厉的赫布里底群岛②，

那些痉挛抽搐的涌浪；

来自残骸、船舶和漂流桁樯，

---

① 百慕大（Bermuda）是北大西洋西部的一个群岛；亚速尔（Azores）是北大西洋东部的一个群岛；巴哈马（Bahama）是北大西洋西南部的一个群岛，圣萨尔瓦多（San Salvador）是巴哈马群岛中的一个岛屿。

② 奥克尼（Orkney）是北大西洋东北部苏格兰海滨的一个群岛；赫布里底群岛（Hebrides）也在苏格兰海滨，位于奥克尼群岛西南边，"嗓音粗厉"的说法也许是因为这个群岛多风。

> 从那些地方浮上
> 大雨滂沱的凄凉海洋;
>
> 它们乘着变幻莫测的洋流,
> 在躁动的大海里漂游,
> 漂啊,漂啊,漂啊,无休无止。

不过,他补上以下几句的时候,心里想的可不是这片海滩:

> 直到在避风的水域和港湾,
> 那些沙质的海滩,
> 再次觅得宁谧的日子。

这些海草,象征的是那些恢诡奇妙的思想,它们漂泊流离,尚未进入文学的避风港。①

> 它们乘着变幻莫测的洋流,
> 在躁动的心灵里漂游,
> 漂啊,漂啊,漂啊,无休无止,
> **至今尚未**载入书籍②,

---

① 这句话是梭罗对朗费罗《海草》一诗第五至七节诗意的概括。
② "至今尚未"的强调标记是梭罗加的,因为朗费罗原诗不是"至今尚未",而是"直到"。

变成千家万户珍藏的字句。

永远不再离去。

海草之外，沙滩上还散落着许多美丽的水母，拾荒者称之为"太阳的嚎啕"。这是最低等的动物生命形式之一，有的是白色，有的是酒红色，直径一尺。乍一看，我还以为它们是某种海怪身上的柔软部位，被风暴或者别的什么敌人砍了个七零八落。大海既然拥有如此狂暴的海岸，足以撕碎最结实的船帆，那还有什么权利哺育水母和海苔这样的柔软生命，把它们养在自个儿的怀抱里？它居然把这么娇弱的孩子抱在怀里晃悠，实在是咄咄怪事。刚开始我没认出来，它们就是我在波士顿港见过的那种生物，那时我乘船过海，看到千千万万的水母飘舞着升上海面，好像要迎接太阳，远远近近的海水为之变色，以至我恍然觉得，自己是在区区一碗太阳鱼汤[①]里航行。人们说，要是你抓起一只水母，它就会从你的手背流下去，好似水银一般。大地升出海面变成干地之前，主宰世界的是一片混沌，而在高潮与低潮之间，逐渐上升的大地部分裸露之时，主宰世界的依然是某种程度的混沌，只有那些反常的生物，才能在这样的世界里栖居。我们观看水母的时候，鲭鱼鸥一直在我们的头顶飞掠，或是在浪花之间翻飞，有时是两只白的合力追赶一只黑的。它们怡然自得地面对风暴，它们的体格呢，其实跟水母海苔一样娇弱，于是我们发现，它们并不是靠身体来适应环境，靠的是它们的

[①] "太阳鱼"原文为"sun-fish"，通常指太阳鱼科（Centrarchidae）的各种鱼类，由本书后文可知，此处的"sun-fish"是水母的别名。

精神。从根本上说,它们的性情一定比百灵鸟和知更鸟更加狂野,换句话说就是更加非人①。它们的鸣叫好似金属振动的声响,与海景和涛声相得益彰,就像有人在弹奏一张永远躺在岸边的竖琴,粗暴地扒拉它的琴弦,把这些大洋乐曲的粗砺片断,高高地抛上浪花之巅。不过,要是让我来挑一种最能唤起海滩记忆的声响,我会说是流连海滩的笛鸻(*Charadrius melodus*)发出的唧唧哀鸣。它们的声音听起来也像是一些短促的乐句,出自那首永远萦绕海滨的挽歌,哀悼的是大洋肇创以来,葬身其中的千万海员。然而,透过这一片惨惨戚戚,我们却依稀听见了一段纯净无疵、莫可名状的永恒旋律,因为亘古以来,这旋律虽然是一户人家的挽歌,却又是另一户人家的欢快晨曲。

一七九四年,威尔弗利特的人们仍在仿效印第安人,用一种奇特的方法捕捉海鸥。书里说,"捕鸥屋是用固定在沙滩上的叉状木桩搭建的",然后用交叉的木棍搭成屋顶,四面用木桩和海草封严实,"再用鲸鱼的瘦肉盖住木棍搭的屋顶,人就可以钻到屋里,海鸥发现不了。等海鸥争先恐后抢吃鲸鱼肉的时候,屋里的人就可以从木棍之间的空隙伸出手去,一只接一只地把它们拽进来,一口气可以逮四五十只。"② 也许正因如此,若是有人"**被拽进**

---

① 百灵鸟(lark)是百灵科(Alaudidae)各种鸟类的通称,知更鸟(robin)可以指多种彼此形态相近的鸟类,北美常见的是北美知更鸟(American robin),即鸫科鸫属的旅鸫(*Turdus migratorius*)。百灵鸟和知更鸟都以陆地为家,与人类关系较为密切。

② 前面两处引文均出自《马萨诸塞历史学会资料汇编》第一辑第三卷收载的《威尔弗利特详况》("A Topographical Description of Wellfleet")。梭罗前文说"一七九四年",是因为第一辑第三卷出版于1794年。

了圈套",大家就会说他"上了跟海鸥一样的当"①。我们从书中读到,有一"种海鸥被荷兰人称为'*mallemucke*',也就是'愚蠢的苍蝇',因为它们会像苍蝇一样,迫不及待地扑向鲸鱼的尸体。说实在的,所有的海鸥都是傻大胆儿,非常好打。挪威人管这种鸟叫'*havhest*',也就是'海马'(这个词的英译者说,挪威人说的'海马',多半就是我们说的'傻瓜')。它们要是吃撑了,就会把吃进去的东西呕出来,然后再吃进去,如此循环往复,直到精疲力竭为止。"②"正是因为海鸥(gull)这种主动放弃到嘴食物(把自己胃里的东西呕出来给贼鸥③)的习性,人们才发明了'gull'(傻子)、'guller'(骗子)和'gulling'(欺骗)之类的说法。"④我们还读到,在夜里,人们常常在煎锅里点燃猪油,借此诱杀栖息在沙滩上的小鸟。印第安人用的多半是松明,鸟儿会成群结队飞向火光,用棍子就可以打下来。⑤我们发现,沙岸边缘有一些人工挖掘的坑洞,枪手们就是藏在这些洞里,向那些穿梭岸边捕鱼的大型海鸥开火,因为他们觉得大海鸥好吃。

---

① "被拽进了圈套"的原文是"is *taken in*",字面意思是"被拽进去",实际意义是"上了当";"上了跟海鸥一样的当"原文是"to be *gulled*","gull"这个词兼有"海鸥"和"欺骗"之义。

② 引文出自克兰茨《格陵兰史》1767年英译本第一卷,括号中的文字是梭罗对该书此处脚注的改写。

③ 贼鸥(skua)是贼鸥科贼鸥属(*Stercorarius*)各种掠食性鸟类的通称。

④ 引文出自英国作家罗伯特·穆迪(Robert Mudie, 1777—1842)撰著的《不列颠群岛的羽族》(*The Feathered Tribes of the British Islands*, 1834)第二卷,引文中第二个括号里的文字是梭罗加的。

⑤ 点火捕鸟的事情见于《威尔弗利特详况》的记述。

我们找到了一些大蛤蜊，属于 *Mactra solidissima*① 这个品种，风暴把它们卷离海底，抛到了海滩上。我挑了个特别大的，大概有六寸长，带着它一起上路，打算拿它来做个实验。前行不久，我们遇见了一个拾荒者，他带着一柄抓钩和一根绳子，说他想捞点儿粗麻布，也就是"富兰克林号"的船载货物，那艘船今春失事，九人或十人因此丧生。读者们可能还记得那次海难，一是因为事发当时，船长的公文箱被海浪冲上岸来，人们在里面找到了一封信，信中指示船长，务必在抵达美国之前把船弄翻，二是因为这封信引发的一场审判。② 这个拾荒者告诉我们，直到如今，如果赶上这次这么大的风暴，依然会有粗麻布被冲到岸边。他还说，我带着的这个蛤蜊叫作"海蛤"，又叫"母鸡蛤"，吃起来味道不错。沙岸顶上有一座长满海滩草的沙丘，沙丘脚下是一道满目荒凉的小小沟谷，我们在谷中午休少刻，其间一会儿下雨，一会儿出太阳。我掏出我的刀子，把岸边捡来的一块潮湿漂木削成刨花，用一根火柴和一些纸生起一堆火，就着余烬烤熟了我的蛤蜊，充作我的正餐③，因为在此次远足期间，我一天通常只有一顿是在室

---

① *Mactra solidissima* 即广布于大西洋西部的马珂蛤科马珂蛤属贝类大西洋浪蛤（Atlantic surf clam），学名亦作 *Spisula solidissima*。

② 1849年3月1日，从英格兰驶往波士顿的"富兰克林号"（Franklin）帆船在威尔弗利特海滨失事。从船长公文箱里找到的一封信件表明，波士顿的两名船东指示船长故意制造海难，以便骗取保险赔偿。船长本人在海难中身亡，两名船东随后受到审判，但并未被判有罪。

③ 据当代美国学者肯·艾尔巴拉（Ken Albala）主编的《世界饮食文化百科全书》（*Food Cultures of the World Encyclopedia*）第二卷所说，十九世纪的新英格兰人通常以午餐为正餐。

内吃的，那便是早餐。蛤蜊烤好之后，蛤肉都集中在一瓣壳里，另一瓣里只有汁水。蛤肉硬得要命，可我还是觉得它味道鲜美，乐滋滋地**整个儿**吃了下去。说实在的，要是再来上一两块饼干，这便是一顿丰盛的正餐了。我注意到，蛤壳跟我家里糖柜上镶嵌的一模一样。这一带的印第安人，曾经拿绑上木棍的蛤壳当锄头使。

半下午光景，海上现出两三道彩虹之后，阵雨终于停歇，天空渐渐清朗，只不过风还跟先前一样大，浪也跟先前一样高。前行不久，我们碰上一座"慈善之家"，于是往屋里瞅了瞅，想知道失事的海员待遇如何。一座孤零零的房屋，兀立在海边一个远离人境的荒凉沟谷，紧靠沙岸内侧，以打进沙地的木桩作为支撑，门锁是一根穿过U形钉的小钉子，冻得半死的失事海员不妨尝试把它掰弯，地板上兴许有点儿麦秆，海员可以躺在上面，也可以把它塞到壁炉里烧，借此取暖保命。说不定，这间小屋从不曾派上庇护海难幸存者的用场，出资的那位慈善人士也已经变得麻痹大意，认定风暴和海难永不再来，尽管他曾经许诺，要逐年检查这间小屋，确保屋里有麦秆和火柴，确保小屋的壁板挡得住风。然而，搞不好就在今夜，就会有一帮奄奄一息的水手用冻僵的手指撬开屋门，明早离开时已经死了一半。这样的房屋，虽然是建来给人住的，在我眼里却没有欢乐的气息，因为我想到了唯一有可能来住或住过这种房屋的那些家庭，想到他们的境况该是何等的凄惨，想到人类若是在这种房屋里度过冬夜，必将酿成何等的悲剧。看样子，这种房屋不过是通往坟墓的驿站。海鸥在房屋四周盘旋，尖叫着飞过屋顶，屋里一片漆黑，空空如也，回荡四壁的只有风暴中的大洋咆哮，以及晴日里的隐隐涛声，年复一年，日日如此，也许要赶上某个没齿难忘的夜晚，情形才会有所不同。这就是款待海难幸存者的房屋！这能算哪门子的水手之家？

"每一座小屋，"《巴恩斯特博县东海岸概况》的作者如是写道，"都以木桩作为地基，长八尺，宽八尺，高七尺，南面开一道滑门，西面开一道滑窗，东面竖一根高出屋顶十五尺的杆子。屋里备有麦秸或干草，外加一张长凳。"时至今日，这些小屋依然在沿用这样的标准，并没有什么改观。往北直到沙岛和安提科斯蒂岛[1]，都可以见到类似的小屋，至于它分布的范围沿着海岸往南延伸了多远，我就不知道了。针对那些有可能在这片海滨失事的海员，《东海岸概况》的作者写下了巨细靡遗的详实指南，教他们如何找到最近的"慈善之家"，或者是其他的庇护所，这些指南读起来令人心酸，因为正如作者对伊斯特汉的介绍那样，尽管离海岸不到一里就有几座房屋，但"要是赶上了在此地来得格外凶猛的雪暴天气，找到它们几乎是不可能的事情，无论是夜晚还是白天"。你仿佛可以听见，失事海员的这位假想向导如此这般加油鼓劲，指引这支滴答淌水、瑟瑟发抖、快要冻僵的队伍奋勇前行："这道沟谷的入口积起了沙堆，所以得爬那么一小段。翻过几道篱笆，注意别往右手边的林子里走，就可以看到四分之三里外的一座房屋。这座房屋在大路南侧，南边不远处就是帕米特河[2]，这条

---

[1] 沙岛（Isle of Sable）和安提科斯蒂岛（Isle of Anticosti）都是加拿大东南部邻近美加边界的岛屿。岛名中的"sable"是法文，意思是"沙"。

[2] 帕米特河（Pamet River）是特鲁罗境内一条长约七公里的小河。

河从东边流向西边,穿过一片盐水沼泽。"针对那些在伊斯特汉境内漂上岸来的幸存者,这位向导说道,"镇上的教堂没有尖顶,但你可以根据它的位置,把它跟附近的民宅区分开来,它坐落在两小片刺槐① 林子之间,一片在它的南边,一片在北边,南边的林子比北边的长两倍。小屋西北约一又四分之一里处,可以看见一架风车的尖顶和叶片。"如此等等,累牍连篇。

我们未能知晓,这些小屋可曾拯救任何生命,不过,这位作者提到了建在特鲁罗镇斯道特溪② 源头的一座小屋,说"它建得不合理,屋里有根烟囱,而且建在了一个根本没有海滩草的地方。强风吹走了它地基的沙子,烟囱的重量又压得它直往下陷,所以在今年(一八〇二年)一月,人们就把它彻底拆除。拆屋的事情发生在'布鲁图号'失事大约六周之前,要是小屋还在的话,那艘船的不幸船员多半可以全体获救,因为他们上岸的地方,离小屋原来所在的位置只有几杆远"。

这一座拾荒者口中的"慈善之家",亦即另一些人口中的"人道之家",正是我们路遇的第一座房屋,它没有窗户,没有可以滑动的窗板,没有外层墙板,也没有刷涂料。门锁是一根穿过U形钉的锈钉子,跟我们前面说过的一样。不过,我们一来是想对"人道之家"有个概念,二来是绝不希望碰上比这次更好的机会,所以就轮流凑到门边,透过门上的一个节疤眼儿窥视屋内的黑暗,

---

① 刺槐(locust)是豆科刺槐属(*Robinia*)各种乔木及灌木的通称。
② 据《巴恩斯特博县东海岸概况》所说,斯道特溪(Stout's Creek)原本是特鲁罗境内的一片盐水沼泽,但在该文写作的年代(1802年)便已经仅余痕迹。

只可惜看了半天，什么也看不见。我们并不知道，自己最终会看见多少海难幸存者的骸骨，但却心知肚明，你要是去敲这扇门，确实不一定能敲得开，可你要是从节疤眼儿窥视足够长的时间，门内的情形终归可以瞧见，因为我们多少有一点儿向内看的经验。这么一想，我们便一边用上我们的信念之眼，往屋子里面看，一边把另一只眼睛捂得严严实实，将整个外部世界，不管是大洋、陆地还是海滩，一股脑地抛到九霄云外，直到我们瞳孔放大，开始吸收那片黑暗里的游荡光线（因为瞳孔看着看着就会放大，不管是多么小的眼睛，只要能做到坚定不移，坚韧不拔，世间便没有黑得看不穿的夜晚）。你还别说，经过这一番努力，屋里的东西便在我们眼前逐渐显形——如果一个什么东西都没有的地方也可以这么描述的话——我们也就此看到了企盼已久的内幕。尽管我们起初没抱任何希望，但经过天赐官能持续几分钟的不懈努力，我们的视野开始决定性地转向明朗，我们也欢欣鼓舞，准备与那位写出"乐园失而复得"的盲眼诗人①一同欢呼：

伟哉，神圣之光！天国的头生子，
或者说永恒永存光线的苗裔，
我这么形容你，可有亵渎之虞？②

---

① "盲眼诗人"即英国大诗人约翰·弥尔顿（John Milton, 1608—1674）。弥尔顿著有经典长诗《失乐园》（*Paradise Lost*, 1667）及《复乐园》（*Paradise Regained*, 1671），中年双目失明。

② 引文出自弥尔顿《失乐园》第三卷。

又过了一小会儿，一根红色的烟囱扑进我们的眼帘。简言之，等我们的视觉适应黑暗之后，我们发现地板上有几块石头，几团蓬松的羊毛，屋子远端还有个空空如也的壁炉，但就我们目力所及而言，屋里**并没有**配备火柴、麦秸或干草，也没有"外加一张长凳"。实在说来，屋里没有别的，只有宇宙浩渺之美的劫余残骸。

如此这般，我们背对外部的世界，透过门上的节疤眼儿往"人道之家"里看，一举看穿了仁爱的肚肠，它的肚肠里没有面包，有的只是石头一块。所谓仁爱，实实在在只是极大的吵闹（门外的海鸥发出的），外加极少的羊毛①。但我们乐得坐在门外，在"人道之家"的背风一面躲避刺骨的狂风，心里想的是，慈善是多么地冰冷！人道是多么地不人道！慈善的背后，藏的原来是这等货色！原来是一些遥不可及的过时美德，门环上永远横着一根锈迹斑斑的钉子，不光是很难修缮维护，而且你根本没法确定，到底有没有人能爬上它近旁的海滩。我们不得其门而入，只好哆嗦着在屋子周围转悠，时不时凑近那个节疤眼儿，窥视屋里的无星黑夜，直到我们盖棺论定，这根本不是什么**人道**之家，而是黑暗家族或混沌家族某些成员的海滨度假屋，是他们夏天来吹海风的地方，眼下暂时处于关闭状态，而我们不该这么好奇，竭力刺

---

① "极大的吵闹，外加极少的羊毛"原文为"a great cry, and a little wool"，是梭罗对英语成语"Great cry and little wool"（意为"小题大做""雷声大雨点小"）的活用，照应上一段里的"几团蓬松的羊毛"。这一句也可译为："极大的雷声，外加极小的雨点。"

探他们的隐私。

在此之前,我同伴曾经用相当绝对的措辞,断言我没有丝毫情感,使得我十分诧异;不过我怀疑,他的意思是我当时还没有腿痛脚酸,虽说我对于酸痛之感,倒也并不是完全陌生。然而我此行目的,可不是享受一段多愁善感的旅程。

五　威尔弗利特的养蚝人①

我们在海滩上走了约莫八里，过了威尔弗利特和特鲁罗的界标——界标是沙地上的一根石柱，原因在于，就连这些沙子也逃不脱这个或那个镇子的管辖——便转向内陆，越过一些荒瘠不毛的山丘沟谷，只可惜不知何故，大海并没有跟着我们往里走。沿着一道沟谷往上爬的时候，我们发现半里之内有两三座外观简朴的房屋，位置离东岸近得异乎寻常。看样子，这些房子的阁楼里有的是房间，多得使它们的房顶没办法伸直躺平，所以我们绝不怀疑，里面肯定有我们落脚的地方。近海的房屋通常低矮宽大，这几座的高度也只有一层半，可你要是只看它们端头山墙的窗子数目，肯定会以为它们的层数比这多得多，至少也会以为，顶上的半层是唯一一处主人认为配得上光照的地方。我们在鳕鱼岬各处见到的这类房子，总是让我们觉得赏心悦目，因为房子端头的窗子是那么地众多，窗子的大小和位置又是那么地没有规则，仿佛每一个离乡背井的住客都曾按各自的需要开墙打洞，只考虑自个儿的块头和身量，全不管房子外观如何。山墙上有适合成年人

---

① 本篇首次发表于1864年10月的美国杂志《大西洋月刊》(*The Atlantic Monthly*)。

的窗子，也有适合小孩子的窗子，各有那么三四扇，情形正如某人特意在自家谷仓门上掏两个洞，大的给大猫，小的给小猫①。有的窗子开得离房檐特别近，让我觉得他们肯定是把大梁给打穿了，就为了多隔出一个房间。我还注意到，有的窗子做成了三角形，为的是将就所处的位置。这么着，房子的端头有了跟左轮手枪弹仓一样多的孔洞，如果房子的住户都跟我们的某些邻居一样，养成了盯着窗子外面看的习惯，旅人是没机会逃过他们的视线的。

就鳕鱼岬的情形而言，未经髹漆的老式房屋通常比花哨做作的现代住宅更显舒适，更加入画，后者跟这里的景色不够协调，基础也没有这么牢固。

眼前这些房子坐落在一串池塘的岸边，池塘共有七个，一条名为"鲱鱼河"的小溪从这些池塘发源，最后流入马萨诸塞湾。鳕鱼岬上有许多条鲱鱼河，兴许很快就会变得比鲱鱼还多。我们去第一座房子敲了敲门，屋里的人都不在。与此同时，我们看见隔篱的住户正在从窗口打量我们，没等我们走到隔篱的房子跟前，一个老妇人就走出房门，把地窖楼梯口的门闩上，然后又回屋去了。尽管如此，我们还是毫不犹豫地敲响了她家的房门，应门的是一个须发斑白的老翁，年纪估计有六七十岁。刚开始他有点儿疑神疑鬼，问我们从哪里来，来这里有何贵干，我们干脆利落地回答了他。

---

① 梭罗这句话暗指科学巨人牛顿的一则逸事。根据传说，在门上掏洞供猫出入的做法是牛顿的发明。他的猫生了小猫之后，他又特意给小猫掏了个较小的洞，却不知小猫也可以从大猫的洞出入。

"康科德离波士顿有多远？"他问道。

"坐火车二十里。"

"坐火车二十里，"他重复了一遍。

"康科德可是独立圣地哩①，您没听说过？"

"我没听说过康科德？什么话，我亲耳听过邦克山战役②的炮声哩。（这里确实能听见海湾对面的重炮轰击。）我快九十了，眼下是八十八。康科德战役打响的时候，我已经十四岁了，那时候，你们俩在哪儿呢？"

我们不得不承认，我们没有参加那场战役。

"好啦，往里进吧，等娘儿们给你们安排，"他说道。

于是我们喜出望外地往里进，然后坐了下来，一个老妇人上前接过我们的帽子和行李，老翁则一边走向屋里那个巨大的老式壁炉，一边继续念叨：

"我是个啥用也没有的倒霉蛋儿，像以赛亚③说的那样。今年我全垮了，窝在这儿受娘儿们的管制。"

他家的成员包括老翁自己，他妻子，他那个看着跟他妻子差

---

① 1775年4月19日，英军和马萨诸塞殖民地民兵先后在列克星敦镇（Lexington）和与之相邻的康科德镇发生小规模冲突，是为美国独立战争的第一场战役，"列克星敦及康科德战役"。

② 1775年6月17日，美军在波士顿地区的邦克山（Bunker Hill）附近与英军展开激战，虽因寡不敌众而落败，却使英军付出了比己方大得多的惨重代价。邦克山战役极大地鼓舞了殖民地民众的士气。

③ 以赛亚（Isaiah）是《圣经》中的以色列先知，通常被视为《旧约·以赛亚书》的作者，这卷书里有句话："我却说，我的劳碌都是徒然，我的努力都是虚无虚空。"这句话当中的"我"可以理解为以赛亚。

不多老的女儿，他那个傻瓜儿子（一个长相凶蛮的中年人，下半边脸格外突出，本来站在壁炉旁边，见我们进来就出去了），以及一个十岁的小男孩。

我同伴跟他家的女人谈天，我则跟老翁闲话家常。家里人说老翁是个老糊涂，可他显然十分精明，超出了他们的理解能力。

"这两个娘儿们，"他对我说，"都是啥用也没有的倒霉蛋儿。这个是我老婆，我六十四年前跟她结的婚。她今年八十四岁，聋得跟蝰蛇①一样，另外那个也比她强不了多少。"

他对《圣经》评价很高，至少**嘴上说的**是它好，**心里想的**也不是它不好，怕的是人家觉得他为老不尊。他说他认认真真读了许多年《圣经》，确实也能够随口引用书里的众多章节。他似乎对自身的渺小感受极深，所以一而再再而三地大声嚷嚷：

"我啥也不是。我读我这本《圣经》，就总结出了这么一条：人是啥用也没有的倒霉蛋儿，一切都是上帝的安排。"

"我可以问问您的名字吗？"我说道。

"可以，"他回答道，"把名字告诉别人，我没觉得有什么可害臊的。我名叫某某某②，我曾祖父是从英格兰来这儿定居的。"

他在威尔弗利特养蚝多年，把这个行当摸得门儿清，有几个儿子至今以此为业。

---

① 蛇类的听觉器官不发达，主要靠颌部来感知地面振动。此外，《旧约·诗篇》有云："他们（恶人）好似塞住了耳朵的聋聩蝰蛇。"

② 梭罗此处隐去了老人的名字。这位老人是约翰·纽科姆（John Newcomb, 1762—1856）。纽科姆家的房子已被美国政府列入《国家史迹名录》（*National Register of Historic Places*）。

听他说，马萨诸塞州卖蚝的店铺摊档，几乎都是由威尔弗利特人供货和打理的。本镇有个地方到现在还叫"比灵斯盖特"，因为那地方以前有许多蚝①。不过，那地方的原生蚝据说是在一七七〇年死光了，原因众说纷纭，有人说是因为地面霜冻，有人说是因为烂在港口里的黑鱼尸体，如此等等，最普遍的说法则是——我发现，关于鱼类绝灭的此类迷信解释，几乎是到处都有——威尔弗利特为采蚝的权利跟邻镇起了争执，蚝身上就长出了黄斑，所以说，是上帝让蚝消失的。几年前，人们每年都从南方弄来六万蒲式耳的蚝种，把它们投放在威尔弗利特港，直到它们获得"比灵斯盖特的特有风味"。然而，如今人们通常是把长成的蚝从外地弄来，然后投放到波士顿等消费市场的附近，养在咸水淡水交汇之处，因为那样的水更适合养蚝。据说，这门生意到现在依然兴旺，而且蒸蒸日上。

老翁说，蚝要是养在太高的地方，冬天是很容易冻坏的，可要是天还没有"冷到刺痛眼睛的地步"，它们就不会伤着。新不伦瑞克②的居民留意到，"蚝床上方的水面不会结冰，除非天实在是冷得厉害。各个海湾上冻的时候，人们很容易发现蚝床在什么地方，因为蚝床上方的海水仍未冰封，或者用法裔居民的话来说，

---

① 这里说的"比灵斯盖特"（Billingsgate）是威尔弗利特港入口处的比灵斯盖特岛（Billingsgate Island）。这个岛因水产丰富而借用了伦敦比灵斯盖特水产市场（Billingsgate Fish Market）的名字，现已与鳕鱼岬连为一体，改名比灵斯盖特浅滩（Billingsgate Shoal）。

② 新不伦瑞克（New Brunswick）是加拿大东南部的一个地区，与美国的缅因州接壤。

处于 *degèle* 的状态。"①我们的主人家却说,他们整个冬天都把蚝搁在地窖里。

"不吃不喝吗?"我问道。

"不吃不喝,"他回答道。

"蚝会自个儿挪窝吗?"

"跟我的鞋一样。"

可他接着又说,蚝会"把自个儿嵌进沙床,平的一面朝上,鼓的一面朝下"。听闻此言,我赶紧告诉他,没有我的脚帮忙,我的鞋可干不了这个,于是他说,它们这只是安顿下来生长而已,随便你把它们放进哪个格子,它们都会一直待在原地,跟它们不同,蛤蜊倒是会快速移动。长岛②至今出产大量的原生蚝,后来我听那里的养蚝人说,蚝都是附着在父母周围,簇聚成一个个巨大的团块,他们就用钳子把它们一锅端;捞上来以后,从小蚝的年龄可以判断,它们至少也有五六年没挪过窝了。巴克兰③在他的《自然史探奇》(第五〇页)当中说:"蚝要是在很小的时候选好位置固定下来,便再也不能挪动。不过,如果它只是躺在海底,还

---

① 此处引文出自新不伦瑞克律师及渔业专家摩西·珀莱(Moses Perley, 1804—1862)撰著的《新不伦瑞克海滨河滨鱼类养殖场报告》(*Reports on the Sea and River Fisheries of New Brunswick*, 1852)。法文词语"*degèle*"意为"解冻/消融"。

② 长岛(Long Island)是纽约港曼哈顿岛附近的一个岛,该岛出产的"蓝角蚝"(Blue Point oyster)久负盛名。

③ 巴克兰(Francis Trevelyan Buckland, 1826—1880)为英国医生及博物学家,此后引文出自他撰著的《自然史探奇》(*Curiosities of Natural History*)第一卷。梭罗说的页码与该书 1857 年初版(引文出现在初版第二七页)不符,依据可能是其他的某个版本。

没有固定下来，就可以自由移动。它会把壳尽量撑开，然后突然闭合，依靠前冲水流的反推力向后移动。根西岛①的一个渔夫告诉我，他经常看见蚝以这种方式移动。"

有的人至今不能确定，"蚝是不是马萨诸塞湾的土产"，威尔弗利特港又是不是这种贝类的"天然栖息地"②，可我亲眼看见，鳕鱼岬到处都散落着印第安人撬开的蚝壳，更别说还有那些老养蚝人的证言，我觉得他们的证言完全可以一锤定音，哪怕鳕鱼岬的原生蚝现已绝迹。事实上，鳕鱼岬当初之所以会成为人烟稠密的印第安聚居地，恰恰是因为这里盛产蚝，以及其他的海味。后来，我们在特鲁罗看见了印第安人留下的众多遗迹，大沟附近有，东港河附近的高角③也有，都是些蚝壳、蛤蜊壳、镰玉螺壳④和其他贝壳，跟篝火余烬、鹿骨和其他四足动物的骨骼混在一起。当时我还捡到了半打箭镞，要是想接着捡的话，一两个钟头就能把衣兜装满。为了获得掩蔽所和淡水，印第安人总是住在沼地边缘，现今的一些沼地，当时多半是池塘。除此而外，尚普兰在

---

① 根西岛（Guernsey）在英吉利海峡中，靠近法国海岸，为英国属地。梭罗的祖籍就在该岛。

② 前两处引文均出自美国贝类学家奥古斯都·古尔德（Augustus Gould, 1805—1866）的《马萨诸塞无脊椎动物报告》（*Report on the Invertebrata of Massachusetts*, 1841）。

③ 大沟（Great Hollow）、东港河（East Harbor River）和高角（High-Head）均为特鲁罗境内地名。

④ "镰玉螺"原文为"cockle"，可以指多种贝类，根据梭罗在后文列出的拉丁学名 *Natica heros*，可知他说的"cockle"是玉螺科镰玉螺属大型海螺英雄镰玉螺，拉丁现名 *Euspira heros*。

一六一三年印行的《航行记》里说，一六〇六年，他和坡岑古①一起探查了现今马萨诸塞湾南部的一个港湾（巴恩斯特博港？），位置是北纬四十二度往南约五里格，"*Cap Blanc*"（白岬，即鳕鱼岬）偏西一点②。他们在这个港湾找到了许多上等的蚝，所以把它命名为"*le Port aux Huistres*"（蚝港）。③尚普兰还在一六三二年刊行了一张地图，图中有一条注入同一片海湾的河流，标注的名称则是"*R. aux Escailles*"（蚝壳河），而在奥吉尔比《美洲》（一六七〇年印行）一书所附的"*Novi Belgii*"（新比利时）地图④当中，同一个港湾也标有"*Port aux Huistres*"的名称。还有，于一六三三年离开新英格兰的威廉·伍德曾在一六三四年出版的《新英格兰概览》中说，查理河里有"一处巨大的天然蚝场"，密斯提克河里也有一处，两者都阻碍了河上的交通。⑤他写道，"这些蚝都是形状像鞋

---

① 坡岑古（Jean Biencourt, Baron of Poutrincourt and Saint-Just, 1557—1615）为法国贵族及探险家。

② 里格（league）为长度单位，一里格约等于四点八公里；这里的"点"（point）为航海术语，一点等于十一度十五分。

③ 据美国学者、《尚普兰航行记》英译者查尔斯·奥蒂斯（Charles Otis, 1840—1888）所说，尚普兰此处提及的港湾确实是巴恩斯特博镇的巴恩斯特博港（Barnstable Harbor），梭罗的推测是正确的。

④ 奥吉尔比（John Ogilby, 1600—1676）为苏格兰翻译家及地图绘制专家，《美洲》（*America*）是他根据荷兰作家蒙塔讷斯（Arnoldus Montanus, 1625?—1683?）的著作翻译出版的书籍；"新比利时"（Novi Belgii）是十七世纪欧洲殖民者使用的一个地名，指今日美国弗吉尼亚州和新英格兰之间的区域。

⑤ 威廉·伍德（William Wood）为英国作家，生平不详，曾在新英格兰生活四年的时间，著有《新英格兰概览》（*New England's Prospect*），此处及下一处引文均出自该书；查理河见前文注释，密斯提克河（Mistick）是波士顿北边的一条河，在波士顿港入海。

拔子的大家伙，有的竟然长达一尺，生长的地方是一些会在大潮退去后裸露出来的滩涂。去了壳的蚝肉实在是太大，你得先把它切成小块，然后才塞得进嘴巴。"他说的那些地方，到现在依然产蚝。（另见托马斯·莫尔顿《新英格兰的迦南》①第九〇页。）

主人家告诉我们，要弄到海蛤或说母鸡蛤，并不是那么容易。人们确实会用钉耙来捞海蛤，但却从来不是在大西洋这一侧，只有在风暴天气，这一侧才会有少量海蛤被海浪抛到岸边。渔夫有时会在几尺深的水里走来走去，用尖头的棍子去戳面前的沙质水底，要是碰巧从海蛤的双壳之间戳了进去，海蛤就会闭拢双壳夹住棍子，就这么被渔夫提出水来。众人皆知，海蛤还会把企图啄食它们的骨顶鸡和水鸭②夹住，怎么也不松开。后来有一天，我偶然站在新贝德福德的阿库什讷特河岸③观察野鸭，有个人告诉我，当天早上落潮的时候，他把家里养的小鸭放了出去，让它们在这条河边的盐角草（*Salicornia*）④和其他杂草之间觅食，渐渐却留意到其中一只在草丛里站着不动，似乎有什么东西不让它跟着同伴

---

① 托马斯·莫尔顿（Thomas Morton, 1575—1647）为原籍英国的早期北美移民，著有《新英格兰的迦南》（*New English Canaan*, 1637）。该书说："这里每条河的河口都有大量的蚝。"

② "骨顶鸡"原文为"coot"，可以指秧鸡科骨顶鸡属的各种水禽。美国常见的"coot"是广布于北美大陆的美洲骨顶鸡（American Coot），学名 *Fulica americana*；"水鸭"原文是"teal"，是鸭科鸭属（*Anas*）多种水禽的通称。

③ 新贝德福德（New Bedford）为马萨诸塞州东南部海滨城镇，阿库什讷特河（Acushnet）流经新贝德福德，在前文提及的鸷鸟湾入海。

④ 盐角草（samphire）为广布于欧美海滨的苋科盐角草属植物，学名 *Salicornia europaea*。

往前走,他赶紧走到那只小鸭旁边,这才发现水里有只硬壳蛤①,死死地夹住了小鸭的一只脚。于是他连鸭子带蛤蜊一块儿拿回家,他妻子用刀子撬开蛤壳,把鸭子解救出来,把蛤蜊给煮了。主人家说,大蛤蜊是很好吃的,就是得先把某个有毒的部分去掉,然后才能下锅,"听人说,那玩意儿能把猫毒死。"我没有告诉他,就在当天下午,我刚刚把一只大蛤蜊整个儿吃了下去,只是在心里暗想,这说明我的体格,终归要比猫强壮一些。主人家又说,小贩会跑到他们这边来,有时还会向家里的女人兜售漏勺,可他会告诉小贩,这边的女人已经有了一种**你们做不出**的好漏勺,是用蛤蜊壳做的,形状刚好合适,有些地方的人管它叫"全能漏"。他还说,"太阳的嚎唒"有毒,绝不能抓着玩儿,遇到它的水手都不敢乱摸乱碰,只会把它远远地扔开。于是我告诉他,当天下午我就抓过,眼下还没觉得有什么不舒服,但他不以为然,说它会让人的手发痒,尤其是在手上有皮外伤的时候,我要是不信的话,还可以把它放到胸口去试试,这样就知道它的厉害了。

他告诉我们,鳕鱼岬的背面一百年没结过冰,充其量只结过一次,积雪也非常少,雪要么是叫沙地给吸收了,要么是叫风给吹跑了,再不就是叫海浪给冲走了。冬天里水位比较低,海岬背面的海滩有时会上冻,形成一条长约三十里的坚实道路,跟地板一样平整。他是小孩子的时候,有一年冬天曾经跟父亲一起,"天不亮就跑到海岬背面,一口气走到普罗文思顿,回来还赶上

---

① 硬壳蛤(quahog)即原产于北美及中美东海岸的帘蛤科蚌蛎属贝类蚌蛎,学名 *Mercenaria mercenaria*。

了午饭。"

周围的大地一片荒芜，几乎看不到田畦的影子。见此情景，我便问他，本地人拿这些土地来做什么。他回答说，"什么也不做。"

"那你们干吗给它围上篱笆呢？"

"免得风吹进来的沙子盖满地面。"

"黄色的沙子，"他接着说，"多少还有点儿肥力，白色的就算有，那也是少得可怜。"

回答他问题的时候，我提到我是个土地勘测员①，于是他说，勘测他农场土地的那些人，一碰到不平的地面就把测链往上提，提得跟他们的手肘一样高，调整的幅度实在是大。他还想知道，我能不能告诉他，他们勘测的结果为什么跟地契不相符，而且次次都不一样。看样子，他更相信的是那些老派的勘测员，这我倒并不觉得奇怪。"国王乔治三世②，"他说，"在这儿修了一条四杆宽的笔直道路，贯通整个海岬"，只不过他也说不上来，那条路如今在什么地方。

老翁讲的勘测员故事，让我想起了一个长岛人。有一次，我正准备从他的船头往岸上跳，他却觉得我低估了小船和海岸之间的距离，肯定会中途落水——不过我后来发现，他是把我关节的灵活程度看得跟他自己一样了——于是就告诉我，需要掂量某条

---

① 勘测土地是梭罗的主要副业之一。
② 乔治三世（George the Third, 1738—1820）为1760至1820年间在位的英国君主。

溪涧跳不跳得过去的时候,他总是会抬起一条腿,把脚伸出去比画比画,如果脚能把对岸的任何地方遮住,那就说明跳得过去。"咳,"我对他说,"且不说密西西比,或者是别的什么小沟小渠,我甚至能伸出脚去遮住一颗星星哩,但我并不会铤而走险,尝试去跳那么远的距离。"接着我又问他,他怎么能知道自己抬腿的高度合不合适。可他坚持认为,他的双腿十分精确,不亚于螺栓量规或普通的四分仪①,似乎还绞尽脑汁地记起了双腿所画弧线的每度每分,而且想让我相信,他的髋关节上打了某种类型的结,所以他能够确定这件事情。我建议他找一根长度合适的绳子,绑在自己的两个脚踝之间,充作双腿所画弧线的弦,然后在平地上测试自己的跳跃能力,假定自己的一条腿垂直于水平面,只不过就他的情形而言,这样的假设未免过于大胆。这一类的腿部几何学虽说离谱,仍然是我爱听的东西。

从这座房子的窗户可以看见周围的大多数池塘,主人家也乐于向我们数说这些池塘的名字,还让我们跟着他念,看我们听没听清。最大的一个叫作鸥池,周长有一里多,特别漂亮,又清又深,其他的分别叫作纽科姆池、斯威特池、沼池、蚂蟥池、圆池和鲱鱼池②,我要没看错的话,赶上水位高的时候,所有这些池塘

---

① 螺栓量规(screw dividers)是一种用来等分线段或设定相等间距的精密仪器;四分仪(quadrant)是天文学家或海员用来测量九十度以内夹角并据此确定天体高度或纬度的仪器。

② 从现在的地图上看,鸥池(Gull Pond)、沼池(Slough Pond)、蚂蟥池(Horse-Leech Pond)、圆池(Round Pond)和鲱鱼池(Herring Pond)名字没变,但以人名命名的纽科姆池(Newcomb's Pond)和斯威特池(Swett's Pond)已经分别变成了威廉斯池(Williams Pond)和希金斯池(Higgins Pond)。

都会连成一片。海岸勘测员来找他问过这些池塘的名字,他还向勘测员指出了一个他们没发现的池塘。他说,这些池塘的水位没以前高了,因为在他出生大概四年之前,一场地震震裂了铁质的池底,导致池水下落。我倒是不记得,有哪本书这么说过。经常有无数的海鸥来池边盘桓,但大海鸥已经非常少见,因为照他的说法,它们的繁殖地在遥远的北方,鸟窝都让英国人给掏了。他清楚地记得往日的光景,那时的人们搭"捕鸥屋"来捉海鸥,夜里又用煎锅点火,借此诱杀小鸟。有一次,他父亲还为此赔上了一匹挺值钱的小马。那是个漆黑的夜晚,威尔弗利特的一帮人跑到了比灵斯盖特岛上,点起火来引诱小鸟。二十匹马正在岛上吃草,他父亲的那匹小公马也在其中,火光吓得它们摸黑跑到渡口,打算蹚水前往附近的海滩,结果就被卷进大海淹死了,一个也没跑掉,尽管照当年的情形来讲,那个渡口在落潮的时候是可以蹚过去的。据我所见,威尔弗利特、伊斯特汉和奥尔良的岛屿和海滩,到现在也依然是一种公共的牧场,许多马儿整个夏天都在那些地方吃草。主人家还跟我们形容了一番,他小时候怎么猎杀此地的"野鸡",趁它们在林子里安歇的时候下手。他所说的"野鸡",大概是所谓的"草原鸡"(角羽榛鸡)[1]吧。

他喜欢吃滨豆(*Lathyrus maritimus*)[2],趁豆子还青的时候下

---

[1] "草原鸡"(Prairie hen)别名角羽榛鸡(pinnated grouse),为原产北美的松鸡科草原松鸡属大型鸟类,学名 *Tympanuchus cupido*。

[2] 滨豆(Beach-pea)即广布于世界各地海滨的豆科山黧豆属草本植物海滨山黧豆,学名亦作 *Lathyrus japonicus*。

锅，也喜欢吃人工种植的豌豆。他曾在纽芬兰看见大片生长的滨豆，当地人也拿它当食品，可惜他一直没能弄到可做种子的成熟豆子。我们在"查特姆"条目下读到，"一五五五年大饥荒期间，在（英格兰）萨塞克斯郡奥福德一带，人们就是靠吃这种植物的种子逃过了劫难。这种植物在当地海滨大量生长，牛、马、绵羊、山羊都吃它。"不过，引用这段文字的文章作者无从知晓，巴恩斯特博县有没有人吃过这种豆子。[①]

如此说来，主人家曾经远航海外？噢，他年轻时走遍了整个世界呢。他一度以为，自己能够胜任本国海岸所有地方的领航员，可他们已经把地名改得面目全非，所以呢，他没准儿会碰上一点儿麻烦。

他给我们尝了一种他称之为"夏甘"的可口苹果，果树是他自己种的，他经常拿它去做嫁接，却从来没在别的地方看见过这种树，就有一次例外，那次他航行经过纽芬兰或者沙勒尔湾[②]，我记不清他说的是哪个了，看见岸上有三棵同样的树。他非常肯定，他隔着老远就能把这种树认出来。

到最后，他那个傻瓜儿子，也就是我同伴口中的"奇才"，终

[①] 前一处引文出自《查特姆概况》的注释，括号中的文字是梭罗加的。该文作者在注释中引用了"一位青年绅士"的说法（梭罗的引文就是这位绅士的说法），然后写道："巴恩斯特博县有几个人认为，滨豆的种子可以食用，但作者无从知晓，他们中有没有人进行过这样的尝试。"此外，引文原文可能有误，因为奥福德（Orford）是英格兰萨福克郡（Suffolk）城镇，不属于萨塞克斯郡（Sussex）。

[②] 沙勒尔湾（Bay of Chaleur）是加拿大东南部的一个海湾，位于魁北克省和新不伦瑞克省之间。

于走了进来,只见他头也不抬,光顾着咬牙切齿地嘟囔,"该死的书贩子,一天到晚掉书袋。得干点儿什么才行。他们真该死。我要毙了他们。叫个医生来。医生也该死,我要拿把枪毙了他。"见此情景,老翁站起身来,高声呵斥,看样子是习惯了发号施令,而这也不是他第一次被迫动用家长的权威:"约翰,赶紧坐下,管好你自个儿就行了。你这些念叨我们已经听过了,其实你啥也干不了,就是只光会叫不会咬的狗。"可约翰并没有管好自个儿,而是把同一些胡言乱语重复了一遍,然后才坐上家中老人业已离席的餐桌,吃光了桌上的所有东西。这之后,他瞄上了老母亲面前的苹果。他母亲正在给苹果削皮,准备给客人做点儿早餐用的苹果酱,见他过来就拿开苹果,把他给轰走了。

老翁家和海滩之间,隔着一些适合诞育奥西安①的荒凉山丘。次年夏天,我越过这些山丘走近老翁家的房子,在山坡上的一片玉米田里看见了"奇才",可他的身影依然是那么地奇形怪状,以至我把他认成了一个稻草人。

这位老翁是我们平生所见最快活的老人,身体也保养得数一数二。他说话的风格鄙俚直白,足可满足拉伯雷的要求,要是让他来扮演巴汝奇②,肯定能演得活灵活现。更确切地说,他是个尚未醉酒的赛利纳斯,我们则是那两个听他讲故事的少年,克罗米

---

① 奥西安(Ossian)是传说中的爱尔兰史诗作者,梭罗对传为奥西安所作的一些诗歌评价很高。

② 拉伯雷(François Rabelais, 1494?—1553)为法国大作家,以《巨人传》(*Gargantua and Pantagruel*)闻名于世。巴汝奇(Panurge)为《巨人传》主角之一,是一个十分狡黠的浪荡无赖。

斯和穆纳西卢斯。①

> 对着赫摩尼亚群山吟唱的那位色雷斯诗人，②
> 还有品都斯山上的威严日神，都不曾得到，③
> 听众如此鸦雀无声、如此毕恭毕敬的聆听。④

他的话语是过去和现在的一种奇特混合，因为他曾经生活在乔治三世治下，没准儿还记得拿破仑和其他各位现代伟人的诞生时间。他说，殖民地和宗主国之间的冲突刚刚爆发的时候，他还是一个十四岁的少年，有一天，他在用杈子卸大车上的干草，他父亲则在跟一个名叫窦恩的人说话，他父亲是个坚定的辉格党，窦恩却是个资深的托利党⑤。他听见窦恩对他父亲说，"咳，比尔

---

① 赛利纳斯（Silenus）是古希腊神话中酒神狄俄尼索斯（Dionysus）的伙伴和导师，通常被描绘为一位肥胖的老人；古罗马大诗人维吉尔（Virgil, 前70—前19）著有《牧歌集》（Eclogues），第六首牧歌的内容是牧羊少年克罗米斯（Chromis）和穆纳西卢斯（Mnasilus）听赛利纳斯讲故事。

② "色雷斯诗人"指古希腊神话中的乐师及诗人俄耳甫斯（Orpheus），据说他是希腊古国色雷斯（Thrace）的王子，歌声能感动飞禽走兽乃至草木岩石；赫摩尼亚（Haemonia）是古希腊色萨利地区（Thessaly）的别称。

③ 品都斯山（Pindus）是希腊最大的山脉，太阳神阿波罗的圣山帕纳索斯山（Parnassus）是品都斯山的一部分。

④ 引文出自英格兰诗人及翻译家约翰·德莱顿（John Dryden, 1631—1700）的维吉尔《牧歌集》第六首英译本。

⑤ 辉格党（Whigs）和托利党（Tories）分别是英国自由党和保守党的前身。美国独立战争期间，北美的辉格党人支持独立，托利党人支持英国。

叔叔①，你与其支持殖民地争取独立，还不如拿把干草杈子把那个池塘叉进大海呢。"他清楚地记得华盛顿将军，记得他如何骑马穿过波士顿的街道，说着说着还站起身来，跟我们比画华盛顿的模样。

"他是个相当魁梧、仪表堂堂的男子汉，一名英气勃勃、神情果决的军官，骑马骑得稳当极了……喏，我这就告诉你们，华盛顿是这个样子的。"于是他又一次跳将起来，一边冲左右两边优雅地鞠躬，一边做出挥舞帽子的样子，然后说道，"华盛顿就是**这样**。"

他给我们讲了独立战争期间的许多趣闻。听我们说历史书里也有同样的故事，他讲的都跟书里写的对得上号，他觉得非常高兴。

"噢，"他说道，"我知道，我就知道！当时我是个十六岁的小伙子，耳朵灵着呢。那个岁数的人，不说你也知道，个个都机警得要命，想知道周围发生的一切事情。噢，我就知道！"

他又给我们讲了"富兰克林号"的遭遇，那艘船今春在这里失事：那天一早，一个男孩跑到他家里来，问岸边那艘小艇是谁的，因为海上有一艘船需要救援，他呢，因为年纪大了，所以就先把早饭吃完，然后才走到岸边那座小山顶上，找了个舒服的位置，坐下来看那艘失事的船。那艘船在沙洲上，离他只有四分之一里远，离海滩上的那些人还要更近，那些人已经备好一艘小艇，

---

① 如前文注释所说，这位老人是约翰·纽科姆。老人的父亲是威廉·纽科姆（William Newcomb, 1727—1795），"比尔"（Bill）是威廉的昵称。

但却受阻于风浪,什么忙也帮不上,因为当天的浪头特别地高。遇险的乘客在船头挤作一团,有一些还在从舷窗里往外爬,其他人则忙着把他们拉上甲板。

"我看见船长把船上的小艇放下水,"他说,"很小的一艘小艇。然后呢,他们一个接一个地跳进小艇,像箭一样直挺挺地往下落。我数了数,一共有九个人,其中一个是女的,跳得也跟其他人一样直。这之后,他们把小艇从大船边撑开。大海把小艇操了回去,一个浪头压过小艇,等小艇再次冒出来的时候,还抓着小艇的人已经只剩六个,我数着呢。下一个浪头把小艇掀了个底朝天,艇上的人全部落水,一个也没能活着上岸。剩下的乘客全都挤在前甲板上,因为船体的其余部分已经没入水中,他们看见了小艇出事的整个过程。到最后,汹涌的海水使得前甲板脱离船体,把它抛到了滔天恶浪的里侧,岸边的小艇这才有机会靠过去,救下了前甲板上所有的人,除了一个女的以外。"

他还给我们讲了"坎布里亚号"汽船的事情,说我们来这里几个月前,那艘船在他家门口的海岸搁了浅,船上那些英国乘客都跑到他家的土地上来瞎逛,那些女乘客还拿他的抄网在池塘里瞎捞一气。他说,那些英国乘客认为,从岸边那座高高的小山望出去,看到的是"他们平生所见最悦目的"景色。他谈论这些荷包里装满几尼[①]的旅客,口气跟乔治三世时期我们那些乡下老辈谈论英国贵族一样。

---

① 几尼(guinea)为英国旧币,一几尼相当于一点零五英镑。

*Quid loquar?*① 何必重复他讲给我们听的事情？

Aut Scyllam Nisi, qnam fama secuta est,
Candida succinctam latrantibus inguina monstris,
Dulichias vexâsse rates, et gurgite in alto
*Ah timidos nautas canibus lacerâsse marinis?*②

这天晚上，我渐渐感受到肚里那只海蛤的威力，不得不向主人家坦白，我并不比他提过的那只猫强壮。可他回答说，他是个有什么说什么的人，所以他可以直截了当地告诉我，我的感觉都是我自个儿的想象。不管怎么说，事实最终证明，这玩意儿对我来说相当于一服催吐剂，弄得我一时之间好不难过，他却在一旁哈哈大笑，幸灾乐祸。后来我读到《莫尔特纪实》关于朝圣先民在普罗文思顿港③登陆的章节，从以下文字当中找到了些许安慰："我们找到了一些大个儿的贻贝（先前的编者说，这些'贻贝'无疑是海蛤），里面的肉很是肥厚，而且装满珍珠。可我们不敢

---

① 拉丁引文是维吉尔《牧歌集》第六首第七四行的头两个词，意为"我何必赘述"。

② 拉丁引文是维吉尔《牧歌集》第六首第七四行除"*Quid loquar*"之外的剩余部分，以及该诗第七五行至第七七行。这四行诗的意思是："传说尼苏斯的女儿西拉，腰缠咆哮的怪兽，/袭扰伊萨卡的船舶，还在漩涡飞转的海底，/带着海中的恶犬，把颤抖的水手撕成碎片，/我何必赘述，他如何铺叙这个女妖的事迹？"诗中的西拉（Scylla）是古希腊神话中的海中女妖，"我"是诗人自指，"他"指的是赛利纳斯。

③ 普罗文思顿港（Provincetown Harbor）位于普罗文思顿镇，即后文中的鳕鱼岬港（Cape Cod Harbor）。

吃,因为吃了的人都觉得非常恶心,不管是水手还是乘客……还好,他们很快就恢复了正常。"① 这段文字用朝圣先民的类似体验提醒了我,我跟他们是如此相像,使得我对他们备感亲近。除此而外,这还是朝圣先民故事的一个宝贵佐证,我由此决定,以后要把《莫尔特纪实》的每一句话当成事实。另一件让我欣慰的事情是,直到如今,人和海蛤的相互关系依然跟先前一样。不过我没注意到海蛤里面有什么珍珠,可见我肯定是跟克莉奥佩特拉一样,把珍珠给吞掉了。② 后来我在马萨诸塞湾的一片滩涂上挖了一些这种蛤,好好地观察了一下。从沙地上的水迹来看,它们能把水喷出很远的距离,顺风的时候可达整整十尺。

"现在我想问你一个问题,"老翁说,"不知道你能不能给我答案,可你是个有学问的人,而我一辈子也没有什么学问,只有自个儿悟到的一点儿东西。"——我们反驳说,他有学问,甚至能引用一些让我们听得云里雾里的约瑟夫斯③名言,但他并不改口。——"我一直在想,要是哪天遇见了一个有学问的人,我就要问他这个问题。你能不能告诉我,'艾克西'这个名字是怎么拼

---

① 引文出自《马萨诸塞历史学会资料汇编》第一辑第八卷收载的《莫尔特纪实》(参见前文注释)节选,括号里的文字是梭罗依据这篇节选的一条注释写的。

② 克莉奥佩特拉(Cleopatra, 前69—前30)为古埃及女王,托勒密王朝的末代君主。据古罗马作家老普林尼(Pliny the Elder, 23?—79)的《自然史》(*Natural History*)第九卷所说,为了打赌获胜,克莉奥佩特拉曾把一颗价值连城的珍珠溶在醋里喝了下去。

③ 约瑟夫斯(Titus Flavius Josephus, 37?—100?)为古罗马犹太裔历史学家,著有《犹太战史》(*The Jewish War*)及《犹太古史》(*Antiquities of the Jews*)。

的，意思又是什么？艾克西，我们这儿有个姑娘叫艾克西。这名字怎么写？有什么含义？是从《圣经》里来的吗？《圣经》我翻来覆去读了二十五年，从来没碰见这个名字。"

"你读二十五年《圣经》，为的就是这个吗？"我问道。

"呃，这名字**怎么拼的**？老婆，怎么拼的？"

他妻子说，"是从《圣经》里来的，我看见过。"

"是吗，那你说说是怎么拼的？"

"我说不好，A-c-h，ach，s-e-h，seh，——Achseh①。"

"这样拼就念'艾克西'吗？呃，**你知道这是什么意思吗**？"他转过头来问我。

"不知道，"我答道，"我从来没听过这样发音的名字。"

"有一次，这儿来了一个当老师的，他们就问他，这个名字是什么意思，他回答说，一根豆架杆子能有多少含义，这个名字就有多少含义。"

于是我告诉他，我的看法跟那个老师一样。我自己也当过老师②，教过一些名字古怪的学生，还听过一些更拗口的名字，"Zoheth""Beriah""Amaziah""Bethuel""Shearjashub"③，如此等等。

---

① "Achseh"的发音可以是"艾克西"，但《圣经》里没有这个名字。《旧约·约书亚记》等处提到一个名为"Achsah"（音"艾克泽"）的女子，与此相近。

② 梭罗曾多次任教，还曾与兄长约翰（John Thoreau Jr., 1815—1842）一起开办学堂。

③ 这五个都是《圣经·旧约》里的人名，"Zoheth"（梭黑）见于《历代志上》，"Beriah"（比利亚）见于《创世记》等处，"Amaziah"（亚玛谢）见于《列王记下》等处，"Bethuel"（彼土利）见于《创世记》等处，"Shearjashub"（施亚雅述）见于《以赛亚书》。

老翁家的小男孩一直坐在壁炉角的深处,最后终于脱掉鞋袜烘了烘脚,又给那条酸痛的腿重新抹上药膏,然后就上床睡觉去了。傻瓜也脱鞋脱袜,露出骨骼嶙峋的腿脚,跟着小男孩去了。末了,老翁也在我们的注视之下,把自个儿的腿肚子露了出来。此前我们还从未有幸观瞻老年人的双腿,这时便惊讶地发现,老翁的腿白皙丰满,好似婴孩一般,心里不由得暗想,他这是引以为豪,成心亮给我们看呢。接下来,他一边做各种睡前的准备,一边用巴汝奇一般直白的语言,谈论老年人常有的各种疾病。对他来说,我们是一种稀罕的渔获。平常他聊天的对象只有牧师,虽然说有时一次就有十个,终归是花样不多,所以他很高兴遇见一些俗人,轻松写意地聊个痛快,恨只恨这个夜晚太过短暂。考虑到我之前不太舒服,老妇人问我要不要去休息,因为对老年人来说,时候已经不早,可老翁的故事还没讲完,赶紧插了一句,"你不要紧的,对吧?"

"哦,没事,"我说道,"我不着急。据我看,我已经平安绕过了海蛤岬。"

"海蛤挺好吃的,"他说道,"我恨不得现在就来上几个。"

"这东西从来不会让我不舒服,"老妇人说。

"可你们把那个能毒死猫的部分给去掉了,"我说道。

到最后,我们半途打断了老翁的故事,于是他郑重许诺,明天早上接着讲。然而这天夜里,他家的一个老妇人到我们房里来闩紧嘎吱作响的壁炉挡板,出去的时候终归是小心起见,把我们反锁在了房里。老妇人的疑心,天生就比老头子重一些。虽然说门窗紧闭,夜里的狂风还是满屋子呼啸,刮得各处的壁炉挡板和窗框咣咣乱响。放在任何地方，这多半都得算一个风特别大的夜晚，但我们无从分辨，耳边的喧嚣声响，哪一些是大海的咆哮，哪一些是狂风的怒号。

对于生活在海边的人来说，大海发出的声音想必是意味深长，妙趣横生。次年夏天，我从此地的海滩往内陆走，已经走出了四分之一里，正在攀登一座小山，突然却惊骇地听见海上传来一阵巨响，像是有一艘大型汽船在岸边放汽，于是我不由自主屏住呼吸，一时间感觉浑身发冷，赶紧回头张望，满以为会看见一艘远远偏出正常航线的大西洋汽轮，眼前却不见任何异状。我所在沟谷的入口有一道低矮的沙岸，挡在我和大海之间，因此我暗自揣测，我可能是在爬山的过程中进入了另一层大气，这层大气传送给我的不过是大海的正常咆哮而已，于是我立刻下山，看这个声音还在不在，然而，不管我往上爬还是往下爬，声音终归是在一两分钟之后渐渐消失了，其间却几乎是一丝风也没有。老翁说，这声音就是他们所说的"叫春"，是大海在风向变化之前发出的一种特殊啸叫，至于说原因何在，他也说不上来。他认为自己能根据大海的声音，预测天气的一切变化。

老乔斯林[①]曾于一六三八年造访新英格兰，在书中列举了天气变化的种种征兆，其中之一便是"明显无风时岸边传来的海浪声，

[①] "老乔斯林"指英格兰旅行作家约翰·乔斯林（John Josselyn, 1638 至 1675 年间在世），此人曾于 1638 及 1663 年两度造访新英格兰，并以《新英格兰猎奇》（*New England's Rarities*）及《两游新英格兰航行记》（*An Account of Two Voyages to New-England*）等书记述自己的新英格兰见闻。

以及林间的窸窣风吟,这些都表明风起在即"。①

此后的一天夜里,我在海岸另一处听见了一里之外的咆哮涛声,当地居民告诉我,这标志着风向即将转东,很快就要下雨。大洋已经在东边某处被风掀了起来,这样的咆哮说明它正在使劲儿维持自身的平衡,而海浪会比风先到岸边。航行在英美两地之间的一个邮船船长也告诉我,他有时会在大西洋上碰见逆风涌来的波浪,海面平静的情况下也会有,这说明远处的风跟近处的风方向相反,只不过波浪跑得比风快。水手们常常说起"流激涌浪"和"无风涌浪",据他们估计,这是因为远处发生了飓风或地震,它们是从好几百里甚或两三千里之外传过来的。

第二天破晓之前,他们把我们放了出来,于是我跑上海滩,看了看海上日出。历经八十四个冬天的那个老妇人,这时已经顶着寒冷晨风出了门,帽子也没戴,像年轻姑娘一样蹦来蹦去,赶着牛去挤奶。她手脚麻利地备好了早餐,不声不响,不慌不忙,与此同时,老翁又开始讲他的故事。我们坐着,他站在我们面前,背对壁炉,左一口右一口地往他身后的炉膛里吐嚼烟草的沫子,完全不管炉台上还摆着几盘正在加工的食物。早餐的内容是鳗鱼、酪浆蛋糕、冷面包、豆角、甜甜圈和茶。老翁依然滔滔不绝,他妻子叫他吃完饭再讲,他回答说,"别催我,我已经活到了这把年纪,还着什么急。"我只吃了苹果酱和甜甜圈,因为我觉得这两样在老翁的喷射中受创最轻,可我的同伴拒绝了苹果酱,吃的是热蛋糕和豆角,原因是在他看来,这两样先前占据着炉台上最安全

---

① 引文出自乔斯林《两游新英格兰航行记》。

的位置。然而，在我们事后交换意见的时候，我跟他说，酪浆蛋糕的位置尤其不隐蔽，我亲眼看见它一再中弹，所以才不吃它，他却郑重宣布，且不管蛋糕命运如何，他反正目睹了苹果酱惨遭重创，所以才没去吃。吃完早餐之后，因为老翁死活不肯相信我们不是补锅匠或小贩，我们只好察看了一下老翁家那个出了毛病的挂钟，赶上他家没有橄榄油，便用某种"鸡油"给它润滑了一下。我们修理挂钟的时候，老翁给我们讲了一个关于幻觉的故事，其中牵涉到挂钟外壳在某个夜晚冻出的一条裂缝。他很想知道我们信奉哪个教派，还说他年轻的时候，曾经在一个月之内听了十三个教派的宣讲，最终却坚守他的《圣经》，没有加入任何一派，因为《圣经》里根本没有任何一派所讲的东西。我在隔壁房间刮胡子的时候，听见他问我同伴属于哪个教派，我同伴回答说：

"哦，我属于'普世兄弟会'①。"

"那是个什么教派？"老翁问道，"是戒酒兄弟会②吗？"

最后，我们往兜里塞满甜甜圈——老翁非常高兴地发现，我们也管这种东西叫"甜甜圈"——付过了招待的费用，随即向老翁辞行道别，可他跟着我们出了门，因为他用"富兰克林号"载来的种子种出了一些蔬菜，想让我们告诉他，这些蔬菜叫什么名字。我们告诉他，这些是卷心菜、花椰菜和欧芹。之前我跟他打听了

---

① "普世兄弟会"原文为"the Universal Brotherhood"，应该是同伴（钱宁）的信口胡诌。

② 戒酒兄弟会（Sons of Temperance）是一个提倡戒酒的男性互助组织，于1842年在纽约市创立，一度在美加等国蓬勃发展。

好多东西的名字,所以他礼尚往来,要我说出他园子里所有植物的名字,不管是野生的还是栽培的。他的园子大概有半亩地,全靠他一个人料理。除了常见的园圃菜蔬以外,他园子里还有黄酸模、香蜂花、神香草、满地跑、老鼠耳、繁缕、豚草和土木香①,以及其他一些植物。我们站在园子里的时候,我看见一只鱼鹰俯冲下来,从他的池塘里抓了一条鱼。

"瞧,"我说道,"它抓了一条鱼。"

"哦,"老翁一边说一边张望,但什么也没看见,"它并没有扎到水里,仅仅是湿了湿爪子而已。"

据说鱼鹰经常扎到水里抓鱼,不过老翁说得对,这一次它确实没有这么做,仅仅是俯冲到足够低的地方,以便探爪取鱼。但是,它抓着光闪闪的猎物飞过灌木丛的时候,猎物不小心掉到了地上,可我们并没有看见它飞下去捡,因为它没有这样的习惯。

这么着,跟老翁开了又一个小玩笑之后,光着脑袋站在檐下的老翁指引我们"横穿田野",而我们眼见日头已高,赶紧再一次

---

① 黄酸模(Yellow-dock)即蓼科酸模属草本植物皱叶酸模,学名 *Rumex crispus*,嫩叶可熟食及入药;香蜂花(Lemon Balm)亦名莨莒,为唇形科蜜蜂花属多年生草本植物,学名 *Melissa officinalis*,富含芳香油,为西方传统药物;神香草(Hyssop)为唇形科神香草属芳香植物,学名 *Hyssopus officinalis*,为西方传统药物;满地跑(Gill-go-over-the-ground)即唇形科活血丹属芳香植物金钱薄荷,学名 *Glechoma hederacea*;老鼠耳(Mouse-ear)指原产于北美大陆东北部的菊科蝶须属草本植物车前叶蝶须,学名 *Antennaria plantaginifolia*;繁缕(Chickweed)为石竹科繁缕属一年生草本植物,学名 *Stellaria media*;豚草(Roman Wormwood)为原产北美的菊科豚草属植物,学名 *Ambrosia artemisiifolia*;土木香(elicampane)为菊科旋覆花属草本植物,学名 *Inula helenium*,为西方传统药物。

走上海滩，投入又一天的旅程。

此后不过一两天，两名内陆来客撬开了普罗文思顿银行的保险柜，把柜子里的东西洗劫一空，我们后来得知，我们这几位好客的主人，心里至少也有过片刻的猜疑，以为这事情是我们干的。

六　再上海滩

前面我已经讲过，高高的沙岸南北延伸，与海岸线相始终，这次我们从老翁家前往沙岸，途中照例得穿过一丛丛蔓延到沙地里的滨梅。除了矮橡树以外，滨梅大概是这一带最常见的灌木。它有着芬芳的叶子，小小的灰色浆果簇生在短短的嫩枝周围，紧贴在去年老枝的下方，使得我很是心动。据我所知，康科德只有两种灌木，两种还都是光有雄蕊没有心皮，从来不结果实。浆果使滨梅显得格外尊贵，闻起来也辛香馥郁，像一粒粒小小的糖果。罗伯特·比弗利在一七〇五年刊行的《弗吉尼亚史》当中写道，"在当地河流的入海口，在海岸和海湾各处，以及许多溪涧沼泽的附近，生长着一种香桃木①，人们拿它结的浆果来提炼一种又硬又脆的蜡，粗蜡呈现一种怪异的绿色，精炼之后则几乎无色透明。用这种蜡做成的蜡烛完全不粘手，天气再热都晒不化，烧过的烛芯也不会像动物油脂蜡烛的烛芯那样，散发招人讨厌的气味。这种蜡烛若是意外熄灭，产生的气味不但不难闻，反而会让满屋子

---

① 这里的"香桃木"原文为"myrtle"，通常指桃金娘科尤其是该科香桃木属（*Myrtus*）的植物，但由上下文可知，比弗利所说的"myrtle"实际上是别名"蜡香桃"（wax-myrtle）的滨梅（参见前文注释）。

的人觉得芳馨扑鼻，有鉴于此，讲究的人家经常会故意吹熄蜡烛，以便闻嗅将灭烛芯的香气。熬炼香桃木浆果的方法，据说是新英格兰的一位外科医生率先发明的，此人把这种浆果制成药膏，治好了不少疑难杂症。"[1]眼前的滨梅浆果依然累累满枝，足见采果制蜡并不是本地的流行风尚，虽说在刚刚辞别的那户人家里，我们确实看见了一块滨梅蜡。后来，我自己做了一些滨梅蜡。四月里的一天，我把一只篮子搁在光秃秃的滨梅底下，用双手揉搓它的枝丫，二十分钟就采到了大约一夸脱浆果，然后我继续搓，凑足了三品脱[2]才罢手，要是有一柄合适的耙子和一只浅口的大篮子，我采果的速度肯定还要快得多。滨梅浆果的表面像橙皮一样布满小小的突起，每个突起都覆满油脂，油脂还填满了果实表面的所有罅隙，一直渗到果核的位置。煮过之后，浆果的油脂升到表层，看着像一锅可口的黑汤[3]，闻着则跟香蜂花茶和其他一些花草茶非常相似。你得先让它冷却下来，然后刮取表层的油脂，再一次熬煮过滤。我这三品脱浆果，只炼出了大约四分之一磅[4]油脂。大部分油脂仍然残留在浆果内部，小部分油脂冷却成了一个个略扁的小半球，好似某种结晶，大小跟玉米粒差不多。把这些颗粒从浆

---

[1] 引文出自比弗利《弗吉尼亚史》（参见前文注释）。

[2] 夸脱（quart）为容积计量单位，一夸脱相当于二品脱（pint）。用于计量固态物品时，美制一夸脱约等于一点一升。

[3] 古希腊斯巴达人（Spartan）经常食用一种用猪腿和猪血加盐和醋煮成的汤，名为"黑汤"（black soup / black broth），这种汤以难以下咽闻名。

[4] 一磅（金衡磅和药衡磅除外）约等于四百五十克。

果之间拣出来的时候,我即兴将它们命名为"金块"。劳登①说,"人工栽培的滨梅,据说比野生的产蜡更多。"(见吕布莱西《油脂植物》第二卷第六〇页。)② 要是你的手在松林里沾上了松脂,只需要把一些滨梅浆果抓在手里揉搓,松脂就会自行脱落。不过,眼前的大洋景色如此壮阔,我们很快就忘记了滨梅,也忘记了人类。

这一日天清气朗,大海也不再狂暴暗沉,而是变得波光粼粼,充满生机,虽然说海浪依然汹涌澎湃,在海滩各处溅起浪花朵朵。这天清晨,我已经目睹海上的黎明,那时候,太阳仿佛是从大海的怀抱里跃了出来:

> 身披橙袍的黎明,从洋流中匆匆起身,
> 好把光明带给,永生众神和尘世凡人。③

太阳从无限遥远的海面迅速升起,快得让人看得出它在移动,以至我起初无法察觉地平线上那道遮掩它的云堤,等到它从云堤背后升上高处,像箭矢一般将云堤洞穿驱散,我才惊觉到云堤的存在。然而直到此时,我还是觉得它是从陆地上升起来的,必须得经过一番思索,才能认识到它是从海面升起。放眼地平线,此时

---

① 劳登(John Claudius Loudon, 1783—1843)为苏格兰植物学家、园艺家及作家,著有《不列颠乔木及灌木》(*Arboretum et Fruticetum Britannicum*, 1838)。

② 引文出自劳登《不列颠乔木及灌木》第四卷。在劳登原书当中,括号及括号里的文字是加在这句引文的前一句话之后的;吕布莱西(François Sabin Duplessy, 1734—1809)为法国作家,著有四卷本《油脂植物》(*Des Végétaux Résineux*, 1802)。

③ 引文是荷马史诗《伊利亚特》第一九卷的第一至二行。

就可以看见几艘船，它们是在夜里绕过了鳕鱼岬，眼下已经在前往异域的水路上走出了很远的距离。

在特鲁罗镇南部，我们再次踏上海滩。时辰还不到半上午，海水正在涨潮，沙滩又窄又软，所以我们走的是沙岸。这里的沙岸非常高，但不像前一天走过的沙岸那么平坦，横断沙岸的小沟小谷比较多。说到这一带的情形，《东海岸概况》的作者写道，"沙岸十分陡峻。一带沙地从它的西侧边缘向内陆延伸，宽度是一百码①。沙地之外是一带低矮的灌木丛，宽四分之一里，几乎无法穿越。灌木丛之外则是一片使人晕头转向的茂密丛林，林中一座房屋也没有。有鉴于此，尽管这两道沟谷（纽科姆沟和灌木沟）之间的距离非常远，海员还是不要尝试往林子里走，要是赶上雪暴天气，入林必死无疑。"②这片原野的现状依然符合前引文字的描绘，只不过高大的树木已经所剩无几。

海里有许多船舶，像海鸥一样在水面穿梭，时而半隐在波谷之中，船首的斜桅垂木③劈波斩浪，时而又被高高抛起，升上浪峰。有一艘多桅小帆船，原本沿着与海岸平行的路线向南航行，突然却落帆抛锚，转头靠向我们，驶到了离岸只有半里的地方。我们起初以为，这艘船的船长想跟我们说点儿什么，原因也许是我们没留意到某种水手通用的求援信号，致使船长把我们当成了

---

① 码（yard）为英制长度单位，约合零点九米。
② 引文出自弗里曼《巴恩斯特博县东海岸概况》，括号里的文字是梭罗加的。
③ 船首斜桅垂木（dolphin-striker）是船头斜桅下方的一根垂直或接近垂直的木柱，用于支撑斜桅及固定缆索。斜桅垂木探到了水中，说明船的位置很低。

冷酷无情拒不施救的拾荒者,打算恶言谩骂。接下来几个钟头,我们一直能看见这艘泊在我们身后的船,不由得暗自疑惑,它怎么能在航程中耽搁这么久的时间。难不成这是艘走私船,特意挑那片荒凉的海滩卸货?又或者,会不会是水手们想在那儿捞点儿鱼,给船上点儿漆?不一会儿,又来了一些刚刚绕过海岬的多桅小帆船,外加一些双桅横帆船和多轨纵帆船,它们都乘着劲风,从这艘船旁边次第驶过,见此情景,我们的良心立刻得到了解脱。一些船慢吞吞拖在后面,另一些则勇往直前。我们细细观察它们桅樯帆索的样式,还有它们行走水面的姿势,因为它们形态各异,像生物一样千差万别。奇怪的是,它们身处浩瀚大洋,居然还能记得波士顿、纽约和利物浦,还能记得朝那些地方开,因为我们觉得,走在一条如此壮美的大路,水手们早该把自个儿的琐屑买卖置之脑后。说不定,这些船曾从西边的群岛①载来橙子,难不成,它们这是要把橙皮往回运?与其如此,我们还不如把自个儿的陈旧家当,通通运过永恒的大洋。难道**这**只是另一种"贸易潮"②,可以带水手去往极乐之岛?难道说天国,只是跟利物浦码头一样的口岸?

眼前的景色连绵无尽:内陆荒土与丛生灌木,沙漠与高峻平坦的沙岸,宽广的白色沙滩,朵朵浪花,沙洲上方的莹绿海水,还有大西洋。我们兴高采烈地走过一片片崭新的海岸,利用我们

---

① "西边的群岛"原文为"the Western Isles",在这里的意思大致等同于"天国"或"乐土"。

② "贸易潮"原文为"trading flood",出自弥尔顿《失乐园》第二卷。

新近获得的经验，进一步探讨了海马鬃毛和海牛尾巴①，还有水母和海蛤。大海依然汹涌澎湃，几乎跟前一天一样躁动。每一排浪头落下的时候，大海似乎都往后退了一点儿，原因是我们但愿如此，可我们最终发现，几个钟头过去之后，水位跟先前并没有什么区别。话又说回来，我们身旁这片躁动的大洋，确实在竭力恢复自身的平衡，步伐踉踉跄跄。这么说吧，每一排浪头都会以飞快的速度，在整片沙滩上编出或织出一种经纬交错的粗陋图案，外加一道明显的凸边。我们走得一点儿也不匆忙，因为我们想优哉游哉地欣赏大海，更何况实在说来，软乎乎的沙地并不是什么兼程赶路的好所在，沙地上的一里，足足抵得上别处的两里。除此而外，上下沙岸的时候鞋里会进沙子，我们经常都得停下脚步，好把沙子倒掉。

这天上午，贴着水边往前走的时候，我们偶然回头，看见一个黑乎乎的大家伙，刚刚被波浪抛上了我们身后的沙滩，不过那东西离我们太远，看不清到底是什么。我们正打算倒回去看个究竟，此前杳无人迹的沙岸突然冒出了两个男的，就跟是从沙子底下钻出来的一样，他们跑过去捡拾那件东西，免得下一排浪头把它卷走。我们走近的过程当中，那东西依次呈现为一条大鱼，一个淹死的人，一片帆或一张网，最终则呈现为一堆粗麻布，也就是"富兰克林号"的船载货物，被那两个男的装上了推车。

沙滩上的东西，不管是人还是没有生命的物事，看起来都不

---

① "海马鬃毛"和"海牛尾巴"分别指浪花和海带，参见"海滩"一篇的相关记述。

光极其怪异，而且会比实际大得多，奇妙得多。不久前，我走近从此地往南几度的一处海岸①，看见前方有些东西，离我似乎有半里远，看着像是几座兀立沙滩的嶙峋断崖，足有十五尺高，已经被日光和海浪漂成了白乎乎的颜色。再往前走几步，我发现那其实是几个低矮的破布堆，来自一艘失事的船舶，高度充其量只有一尺。还有一次，海难发生一周之后，我受托去搜寻某人的遗骸②，遗骸被鲨鱼啃得七零八落，刚刚才被抛上海岸。根据我从一座灯塔打听来的消息，遗骸是在离灯塔一两里的沙滩上，离水十几杆远的地方，上面盖着一块布，旁边戳着一根充作标记的木棍。我原本以为，这么小的物件得使劲儿找才能找着，然而，半里宽的沙滩一直延伸到视野之外，如此坦荡如砥，如此空无一物，往海面看的视幻觉又具有如此强烈的放大作用，以至于我离遗骸还有半里远的时候，标明遗骸所在的那根细小木棍看着就像一根风雨漂白的桅杆，遗骸也十分显眼，简直像是停放在那片沙原的一副国葬灵柩，又像是整整一代人辛苦垒筑的一座石冢。走到近前，我发现遗骸不过是连着一点儿肉的几根骨头，不过是无垠海滩上一个微不足道的突起，一点儿也不引人注目，倒显得格外平平无

---

① 也许是指南塔基特岛（参见前文注释）的海岸。1854年12月底，梭罗曾在该岛的讲堂发表演讲。

② 1850年7月，从意大利开往纽约的"伊丽莎白号"（*Elizabeth*）商船在纽约附近失事，梭罗的友人、美国女报人及评论家玛格丽特·富勒（Margaret Fuller, 1810—1850）一家在这次海难中身亡。收到消息之后，梭罗受多年好友、美国作家及哲学家爱默生（Ralph Waldo Emerson, 1803—1882）之托，从康科德前往纽约寻找富勒一家的遗骸，最终只找到了富勒儿子的遗骸和一些零星遗物。

奇，既不能触动感官，也不能引发联想。但在当时当地，我站在那里，眼中的遗骸却越来越触目惊心。它独自与沙滩大海相守，大海的空洞咆哮似乎只是为它而发，我恍然觉得，它与大洋惺惺相惜，它们之间的默契容不得我的参与，也容不得我一把鼻涕一把泪的同情。这具尸骸已经将海滩据为己有，凭借专属于它的某种权威，以任何活人也无法办到的方式，君临着那片土地。

这天晚些时候，我们看见了许多被海浪冲上来的小块麻布，后来我听说，直到这一年的十一月，这里的海滩都还能捡到保存完好的粗麻布，一次能捡六七捆。

我们热火朝天地收集平滑浑圆的卵石，把衣兜塞得满满当当。在其他一些地方，这类卵石总是跟一些扁平的圆形空壳（是沙钱①吗？）一起，稀稀拉拉地散落在沙地里，这儿的情形也是如此。不过，正像我们从书上读到的那样，这些卵石干了之后就不中看了，这么着，每一次坐下歇息的时候，我们都会把最不起眼的卵石翻出来扔掉，直到衣兜里剩下的全是精品为止。各种材质的物事，全都被波浪磨成了卵形，不光是形形色色的石头，也包括船上掉下来的坚硬煤块和玻璃碎片，甚至还有一块三尺长的泥炭，像这样的泥炭，好多里之内都见不到第二块。全世界所有的大河，不停地向大洋倾倒大批的木头，任它们漂向遥远的海岸，不说是日复一日，至少也是年复一年。我还看见过磨得溜圆的砖块，以

---

① "沙钱"原文为"*Scutellæ*"，在这里是海胆纲楯形目（Clypeasteroida）各种形状扁平如钱币的硬壳海洋动物的通称，这些动物的英文名称是"sand dollar"。

及来自失事船舶的一块块磨成了完美圆柱的卡斯蒂利亚香皂①，上面依然带有红色的螺旋条纹，好似理发店的招牌。海水卷上岸来的破衣烂衫，因为在沙地上蹭来蹭去的缘故，每一个口袋，以及每一道类似口袋的褶子，都会被沙子塞得鼓鼓囊囊。有一次我看见一具遇难者的尸体，衣兜虽已被拾荒者撕裂，但却依然胀鼓鼓的，便以为可以通过里面的东西来判明死者的身份，结果发现里面只有一双鼓胀的手套，看着就跟戴在手上一样。这种衣物里的水分，很快就会被挤净蒸干，有缝就钻的沙子，却不是那么容易清除。大家都知道，海边捡来的海绵，里面永远残留着沙滩上的沙子，怎么弄也弄不干净。

我在沙岸顶上看到一块深灰色的石头，形状跟巨蛤（*Mactra solidissima*）②一模一样，大小也跟巨蛤差不多，更让人啧啧称奇的是，露在外面的半边石头已经脱落，躺在另一半的旁边，形状和凹度都跟巨蛤的一瓣贝壳一样，另一半则松散破碎，当中有一个颜色更深的坚实内核。此后我还看见了一块形似剃刀蛤③的石头，只不过是实心的。看样子，这些石头可能脱胎于用蛤壳做的模具，又或者，蛤形石和蛤壳是同一条自然法则的产物。人们把装满沙子的死蛤称为"沙蛤"，这里有许多装满沙子的大蛤壳，有一些只是单独的一瓣，里面的沙子平平整整，就跟堆满沙子后用刮刀抹

---

① 卡斯蒂利亚香皂（Castile soap）是一种用橄榄油制成的硬质香皂，因产于西班牙的卡斯蒂利亚地区而得名。

② 即大西洋浪蛤，参见前文注释。

③ 剃刀蛤（razor clam）泛指竹蛏科（Solenidae）各种形状狭长有似剃刀的贝类。

过一样。甚至是在沙岸顶上,我也从许多小石子当中找出了一枚箭镞。

除了巨蛤和藤壶以外,我们还在海滩上找到了一种小蛤(*Mesodesma arctata*),大西洋这一侧的居民如果没有砂海螂① 可吃,有时也会吃它。我用手在滩涂上挖出了好多这种蛤,它们的空壳大多被某种天敌钻了眼儿。此外还有:

Astarte castanea。②

可食贻贝(*Mytilus edulis*)③,它们长在此地仅有的寥寥几块礁石上,被冲上岸时总是四五十只连成奇形怪状的一捆,因为它们被绳子般的足丝④ 缚在了一起。

扇贝(*Pecten concentricus*)⑤,人们用它来做纸牌架和针垫。

镰玉螺(*Natica heros*),以及它制造的奇妙"巢穴"⑥。镰玉螺的巢穴人称"沙圈",看着像是拔了塞子又崩了个口的石罐上沿,又像是用砂纸做成的喇叭形围嘴。此外还有:

---

① 由梭罗列出的学名可知,这种小蛤是中带蛤科中带蛤属的短中带蛤,学名亦作 *Mesodesma arctatum*;砂海螂见前文注释。

② 即爱神蛤科爱神蛤属的栗色爱神蛤。

③ 可食贻贝(这种贝类的拉丁种名 *edulis* 意为"可以食用")广布于世界各地,中文俗名"紫贻贝"或"蓝青口"。

④ 足丝(byssus)是一些贝类的分泌物接触海水后变成的细丝,这些贝类借此附着在其他物体的表面。

⑤ 由梭罗列出的拉丁学名可知,这里的扇贝(Scollop)指的是拟日月贝科小拟日月贝属的有孔小拟日月贝,拉丁现名 *Parvamussium fenestratum*。

⑥ 镰玉螺见前文注释,这里说的"巢穴"实际上是镰玉螺产卵形成的一种结构。

*Cancellaria Couthouyi*①（？），以及

学名 *Fusus decemcostatus* 的玉黍螺（？）②。

后来在马萨诸塞湾一侧，我们还看见了其他的一些品种。古尔德宣称，"事实业已证明"，这个海岬"构成了一道屏障，使许多贝类无法迁徙……在（他于一八四〇年列为马萨诸塞州物产的）一百九十七个品种当中，有八十三种只分布在海岬北岸，五十种只在南岸。"③

此地出产的甲壳动物包括螃蟹和龙虾，沙滩高处常可看见漂得白生生的蟹壳虾壳，海蚤或说滩蚤（Amphipoda）④也在这里出没。我们还看见了又称"锅盖鱼"的鲎（*Limulus Polyphæmus*）⑤留下的空壳，并在马萨诸塞湾一侧看见了许多活体，都是当地人喂猪的东西。印第安人拿鲎的尾巴当箭镞使。

至于说辐射动物⑥，我们看到了一些又名"海卵"的海栗子

---

① *Cancellaria Couthouyi* 即核螺科阿德墨忒螺属软体动物绿阿德墨忒螺，拉丁现名 *Admete viridula*。

② 玉黍螺（Periwinkle, 亦作 winkle）指玉黍螺科玉黍螺属软体动物玉黍螺（*Littorina littorea*）。*Fusus decemcostatus* 指峨螺科香螺属软体动物十棱香螺，拉丁现名 *Neptunea decemcostata*。

③ 引文出自古尔德《马萨诸塞州无脊椎动物报告》，括号里的文字是梭罗加的。

④ 根据梭罗列出的拉丁学名，他说的海蚤（Sea Flea）是端足目（Amphipoda）甲壳动物的通称。

⑤ 由梭罗列出的拉丁学名可知，这里的鲎（Horse-shoe Crab）是鲎科美洲鲎属甲壳动物美洲鲎（American horseshoe crab）。

⑥ "辐射动物"原文为"Radiata"，是一个现已废弃的动物分类学概念，原本由法国博物学家居维叶（Georges Cuvier, 1769—1832）提出，指体形呈辐射对称的动物，比如海胆、海星和水母。

（*Echinus granulatus*）①，通常已是棘刺全无，以及一些扁平的圆形空壳（*Scutella parma*？②），上面布满业已磨平发白的巧克力色肋条，并有五个花瓣形的图案。此外还有几个又名"五指鱼"的海星（*Asterias rubens*）③，以及又名"太阳鱼"的水母（*Aureliae*④）。

此地有至少一种海绵。

在正常高水位线和沙岸基脚之间的沙脊上，我陆续看到了海滩芥（*Cakile americana*）、刺沙蓬（*Salsola kali*）、海蚕缀（*Honkenya peploides*）、苍耳（*Xanthium echinatum*）和滨大戟（*Euphorbia polygonifolia*），此外还有海滩草（*Arundo*、*Psamma* 或 *Calamagrostis arenaria*）、海滨一枝黄（*Solidago sempervirens*）和滨豆（*Lathyrus maritimus*）。⑤

我们时或帮某个拾荒者掀动格外粗大的木头，时或把石头滚下沙岸，借此自娱自乐，只不过沙滩又软又宽，石头很少能滚进水里，时或又在沙洲内侧的浅水里洗个澡，水很冷风也很大，好

---

① 根据梭罗列出的拉丁学名，这里的海栗子（Sea Chestnut）是指球海胆科球海胆属的白球海胆，拉丁现名 *Strongylocentrotus pallidus*。

② *Scutella parma* 指网沟海胆科网沟海胆属的盾形网沟海胆，拉丁现名 *Echinarachnius parma*。

③ 根据梭罗列出的拉丁学名，这里的海星是海盘车科海盘车属的普通海星（common starfish）。

④ 即海月水母，拉丁词汇 "*Aureliae*" 是 "*Aurelia*"（海月水母属）的复数形式。

⑤ 梭罗在这里提到的植物依次是：十字花科海滩芥属草本植物美洲海滩芥，学名亦作 *Cakile edentula*；藜科猪毛菜属草本植物刺沙蓬；石竹科海蚕缀属草本植物海蚕缀；菊科苍耳属草本植物苍耳，学名亦作 *Xanthium strumarium*；大戟科大戟属草本植物蓼叶大戟；欧洲沙茅草（参见前文注释），梭罗写在括号里的是这种植物的几个拉丁异名；菊科一枝黄花属草本植物海滨一枝黄；海滨山黧豆（参见前文注释）。

在海水的每一次涌动，都会给我们身上盖满沙子。一般而言，哪怕是在热天，这片大洋也只是一件诱人的摆设而已，因为我们后来听说，眼前虽然有的是水，大西洋一侧却没有人下水洗澡，怕的是水中的暗流，以及传闻中的鲨鱼。这一侧只有两处紧靠海边的建筑，也就是伊斯特汉和特鲁罗的灯塔，第二年，这两个地方的人跟我说，他们绝不会下海洗澡，"给多少钱也不干"，因为他们有时会看见鲨鱼被冲上沙滩，挣扎片刻才断气。另一些人把这类传闻当作笑话，但他们之所以能够一笑了之，兴许是因为他们从来也不下水洗澡，不管走到什么地方。有个拾荒老人告诉我们，就在我们游泳的地方，他杀死过一条长期吃人的鲨鱼，那条鲨鱼有十四尺长，他用了几头牛才把它拖上岸。还有个人说，他父亲也在那里抓到过一条个头小点儿的搁浅食人鲨，还把它头朝下戳在沙地里，免得海浪把它卷走。鳕鱼岬各处的人都喜欢讲述关于鲨鱼的可怕故事，讲它们如何时不时地掀翻小船，或是把小船撕成碎片，以便吃掉船上的人，我倒不敢说，这些故事全都是无稽之谈。暗流的事情我听了就信，不过我绝不怀疑，十二年里出那么一条鲨鱼，便足以让一片长达百里的海滩长期维持鲨鱼出没的名声。话又说回来，我应该补充一个事实，七月里，我们确曾在这里的沙岸上跟一条约莫六尺长的鱼齐头并进，足足走了四分之一里的路程，它没准儿是条鲨鱼，正沿着岸边潜行觅食，离岸还不到两杆。它是淡褐色的，在水下时格外地朦胧难辨，就跟整个大自然都在成全这个大洋之子似的，一旦它浮上水面，身上就会显现许多颜色略深的横纹或圈纹。众所周知，同一种鱼到了不同的水域，体色也会发生适应性的变化。我们看见它游进一个小小的海湾或说"浴缸",侦查一番之后又慢慢游了出来,那个海湾的水当时只有四五尺深,我们刚刚在里面洗过澡。这次经历之后,我们照样会去那个海湾洗澡,只不过事先会从沙岸上观察一下,看那里有没有先到的客人。在我们看来,相较于马萨诸塞湾一侧的海水,大西洋这一侧的海水更有生机,或者说更有朝气,就像苏打水一样,因为我们跟幼年的鲑鱼一样挑剔水质,更何况遭遇鲨鱼的预期,丝毫不能减损它增益生命的魅力。

有时我们坐在湿漉漉的沙滩上,观看海滩鸟和鹬鸟①之类的鸟儿,看它们贴着每一排浪头碎步小跑,等着大海把它们的早餐抛上岸来。前者(*Charadrius melodus*)总是飞速奔跑,然后又突然停下,直挺挺僵立原地,你简直没法把它跟沙滩区分开来。潮湿的沙地上满是蹿来蹿去的小海蚤,显然是它的一部分口粮。海蚤是沙滩上的小食尸鬼,数量极其众多,以至于只需要很短的时间,就能把搁浅死亡的大鱼吃得干干净净。有一种比麻雀大不了多少的小鸟,也许是一种瓣蹼鹬②,喜欢降落在浪高五六尺的汹涌水面,像鸭子一样在那里悠然漂浮,浪花打来便灵巧地飞上几尺高的半空,躲过浪峰的四溅水沫,有时又原地不动,安然挺过足可暂时遮没它身影的大浪,因为它的本能告诉它,这次的波浪不会

---

① 海滩鸟即笛鸻,参见前文注释;"鹬鸟"原文为"sand-piper",是鹬科(Scolopacidae)鸟类的通称。

② "瓣蹼鹬"原文为"Phalarope",是鹬科瓣蹼鹬属(*Phalaropus*)各种鸟类的通称。

溅起浪花。这小之又小的生灵，居然也敢如此这般，与浩瀚的大洋一较高下，但这是它的一场胜利，跟浪花的胜利一样辉煌。离岸几杆的地方还有许多随浪浮沉的骨顶鸡，排成一个几乎没有间断的行列，与整个海岬等长。它们是大洋边界的一个恒常组分，恰如莲叶或梭鱼草①之于池塘。关于海岬两侧都能见到的风暴海燕（*Thalassidroma Wilsonii*）②，我们读到了如下记载："跟所有水鸟一样，风暴海燕胸部的羽毛也是防水的。然而，恰恰是因为不沾水的缘故，防水的材料特别容易沾上水面的浮油。风暴海燕掠过海面的时候，胸部的羽毛就发挥了沾油的功能，而这即便不是它获取食物的唯一方法，无疑也为它提供了大部分的口粮。它贴着水面疾行，等羽毛沾满油脂才停在浪尖，用它的喙啄食油脂。"③

就这样，我们沿弧度和缓的海岸一路前行，每次举目都能看到两三里开外的前方，脚底下是没有任何分岔的大洋辅路，右手边是联结万族的大洋干道，左手边则是鳕鱼岬的陡峻沙崖。这天上午，我们看见了一艘失事船舶的部分残骸，那是块十五尺

---

① 梭鱼草（pickerelweed，直译可为"狗鱼草"）为雨久花科梭鱼草属水生草本植物，广布于美洲各地，学名 *Pontederia cordata*。

② "风暴海燕"原文为"Storm Petrel"，可以指海燕科的多种鸟类。根据梭罗列出的拉丁学名，这里的"Storm Petrel"是指海燕科洋海燕属的黄蹼洋海燕，拉丁现名 *Oceanites oceanicus*。

③ 引文出自穆迪《不列颠群岛的羽族》（参见前文注释）。从原书上下文来看，穆迪确实认为黄蹼洋海燕以水面浮油为主食，但黄蹼洋海燕之所以喜欢在海面飞掠，实际上是为了吃海面的浮游生物。

见方的大船板，漆色犹新，多半是"富兰克林号"的残余。要是有一柄抓钩和一根绳索，我们应该能把它打捞上来，因为波浪一再把它冲到甩出抓钩能够着的地方，当然也一再把它往海里收。对穷困的拾荒者来说，这肯定是一笔天降横财，因为我听人说，有个人花三四块钱买下了"富兰克林号"的部分残骸，转手就拿残骸的废铁卖了五六十块钱。另一个人——就是这个人捡到了船长的公文箱，找到了那封使人过目难忘的信件——带我参观了他的园子，园里长着许多梨树和李树，据他说能值五百块钱。这些果树都是他用"富兰克林号"载来的树苗种的，树苗被冲上岸的时候捆扎齐整，标牌完好，原本是有个姓贝尔的先生进口来做种的，因为此人打算在波士顿附近开家苗圃。园子主人的芜菁种子也是这么来的，他家院子里还搁着一些价值不菲的桤桁，来自"富兰克林号"和"仙人掌号"①。一句话，此地居民时常去海滩打探有何收获，频繁得就像渔夫察看鱼梁，伐木工察看木堰②，因为鳕鱼岬就是他们的木堰。我听说最近有个人捡到了二十桶完好无损的苹果，多半是在风暴中被人扔到海里的舱面货。

  必须公告招领的贵重财物，确实有专门委派的船难物品管理员负责照管，然而毫无疑问，大量的浮财会被人悄悄拿走。话又

---

  ① 多桅帆船"仙人掌号"（Cactus）于1847年3月在威尔弗利特附近海域失事。

  ② 木堰（boom）是固定在水面的一根用原木接成的链条，作用是封锁水道或围住木材，以防流失。

说回来，我们岂不都是拾荒者，巴望着见者有份的珍宝冲上我们的海滩，岂不可以从大众谋生的通常手段，推测到瑙塞特和巴尼加特①这些拾荒者的习惯？

浩瀚狂野的大海，便是如此这般，将人类工技的废渣与残骸，运送到最偏远的海岸。你根本没法预料，它会呕出些什么样的东西。大海不让任何事物静静安躺，连黏附海底的巨蛤也不放过。"富兰克林号"失事已久，可它还在把船载的粗麻布卷来，搞不好就在今天，就会有一块残骸随波上岸，来自某艘百多年前沉没的海盗船。我这次旅行几年之后，一艘载有肉豆蔻的船在此地失事，肉豆蔻洒满海滩，很久都没有被盐水泡坏。此后不久，有个渔夫捉到了一条肚里装满肉豆蔻的鳕鱼。既然如此，香料群岛②的居民干吗不使劲儿摇晃他们的肉豆蔻树，把肉豆蔻摇到海里，让需要它的世界万族随意捡拾呢？不过我发现，从"富兰克林号"掉下来的肉豆蔻，一年之后就变软了。

鱼吞到肚子里的东西，可以列一张无奇不有的清单，有打开了的水手折刀，有色彩鲜艳的铁皮鼻烟盒，里面不知道装着些什么，还有瓶罐、珠宝和约拿③。前些日子，我在一张报纸上偶然看

---

① 巴尼加特（Barnegat）是新泽西州大西洋岸的一个海湾，当时是海难多发地，许多当地居民以捡拾船难物品为生。

② 印度尼西亚东部的摩鹿加群岛（Moluccas）盛产香料，由此亦称"香料群岛"（Spice Islands）。

③ 约拿（Jonah）是《圣经》中的人物。据《旧约·约拿书》所载，约拿不听耶和华的差遣，由此受到惩罚，掉到海里被鲸鱼吞吃，在鲸鱼肚里待了三天三夜才得救。

到了如下文字：

一条虔诚的鱼

不久前，我在登顿酒店暂住，酒店东家斯图尔特买了一条重约六十磅的石鱼①。剖鱼的时候，他在鱼肚子里找到了一张美以美会会员证②，上面写的是：

………………………………会员

美以美会

始创于我主纪元一七八四年

季票 ………………18……

………………………………牧师

"我们这微小而短暂的苦楚，将为我们成就重大且永恒的荣耀。"

《新约·哥林多后书》第四章第十七节

"主啊，若是您允准我终有一天，

与狂喜众人一起，拜伏在您脚底，

那我在此世遭受的一切苦难，

---

① 石鱼（rock-fish）可以指多种栖身礁石之间的鱼类，在这里可能是指主要分布于北美大西洋海滨的狼鲈科狼鲈属鱼类银花鲈（striped bass, *Morone saxatilis*）。下文提到了这种鱼。

② 美以美会（Methodist Episcopal Church）是美国循道宗（参见前文注释）最古老也最大的一个分支，存在于1784至1939年间。从"会员"到"何足挂齿"的引文是当时美以美会会员证的普遍格式，第一行填写会员姓名，"18"的前后分别填写发证月日和年份（18××），"牧师"一行则填写牧师姓名。

>　　何足挂齿。"①

　　这张纸片当然是又皱又湿,但在晒干熨平之后,纸上的文字还是可以看得相当清楚。

——《登顿周报》②

我们也学拾荒者的样,时不时捞起一件船难物品,盒子桶子什么的,捞起就把它竖在沙滩上,用交叉的木棍做上物已有主的标记。这么着,它没准儿能让拾荒的同行敬而远之,可以一直待在原地,最后才被一场更加猛烈的风暴卷走,从人类眼前彻底消失,直到下一次失事上岸,重现人间。仅仅付出了打湿双脚的代价,我们就捞起了一截连着浮子的珍贵绳子,它原本是一张围网的一部分,大海正在跟它嬉戏。我们之所以把它捞上来,是因为如此伟大的人物送来的礼品,再菲薄也不该拒不接收,否则就有点儿不识趣。我们把绳子带回了家,到今天还在拿它当园艺绳③用。我拔出了一只半埋在潮湿沙地里的瓶子,瓶身已经长满藤壶,瓶塞倒还是紧紧的,里面有半瓶红啤酒,依然散发着杜松子的香气。照我的想象,这玩意儿就是某个狂欢世界的仅有残骸:一边

---

①　会员证上的这条引文出自英国教士查尔斯·卫斯理(Charles Wesley, 1707—1788)的赞美诗《企盼永恒》("Anticipations of Eternity")。循道宗由查尔斯·卫斯理和兄长约翰·卫斯理(John Wesley, 1703—1791)一同创立。

②　登顿(Denton)为马里兰州城镇。《登顿周报》(*Denton Journal*)是存在于1847至1965年间的一份当地报纸。

③　园艺绳(garden line)是营造规整园圃时(比如铺草坪和种树篱)用来取直的绳子。

是那个广大的盐水海洋，一边是这个微小的啤酒海洋，两个都保持着各自的本色。要是它能给我们讲讲它渡越无数潮浪的冒险历程，该有多么奇妙！要是经历了它经历过的种种考验，人类肯定会面目全非。然而，当我慢慢往沙地上倾倒瓶中之物，禁不住觉得人类自身也好比一瓶淡啤酒，已经被时光喝掉了一半，一时之间倒还是瓶塞紧固，继续在时运的大洋上到处漂流，只不过注定会在不久之后混入四围的海波，或是泼洒在遥远海岸的沙地。

夏天里，我在这一带看到了两个海鲈钓客。他们没弄到乌贼，用的钓饵或者是一只牛蛙，或者是几只串在一起的小蛙。只见他们追着退却的潮水往前走，抡起钓竿甩动钓线，让钓线在头顶一圈一圈地越转越快，最后落到海里尽可能远的地方。接着他们退后，坐下，一动不动地守在沙滩，静待愿者上钩。这可谓十成十的（或者说**石呈时的**）①撞大运，就这么径直走到岸边，把钓线投进大西洋。我无从知晓，攥住钓线另一头的会是谁，是普罗透斯，还是别的什么生灵。无论如何，要是你没法把他拽上来的话，怎么说呢，大可以松开手放他走，免得你自个儿被拽下去。**他们倒是经验丰富，知道钓线的另一头要么是一条银花鲈，要不就是一条鳕鱼，因为这两种鱼喜欢在岸边嬉戏。**

行走沙岸的时候，我们有时会找一座稀拉拉长着毛茸茸海滩

---

① 这句话是梭罗的文字游戏，"十成十的"原文为"literally"，"石呈时的"原文为"*littorally*"，两个词发音一样。"*littorally*"是梭罗根据"littoral"（潮间地带；海岸上潮水高位和低位之间的区域）一词生造的词语，意为"在潮间地带上"，译文引申为"在水落石出时"。

草的沙丘，在沙丘的背风处坐下来，久久地凝望大海，或是观看一艘艘南行的船舶，这些船舶，当然都是海湾送出来的悦目景物。我们能看到弧度略大于半圆的宽广洋面，还能瞥见背后的马萨诸塞湾。这里的大海并不是一概狂暴凄凉，因为视野之中的大西洋面，时常会有上百艘船同时出现。天气晴好的夏日，你通常可以数出八十艘左右，有时还能看见领航员下船登陆，爬上沙岸，为他们的雇主瞭望打探。我们眼前的这些船，之前是在波士顿港等待天气转好，刚刚才一齐离港出航。倘若它们在葡萄园海峡①集结避风，情形也会与此相同，弄得你前一天只能看见寥寥几艘船，后一天却看见一支庞大的船队。整条航道挤满了多桅纵帆船，每一艘都张挂着许多三角帆和支索帆，远处则有一些风帆又高又宽的横帆船，时而蹿到海平面之上，时而没入海平面之下，此外还有东一艘西一艘的领航船，各自拖着小艇驶向远处的某艘外国船只，那艘船刚鸣过炮②，炮声回荡岸边，听着跟沙岸塌了似的。我们能看见领航员用望远镜观察那艘远处的船，那艘船则渐渐停下，以便跟他说话。他会行驶好多里去迎接那艘船，那艘船随即收起风帆，让他靠到船舷边，跟他对答，让他把一些重要消息捎给东家，然后便永远告别这片海岸。又或者，我们会看见一艘过路的螺旋桨汽船，后面拴着一艘出了故障的船，或是一艘被无风天气弄得动弹不得的船，因为船上载着水果，时间长了会烂。这些船

---

① 葡萄园海峡（Vineyard Sound）是鳕鱼岬西南边缘和玛莎葡萄园岛（Martha's Vineyard）之间的海峡。
② 鸣炮是当时的船舶召唤领航船的方式之一。

虽然悄无声息,大部分都在一言不发地忙各自的事情,可它们无疑是在相互鼓励,相互陪伴。

这天我们看见的是"紫海"。用紫色来形容大海,以前我肯定接受不了,但此时的海面确实有一片片与众不同的海水,颜色跟蹭掉了粉霜的紫葡萄一样。不过,如果我们综观全体,大海应该说是五颜六色才对。关于"在平静海面不停变幻的绚丽色彩",吉尔平①有过非常不错的描写,而我们面前的这片大海,如果看离岸稍远的地方的话,也不能说是太不平静。"山巅常有的闪烁色彩,"他写道,"无疑称得上美不胜收,可要是跟大海之色相比,山巅之色便只能算是毫末之光,因为大海之色尽揽彩虹的艳丽辉煌,而且不断变化,不断交融,铺展的范围往往可达几里格之广。"一般而言,天气平和的时候,离岸半里之内的海水会因海底的映衬而呈现绿色,或者是泛绿的颜色,跟一些池塘差不多,往外便是绵延许多里的蓝色,常常还有点儿发紫,蓝色的尽头是一条接近银色的明亮带子,再往外则通常是一道深蓝的滚边,好似地平线上的山脊,颜色的成因仿佛也跟山脊一样,是由于大气的干涉作用。其他一些时候,海上会出现长长的条纹,水面动静交替,颜色深浅间错,有如洪水漫溢的内陆草地,显示着风来的方向。

就这样,我们坐在浪花翻滚的岸边,眺望酒红色的大海:

---

① 吉尔平(William Gilpin, 1724—1804)为英国艺术家、作家及教士,著有《汉普郡、萨塞克斯郡及肯特郡海滨漫笔》(*Observations on the Coasts of Hampshire, Sussex, and Kent*, 1804)。本段引文均出自此书。

*Θίν' ἔφ' ἁλὸς πολιῆς, ὁρόων ἐπὶ οἴνοπα ποντον.*①

  海面散布着东一处西一处的暗斑，全都是云朵投下的阴影，虽然说碧空如洗，要没有这些云影的话，你根本留意不到云朵的存在，除此而外，你在陆地上是看不见这些云影的，因为你一眼能望见的地面，比一眼能望见的海面小得多。正因如此，短短一天的航程之内，水手就可能看到许多距离遥远的云团和阵雨，各个方向都有，而这并不一定意味着他所在的地方会下雨。七月里，我们看见了一块块与此相似的暗蓝海面，那是成群的油鲱②搅起的涟漪，跟云影几乎没有区别。有时候，远远近近的海面布满了鱼群造成的暗斑，昭示着大海取之不竭的丰沃。走到近处，你可以看见油鲱那又长又尖的背鳍，伸出水面有两三寸。我们还不时看见海鲈在岸边嬉戏，翻出了它们的白肚皮。

  目送遥遥帆影飘向那些半神话的港埠，着实是一种诗意的消遣，单是那些港埠的名字，在我们耳中便不啻一种神秘的音乐：它们飘向法雅和巴贝曼德，还有查格雷③和巴拿马，继而前往著名

---

  ① 引文是荷马史诗《伊利亚特》第一卷第三五〇行，意思是："他坐在灰色浪花侧畔，眺望色浓如酒的深海。"这句诗里的"他"是阿喀琉斯。

  ② "油鲱"原文为"menhaden"，据美国鱼类学家乔治·古德（George Goode, 1851—1896）的《大西洋油鲱小传》（*A Short Biography of the Menhaden*）一书所说，"menhaden"指的是分布于北美大西洋岸的鲱科油鲱属鱼类大西洋油鲱（*Brevoortia tyrannus*）。

  ③ 法雅（Fayal）是亚速尔群岛当中的一个岛屿，因岛上的杨梅科杨梅属小乔木法雅树（Faya tree, *Myrica faya*）而得名；巴贝曼德（Babel-mandel, 亦作 Babel-Mandeb）即连接红海和亚丁湾的曼德海峡，地名本义为"泪水之门"；查格雷（Chagres）是巴拿马的一条河。

的旧金山湾,以及萨克拉门托和圣华金的黄金河流,前往羽毛河和美国河,那里有萨特要塞①,往内陆去还有洛杉矶城。扬帆航海之时,人们心里居然没装着一些更为宏远的抱负,实在是让人不可思议,因为不可思议的伟业,从不是庸凡志向的产物。古往今来的英雄和发现者,之所以能够发现超越前人信仰的真相,完全是因为他们的期盼和梦想超越了同时代人的梦想,甚至超越了他们自己的发现,换句话说,是因为他们拥有适合发现真相的心智。照世俗的标准来衡量,他们全都是疯子,就连野蛮人也间接地做出了这样的揣测。说到哥伦布抵近新大陆的情景,洪堡②写道,"清凉怡人的夜晚空气,缥缈纯净的璀璨星空,还有陆地微风送来的馥郁花香,一切都使他浮想联翩(正如我们在埃雷拉《年代记》③当中读到的那样),认为自己正在走近伊甸园,走近我们初祖的神圣居所。在他看来,奥里诺科河④便是古代世界悠久传说中的

---

① 旧金山湾(Bay of San Francisco)、萨克拉门托河(Sacramento)、圣华金河(San Joaquin)、羽毛河(Feather River,为萨克拉门托河支流)、美国河(American River, 梭罗写作 American Fork, 亦为萨克拉门托河支流)都是加利福尼亚地名,并且是十九世纪中叶加利福尼亚淘金热当中的著名所在,对梭罗时代的新英格兰人来说是新鲜神秘的地方(加利福尼亚到1850年才加入美国联邦);萨特要塞(Sutter's Fort)是德裔美国人约翰·萨特(John Sutter, 1803—1880)于1839年建立的一个殖民地,在萨克拉门托河边。

② 洪堡(Alexander von Humboldt, 1769—1859)为普鲁士地理学家、博物学家及探险家,著述众多。此后引文出自根据洪堡著作英译的《自然奇观》(*Views of Nature*, 1850)。

③ 埃雷拉(Antonio de Herrera y Tordesillas, 1549—1625)为西班牙历史学家及作家,著有记述西班牙征服美洲历程的《年代记》(*Décadas*)。

④ 奥里诺科河(Orinoco)为南美大河,在委内瑞拉东北流入大西洋。

伊甸四河之一，这些河流出乐园，滋润并分隔刚刚得到植物装点的大地表面①。"正因如此，就连那些以黄金国和不老泉为目标的探险，最终也带来了一些不说尽如人意也得说货真价实的发现。②

我们若是凝神远眺，便可看到极远处的船只，它们着实遥远，以至于只有桅杆的顶端露出了地平线，我们得让眼睛拿出坚定的决心，还得把视线调到最佳的角度，才能够勉勉强强看到它们，有时我们禁不住怀疑，我们点数的恐怕是自己的睫毛。查尔斯·达尔文说，他曾从安第斯山麓看到"瓦尔帕莱索湾里碇泊船只的桅杆，尽管它们远在二十六海里开外"，还说安森曾经大吃一惊，因为他的舰队在离岸很远的地方就被岸上的人发现了，弄得他莫名其妙，但原因其实非常简单，不过是海岸很高，空气又很纯净而已。③ 相较于帆船，汽船在远得多的地方就会被人发现，原因正像有个人④说的那样，就算铁做的船身和木做的桅杆尚未暴露，烟做的桅杆和旗帜还是会揭穿它们的行踪。同一位作者还比

---

① 《旧约·创世记》有云："一条河从伊甸园发源，滋润那片园地，又从那里分为四道。"

② 黄金国（El Dorado）和不老泉（Fountain of Youth）都是西方传说中的虚妄事物。欧洲人寻找黄金国和不老泉的探险活动分别导致了南美和佛罗里达的发现。

③ 瓦尔帕莱索湾（bay of Valparaiso）是智利中部的一个海湾；安森（George Anson, 1697—1762）为英国海军将领，曾于1740至1744年间率舰队进行环球航行；此处引文和关于安森的记述都出自达尔文的《"贝格尔号"环球航行所经各处之自然史及地质学研究笔记》。

④ 由下一处引文可知，这里的"有个人"指的是英国地质学家理查德·泰勒（Richard Taylor, 1789—1851），泰勒著有《煤炭统计报告》（*Statistics of Coal*, 1848）。

较了烟煤和无烟煤对于蒸汽战舰的优劣,就此写道,"根据地平线上升起的袅袅烟柱,从(英格兰海滨的)拉姆兹盖特可以随时观察(法国海滨)加来港①的汽船动向,侦知它们何时点火,何时离港出航。此外,美国汽船烧的是肥烟煤,烟囱会冒出一股股浓重的黑烟,在地平线上升腾拖曳,早在船身还有至少七十里才会进入视线的时候,它们就会被人发现。"②

遥不可及的地平线上,各个方向都有为数众多的船,但这些船就像天上的星星一样,不光与我们相距遥远,彼此的间距也是同样遥远,岂止如此,其中一些船的相互间距甚至两倍于与我们的距离,此景使我们油然感慨大洋的广袤,想到别人赠给它的"无果大洋"③称号,想到人类和人类的成果,与地球相比是多么地微不足道。我们纵目远眺,眼中的海水越远越暗,越远越深,最终使人一想到它就不寒而栗,仿佛它已经与友善的土地彻底断绝了关系,不管是海岸还是海底的土地——海底若是深不可见,若是跟水面隔着两三里的距离,以致你在到底之前早已淹死,那么,纵然它拥有与你的家乡相同的土质,又有何益?面对这片如《吠陀》④所说"无可倚靠、

---

① 拉姆兹盖特(Ramsgate)为英格兰东南海滨城镇,与法国的加来港(Calais Harbor)隔多佛海峡相望。
② 引文出自泰勒《煤炭统计报告》,字句与原文略有不同,括号里的文字是梭罗加的。从泰勒书中的相关文字来看,他说的"肥烟煤"(fat bituminous coal)是沥青含量特别高因而烟特别大的一种煤。
③ 由后文相关叙述可知,梭罗此处的"无果大洋"之说借自荷马。
④ 《吠陀》(Vedas)是印度最古老也最重要的宗教及哲学文献集,按通常说法包括《梨俱吠陀》(Rigveda)、《娑摩吠陀》(Samaveda)、《夜柔吠陀》(Yajurveda)及《阿达婆吠陀》(Atharvaveda)四部分。

无可立足、无可依附"①的大洋，我深感自己仅仅是一头陆地动物。即便是热气球的乘客，一般也可以在片刻之间降落地面，水手呢，却只能把抵达遥远海岸当作唯一的指望。我这才认识到汉弗莱·吉尔伯特爵士②的英雄气概，有记载说，一五八三年，这位古代航海家从美洲返航，在从我们此时位置往东北的遥远地方遭遇了风暴，可他照样是手拿书本安坐船尾，就在即将被海浪卷进深渊的那一刻，他还冲凑到近前的"金鹿号"③同僚喊道，"我们走海路去天堂，跟走陆路一样近。"④要我说，这个道理可不是那么容易悟到的。

你在鳕鱼岬听说的位置第二靠东的陆地，便是圣乔治台地⑤（渔夫们还会提到"乔治斯"和"卡舒斯"，以及其他一些他们常去的没水陆地）。关于圣乔治台地曾经是个岛屿的事情，每个鳕鱼岬居民都有自个儿的一套理论，众说纷纭之中，台地上方的水深逐渐从六英寻、五英寻、四英寻减到了两英寻，最后还有人信誓

---

① 引文出自英国学者贺拉斯·威尔逊（Horace Hayman Wilson, 1786—1860）编译的《〈梨俱吠陀〉偈颂：古印度颂诗选》（*Rig-Veda-Sanhitá.: A Collection of Ancient Hindu Hymns*）。

② 汉弗莱·吉尔伯特爵士（Sir Humphrey Gilbert, 1539?—1583）为英格兰议员、将领及探险家，遇难地点是亚速尔群岛附近。

③ "金鹿号"原文为"Hind"，应为"Golden Hind"（"金鹿号"）的省写。吉尔伯特遇难时乘坐的是"松鼠号"（*Squirrel*），"金鹿号"是他船队中的另一艘船。

④ 引文出自英格兰作家理查德·哈克吕特（Richard Hakluyt, 1553—1616）撰著的《英格兰民族航海通商探索发现大事记》（*The Principal Navigations, Voiages, Traffiques and Discoueries of the English Nation*）。

⑤ 圣乔治台地（St. Georges Bank）是鳕鱼岬东边的一大块水下台地，离海岸约一百公里，台地上方的水深从几米到几十米不等，今名乔治台地（Georges Bank）。

旦旦地宣称，他曾经看见一只鲭鱼鸥，站在台地那儿的一块干地上。想到发生在圣乔治台地的历次海难，我不禁记起了传说中的恶魔之岛，按照一些古代新大陆海图的标注，那个岛就在这片海岸附近。以我之见，要是从岸上看到离岸一千里的海底，那景象肯定会把人吓得魂不附体，比想象中的无底大洋还要可怕：一块淹死的大陆，全身惨白，鼻孔冒泡，活像一具溺水的死尸，还是沉得深一点儿比较好，别跟水面挨这么近。

有一次乘坐汽船的时候，我惊讶地发现，就连马萨诸塞湾本身，居然也是如此之浅。在比灵斯盖特角①岸边，用一根杆子就可以探到海底，即便是在离岸五六里的地方，我仍然可以清楚地看见，海水被水底的海草映成了各种各样的颜色。没错，比灵斯盖特附近确实是"鳕鱼岬的浅水场地"②，但海湾里的其他地方，同样比乡下的池塘深不了多少。听人说，英吉利海峡的最深处位于莎士比亚悬崖和法国的灰鼻岬③之间，水深不过一百八十尺，吉尤④也说，"德国海岸和瑞典海岸之间的波罗的海域，水深只有

---

① 比灵斯盖特角（Billingsgate Point）即前文曾提及的比灵斯盖特岛。

② 这个说法见于《马萨诸塞历史学会资料汇编》第一辑第四卷（1795年刊行）收载的《论威尔弗利特及鳕鱼岬港》（"Observations on Wellfleet and Cape-Cod Harbour"）。

③ 莎士比亚悬崖（Shakespeare's Cliff）在英国的多佛（Dover），因莎士比亚曾在《李尔王》中提及而得名，与法国加来附近的灰鼻岬（Cape Grinéz，亦作Cap Gris-Nez）隔海相望。

④ "吉尤"指瑞士裔美国地理学家阿诺德·吉尤（Arnold Guyot, 1807—1884），此后两处引文出自他撰著的《大地与人》（*Earth and Man*, 1849）。

一百二十尺",又说"威尼斯和的里雅斯特①之间的亚德里亚海域只有一百三十尺深"。我家乡有个池塘,长度不过区区半里,深度却也有一百多尺②。

所谓大洋,无非是大一点儿的湖泊而已。仲夏时节,你有时会看见海上浮现一条玻璃般平滑的带子,宽度不过几杆,长度却有许多里,仿佛水面覆了薄薄的一层油,跟乡下的池塘一样。你可能会说,这样的静止水面是两股气流相遇或相离造成的(假如你不采用那种更确切的说法,亦即这意味着水面下方的水流拥有波澜不惊的稳重性情),因为水手们常说,海风和陆风若是在前帆和后帆之间相遇,你就会看见后帆依然鼓胀,前帆却突然贴紧桅杆。丹尼尔·韦伯斯特③写有一封信函,记述他在玛莎葡萄园岛附近捕捉蓝鱼④的经历,信中也提到了这种被渔夫和水手称为"浮油"的平滑水面。他写道:"昨天我们遇见了几处'浮油',只要一看到它,我们的船夫就会把船划过去。他说,'浮油'是蓝鱼咬嚼猎物造成的。也就是说,这些贪吃的家伙冲进了一群油鲱,但油鲱个头太大,一口吞不下去,所以它们就把油鲱咬成小块,这样才好下咽。屠杀油鲱产生的油脂浮上水面,水面就有了

---

① 的里雅斯特(Trieste)为意大利东北部海港,西距威尼斯约一百五十公里。
② 由《瓦尔登湖》可知,此处的"有个池塘"指的是瓦尔登湖。
③ 丹尼尔·韦伯斯特(Daniel Webster, 1782—1852)为美国政客,曾长期担任马萨诸塞州参议员,并曾三任美国国务卿。
④ 玛莎葡萄园岛(参见前文关于"葡萄园海峡"的注释)在鳕鱼岬南边;蓝鱼(blue fish)即广布于世界各地的扁鲹科唯一现存物种扁鲹(*Pomatomus saltatrix*)。

'浮油'。"①

然而，就是这片平静的大洋，眼下如城市港埠一般温文尔雅，十足是一个适合船舶通商的所在，不久却会在风暴的撩拨之下勃然大怒，迸发出暴动的喧嚣，响彻它所有的洞穴与峭壁。它会毫不留情地将这些船舶抛来掷去，用它沙质或石质的硬腭把船咬成碎片，把所有的船员送进海怪的嘴巴。它会用戏弄海草的手段戏弄这些船员，用泡胀死蛙的方法把他们泡胀，然后带着他们四处周游，一会儿抛高，一会儿压低，让鱼儿们看看，请鱼儿们尝尝。这片斯文的大洋将会像疯牛的鼻祖一样，抛掷撕扯死者那七零八落的尸身，而人们将会看见，死者的亲人连着几个星期踯躅海边，搜寻尸身的残片。他们从某个宁静的内陆小村启程，哭着赶到了这片前所未闻的海滨，如今则站在岸边犹疑不定，不知道连绵沙丘之间，哪里才是某个水手新近埋骨的所在。

人们普遍认为，那些经年累月跟大洋打交道的人，都能够借助海水咆哮和海鸟啼鸣之类的征兆，预先判断大洋会在何时变脸，从平静转为狂暴。然而十之八九，我们想象中的这类老练海员并不存在，退一万步说，关于我们所有人都有份参与的这一趟人生航程，所谓的老练海员，并不比岁数大一点儿的水手所知更多。话虽如此，我们还是喜欢听老水手的谚语格言，听他们描述种种自然现象，尽管他们的描述完全无视科学，科学也无视他们的描述。说到底，他们如此长久地越过船舷眺望大洋，兴许并不总是

---

① 引文出自韦伯斯特的《韦伯斯特私人信札》(*The Private Correspondence of Daniel Webster*, 1857)。

一无所获。卡尔姆①在书中转述了一个故事,是他在费城听一个姓科克的先生讲的,后者有一天坐小游艇去西印度群岛,船上有一个对那片海域非常熟悉的老人。"老人测了测水深,然后就叫大副通知科克先生,赶紧把所有的小艇放下去,还要在艇上安排足够的人手,让小艇趁没风的时候拖着游艇前进,以便尽快登上前方的那座岛屿,因为二十四小时之内就会刮起猛烈的飓风。科克先生问老人,为什么认定飓风要来,老人回答说,测水深的时候,他发现铅锤被水隐没的位置比先前低了很多英寻,说明水在突然之间变清了,在他看来,这就是海上要刮飓风的笃定征兆。"故事的下文是,多亏运气帮忙和小艇拖拽,他们成功赶在飓风大作之前驶入了一处安全的港湾,但飓风最终变得极其猛烈,不光使得许多船只沉没海中,许多房子没了屋顶,连他们那艘业已靠港的游艇也被冲到了岸上很远的地方,几个星期之后才能够再次起航。

大洋虽然不产麦子,但希腊人若能有现代科学的眼光,肯定就不会说它"ἀτρύγετος"(亦即"无果")②,因为如今的博物学家业已断定,"海洋而非陆地,是生命的首要家园"③,虽说它并不是植

---

① 卡尔姆(Pehr Kalm, 1716—1779)为瑞典探险家及博物学家,后一处引文出自日耳曼教士及博物学家约翰·福斯特(Johann Reinhold Forster, 1729—1798)的《北美游记》英译本(*Travels into North America*, 1772)。

② "ἀτρύγετος"是荷马史诗中屡屡出现的形容大海的词语(参见前文关于"无果大洋"的注释),译者见到的几个《伊利亚特》英译本都把这个词解释为"荒芜的/不产果实的",但据伊素·西博德(参见前文注释)所说,现今的学者通常认为,这个词意为"动荡不宁的"。

③ 引文出自德裔瑞士博物学家埃杜瓦·德泽(Édouard Desor, 1811—1882)的文章《大洋及其在自然界的意义》("The Ocean and Its Meaning in Nature", 1848)。

物生命的首要家园。达尔文断言,"我们那些动物最密集的森林,若是与大洋里的对应区域相比,简直与沙漠无异。"① 阿加西② 和古尔德告诉我们,"海洋里充满各式各样的动物,种类远远超过开花植物的品种上限",但又补充说,"深水采样试验告诉我们,大洋深处几乎是一片荒漠。"用德泽的话来说,"有鉴于此,现代的种种调查研究,仅仅是在印证古代诗人和哲人朦胧预见的那个伟大观点,也就是说,大洋为万物之源。"③ 话又说回来,海洋动植物在存在之链④ 当中占据的地位,确实要比陆地动植物低一些。"迄今未有实例表明,"德泽说,"有哪种动物会在干地度过生命的初级阶段,又在发育完成后移居水中",恰恰相反,从蝌蚪的例子可以看出,"发展的历程始终以干地为目标"。简言之,干地本身也在不断地升向天空,所以才从水里冒了出来,原因在于,"回溯以往的各个地质年代,我们会遇见一个完全看不到干地的时期,一个地球表面完全被水覆盖的时期。"这么着,再一次望向大海的时候,我们就不再觉得它"$\alpha\tau\rho\acute{\upsilon}\gamma\varepsilon\tau o\varsigma$"或说"无果",倒觉得它配得

---

① 引文出自德泽《大洋及其在自然界的意义》,德泽在文中说这是达尔文的观点。

② 阿加西(Louis Agassiz, 1807—1873)为瑞士生物学家及地质学家,1847年移居美国,曾与奥古斯都·古尔德(参见前文注释)合著《动物学原理》(*Principles of Zoology*, 1848),后两处引文均出自该书。

③ 引文出自德泽《大洋及其在自然界的意义》,本段随后各处引文(希腊文引文除外)亦然。

④ 存在之链(great chain of being,梭罗写作 scale of being)是西方古人的一种观念,指世间万物组成的一个等级森严的系统。按大类说,存在之链的链环从高到低依次是上帝、天使、人、动物、植物和矿物。

上那个更恰切的称谓，不愧为"制造大陆的实验室"。

前面这段时间，我们沉迷于一些气定神闲的思索，可读者千万不能忘记，在此期间，海涛的冲击与咆哮一刻也不曾停止。说实在的，读者要是拿一只大海螺放在耳边，一边听一边读，效果肯定不错。不过，这一天虽然天寒风大，但我们还是认为，这样的寒冷并不会使人伤风感冒，因为空气里有盐，土壤又很干。然而，往日那篇威尔弗利特介绍文字的作者却说："空气中弥漫着细小的盐粒，也许正是这个因素，再加上大量吃鱼、不爱喝苹果酒和云杉酒①的生活习惯，使此地居民易于罹患口腔炎和咽喉炎，较他处居民为甚。"②

---

① 云杉酒（spruce-beer）是用云杉的芽、针叶或萃取物制成的酒精饮料或软饮料，苹果酒和云杉酒都是富含维生素 C 的健康饮品。

② 引文出自《威尔弗利特详况》（参见前文注释）。

七　横越海岬

从海边归来之后，我们有时会扪心自问，自己为什么没有多花点儿时间看海，但旅人到了海边，用来看海的时间很快就不会多于看天。再来看海岬腹地的情形，非要说大洋中央的这道隆起沙坝拥有什么"腹地"的话，腹地的风景也只能说是格外荒凉，视野中罕有耕地或可耕之地。我们不曾看见村镇，很少看见房屋，因为这些东西通常都在海湾一侧，只看见一连串灌木丛生的山丘沟谷，此时已是秋色缤纷。地表的土质，矮小的树木，还有环绕身边的熊果，常常会使你觉得，自己身处某座大山的顶峰。伊斯特汉仅有的林地位于威尔弗利特边缘，刚松的高度通常超不过十五或十八尺，大点儿的松树全都覆满地衣，往往还挂着长长的灰色松萝。鳕鱼岬的前臂部分，几乎连一棵白松也没有。然而次年夏天，我们在伊斯特汉的西北部，靠近"野营地"①的地方，看见了几处休养胜地，就鳕鱼岬而言颇具乡野风情，甚至是林间风情。这几个地方地平如砥，橡树、刺槐和低吟的松树聚成一片片窸窣作响的小小树林，将小小的天堂带到人间。刺槐有原生的也

---

① "野营地"原文为"Camp Ground"，应即前文所说的野营礼拜举办地"千禧林"，该地今名野营地海滩（Campground Beach）。

有移栽的，环绕着这些地方的房屋，看着比其他树木都要茁壮。威尔弗利特和特鲁罗都有窄窄的林带，位于离大西洋一里多远的地方，但在大多数情况下，我们都可以透过林子看见地平线，或者换句话说，林带里的树木就算是数目不小，个头却不大。不管是橡树还是松树，树冠经常都是平的，跟苹果树一样。普遍说来，树龄二十五年的橡树林不过是一丛九到十尺高的虬曲灌木，我们往往可以够到最高处的树叶。许多号为"林木"的事物，高度还只有它们的一半左右，无非是一片片丛生的矮橡树、滨梅、滨李和野蔷薇，上面爬满了五叶地锦[1]。蔷薇开花时节，沙地里的这些小块植被绽出繁花无数，伴随着滨梅的芬芳，哪一座意大利蔷薇园，或者是其他的人造蔷薇园，也无法与之相提并论。它们就是十全十美的伊利耶[2]，把我对沙漠绿洲的憧憬变成了现实。这里还有许多佳露果[3]灌木丛，次年夏天，它们长出了多得出奇的虫瘿，这种虫瘿名为"佳露苹果"，看着像一些相当漂亮却怪异可怕的花朵。不过我必须补充一点，佳露果灌木丛里聚集着大群的木蜱[4]，这种寄生虫有时相当难缠，你得有十分皮糙肉厚的指头，才能把它们捏烂。

---

[1] 矮橡树、滨梅及滨李见前文注释；五叶地锦（woodbine）为原产北美大陆东部及中部的葡萄科地锦属爬藤植物，学名 *Parthenocissus quinquefolia*。

[2] 伊利耶（Elysium）是古希腊神话中有福之人死后安居的乐土。

[3] 佳露果（Huckleberry）是杜鹃花科佳露果属（*Gaylussacia*）及越橘属（*Vaccinium*）一些植物的通称。

[4] 木蜱（wood-tick）即硬蜱科革蜱属吸血昆虫变异革蜱，学名 *Dermacentor variabilis*。

这些城镇的居民对树木敬重有加，虽然说可想而知，他们所称的树木，通常都是既不高也不大。要是他们跟你说起当地有过的一些大树，你可别把那些树想成什么参天巨木，记着它们比现存的树大点儿就行了。他们会满怀崇敬地谈论一些"了不起的老橡树"，把它们指给你看，说它们是原始森林的遗存，已经有一百岁或一百五十岁，哪儿啊，搞不好还有两百岁呢，可那些树实在是矮得离谱，让你不得不莞尔一笑。他们在这种情形下为你展示的树木，就看最大最古老的一棵，高度没准儿也超不过二十或二十五尺。特鲁罗南部的一些利利普特①老橡树，尤其使我忍俊不禁。这些橡树，要是让只留意相对大小的生手来看，兴许确实跟那棵救驾大树②一样高大，然而一经测量，它们便立刻缩得几乎跟地衣一般矮，一头鹿一早上就可以把它们吃个精光。尽管如此，他们还是会告诉你，人们曾经从威尔弗利特取材，制造大型的纵帆船。鳕鱼岬上的老房子也是用本地木材建的，环绕这些房子的树林却已经不见踪影，取代它们的是一片片长满穷草的荒原，在房子的四周铺展。现代房屋用的是从缅因输入的所谓"标准型

---

① 利利普特（Lilliput）是爱尔兰作家斯威夫特（Jonathan Swift, 1667—1745）《格列佛游记》（*Gulliver's Travels*, 1726）当中的小人国。

② "那棵救驾大树"原文为"the tree which saved his royal majesty"，应是借自新英格兰地区十七世纪末至十八世纪末使用的《新英格兰初等教材》（*The New England Primer*），教材中有这样一句话："皇家橡树，就是那棵救驾大树。"（The royal oak, it was the tree that saved his royal majesty.）教材中的"救驾大树"指英格兰什罗普郡的一棵大橡树，英王查理二世（Charles II, 1630—1685）登基之前曾在树上躲过敌人的追捕，这棵树由此得名"皇家橡树"。

材"，一切都是现成，搭起来就行了，建房的人通常不会再对这些型材动斧子。所有的木柴，几乎全靠船舶或洋流**输入**，所有的煤炭，当然也是如此。有人告诉我，北特鲁罗[①]居民所用的燃料，多半有四分之一都是漂木，他们用的相当大一部分木材，同样是从海上漂来。有许多当地居民，**全部**燃料都来自海滩。

说到本州内陆见不到，至少是我家乡见不到的鸟类，这里有黑喉鹀（*Fringilla Americana*）和高原鹬（*Totanus Bartramius*）[②]。夏天时节，我在此地的灌丛里听见了黑喉鹀的叫声，又在开阔的旷野里听见了高原鹬的啼鸣，后者的颤颤歌声不时拖长，变成一种清脆而略显哀婉，还有点儿像鹰啸的尖叫，让人很难判断距离的远近。那只鸟没准儿就在我旁边的田地里，听起来却像在一里之外。

这天我们是在特鲁罗境内穿行，这镇子有大约一千八百个居民。此时我们已经走到了在马萨诸塞湾入海的帕米特河，朝圣先民在普罗文思顿登陆，来海岬上寻找落脚点的时候，便是止步于这条河边。帕米特河发源于一道离大西洋只有几杆远的沟谷，住在河源附近的一个人告诉我们，潮水高涨的时候，海水会渗到河里，而风浪又饶过了河海之间的屏障，没有对它造成损伤，于是

[①] 北特鲁罗（North Truro）是特鲁罗北部的一个村子。

[②] "黑喉鹀"原文为"Black-throated Bunting"，根据梭罗列出的拉丁学名，可知他指的是美洲雀科美洲雀属的唯一物种美洲雀，拉丁现名 *Spiza americana*；高原鹬（Upland Plover）即鹬科高原鹬属的唯一物种高原鹬（upland sandpiper），拉丁现名 *Bartramia longicauda*。

乎，整条帕米特河，连河源带河道再加河口的灯塔①，就这样在海水的驱赶下不断向西，大头朝前。

午后不久，我们走到了高地灯塔，此前的一两里路程当中，我们一直能看见它白色的塔身，耸出我们前方的沙岸。这座灯塔离瑙塞特灯塔有十四里，所在的地方名为"黏土幢"，也就是紧邻大西洋的一大片黏土层。灯塔管理员告诉我们，这种土层几乎横贯整个海岬，但在这里只有大约两里宽。走到这里，我们立刻察觉到了土质的变化，因为沙漠在此突然中断，我们脚下出现了一种稍微有点儿像草皮的东西，之前的两天里，我们可没有见过这种物事。

谈好借宿灯塔的事情之后，我们便信马由缰，横穿海岬走向海湾，越过一片景色格外阴沉荒瘠的原野，眼前只有一座座圆丘和一道道沟谷，也就是地质学家所说的洪积高地与洪积洼地。曾有人把这样的地貌比拟为翻腾的大海，但这个比喻暗示的高度变化过于突兀，与实景有所不符。希区柯克的《马萨诸塞地质报告》②详细描述了这种地貌，他这本著作，至少是从部头来看，本身就让人联想到一块洪积高地。从灯塔放眼南望，海岬犹如一片坡地高原，从大西洋一侧海拔约一百五十尺的沙岸边缘起步，向海湾一侧的海岸倾斜铺展，坡度十分缓和，同时又十分均匀。横

---

① 即短暂存在于1849至1856年间的帕米特港灯塔（Pamet Harbor Light），这座灯塔位于帕米特港，即帕米特河流入鳕鱼岬湾的地方。

② 即《马萨诸塞地质最终报告》（参见前文注释），上文"翻腾的大海"之说亦见此书。

越这片高原的时候，我们发现它时或被宽阔的谷地或说沟壑切断，当海水啮穿沙岸，与这些谷地连通，便有了沙岸上的道道沟谷。这些谷地通常与海岸成直角，往往横贯大半个海岬。不过，也有一些谷地是一百尺深的圆盆，盆地没有任何出口，情形仿佛是海岬在这些地方发生了凹陷，或者是积在这些地方的沙子跑了出去。我们路遇的零星房屋，全都坐落在遮风蔽雨、土地肥沃的谷底，因此便大多隐藏得严严实实，就跟被大地吞掉了似的。我们刚刚走过一个村镇，眼下离它不过石头一掷之遥，回头望去，就连这个村镇也整个儿沉入了大地，连教堂带尖顶消失得无影无踪，能看见的只有台地的顶面和两侧的海水。在此之前，走近这个村镇的时候，我们曾把它的钟楼看成了高原上的一座凉亭。这样的地形使我们暗自担心，自己会在不知不觉之中误入某个村镇，如同误入蚁狮①的洞穴，然后就被拽进沙坑，再也脱不了身。原野中最显眼的景物是一架遥远的风车，或是一座孤零零的教堂，原因是只有这两种建筑，才敢在无遮无掩的地方立足。然而，村镇所辖的大部分区域都是荒原一般的不毛之地，兴许有三分之一的土地任由公众使用，哪怕它们其实是私人产业。说到此地土壤的时候，过去那篇特鲁罗介绍文字的作者写道："雪若是平平地堆积起来，盖住地面，本来会对土壤大有裨益，可这里的雪都被风吹成雪堆，刮到了海里。"②这一片奇特的开阔原野，连同东一片西一片的灌

---

① 蚁狮（ant-lion）是蚁蛉科（Myrmeleontidae）昆虫的通称，有一些蚁狮的幼虫会在沙地或松软土地上挖出漏斗状的陷阱，借此捕捉猎物。

② 引文出自《马萨诸塞历史学会资料汇编》第一辑第三卷收载的《特鲁罗详况》（"A Topographical Description of Truro"）。

丛，一直延伸了整整七里，换句话说就是从南边的帕米特河伸到北边的高角①，从大洋伸到海湾。外地人行走其间，感觉恰似置身海上，怎么也判断不了距离远近，无论天气如何。一架风车或是一群奶牛，也许会显得远在天边，等你走出几杆再看，却发现它已经近在眼前。这里还有一些其他类型的蜃景，也会让外地人上当。夏天里，我曾看见一家人在一里之外采蓝莓，只见他们在低矮的灌丛里走来走去，那些灌木还没有他们的脚踝高，让我觉得那是个巨人家族，身高至少得有二十尺。

这片原野之中，紧邻大西洋的部分地势最高，沙子也最多，还长着稀稀拉拉的海滩草和野靛蓝②。与此相邻的是一片高原，表面通常只有粗盐一般的白色沙砾，外加一点儿少得可怜的植被。鸟类学家若是听到我接下来讲的事情，肯定能对此地的荒瘠程度有点儿概念。次年六月，正是草长时节，我在这里找到了夜鹰下的一窝蛋，与此同时，周围的一大片地方，随便哪一平方杆的土地，无不适合充当夜鹰的产卵地点。③ 同样青睐这种环境的唧嘀鸻④也在这里产卵，空气中弥漫着它们的嘀啾。这片高原还出产石

---

① "高角"为特鲁罗境内地名，见前文注释。
② 海滩草见前文注释；野靛蓝（Indigo-weed）即原产北美大陆东部的豆科赝靛属多年生草本植物赝靛，学名 *Baptisia tinctoria*。
③ 夜鹰（night-hawk）是美洲夜鹰亚科（Chordeilinae）各种鸟类的通称。美国常见的普通夜鹰（common nighthawk, *Chordeiles minor*）通常会把蛋直接下在光秃秃的岩石或沙砾上。
④ 唧嘀鸻（kildeer-plover）即鸻科鸻属鸟类双领鸻（*Charadrius vociferus*），英文俗名"kildeer"（亦作 killdeer）是模拟它的叫声。

蕊地衣、穷草、细叶紫菀（*Diplopappus linariifolius*）、老鼠耳和熊果①，如此等等。有几片山坡上，单是细叶紫菀和老鼠耳就凑成了一块块密匝匝的草地，据说在紫菀开花的时节，这些草地会变得非常漂亮。在一些地方，实在应该另取嘉名的两种穷草（*Hudsonia tomentosa* 和 *Hudsonia ericoides*②）长成一簇簇半球形的草丛或小岛，如苔痕一般散布各处，统治了绵延数里的荒原。它们在此地常开不败，花期可以延续到七月中旬。沙滩附近偶尔也有这种圆鼓鼓的花床，以及丛生的海蚤缀（*Honkenya peploides*），沙子堆到了离它们的颠梢不到一寸的地方，并且结成了硬壳，好似一个个大型的蚁冢，而在它们的周围，沙地却是软的。穷草若是长在朝向大海的谷口山坡，长在没有遮挡的迎风位置，到了夏天，草丛的北半边或者说当风的半边有时就会生机杳然，漆黑一片，跟扫炉膛用的扫把一样，南半边却是黄花照眼，整片山坡由此呈现一种非同寻常的对比，从遭灾受穷的一边看是一种光景，从欣欣向荣的一边看，又是另外一种光景。这种植物在许多地方都会被奉为精美装饰，在这里却遭到许多人的鄙视，因为它和贫瘠联系在一起。巴恩斯特博县完全可以拿它来当盾徽的图案，用沙地的颜色打底。我肯定会以此为荣。大片的海滩草散布四周，其间混杂着海滨一枝黄和滨豆，以一种更加无可辩驳的方式，提醒我们大洋就在

---

① 石蕊（*Cladonia*）是石蕊科石蕊属地衣的通称；细叶紫菀（savory-leaved aster）为原产北美的菊科踝菀属草本植物，拉丁现名 *Ionactis linariifolia*；穷草、老鼠耳和熊果见前文注释。

② *Hudsonia tomentosa* 见前文注释，*Hudsonia ericoides* 即半日花科金石玫属开花灌木石南金石玫。

左近。

我们从书中读到，特鲁罗连一条淡水溪涧也没有。尽管如此，这里却有过鹿，那些鹿肯定是经常渴得呼呼直喘，没地儿找水喝；不过我非常肯定，后来我在这里看见过一条从南边流入帕米特河的淡水小溪，虽说我一时大意，竟然没有去尝尝溪水的味道。不管怎么说，小溪附近的一个小男孩跟我讲了，他总喝溪里的水。我们极目远望，一棵树也看不见，可我们往各个方向都可以望出去许多里的距离，因为这片高原大致是一马平川。即便站在大西洋一侧，我们仍然看得见海湾，还可以看到普利茅斯的马诺默特角①，其实大西洋一侧视野更好，原因是地势最高。这种几近千篇一律的荒芜与平坦，既新奇又悦目，使这片土地越发像一艘船的甲板。我们看见一艘艘向南驶入海湾的船，转头又看见一艘艘沿大西洋岸北上的船，两边的船都是顺风。

纵贯鳕鱼岬的道路只有一条，无非是沙地上的一条坑洼土路，时而在旷野中蜿蜒，时而穿过刮擦马车轮子的灌丛，大部分没有栏杆围护，而且不停地从海岬一侧转到另一侧，有时是为了趋向硬地，有时是为了避开潮水。不过，本地居民穿行荒原各处，都是像朝圣先民那样手拿拐杖，踏上一条条狭窄的小径，小径上的沙子纷纷流走，露出光秃秃的泥土。要是住在这种地方，午后散步就只能来这些荒瘠不毛的丘阜，次次都能提前看到自己要走的每一步，只能祈求雾气或雪暴来遮挡有如宿命的前路，想到这样的光景，我们禁不住不寒而栗。在这种地方行走的人，用不了多

---

① 马诺默特角（Manomet Point）是与特鲁罗隔鳕鱼岬湾相望的一个海角。

久就得心如火焚。

特鲁罗镇的北部,从海岬一侧到另一侧,连着几里不见一座房屋,景色十分地荒蛮寂寥,跟以往的西部大草原①一样。说实在的,要是你看见了特鲁罗的全部房屋,再听到当地居民的数目,肯定会大吃一惊,话又说回来,这个小镇也许有五百个男丁和少年背井离乡,去了各处的渔场,只有少数男丁留在家里,耕耘沙地,或者守望黑鱼。这里的农夫都是亦耕亦渔,犁海比犁地在行。他们不怎么费心改良他们的沙地,虽说这儿的溪涧里有的是海草,更别说偶尔还有烂在海滩上的黑鱼。池塘村②和东港村之间有一片很有意思的刚松林,面积有二三十亩,跟我们先前从马车上看见的林子差不多。住在附近的一个人说,松林所在的土地是两个人合伙买的,作价一先令或二角五分一亩③,数额小得连地契都没写,因为大家都认为不值得。这片土壤或说沙地,部分覆盖着穷草、海滩草和酸模④之类的杂草,主人在上面犁出一道道间距大约四尺的垄沟,再用机器撒种。破土的松树苗长得非常好,头一年就长了三四寸,第二年又长了六寸以上。在他们新近下种的地方,

---

① 此处的"西部大草原"(Western Prairies)是指美国中部的大平原(Great Plains),此时已经因美国的西进大潮变得热闹起来,故有"以往"之说。

② "池塘村"原文为"Pond",由《特鲁罗详况》一文可知,"Pond"是特鲁罗北部的一个村子,因当地有个池塘而得名,位于东港村(East Harbor Village)附近。参见后文叙述。

③ 美国独立之后的一段时间里,由于硬币短缺,英制货币先令仍在流通,一先令相当于二十四美分。

④ 酸模(sorrel)即广泛分布于北半球的蓼科酸模属草本植物小酸模,学名 *Rumex acetosella*。

长得没有尽头的垄沟携着新翻出来的白沙,沿深深沟谷的侧壁转了一圈又一圈,形成一种十分奇特的螺旋图案,让你觉得自己是在看一面圈纹巨盾的背面。这一场对鳕鱼岬来说无比重要的试验,看样子已经大获成功,假以时日,人工种植的松林也许会覆盖巴恩斯特博县境内大部分的此类荒地,像法国的一些地方一样。在那个国家,就是靠人工种植的方法,巴约讷①附近的一万二千五百亩丘陵变成了林地。这种人工植被名为"皮格纳达斯",据劳登说"成为了当地居民的首要财源,尽管该地原本是一片流动的沙漠"。② 松树,似乎是一种比玉米还值得栽培的高贵谷物。

短短几年之前,特鲁罗还以绵羊的数目傲视海岬各镇,这一次我却听人说,本镇只有两个人在养绵羊,到了一八五五年,更有一个十岁的特鲁罗男孩告诉我,他从来没见过绵羊。绵羊吃草原本是在没有围栏的土地,或者说共用的牧场,如今的地主却更加计较自己的权益,筑围栏的成本又实在太高。围栏用的横木是从缅因运来的雪松,一般的围栏用两根横木就够了,圈羊的围栏却得用四根。有个人以前养羊,现在不养了,围栏的费用就是他给出的原因。筑围栏的材料太过昂贵,所以我看见了一些只有一根横木的围栏,还经常看见断了又用绳子精心绑牢的横木。次年夏天,在特鲁罗的一个村子里,我看见了一头用六杆长的绳子拴

---

① 巴约讷(Bayonne)为法国西南端城市。
② 引文前半句出自劳登的《不列颠乔木及灌木》(参见前文注释)第四卷,后半句不知出处。劳登书中的这句话是:"这种人工植被……在当地名为'皮格纳达斯',成为了当地居民的首要财源,他们几乎完全靠取自松林的松脂和焦油维持生计。"

着的奶牛，绳子的长度，恰与牧草的短小稀疏成正比。用上六十杆的绳子，哪里，把整个鳕鱼岬的绳子全部用上，对奶牛来说也只是勉强公平而已。用绳子把牛拴在沙漠里，就怕它跑进了什么阿拉伯福地①！我曾帮别人称量一捆干草，他准备把它卖给邻居。我拎起秤杆的一端，秤钩上挂的干草便在下面晃来晃去，这捆干草不多不少，刚好是他全部收成的一半。一句话，这片乡野看起来如此贫瘠，以至我好几次于心不忍，没有问当地居民讨要绳子或包装纸，生怕这不啻劫掠他们，原因是显而易见，这些东西跟围栏一样得靠外地输入，何况当地没有报童，我都不知道他们的废纸从何而来。

周围尽是上岸渔夫的凑合家什，常常使我们不由自主低头打量，看自己脚下还是不是坚实的陆地。海岬各处的水井，打水用的不是辘轳，而是滑轮吊钩，几乎每户人家的墙边，都搁着从海难残骸中捡来的一根桅桁，或是一两块布满钻孔的木板。此类木料是本地风车建材的一部分，还参与了公用桥梁的建设。灯塔管理员请了人来给自家的谷仓铺木瓦，随口跟我说了一句，为了修葺谷仓，他用一根桅杆做了三千块上好的木瓦。你有时可以看见，一只旧船桨搭在栏杆上权充横木，经常还会看见，户外厕所的墙上钉着船只的晴日盛装②，想必是近岸的风暴从某艘船上扯下来的

---

① 古希腊罗马的地理学家把阿拉伯半岛划分为三个部分，阿拉伯福地（Arabia Felix）是指半岛西南部及南部一片相对肥沃的区域（现今的也门及沙特的阿西尔省），但其富饶只是与阿拉伯荒漠（Arabia Deserta）和阿拉伯山区（Arabia Petraea）比较而言。

② "船只的晴日盛装"应是梭罗的调侃，指船只在天气好时扬起的风帆。

东西。我看见灯塔附近的一个窝棚钉了一块长长的崭新标识，上写"Anglo Saxon"①几个镀金大字，看着像是个无用的摆设，船只离了它也没关系，水手们可以在打发领航员的同时将它一并打发。不过，这东西多少有点儿意思，仿佛它本是"阿耳戈号"的部件，在船过叙普勒格底兹②之时被岩石刮了下来。

对渔夫来说，鳕鱼岬本身就相当于一艘装满给养的补给船，它载着老弱妇孺，是一艘比他们的船更大更保险的船，实在说来，航海行话在海岬上用得非常普遍，跟在船上一样。航海民族历来如此。古代的北欧人，常常提到多弗拉菲尔德山脉③的山脊，说它是祖国的"龙骨"，就跟祖国的土地是一艘倒扣船舶似的。置身于鳕鱼岬，我常常联想到北欧人。海岬居民往往既是农夫又是海员，比维京人或说"海湾霸王"④犹有过之，因为他们的航行并不局限于海湾，还延伸到了开阔的远海。后来我曾在威尔弗利特一个农夫家里歇宿一晚，这农夫前一年种出了五十蒲式耳土豆，在海岬来说算得上收成可观，而他名下还有大片的盐场。他的多桅纵帆

---

① 意为"盎格鲁－撒克逊人"。从公元五世纪开始在不列颠岛生活的日耳曼诸部族统称为盎格鲁－撒克逊人，历来被视为英美人的祖先。

② 古希腊神话英雄伊阿宋（Jason）和同伴们寻找金羊毛时乘坐的船名为"阿耳戈号"（Argo），"阿耳戈号"在航程中闯过了又名"撞岩"（Clashing Rocks）的叙普勒格底兹（Symplegades），这是两块相对如门的礁岩，有船过就会合拢，试图把船撞碎。

③ "多弗拉菲尔德山脉"原文为"Doffrafield Mountains"。根据梭罗同时代一些作家的相关描述，"Doffrafield Mountains"实指挪威中部的多弗勒山（Dovrefjell），这座山脉是纵贯斯堪的纳维亚半岛的斯堪的纳维亚山脉的一部分。

④ "海湾霸王"参见本书第一篇的相关记述及注释。

船就泊在视线范围之内,他指着船对我说,他偶尔会带上他的伙计和孩子,开着船沿海岸航行,去南边做生意,最远会去到弗吉尼亚的各个海岬。这艘船就是他的赶集大车,他的伙计都懂得怎么赶它。这么着,他同时驾驭着两套牲口,去耕耘海上陆上的两块田地:

在高高的**潮水**出现之前,
在晨曦渐开的眼睑之下。

只不过,在前往弗吉尼亚的航程中,他多半是听不到什么"灰蝇"嗡营的。①

鳕鱼岬的很大一部分居民,便是这样一年到头漂泊外乡,赶着牲口在这条或那条大洋公路上奔波,他们随便哪次寻常旅程的本末,都足以使"阿耳戈号"的远征黯然失色。我刚刚听说了一位鳕鱼岬船长的故事,他原定是在初冬时节从西印度群岛回家,但却迟迟未归,他的亲人早已认定他葬身海上,不再有任何念想,最后才惊喜地听说,他本来已经航行到了离鳕鱼岬灯塔不到四十里的地方,没承想连续赶上九场大风,结果被吹回了佛罗里达和古巴之间的西礁②,不得不重新规划返乡的航程。他的这个冬天,

---

① 两行引文及"灰蝇"都出自弥尔顿的悼亡诗《利希德斯》(*Lycidas*, 1637),"潮水"二字的强调标记是梭罗加的,因为原诗此处不是"潮水",而是"草地"。弥尔顿原诗的这几句是:"我俩一起,在高高的草地出现之前,/ 在晨曦渐开的眼睑之下,/ 赶牲口去田野,一起聆听,/ 灰蝇何时吹响它炎热的喇叭。"

② 西礁(Key West)是佛罗里达礁岛群(Florida Keys)当中的一座礁岛。

就是这么过的。要是在古代,像这种两三个汉子和少年的冒险经历,必定会成为一个神话的底本,然而时至今日,这类故事只能被压缩成一行速记符号,就像是挤在航运新闻当中的一个代数方程式。在巴恩斯特博镇发表演讲的时候,帕尔弗雷说,"不管是在世界上哪个地方,只要你看见星条旗高高飘扬,便可以十拿九稳地断定,你能在旗帜下面找见,一个说得出巴恩斯特博、威尔弗利特或查特姆港水深的人。"①

有一天,我走在普利茅斯海岸,路过了某人的(或所有人的)比尔叔叔家,也就是一艘斜插在淤泥里的多桅纵帆船。我们猛敲船底,直至正午酣眠的主人在舱口现身,为的是借他的挖蛤铁锹一用。第二天早晨,我举目望向海边,打算去拜访他,可是看哪!他已经在昨天晚上把船开到了"松树滩"②,以便躲避一场东来的风暴。这么着,他抢在一八五一年春季那场大风到来之前,独自在普利茅斯湾里横冲直撞。他日常的营生是采集岩藻,帮其他船舶驳运货物,打捞失事船舶的物品。放眼地平线,我看见他依然在"松树滩"的泥沼里歇息,想走也走不了,必须得等待涨潮,只不过到了那时,他多半又不想走了。像这样静待潮来,是海滨生活的一个特色。人们经常会这么回答你,"咳!两小时之内你走

---

① 帕尔弗雷(John Palfrey, 1796—1881)为美国教士及历史学家,此处引文出自他的《巴恩斯特博演讲》(*A Discourse Pronounced at Barnstable*),亦即他在巴恩斯特博镇参加鳕鱼岬首个定居点(即巴恩斯特博镇)建立二百周年(1839年)庆典时发表的讲话。

② "松树滩"原文为"the Pines",指普利茅斯海滨克拉克岛(Clark's Island)上的一片盐碱滩。

不了。"内陆人对此闻所未闻,一开始难免不愿等待。历史告诉我们,"第一个冒险去福克兰群岛捕鲸的是两位特鲁罗居民。按照英国海军上将蒙塔古① 的建议,他们于一七七四年展开此次航行,最终喜获成功。"②

走到池塘村,我们看见一个八分之三里长的池塘,密密麻麻地长满了七尺高的香蒲,足够新英格兰全境所有的箍桶匠使用③。

海岬的西岸几乎跟东岸一样多沙,水面却平静得多,水底还局部覆盖着一种状如青草的细长海草(*Zostera*④),是我们在大西洋一侧不曾看见的物事。海滩上矗着几间熬炼鱼油的简陋窝棚,海滨光景由此略减蛮荒。后来,我们还在这一侧的寥寥几片沼地里看见了盐角草和海薰衣草⑤,以及其他一些我们内陆人前所未见的新鲜植物。

夏秋时节,偶尔会有数百头体长十五尺以上的黑鱼(领航鲸,

---

① 蒙塔古(Robert Montague, 1763—1830)为英国海军将领,曾在美国独立战争中作战。
② 引文出自《特鲁罗详况》,但省略了原文列出的两人姓名,即大卫·史密斯船长(Captain David Smith)和加马列尔·科林斯船长(Captain Gamaliel Collings)。
③ "香蒲"原文为"cat-tail flag",是香蒲科香蒲属(*Typha*)植物的通称,这类植物主要分布在北半球的湿地。香蒲别名"箍桶蒲"(cooper's flag),因为箍桶匠有时会用香蒲叶填塞桶身木板之间的空隙。
④ *Zostera* 即大叶藻科的大叶藻属,这属海草叶子细长,又称海鳗草(marine eelgrass)。
⑤ 盐角草见前文注释;"海薰衣草"原文为"Rosemary",通常指迷迭香,此处是指分布于北美海滨的蓝雪科补血草属植物海薰衣草(sea-lavender, *Limonium nashii*),这种植物又名沼地迷迭香(marsh-rosemary)。

亦即德凯描述的 *Globicephalus melas*，又名黑鲸鱼、啸鲸或瓶头鲸，如此等等）[1]聚成一群，同时被赶上此地的海滩。一八五五年七月，我亲眼目睹了这样的场景。一天清早，灯塔雇的一个木匠跑来上工，声称他这个工可能上得不值，没准儿会损失五十块钱，因为他沿着海湾一侧走来的时候，听见他们正在把一群黑鱼往岸上赶，于是就在心里盘算了一番，要不要加入他们的行列，以便分享这次的渔获，不过他想来想去，最后还是决定上工为好。吃过早饭之后，我走向约莫两里之外的捕鲸现场，在海滩附近碰见了几个赶鲸鱼归来的渔夫。我顺着海岸上下张望，看见往南里许的沙滩上有几大堆黑乎乎的东西，旁边站着一两个人，不用说，那些黑乎乎的东西肯定是黑鱼。我向着它们走去，很快就碰上一具巨大的黑鱼尸骸，脑袋没了，脂肪也已在几个星期之前被人掏空。潮水刚刚涨到能掀动尸骸的高度，搅起来的恶臭逼得我绕了好长一段路。走到大沟[2]的时候，我看到了负责看守黑鱼的一个渔夫和几个少年，以及大约三十头刚刚被杀的黑鱼，它们身上都有许多标枪造成的伤口，周围的海水泛着深深浅浅的血色。它们的身体一半在岸上，一半在水里，渔夫用绳子系住它们的尾巴，把它们拴在原地，等着潮水退下去。一艘渔船的船帮有点儿变形，肯定是让其中某头黑鱼的尾巴给扫到了。它们的体色如橡胶一般

---

[1] 黑鱼即长鳍领航鲸，参见前文注释；德凯（James Ellsworth De Kay, 1792—1851）为美国动物学家，著有《纽约州动物》（*Zoology of New York: Or, the New York Fauna*, 1842），书中讲到了长鳍领航鲸，给出的学名是"*Globicephalus melas*"。

[2] 大沟是特鲁罗西部的一片海滩，参见前文注释。

光滑黑亮，体形在生物界可算是异常地简约朴拙，吻部或说头部圆乎乎的，正是鲸类的本色，鳍的形状也很简单，看起来有点儿僵硬。最大的一头长约十五尺，最小的一两头却只有五尺长，连牙齿都还没长。看守黑鱼的渔夫拿出折刀，在一头黑鱼身上拉了道口子，让我瞧瞧它的脂肪有多厚——足有三寸左右。我把一根手指伸进刀口，手指立刻沾上了厚厚的一层油脂。它的脂肪看着跟猪油差不多，渔夫说，他们熬炼鱼油的时候，小孩子们有时会拿着面包片围过来，取一块黑鱼脂肪来就面包，觉得这比猪油渣好吃。他还割开了脂肪下面的肉，红色的鱼肉相当紧实，与牛肉相似。他说，照他自个儿的口味，新鲜的黑鱼肉比牛肉强。据说在一八一二年，布列塔尼①的穷人曾经拿黑鱼来当粮食。我眼前的这些渔夫正在等潮水退去，将黑鱼留在干燥的高地，以便割取脂肪，用渔船运往他们的海滩作坊，在那里熬炼鱼油。一头黑鱼通常能炼一桶油，价值十五或二十元。他们的渔船里装着许多标枪和鱼叉，这些渔具比我想象的纤细得多。一个老头赶着一辆一匹马拉的车子，沿着海滩一路前行，给渔夫们分发各人的妻子为丈夫准备的午餐，午餐装在小小的饭盒或罐子里，都是老头从池塘村的各家各户取来的。依我看，老头提供了这项服务，应该也能分到一份鱼油。要是有谁认不出自家的饭盒，那就赶上哪个拿哪个。

我还在原地站着没动，便听见他们齐声发喊，"又来了一群"，随即看见一群黑鱼出现在北边大约一里的地方，弓着黑色的脊背，喷出一根根水柱，像马儿一样跃出海面。已经有一些渔船在

---

① 布列塔尼（Bretagne）是法国西北部的一个地区。

那里追逐它们，把它们赶向岸边。岸上的渔夫和少年纷纷跑了过来，从我站立的地方跳上渔船，驶向那群黑鱼，我要是乐意的话，也可以跟他们一起去。追逐黑鱼的渔船很快就达到了二十五艘或三十艘，大一点儿的渔船扬帆疾进，其余的渔船也全力划桨，所有渔船都保持在鱼群外围，离鱼群最近的渔船则不停地敲打船帮，吹响号角，把鱼群往岸上赶。好一场激动人心的速度竞赛。要是他们成功地赶鱼上岸，每一艘渔船就可以各得一份，然后再分给船上的每一个人，可要是他们驱赶失败，不得不在海里把鱼杀死，分配的原则就改为谁杀谁得。我沿着海岸疾步走向北边，划着船去参加围捕的渔夫们却比我跑得还快，一个小男孩走在我的旁边，正在欢声庆祝，他父亲的那艘船又追过了一艘船。半道遇见的一个瞎眼老渔夫跟我们打听，"他们在哪儿啊，我眼睛看不见。他们逮到鱼了吗？"与此同时，鱼群已经掉转方向，正在朝北边的普罗文思顿逃窜，偶尔才有一头把脊背拱出水面。这一来，离得最近的渔船只能选择就地下手，于是我们看见，不久之后，几艘渔船就跟各自捕得的黑鱼牢牢地拴在了一起，黑鱼在渔船前头四五杆远的地方，好似一匹匹赛马，拽着渔船径直冲向海滩，半个身子跃出水面，鼻孔里喷出鲜血和海水，身后拖着一道道泡沫水痕。黑鱼上岸的地方太靠北边，所以我们没法看见，但我们可以看见渔夫们跳出渔船，用标枪刺杀沙滩上的黑鱼。眼前的场景，跟我以前看过的捕鲸图片一模一样，一个渔夫还告诉我，其中蕴藏的危险也跟图片里描绘的差不多。第一次捕鲸的时候，他兴奋得过了头，手忙脚乱地使上一柄标枪，连枪头的鞘都忘了拔，尽管如此，他还是把标枪深深扎进了黑鱼的身体。

后来我听人说,这次围捕几天之前,在南边不远处的伊斯特汉,渔夫们把一群为数一百八十头的黑鱼赶上了岸,还听说大约与此同时,比灵斯盖特角灯塔的管理员早起出门,在头天夜里搁浅的一大群黑鱼背上刻下自个儿的姓名缩写,然后把所有权卖给普罗文思顿那边的买家,白赚了一千块钱,那个买家呢,多半还能够再赚一千。另一个渔夫告诉我,十九年前,渔夫们曾经把为数多达三百八十头的一群黑鱼赶上大沟的海滩。按照《博物学家丛书》的说法,在一八〇九至一八一〇年的冬天,有一千一百一十头黑鱼"游到了冰岛鲸鱼峡湾①的岸边,由此被人捕获"②。德凯说黑鱼搁浅的原因迄今不明,有个渔夫却告诉我,黑鱼是追乌贼追上了岸,这种事情通常发生在七月底。

约莫一周之后,我再次路过这片海滩,望远镜可见范围之内到处都是黑鱼的尸骸,它们的脂肪已被取走,脑袋也被砍了下来,撂在比身子高一点的地方。海滩上恶臭熏天,散步已经是不可能的事情。在普罗文思顿和特鲁罗之间,黑鱼尸骸居然堆到了公共马车的车道上,但却没有人采取措施来遏制这讨厌的气味,人们也照常在紧靠岸边的地方捕捞龙虾。有人告诉我,他们有时确实会把尸骸拖到海里沉掉,可我倒想知道,他们该到哪里去找能把尸骸坠下去的石头。当然喽,黑鱼的尸骸完全可以用作堆肥,因

---

① 鲸鱼峡湾(Hvalfiord)是冰岛西部的一个峡湾,如今已不再有鲸鱼出没。
② 《博物学家丛书》(*The Naturalist's Library*)是苏格兰博物学家威廉·贾丁(William Jardine, 1800—1874)主编的一套丛书,此处引文出自该丛书的《哺乳纲》(*Mammalia*)第六卷(1837)。

为鳕鱼岬的土地并不是那么肥沃，本地居民离不了这种肥料，更何况尸骸若是无人处理，还可能传播疾病。

我想知道人们对黑鱼有一些什么样的了解，回家便查阅了本州的一些动物调查报告，结果发现斯托芮的鱼类报告①没提黑鱼，当然他这么做是对的，因为黑鱼并不是鱼。于是我转而求助于埃蒙斯的哺乳纲报告②，但却惊讶地发现，他这份报告居然漏掉了海豹和鲸类，就因为他不曾得到观察它们的机会。想到本州依靠渔场才得以兴旺发达，想到本州议会批准进行动物调查之时正是坐在鳕鱼木雕之下③，想到南塔基特和新贝德福德④都在本州范围之内，想到本州的早起之人可能会在海滩上找到价值一千或一千五百元的黑鱼，想到朝圣先民抵达普利茅斯之前，曾在伊斯特汉岸边看见印第安人切割一头黑鱼，后来又把伊斯特汉的一片海滩命名为"鲸鱼湾"，因为他们在那里找到了大批黑鱼，想到从他们那时直到如今，黑鱼几乎年年都在为本州的一两个县带来财富，又想到此时此刻，它们渐渐腐烂的尸骸正在污染本州某县

---

① 斯托芮（David Humphreys Storer, 1804—1891）为美国医生及博物学家，"鱼类报告"是指他撰著的《马萨诸塞州鱼类及两栖爬行动物报告》（*Reports on the Ichthyology and Herpetology of Massachusetts*）。

② 埃蒙斯（Ebenezer Emmons, 1799—1863）为美国地质学家，"哺乳纲报告"指的是他撰著的《马萨诸塞四足动物报告》（*Report on the Quadrupeds of Massachusetts*）。哺乳纲（Mammalia）属于四足总纲（Tetrapoda）。

③ 从十八世纪开始，马萨诸塞州众议院的天花板下方一直悬挂着一个长约一米五的鳕鱼木雕，以此纪念鳕鱼产业对该州发展的贡献。

④ 这两个地方（参见前文注释）当时都以渔业兴盛闻名。2016 年，新贝德福德连续第十七年名列美国渔港榜首。

三十多里范围内的空气，我实在不能理解，黑鱼的俗名和学名为什么都没有进入这份关于本州哺乳动物的报告，要知道，这可是一份详细罗列本州水陆物产的**清单**哩。

跟横越海岬整个旅程中的情形一样，我们在这里也可以清楚地看见海那边的普罗文思顿，那个镇子位于西去五六里的远处，坐落在一座座灌木丛生的沙丘之下，镇子的港湾此时挤满船只，船桅与教堂尖塔交织不辨，俨然是一座规模宏大的港口城市。

鳕鱼岬北部各镇的居民，由此可以饱览两个海域的景色。他们可以站在海岬的西岸或说左岸，眺望海湾对面隐约浮现的遥远大陆，然后说，这是马萨诸塞湾①，接下来，一个钟头的悠闲漫步之后，他们就可以站到海岬的右岸，眺望没有任何陆地浮现的前方，然后说，这是大西洋。

我们动身返回灯塔，依靠它刷得雪白的塔身指引方向，心里面十分踏实，跟依靠它灯光指路的夜航海员一样。途中我们穿过一片墓地，这片墓地之所以没有被风吹跑，显然得归功于墓地里的一块块石板，正是因为有了这些石板，茂密的佳露果灌木**丛**才在坟墓之间扎下了根。我们本来以为，这地方有那么多的人葬身大海，墓地里的碑铭想必值得一读，读了之后才发现，由于这些人不光丢失了性命，他们的尸身通常也一并丢失，或者是无法辨认，结果是墓地里的碑铭虽然不在少数，值得读的却没有我们想象的那么多。他们的坟墓，其实是浩瀚的大洋。走到靠近海岬东

---

① 梭罗说的"马萨诸塞湾"是今日的马萨诸塞湾和鳕鱼岬湾的合称，参见开篇注释。

侧的一个沟谷，我们惊起了一只狐狸，不算我们在一个盐沼里看见的那只臭鼬的话，这便是我们漫游此地所见的唯一一种四足野兽（除非锦龟和箱龟[①]也能算四足野兽）。这是个又大又肥、毛发蓬乱的家伙，模样跟黄狗差不多，尾巴尖儿照例是白的，看样子在海岬混得不错。我们碰见它的地方刚好长着一些矮橡树和滨梅，于是它一溜小跑钻进了灌木丛，只可惜这些灌木太矮，掩藏不了它的踪迹。次年夏天，在比这里靠北一点儿的地方，我看见另一只狐狸一跃跳过一株滨李，于是就想以我已知的这一小段弧形轨迹为依据，推算它这次奔跑的完整路线（我断定它还没有跑完全程），结果是徒劳无功，因为它的路途上有太多可能诱使它变向的未知事物，没办法全部考虑进去。我还看见过又一只狐狸的骨架，当时它正在迅速地沉入流沙，于是我拿上了它的头骨，作为我的私人收藏。我由此断定，这一带肯定有很多狐狸，话又说回来，旅人碰见狐狸的机会应该比本地居民多，因为他们更可能沿人迹罕至的路线穿越乡野。听人说，在有些年头，狐狸会集体感染某种疯病，大批大批地死亡，病状则是不停地转圈，仿佛是在追逐自个儿的尾巴。记述格陵兰历史的时候，克兰茨写道："它们（狐狸）靠吃小鸟和鸟蛋为生，弄不到这些东西的时候就吃岩高兰[②]、

[①] 锦龟（painted tortoise）为美国东部常见的泽龟科锦龟属动物，学名 *Chrysemys picta*；"箱龟"原文为"box tortoise"，是原产北美的泽龟科箱龟属动物的通称。美国东部常见的箱龟是普通箱龟（common box turtle, *Terrapene carolina*）。

[②] 岩高兰（crow-berry）是分布于北半球寒冷地区的杜鹃花科岩高兰属植物，果实可食，学名 *Empetrum nigrum*。

贝类和螃蟹，以及海浪卷来的任何食物。"①

快到灯塔的时候，我们看到太阳正在落入海湾——因为正如我先前所说，站在这狭窄海岬之上，宛如立足于入海三十里的一艘船舶的甲板，更确切说则是一艘战舰的桅顶——当然我们知道，此时此刻，太阳也正在落到故乡山丘的背后，故乡的山丘，就在那个方向的地平线下面一点儿的地方。日落的景象，几乎驱走了我们脑海里的一切思绪，荷马与大洋，再一次涌上我们的心头：

Ἐν δ' ἔπεσ' Ὠκεανῷ λαμπρὸν φάος ἠελίοιο
光芒万丈的太阳火炬，沉入大洋。②

---

① 引文出自克兰茨《格陵兰史》1767年英译本第一卷，括号里的文字是梭罗加的。不过，克兰茨书里的狐狸和梭罗看见的不同，因为梭罗看见的狐狸"模样跟黄狗差不多"，而克兰茨说的是一种毛色或蓝或灰或白的狐狸，应该是北极狐。北极狐有蓝白二色，白色的北极狐夏天是灰褐色的。

② 希腊文引文是荷马史诗《伊利亚特》第八卷第四八五行，后一句引文的原文是梭罗对这行诗的英译。

八 高地灯塔[1]

这一座海员口中的"鳕鱼岬灯塔"或"高地灯塔",是本州的"首要海岸灯塔"之一,通常也是从欧洲驶来马萨诸塞湾入口的船只最先看到的灯塔。它与安妮岬灯塔相去四十三里,距波士顿灯塔四十一里,矗立在一处黏土积成的海岸,离土岸边缘大约二十杆。有个木匠正在给附近的一座谷仓铺木瓦,我从他那里借来刨子和曲尺,水平仪和两脚规,外加一块用桅杆木料做成的木瓦,拿这些东西做了个简陋的四分仪,配上用别针做的准星和转轴,先测出海岸对灯塔的仰角,再用几根钓线测出海岸斜坡的长度,就这样在木瓦上测出了灯塔的高度。它比所在的地面高一百一十尺,或者说比平均低潮水位高一百二十三尺左右。格雷厄姆曾对鳕鱼岬的末端做过仔细的勘测,他给出的塔高是一百三十尺。[2] 我测塔高的地方是一处混合着沙子和黏土的海岸,与地平线成四十度角,土岸的坡度却通常要比这陡得多,牛和鸡

---

[1] 本篇首次发表于 1864 年 12 月的《大西洋月刊》。
[2] 格雷厄姆(James Duncan Graham, 1799—1865)为美国工程师,著有《关于鳕鱼岬末端军事水文图的报告》(*A Report upon the Military and Hydrographical Chart of the Extremity of Cape Cod*, 1838)。

怎么也下不去。南边半里处的海岸比这里高十五或二十五尺，看样子是北特鲁罗境内最高的一块土地。这片宽广的海岸虽然是黏土积成，侵蚀的速度仍然很快。每隔两三杆的距离，就有一道细细的涓流顺着土岸往下淌，把水流之间的部分变成一个个哥特式①的陡峻屋顶，高度在五十尺以上，屋脊跟岩石一样锋锐嶙峋。有个地方的土岸被啃成了稀奇古怪的模样，好似一个巨大的半圆形陨石坑。

据灯塔管理员说，在鳕鱼岬的这个位置，陆地的两侧都在快速耗损，尤以东侧为甚。单是去年一年，有些地方就少了许多杆②地，用不了多久，灯塔就得搬家。于是我们**以他提供的资料为依据**，计算了一下海岬这个部位会在多久之后被侵蚀殆尽，"因为"，他声称，"我能够回忆起过去六十年的情形。"鳕鱼岬虽然耗损得如此之快，更让我们吃惊的却还是他最后的这句告白，因为我们这个资料来源的生命和精力，居然耗损得如此之慢，以至我们原本以为，他充其量只有四十岁，我们由此断定，他大有希望比鳕鱼岬活得长。

我发现，从这年十月到次年六月的这段时间里③，灯塔对面一处土岸的宽度减少了约莫四十尺，岸顶的裂缝也往内陆伸得更长，

---

① 哥特式（Gothic）是十二世纪中叶至十六世纪初流行于西欧的一种建筑风格，首要的特征是高耸的尖塔。

② "杆"用作长度单位时约等于五米（参见前文注释），用作面积单位时约等于二十五平方米。

③ 可参看本书第一篇的相关记述："我曾于一八四九年十月及次年六月两次造访鳕鱼岬……"

比我第一次看见时长了四十尺不止，海滩上到处是新近崩塌的土岸残骸。但我估计，总体说来，此地土岸的耗损速度超不过一年六尺。仅仅以几年或一个世代的观察结果为依据，得出的结论很有可能背离事实，鳕鱼岬也很有可能格外耐久，使人们大跌眼镜。在有些地方，就连拾荒者踩出的土岸小径也能够维持数年的时间。一个年老的本地居民告诉我们，一七九八年灯塔建成的时候，人们假定土岸每年垮塌的宽度相当于一段篱笆的长度，由此预计灯塔的寿命只有四十五年，"然而，"他接着说，"它还在那里。"（确切地说，还在那里的是在原址附近重建的一座新塔①，离土岸边缘大约二十杆。）

大海并没有在鳕鱼岬全境开疆拓土，有个人告诉我，普罗文思顿北岸有一艘很久以前失事的船，那艘船的"**尸骨**"（这是他的原话）至今清晰可见，半埋在沙子里，跟现在的海岸线隔着好多杆的距离。说不定，它的尸骨就躺在某头鲸鱼的**骨架**旁边。按照本地居民的通常说法，鳕鱼岬的两侧都在不断耗损，南岸和西岸的个别地方却在往水里延伸，比如查特姆海滩和莫诺莫伊海滩，以及比灵斯盖特角、长角和急流角②。詹姆斯·弗里曼③宣称，在他撰文之前的五十年里，莫诺莫伊海滩加长了三里以上，有人

---

① 如前文注释所说，高地灯塔曾于1833年重建。此外，按照"新英格兰灯塔"网站的说法，高地灯塔于1797年11月投入使用，并非于1798年建成。

② 长角（Long Point）是普罗文思顿南部的一个狭长海角，莫诺莫伊海滩可参看前文关于"恶洲岬"的注释，其余地名亦见前文注释。

③ 詹姆斯·弗里曼是《巴恩斯特博县东海岸概况》的作者（参见前文注释），梭罗此处的说法出自该文。

说,这片海滩还在以同样的速度继续延伸。上世纪的一位作者在《马萨诸塞杂志》当中告诉我们,"英国人刚开始定居鳕鱼岬的时候,查特姆边上有一个名为'韦布岛'的岛屿,离岸有三里格远,面积二十亩,岛上长满了红雪松或说萨文树[①],南塔基特的居民经常去那里采木",但他补充说,在他那个年代,那个岛仅存的遗迹是一块巨大的礁石,周围的水深达六英寻。[②] 瑙塞特港的入口原本是在伊斯特汉,现在却南移到了奥尔良境内。威尔弗利特港曾经有一片连绵的海滩,如今却断成了几个岛屿,小型的船舶可以通行其间。鳕鱼岬沿岸的其他许多地方,也发生了同样的变迁。

说不定,大洋总是在海岬上拆东墙补西墙,从这个地方拿,往那个地方送。在海岬东侧,大海似乎不分地点,一味地蚕食陆地。东侧的陆地不光会遭到啃啮,连啃下来的残渣也会被水流带走,另一方面,风又会吹起海滩上的沙子,将它们直接送上高达一百五十尺的陡峻堤岸,沙子便在岸顶的地面堆积起来,厚度能达到许多尺。要是你坐到堤岸边缘,便能为这件事情找到一目了然的实例,因为你眼睛里很快就会灌满沙子。这一来,岸顶洼处填高的速度就和堤岸遭受侵蚀的速度一样快。按照一位作者的说法,这片沙地正在以飞快的速度稳步西移,据一些依然健在的本

[①] 这里的"红雪松"(red-cedar)和"萨文树"(savin)均指原产北美大陆东部的柏科刺柏属乔木弗吉尼亚刺柏(*Juniperus virginiana*)。

[②] 此处引文及引文之后的说法均见于《查特姆概况》(参见前文注释)的注释,该文作者称注文引自《马萨诸塞杂志》(*Massachusetts Magazine*)。《马萨诸塞杂志》是存在于1789至1796年的一本波士顿月刊。

地居民回忆，它已经西移了"超过一百码"①，致使一些泥炭草地深埋沙底，要挖泥炭先得挖开沙子，而在另一个地方，一片宽广的泥炭草地虽然覆盖着许多尺厚的沙子，但还是露在了堤岸侧壁，变成了采挖泥炭的好去处。正因如此，我们才在浪花里看到了一块巨大的卵形泥炭②。那位养蚝的老人曾经告诉我们，许多年以前，他不见了一头"牲口"，因为它陷进了他家东边靠近大西洋岸的一片沼泽，到了二十年前，那片沼泽本身也整个儿地不见了，但他后来又看到了种种迹象，觉得那片沼泽会在海滩上重现。他还说，有一个天气晴好的日子，他把小船划到离比灵斯盖特角海岸三里远的地方，探身俯瞰海湾的水底，看见了一些"车辖辘那么粗"（！）的雪松残桩，说明那地方不久之前还是干地。另一个人告诉我们，许多年以前，有一条独木船沉在了海里，据人们所知是沉在特鲁罗的东港，那一段的海岬极其狭窄，东港是在海湾一侧，独木船却最终出现在了大西洋一侧，情形仿佛是海岬翻到了船的另一边，有个老妇人因此说道，"好了，你们瞧，我可没骗你们，海岬确实会动。"

近岸的沙洲会随着每一场风暴改变位置，而在许多地方，偶尔会出现沙洲彻底消失的情形。一八五五年七月，我们曾经亲眼目睹，一场风暴加一次高潮在一夜之间造成的改变。风暴在灯塔

---

① 引文出自普拉特《伊斯特汉、威尔弗利特及奥尔良通史》（参见前文注释），下文关于泥炭的大部分记述也源自该书。

② 可参看《再上海滩》里的相关记述："各种材质的物事，全都被波浪磨成了卵形，不光是形形色色的石头，也包括船上掉下来的坚硬煤块和玻璃碎片，甚至还有一块三尺长的泥炭……"

正下方的沙滩上挖出了一道六尺深、三杆宽、南北两边都望不到头的沟槽，把挖走的沙子一股脑地抛到了鬼才知道的什么地方，不光使沙滩上凭空出现了一块五尺高的大礁石，还使沙滩的宽度减少了五尺。正如我先前所说，海岬背面一侧的水里有暗流，通常没有人下水洗澡，可我们上一次来这里的时候，大海已经提前三个月把一道沙洲抛到了灯塔附近，沙洲有两里长，十杆宽，将潮水挡在外面，与海岸一起围出一个当时长达四分之一里的狭窄海湾，提供了一个绝佳的洗浴场所。随着沙洲逐渐北移，这个海湾时不时地自行封闭，有一次还困死了四五百条白鱼[①]和鳕鱼，海湾里的水则时不时地变成淡水，最终又被沙子所代替。当地居民信誓旦旦地告诉我们，这道沙洲可能会在两三天之内彻底消失，变成一片水深六尺的浅海。

灯塔管理员说，如果有强风往岸上吹，波浪会快速侵蚀堤岸，如果是往海上吹，波浪就不会带走沙子，因为在前一种情形之下，风会把表层海水高高掀起，推向岸边，底层海水会立刻形成一股与表层水流相平衡的强劲逆流，将路上碰见的沙子和其余一切带入海中，使沙滩变得难以通行，而在后一种情形之下，底层的海水会往岸边流，把沙子往回带，这样一来，风往岸上吹的时候，失事的海员很难上岸，往海上吹的时候，上岸倒会容易一些。底层的暗流一旦在它自己造就的沙洲上遭遇下一排表层波浪，立刻就摇身变成防波堤坝的一个部分，表层的波浪会在这道堤坝上撞

[①] "白鱼"原文为"whiting"，在美国通常指无须鳕科无须鳕属（Merluccius）的各种鱼类。

个粉碎，如同撞上一堵直立的墙壁。大海就这样戏耍陆地，把沙坝含在嘴里，玩一会儿才吞下去，就好像猫儿戏耍老鼠，虽然说一时手下留情，但终将发出致命一击。大海派出抢掠成性的东风，让它来洗劫陆地，可没等它带着战利品跑出太远的距离，陆地就会派出忠诚的西风，夺回自己失去的部分家什。不过，按照戴维斯上校①的说法，沙洲和堤岸的形状、体量和分布主要由潮汐决定，风浪的作用是次要的。

我们的主人家说，飓风从正面吹向海岸的时候，如果你刚好身在海滩，那就会惊讶地发现，水里的漂木一根也不往岸上来，全都在近岸水流的裹挟之下，沿着与海岸平行的路线径直漂向北方，速度跟走得最快的人一样，原因是涨潮的时候，岸边总是会出现强劲的北向水流。身手最矫健的泳者也会被水流带走，休想往岸边靠近一寸，就连一块巨大的礁石，都曾经沿着海滩北移了半里的距离。主人家毫不含糊地告诉我们，海岬背面的大海从没有消停的时候，浪头通常都有一人高，以致你大部分时间无法操船下水，哪怕是在天气最平和的日子，波浪也会沿着海滩上涌六到八尺，虽然说这样的时候，你确实可以拿上一块木板，去海里漂游一番。一六〇六年，大浪（*la houlle*②）使得尚普兰和坡岑古无法在此地登陆，野蛮人却划出一只独木舟，去海里迎接他们。③我

---

① 戴维斯（Charles Henry Davis, 1807—1877）为美国海军军官，梭罗引述的说法出自戴维斯撰写的《大洋潮汐及其他洋流地质作用备忘录》（*A Memoir upon the Geological Action of the Tidal and other Currents of the Ocean*）。

② "*la houlle*"为古法语，意为"涌浪"。

③ 此处所说的事情见于《尚普兰航行记》1613年版（参见前文注释）。

手头有拉博德先生的《加勒比纪实》,是一七一一年在阿姆斯特丹出版的[1],这本书的第五三○页写道:

> 加勒比的寇鲁蒙[2]也是天上的星宿(亦即神灵),能够制造巨大的排浪,把独木船掀个底朝天。排浪就是从海滩一端延伸到另一端的长长波浪,连成一体涌向海岸,其间没有中断,这一来,哪怕风小得不能再小,尝试登陆的小帆船或独木船还是会被海浪打翻,或者是灌满海水,怎么也上不了岸。[3]

但在海湾一侧,即便是岸边的海水也往往平静无澜,好似池水一般。在大西洋一侧的这片海滩上,通常没有人使用小艇。高地灯塔有一艘专用的小艇,我们主人家的继任[4]虽已在

---

[1] "拉博德先生"(Sieur de la Borde)生平不详,应当与比利时传教士及探险家昂讷宾(Louis Hennepin, 1626—1704)同时。梭罗提到的这本书,实际上是1711年在阿姆斯特丹出版的《昂讷宾及拉博德两先生的新奇之旅》(*Voyages Curieux et Nouveaux de Messieurs Hennepin et de la Borde*),《加勒比纪实》(*Relation des Caraibes*)是这本书的一个部分。

[2] 据当代英国人类学家尼古拉斯·桑德斯(Nicholas Saunders)《加勒比民族》(*The Peoples of the Caribbean*, 2005)一书所说,寇鲁蒙(Couroumon)是加勒比神话中制造潮汐和波浪的星宿。

[3] 引文原文是梭罗对《昂讷宾及拉博德两先生的新奇之旅》第五三○页第二段的法文英译,括号里的文字是梭罗加的。

[4] 据马萨诸塞州史迹委员会(Massachusetts Historical Commission)编纂的《高地古迹区建筑》(*Highland Historic District Building*)一书所说,梭罗初次造访高地灯塔(1849年)之时,管理员是伊诺克·汉密尔顿(Enoch Hamilton),后两次(1850及1855年)造访时的管理员是詹姆斯·斯莫(James Small)。

灯塔待满一年，却从来不曾驾艇下水，尽管据他所说，紧靠岸边就有捕鱼的好去处。一般说来，救生艇到了该用的时候反而用不上。骇浪滔天的时候，技术再好也开不了船，因为迎面打来的浪头经常会像拱门一样，把小艇彻底罩进它弧形的内缘，使小艇灌满海水，或者是拎起小艇的船头，使小艇直接向后倾翻，艇上的一切通通落海。三十尺长的桅桁，遭遇也会跟小艇一样。

我听说一些年以前，一伙人趁着天气平和，分乘两只小船去威尔弗利特的背面捕鱼。满载而归的时候，他们发现海上虽然没有风，岸边却有汹涌的大浪，因此便不敢冒险靠岸。他们起初打算把船划到普罗文思顿，然而黑夜将临，去普罗文思顿还有好多里的航程。一时之间，他们似乎陷入了绝境。他们一次又一次划向岸边，一次又一次看见水岸之间的骇人涛浪，一次又一次踟蹰不前。一句话，他们吓破了胆。到最后，其中一只船的船员扔掉了船上的鱼，然后瞅准一个合适的时机，靠技艺和好运成功登岸，可他们不愿承担帮另一只船选择抢滩时机的责任，另一只船的舵手又没有什么经验，结果呢，另一只船顷刻之间灌水沉没，万幸的是，船上的人全部自救成功。

哪怕是小得多的波浪，不久也会把船只颠得像俗话说的那样，"钉子松板子翘"。灯塔管理员说，长时间的强风之后，海上会涌起三波大浪，一波大过一波，随之而来的是一段没有大浪的间隙，人们要想划船登陆，就应该乘着最后这波最大的浪头往岸上冲。据布兰德《民间掌故》第三七二页的引述，托马斯·布朗

爵士①曾就第十波浪头"最大或最危险"的说法发表评论,布朗爵士先是引用了奥维德的诗句:

> *Qui venit hic fluctus, fluctus supereminet omnes*
> *Posterior nono est, undecimo que prior,*②

随即指出,"然而,这个说法显然不符合事实,我们曾在岸上和海上进行仔细的观察,两种情形之下都没有观察到这种现象。毫无疑问,我们不可能找出海浪的规律,也不可能借此预测个别海浪的具体情况,尽管我们可以从整体上预测海水的往复运动。海水的往复运动由恒常的原因造成,所以有恒常的结果,与此同时,波浪的起伏却只是一种从属于往复运动的次级运动,会受到气流、风暴、海岸、大陆架和其他种种干扰因素的影响,因此便无章可循。"

我们从书中读到,黏土幢之所以名为"黏土幢","原因是狂风曾使一些不幸的船只撞毁在这里"③,但我们觉得,这种说法不

---

① 布兰德(John Brand, 1744—1806)为英国教士及古史专家,著有《大不列颠民间掌故评述》(*Observations on the Popular Antiquities of Great Britain*),该书第三卷第三七二页引述了英格兰学者及作家托马斯·布朗爵士(Sir Thomas Browne, 1605—1682)在《流行谬说》(*Pseudodoxia Epidemica*)当中发表的观点。本段随后引文(包括拉丁引文)均出自《大不列颠民间掌故评述》。

② 拉丁引文出自古罗马诗人奥维德(Ovid, 前43—17?)的诗体书札集《哀歌》(*Tristia*)第一卷第二首,意思是:"第九波和第十一波之间的这波浪涛,/比所有的浪涛都要高。"

③ 引文出自《威尔弗利特详况》(参见前文注释)。

太可信。这里有一些黏土围成的小小池塘,以前被统称为"黏土坑"。也许这些池塘,或者说"黏土塘",才是"黏土幢"这个名字的本源。[①]黏土层里的地下水离地表相当近,但我们听说有个人在附近的沙地里打井,"直打得头昏眼花,大中午看见了星星",还是没找到水。大风在这片光秃秃的高地恣意横行,七月里都会把小火鸡的翅膀掀过头顶,因为它们还不懂得,顶风行进才是正确的选择。狂风大作的时候,门窗都会被吹进屋里,你必须紧紧抓住灯塔,才不至于被刮进大西洋。人们不用干什么别的,仅仅是在冬季的暴风天守在海滩上,有时就可以得到人道协会的嘉奖。要充分领略风暴的威力,你不妨把居所选在华盛顿山[②]的峰巅,或者是特鲁罗的高地灯塔。

据说,一七九四年,在特鲁罗东岸失事的船舶数目为巴恩斯特博全县之最。后来虽然建起了这座灯塔,但几乎是在每一场风暴之后,我们还是能读到一艘或更多船舶在这里失事的消息,有时候,从这里可以同时看到超过十二艘船的残骸。本地居民用不着出门,坐在自家炉边就可以听见船舶分崩离析的碎裂声,他们追溯以往的年月,通常都是从某次著名的海难算起。要是能从头到尾写出这片海滩的历史,肯定会是商业史上的惊悚一页。

---

① "黏土幢"和"黏土塘"的原文分别是"Clay Pounds"和"Clay Ponds","Pounds"和"Ponds"发音相近。
② 华盛顿山(Mount Washington)位于新罕布什尔州,海拔近两千米,为美国东北部第一高峰,以天气多变闻名。1934年4月12日,人们在华盛顿山的峰巅测到了三百七十二公里/小时的风速,这个数字至今仍是风速(不计龙卷风与热带气旋)的世界纪录。

特鲁罗最初有白人定居是在一七〇〇年，当时它名叫"**危地**"①。这个名字十分恰切，因为我后来路经帕米特河附近的一片墓地，从一块碑志上读到了如下铭文：

> 谨此铭记
> 五十七位特鲁罗居民，
> 一八四一年十月三日，
> 罕见的风暴
> 使他们乘坐的七艘船
> 沉入大海，
> 由此夺去
> 他们的生命。

碑志的其余各面刻着死者的姓名和年龄，按家庭的顺序排列。据说这些船是在乔治台地②失事的，有人告诉我，其中只有一艘漂上了海岬背侧的海岸，可船上的小伙子们被锁在了舱室里，由此溺水而亡。所有死者的家，据说都"不出一个方圆两里的范围"。邓尼斯也有二十八位居民在同一场风暴中丧生，我还从书里读到，"这场风暴刚刚过去的时候，鳕鱼岬一天就打捞并埋葬了将近一百

---

① 据《特鲁罗详况》所说，特鲁罗镇于1705年开始筹建，拟用镇名"危地"（Dangerfield），1709年正式建镇，定名"特鲁罗"。
② 即前文曾提及的"圣乔治台地"，可参看前文相关叙述及注释。

具或足足一百具尸体"。①因为找不到足够多的船长，特鲁罗保险公司无法打理公司名下的船舶，尽管如此，幸存的居民第二年依然出海捕鱼，跟以往没有两样。我发现，海难在这里是一个禁忌的话题，因为几乎家家户户都有人葬身海上。有次我跟人打听："那房子里住的是谁？"得到的回答是："三个寡妇。"外地人和当地人，对这片海岸的观感大不相同，前者没准儿会专程跑来欣赏风暴中的大洋，后者却只会觉得，那是自己至亲至爱之人的遇难现场。我曾经遇见一个几近失明的拾荒老头，当时他坐在堤岸边缘，刚刚用一根干了的海滩草充当火柴，把手里的烟斗点上。我对他说，他想必喜欢听海涛的声音，他回答道，"不，我不喜欢听海涛的声音。"他在那场"罕见的风暴"中失去了至少一个儿子，肚子里还装着无数个他亲眼目睹的海难故事。

一七一七年，一个名为贝拉米②的著名海盗被"雪花号"的船长引上了威尔弗利特海滨的沙洲，这之前，贝拉米掳获了"雪花号"，然后向船长许诺，只要船长能把他的船队领进普罗文思顿港，他就把"雪花号"还给船长。故老相传，船长在夜里扔出一只点燃的焦油桶，焦油桶漂向岸边，海盗们就跟在后面。风暴随即袭来，整个船队无一幸免，摆在海滩上的尸体足有一百多具，

---

① 前两处引文均出自美国政客及学者洛伦佐·萨宾（Lorenzo Sabine, 1803—1877）的《美国主要渔场报告》(*Report on the Principal Fisheries of the American Seas*, 1853)。

② 贝拉米（Samuel Bellamy, 1689—1717）为英国海盗，号称有记载历史中最富有的海盗，并以仁慈慷慨闻名。1984年，人们在威尔弗利特岸边找到了贝拉米旗舰的残骸，船上载有大量的象牙、黄金和钱币。

逃过海难的六名海盗后来也被处决。"直到今天（一七九三年），"威尔弗利特的史书作者写道，"人们有时还会捡到威廉王和玛丽女王①铸行的铜板，以及一种名为'柯布钱'②的银币。汹涌的海浪会卷走外侧沙洲上的沙子，所以在落潮时候，人们偶尔会看到（贝拉米）那艘船甲板上的铁打厨房。"③ 另一位作者告诉我们，"这次海难之后的许多年里，每一年的春天和秋天，人们都会看见，海岬上游荡着一个长相十分怪异狰狞的男人，据信是贝拉米手下的一名水手。按照大家的猜测，他来海岬是为了探访某个海盗藏宝的秘密地点，取钱去应付某种急需。他死的时候，人们在他从不离身的一条腰带里找到了许多块金子。"④

最近一次造访海岬期间，前文中那场把沙子卷入深渊的风暴刚刚过去之时，我在这里的海滩上寻找贝壳和卵石，心想没准儿能碰上一两块"柯布钱"，结果还真的捡到了一枚价值大约一块零六分的法国克朗⑤，地点紧靠正在坍塌的陡岸基脚，在一片依然潮

---

① 这里的威廉王和玛丽女王是指英格兰君主威廉三世（William Ⅲ, 1650—1702）和他的妻子玛丽二世（Mary Ⅱ, 1662—1694）。
② "柯布钱"（cob-money）是西班牙于十七至十九世纪在美洲殖民地发行的一种铸造粗劣的金属货币。
③ 引文出自《威尔弗利特详况》，括号里的文字是梭罗加的（"一七九三年"应为"一七九四年"之误，参见前文注释）。据该文所说，"雪花号"船长认为贝拉米不会信守承诺，因此便故意把贝拉米的船队引入险境。
④ 引文出自巴贝尔《马萨诸塞史料汇编》（参见前文注释）的脚注，注文引自美国教士及教育家蒂莫西·阿尔登（Timothy Alden, 1771—1839）编著的《美国墓志及铭文集》第四卷（*A Collection of American Epitaphs and Inscriptions*, 1814）。
⑤ 法国克朗是法国在十三至十八世纪之间铸行的一类金质或银质钱币。

湿的沙地上，接近高潮水位线的地方。这枚钱币呈暗沉的铅灰色，看着像一块扁平的卵石，正面却依然残留着清晰美观的路易十五[①]头像，背面则镌着那句惯用的铭文"*Sit Nomen Domini Benedictum*"（愿我主圣名永受称颂）。在海滨的沙地上读到这句祝词，无论它刻在什么东西上面，都让人觉得心情愉快。我还辨识出了刻在钱币上的铸造年代，一七四一年。当然喽，我起初以为它是我碰到过无数次的那种老式纽扣，可我用小刀一刮，马上就看到了白银的颜色。这之后，我趁着落潮去沙洲上漫步，把一些沙钱（*Scutellæ*）高高举起，骗我同伴说是钱币，于是他赶紧脱掉鞋子，朝我跑了过来。

独立战争期间，一艘名为"索默塞特"的英国军舰[②]在黏土幢附近失事，船上的几百号人全部被俘。我的情报来源说，他从来没见哪本历史书提及此事，可不管怎么说，他知道有个俘虏把一块银质怀表落在了这儿，这东西足可证明，军舰失事的事情并非子虚乌有。他虽然说书上没有，但一些作者已经写到了这件事情。

次年夏天，我看见一艘从查特姆驶来的单桅纵帆船，正在这里的岸边打捞船锚和铁链。帆船打发几艘小艇四处搜寻，自个儿则不断调整风帆，在原地来回晃悠，一旦小艇捞到了什么东西，便立刻凑到小艇跟前，把东西吊上自个儿的甲板。像这样定期掏

[①] 路易十五（Louis XV, 1710—1774）是1715至1774年间在位的法国君主。根据梭罗的描述，他找到的应该是一枚路易十五时期的一克朗银币。

[②] 英国的"索默塞特号"（*Somerset*）军舰于1778年11月在普罗文思顿附近遇风失事。

钱雇请工人，让他们赶趁当今的晴好天气，去打捞往昔的失落船锚，打捞海员们曾经全心仰赖、最终沉落海底的信念与希望，可真是一个古怪的行当。捞上来的没准儿是一柄锈迹斑斑的旧锚，属于一艘古老的海盗船，或者是某个诺曼①渔夫，两百年前在这里断链沉底，也没准儿是一柄品质绝佳的主锚，属于一艘来自广东或加利福尼亚的商船，那艘船已经上别处做买卖去了。倘若我们可以用同样的方法，去心灵大洋的锚地打捞失物，绞盘会吊上怎样一些落空希望的锈蚀铁锚，怎样一些七零八落的信念锚链！诸如此类的东西肯定是多不胜数，足以压沉打捞者的船舶，足以装备后世兴起的一切海军。海底到处都是船锚，有的深有的浅，有时埋没沙中，有时袒露水底，上面兴许还连着一小段铁缆——铁缆的另一头在哪儿呢？这么多没有结局的故事，依然在等待他日的续篇。可想而知，要是能坐上适合探测心灵深渊的潜水钟，我们肯定会看到一柄柄连着缆索的铁锚，那些缆索与醋线虫②一般粗细，全都在扭来扭去，徒劳地寻找可以固着的地方。然而，他人的失物并不是我们的珍宝，我们该做的事情，是去寻找其他任何人都不曾找到或无法找到的东西，绝不是去打捞什么船锚，学那些查特姆人的样。

这片贪饕海滩的编年史！除了失事的水手以外，谁还能把它

---

① 诺曼人（Normans）是源自北欧的一个民族，公元1066年在"征服者威廉"（William the Conqueror, 1028?—1087）的率领下征服不列颠岛，与当地的盎格鲁-撒克逊人逐渐融合，由此也被英美人奉为先祖。

② 醋线虫（eel in vinegar）是盆咽科醋线虫属的一种耐酸耐碱的线形动物，以微生物为食，学名 *Turbatrix aceti*。

撰写出来？看见过这片海滩的人当中，不知有多少个是到了危在旦夕的绝境才看见它，才看见自己在阳间看见的最后这块土地。想想吧，单只是这片地方的一处浅滩，就曾经见证何其众多的苦难。古人若是知晓这片海滩，肯定会把它描绘为一头张开大嘴的海怪，比西拉和卡律布狄斯①还要可怕。一个特鲁罗居民告诉我，"圣约翰号"在科哈塞特失事大约两周之后，他在黏土幢的岸上发现了两具尸体，一具男尸，一具肥胖的女尸。男的脚上还穿着厚厚的靴子，脑袋却已经掉了，只不过"就掉在身体旁边"。过了好几个星期，这个特鲁罗居民才从这幅惨景的刺激中缓过神来。两个死者没准儿是一对夫妻，上帝汇聚了洋流之力，还是没能把他俩拆散。话又说回来，当初他俩在海里结伴漂流，靠的是多么渺茫的一种机缘。有一些乘客的尸体在远海被人捞起，然后又被装进箱子沉了下去，另一些则被人运到岸上，入土下葬。海难的后果，比各位承保人觉察到的要多。墨西哥湾暖流可能会把一些死者送回故乡的海岸，也可能把他们扔进某个绝无人迹的大洋洞穴，任凭时间和各种自然元素，用他们的骸骨书写全新的谜题。好了，我们还是回头来说陆地吧。

夏天里，我数了数崖沙燕②在这道黏土堤岸上挖出的洞穴，区

---

① 西拉（参见前文注释）和卡律布狄斯（Charybdis）是古希腊神话中的两个食人海怪。西拉是一片石滩，卡律布狄斯是一个大漩涡，分别盘踞在墨西拿海峡（Strait of Messina, 位于西西里岛和亚平宁半岛之间）的东西两侧，使来往的船只和水手难以逃脱。

② 崖沙燕（Bank Swallow）是燕科沙燕属一种分布很广的候鸟，学名 *Riparia riparia*。

区六杆长的范围内就有足足两百个，与此同时，不到十八杆长的范围内聚集了至少一千只成鸟，正在浪尖上啁啾鸣叫。这之前，我从未把这种鸟儿跟海滩联系到一起。有个小男孩在堤岸上掏鸟窝，已经掏到了整整八十个燕子蛋！这事儿可别跟人道协会去说。堤岸下方的泥地上躺着许多幼鸟，都是从洞里掉出来摔死的。为数众多的黑鸦鸟在干燥的田野里跳来跳去，高原鸻①则在灯塔的近旁繁育后代。有一次割草的时候，灯塔管理员不小心割到一只伏地孵蛋的高原鸻，削掉了它的一只翅膀。每到秋天，枪手们也喜欢来这里消遣，因为有金鸻②可打。这里的池塘周边栖居着蜻蜓蝴蝶之类的飞虫，所以在观察崖沙燕的同一个季节里，我惊讶地看见了一些等比例放大的蜻蜓，几乎跟我的手指一样大，不停地沿着堤岸边缘飞来飞去，又看见一些蝴蝶在堤岸上翻飞，还看见海滩上散布着许许多多的鳃角金龟子③，以及各种各样的甲虫，数目多得我前所未见。它们显然是在夜里飞越了堤岸，眼下却没有办法飞上去，有一些兴许是先掉到了海里，随后才被冲回了岸上。它们之所以飞出堤岸，原因之一可能是受了灯塔亮光的吸引。

---

① "黑鸦鸟"即普通拟八哥，参见《瑚塞特平原》当中关于"黑鸟"的注释；高原鸻亦见前文注释。

② 金鸻（Golden Plover）指的是鸻科斑鸻属鸟类美洲金鸻，学名 *Pluvialis dominica*。

③ "鳃角金龟子"原文是"dorr-bug"，据1829年的《马萨诸塞园艺学会会刊》（*Transactions of Massachusetts Horticultural Society*）所说，"dorr-bug"指的是 *Melolontha quercina*，亦即金龟子科鳃角金龟属昆虫火红鳃角金龟子，学名亦作 *Phyllophaga fervida*。

黏土幢的土地，在鳕鱼岬可算是格外肥沃，我们在这里看到了几块长势喜人的田地，种的是块根蔬菜和玉米。跟海岬上的通常情形一样，这里的植物茎叶短小，籽实却异常抢眼。玉米的高度顶多只有内陆的一半，玉米棒子却又大又饱满，有个农夫告诉我们，他不施肥就能有每亩四十蒲式耳的收成，施了肥则可以达到六十蒲式耳。黑麦的穗子也大得不一般。这里的唐棣（*Amelanchier*）、滨李和蓝莓（*Vaccinium Pennsylvanicum*）①跟苹果树和橡树一样，植株十分矮小，只能在沙地上匍匐蔓延，同时又十分多产，果实累累满枝。蓝莓只有一两寸高，果实往往拖在地上，以致你很难察知蓝莓丛的存在，要等到踩上了才会发觉，哪怕是在光秃秃的山坡上也不例外。依我看，这样的丰沃主要得归功于空气里的大量水分，因为我注意到，这里仅有的一点儿野草每天早晨都会挂满露珠，牢笼一般的夏日浓雾常常要到中午才会散去，把你的大胡子变成围在脖子上的一块湿答答的餐巾，使年纪最老的居民在离家咫尺之遥的地方迷路，或是迫使他取道水边，靠海滩指引方向。夏天里，跟灯塔连在一起的砖砌房屋会变得极其潮湿，搁在屋里的书写纸也会变得软塌塌的，一点儿都不硬挺。用过的浴巾怎么也晾不干，压干花的结果必然是花朵发霉。空气湿得使我们很少有口渴的感觉，虽说我们时刻都能尝到自己嘴唇

---

① "唐棣"原文为"Shadbush"，为蔷薇科唐棣属（*Amelanchier*）植物的通称；蓝莓（Blueberry）可以是杜鹃花科越橘属植物的通称，由梭罗列出的拉丁学名可知，他在这里说的是原产北美大陆东北部的北方蓝莓（northern blueberry），学名亦作 *Vaccinium boreale*。

上的盐味。餐桌上基本用不到盐，我们的主人家说，他给牲口喂盐从来都喂不进去，因为它们已经从草料和呼吸中吸取了太多的盐分，但他又说，马要是生了病，或者是刚从内陆来到海边，有时就会痛痛快快地喝一顿盐水，看样子是喜欢喝，喝了之后的效果也不错。

看到海滨一枝黄在七月初的沙地上亭亭玉立，尖梢的嫩芽包含着这么充足的水分，看到芜菁、甜菜和胡萝卜之类的菜蔬，在只有沙子的地方也长得这么茂盛，着实让人大吃一惊。我们来这里之前不久，有个人在附近的岸边旅行，发现纯沙质的海滩上有一些绿色的植物，刚好长在高潮水位线上，走近一看，原来是一片欣欣向荣的甜菜，多半是"富兰克林号"运载的种子随波上岸的结果。在海岬上的许多地方，甜菜和芜菁还从用作肥料的海草堆里长了出来。由此可以想见，各种各样的植物是以什么方式走遍了世界，传入遥远的大陆和岛屿。一艘艘载有种子的船，原本要前往一个个兴许用不着这些种子的港口，结果是漂上一座座荒无人烟的海岛，船员悉数丧生，一些种子却得以幸存。种子品类繁多，总有几种能找到相宜的土壤和气候，在异乡落地生根，最后还可能赶走土生土长的植物，把落脚之处改造成适合人类栖居的土地。世上不存在有百害而无一利的事情，海难虽然在一时之间令人扼腕，但终将如此这般，为一片大陆的植物宝库增添新的品种，在总体上转化为当地居民的一份恒久福祉。又或者，风和洋流可以自己促成植物的传播，不需要人类的参与。我们并不知晓，在海滩上茁壮生长的各种植物来自哪一艘船，然而实在说来，它们岂不都跟这一片片甜菜和芜菁一样，源自一些兴许由某种力量特意撒在水面的种子？远古时代，某个姓贝尔（？）的先生乘着方舟驶来此土，打算找个地方开家苗圃，他的船上载着海滩芥、刺沙蓬、海蚤缀、海滩草、盐角草、滨梅、穷草等等植物的种子，全部都附有写明种植方法的精美标牌。① 尽管他自感枉费心机，可他的苗圃，岂不已经成功建立？

夏天里，我在灯塔附近看到了漂亮的 *Polygala polygama*，呈放射状平铺在地，看到了开白花的牧场蓟（*Cirsium pumilum*），以及在灌木丛中攀缘的 *Smilax glauca*②，虽然说人们普遍认为，这种植物不会长在这么靠北的地方。从灯塔往南半里左右，靠近堤岸边缘的地方，葱绿的扫帚岩高兰（*Empetrum conradii*）③ 长成了一座座高一尺、径四五尺的美丽圆丘，为旅人准备了一张张弹力十足的柔软床铺，尽管按照通常的说法，这种植物在马萨诸塞州境内仅见于普利茅斯一地。后来我又在普罗文思顿看见过扫帚岩高兰，但最漂亮的还得说是别名"穷人晴雨表"的红花琉璃繁缕（*Anagallis arvensis*）④，天气晴好的时候，你几乎能在任何一平方码

---

① 这句话是梭罗由事实生发的假想，可参看《再上海滩》当中的相关文字："这些果树都是他用'富兰克林号'载来的树苗种的，树苗被冲上岸的时候捆扎齐整，标牌完好，原本是有个姓贝尔的先生进口来做种的，因为此人打算在波士顿附近开家苗圃。"

② *Polygala polygama* 即原产北美的远志科远志属草本植物总状远志；牧场蓟（pasture thistle）为原产美国北部及加拿大的菊科蓟属草本植物，开紫花、粉花或白花；*Smilax glauca* 即原产美国中部及东部的菝葜科菝葜属藤本植物猫菝葜。

③ 扫帚岩高兰（broom crowberry）为原产北美大陆东部的杜鹃花科岩帚兰属开花小灌木，学名亦作 *Corema conradii*。

④ 红花琉璃繁缕（scarlet pimpernel）为原产欧亚及北美的樱草科琉璃繁缕属草本植物，别名"穷人晴雨表"（poor-man's weather-glass）是因为它的花晴天开阴天合。

的沙地上受到它的欢迎。除此而外,我还收到过别人从雅茅斯带来的 *Chrysopsis falcata*(金菀)和 *Vaccinium stamineum*(鹿莓,又称"印第安妇人佳露果"),后者的果子有时能长到蔓越橘[①]那么大,但却不能吃(九月七日[②])。

我们歇宿的高地灯塔[③]是砖砌的,看起来十分结实,外壁刷了白灰,顶上戴着铁帽。政府修建的管理员宿舍跟灯塔连在一起,只有一层高,也是砖砌的。在灯塔过夜的经历如此新奇,我们当然希望善加利用,所以就对主人家说,他上塔点灯的时候,我们也想一起去。刚到掌灯时分,他便点起一盏小小的日本油灯,任由它冒出远远超出我们平常忍受范围的浓烟,叫我们跟着他走。他领着我们一路前行,先是穿过他的卧室,这是管理员宿舍里离灯塔最近的一个房间,然后穿过一条狭长的室内走廊,走廊两壁刷得雪白,感觉像是监狱的入口。走廊尽头便是灯塔的底层,房间四处堆码着许多巨大的油桶,我们从这里登上一道铁铸的露明旋梯,闻着越来越浓的油烟味道,爬到嵌在铁铸地板上的一扇活

---

① *Chrysopsis falcata* 即原产美国的菊科禾叶金菀属草本植物镰叶金菀,学名亦作 *Pityopsis falcata*;*Vaccinium stamineum* 即原产北美的杜鹃花科越橘属灌木鹿莓(deerberry);蔓越橘(cranberry)是杜鹃花科越橘属酸果蔓亚属(*Oxycoccus*)一类常绿小灌木或藤本植物的通称,其浆果酸甜可食。

② 即1853年9月7日。据梭罗日记所载,这一天,爱默生(参见前文注释)从雅茅斯带来了金菀和鹿莓。

③ 梭罗原注:"这座灯塔后来得到了重建,换上了菲涅耳透镜灯。"梭罗注文中的"重建"指的是1857年的第二次重建,高地灯塔于是年换装菲涅耳透镜灯。菲涅耳透镜是法国物理学家菲涅耳(Augustin-Jean Fresnel, 1788—1827)为灯塔设计的一种高效能透镜。

门下方，从活门钻进了塔顶的灯室。灯室建得非常不错，所有东西都安排得井井有条，绝无缺油生锈之虞。灯塔的光源是十五盏阿尔甘灯[1]，各配有一个平滑光洁、直径二十一寸的凹面反光罩，这些灯排成一高一低两个水平的圆圈，除了正下方的海岬之外，各个方向都照得到。围护这些灯的是一圈儿经得起风暴冲击的厚玻璃大窗，跟灯盏隔着两三尺的距离，窗框是铁的，灯塔的铁帽子就架在窗框上。除了灯室的地板以外，所有的铁制构件都漆成了白色。这座灯塔的构造，到这儿就算是说完了。管理员次第点燃十五盏灯，我们则一边在这个狭窄的空间里缓步绕圈儿，一边跟他聊天，与此同时，许多水手航行在深深的大洋，正在见证高地灯塔的点灯时刻。管理员的职责是添油点灯剪灯芯，还得让反光罩保持光洁。他每天早上给灯添油，剪灯芯则通常是一夜一次。他抱怨说，政府配给的灯油质量太差。这座灯塔一年耗油大概八百加仑[2]，一加仑的成本不过一元出头，可要能改用好一点儿的油，没准儿能多挽救几条生命。另一个灯塔管理员说，从本国的最南端到最北端，政府都是按同一个比例向灯塔配发冬滤鲸油[3]。在以前，这座灯塔装的是又小又薄的窗玻璃，猛烈的风暴有时会击碎玻璃，迫使他们赶紧拿木头窗板堵上窗洞，好把灯和反光罩

---

[1] 阿尔甘灯是瑞士物理学家阿尔甘（Aimé Argand, 1750—1803）发明的一种油灯，比传统油灯明亮，能使灯芯和灯油燃烧得更充分，极大降低了剪灯芯的频率。

[2] 美制一加仑约等于三点八升。

[3] 冬滤鲸油（winter-strained oil）即鲸鱼油脂经冬季自然冷凝后压榨制得的鲸油，为鲸油上品，温度很低的时候也能够保持液态。下文中的夏滤鲸油（summer-strained oil）则是夏季鲸鱼油脂融化后制得的鲸油，品质较差。

保住。这么着，有时在暴风骤雨当中，在海员最需要灯塔指引的时候，他们却如此这般，把灯塔变得跟一盏遮光提灯相去无几，射出的只是几缕微弱的光线，通常还射向了陆地，或者是背风的一侧。管理员说，狂风大作的寒冷冬夜，他总是会被强烈的责任感弄得忧心如焚，因为他深知自己背负着许多可怜水手的希望，恨只恨灯油凝结，他的灯只能发出黯淡微光。有时候，他不得不半夜起床，在自己屋里用水壶给油加热，重新往灯里添油，因为他不能在灯塔里生火，那样会使玻璃起雾。他的继任告诉我，赶上需要给油加热的时候，炉火也烧不了多旺。桩桩件件，全都是因为油质太差。在寒冬腊月的海岸，政府居然用夏滤鲸油来给海员们照路，就为了节省支出！这样的仁慈，无疑与夏滤鲸油同一档次。

次年夏天，管理员的继任给了我热情的款待。他告诉我，有那么一段时间，这座灯塔和附近所有灯塔烧的都是夏油，好在他深谋远虑，存了点儿冬油以备不时之需。此后有一个极其寒冷的夜晚，他忧心忡忡地醒来，发现他的灯油已经凝结，灯光也几乎熄灭。他辛辛苦苦忙活了好几个钟头，终于从灯芯这头给储油罐加满了冬油，然后又费了一番力气，让灯光亮了起来。这时他举目四望，发现周围一片漆黑，平常看得见的几座灯塔，通通没了灯光，后来他还听说，同一个夜晚，帕米特河灯塔和比灵斯盖特灯塔也灭了。

我们的主人家说，窗子上的霜花也是个不小的麻烦，除此而外，飞蛾会在闷热的夏夜落满窗子，遮暗他的灯光，有时就连小鸟也会飞向灯塔，在厚厚的窗玻璃上撞断脖子，尸体掉在塔下的地面，早上起来就能看见。一八五五年春天，他在灯塔周围的地上看到了十九只撞死的黄色小鸟，兴许是金翅雀或者黄腰莺①。秋天里的一些日子，他曾经看见粘在窗玻璃上的小鸟绒毛和胸脯肥肉，全都是夜里撞塔的金鸻留下的痕迹。

就这样，他想尽一切办法，竭力让他的光照耀人前。② 不用说，灯塔管理员是一份虽说轻而易举却也责任重大的职业。他的灯一旦归于黑暗，**他本人**也就前途黑暗，或者说，他最多只能出一次这样的差错。

我觉得，穷学生没有跑到灯塔来住，充分利用这里的明亮灯光，实在是有点儿可惜，因为他的到来，并不会使海员蒙受损失。"是吗，"穷学生说了，"如果下边儿太吵的话，我有时确实会上来读读报纸。"想想吧，借着十五盏阿尔甘灯读报纸！烧的还是公家的油！这么亮的光，读宪法兴许都行！要我说，他在这种光下读的东西，至少也该是他的《圣经》。正是靠灯塔之光帮忙，我有个同学修完了大学预科，依我看，灯塔里的光，可要比大学里亮堂。

下塔之后，我们往海边走了十几杆，发现灯塔与海岸之间的这一溜狭窄土地，接收不到灯塔的全部光亮，因为这地方比灯塔投射的光柱低了太多，我们往塔顶看，看到的只是许多昏暗无芒的星星，但我们走到离灯塔四十杆远的内陆，却发现光线亮得可以看

---

① "金翅雀"原文为"goldfinch"，可以指多种鸟类，这里指的应该是雀科金翅雀属的美洲金翅雀（American goldfinch, *Spinus tristis*）；黄腰莺（myrtle-bird）为森莺科橙尾鸲莺属小型鸣禽，学名 *Setophaga coronata*。

② 这句话暗用了《新约·马太福音》中耶稣对门徒的训诫："让你们的光，如此这般照耀人前。"

书，尽管我们照到的仍然只是一盏灯的亮光。每个反光罩都投出单独的一"扇"光，这一扇照上风车，那一扇照进沟谷，风车与沟谷之间则笼着幢幢暗影。据说在高于海平面十五尺的位置，从二十海里开外就能看见这座灯塔的光。站在这里，我们可以看见海岬尽头急流角灯塔的旋转灯光，离我们大概有九里远，可以看见普罗文思顿港入口的长角灯塔，还可以远眺海湾对面，看见普利茅斯港的一座灯塔，那座灯塔几乎与长角灯塔成一直线，宛如地平线上的一颗星星。管理员认为，我们之所以看不见普利茅斯港的另一座灯塔，是因为它恰好与长角灯塔成一直线。他告诉我们，海员们有时会被捕捞鲭鱼的渔船引入歧途，因为这些渔船会点起灯火，怕的是夜里被大船碾上，甚至可能上农舍灯光的当，把它误认为海岸上的某座著名灯塔，等他们醒悟过来的时候，往往会蛮不讲理地破口大骂，骂那些小心谨慎的渔夫，以及那些深夜不眠的农人。

一度有人宣称，这里的黏土是上帝的特意安排，为的是方便人们建造灯塔，管理员却说，这座灯塔应该建在往南半里的位置，海岸刚刚开始拐弯的地方，那样的话，水手们就能同时看见这座灯塔和瑙塞特灯塔，不会把它们搞混。如今他们正在讨论，打算在管理员说的那个位置建一座灯塔。照今天的情况来看，现有的这座灯塔比先前还要没用，因为它离海岬的尽头太近，那里已经建起了别的灯塔。

灯塔的墙上挂着灯塔管理委员会[①]制定的诸多规条，其中不少

---

① 指存在于 1851 至 1910 年间的美国财政部下属机构美国灯塔管理委员会（United States Lighthouse Board）。

兴许都堪称周详得当，前提则是有一支部队驻扎此地，监督执行。规条之一要求管理员记录白天经过灯塔的船舶数目，可管理员总是会同时看见上百艘船，朝哪个方向开的都有，其中许多还是在地平线的边缘，要想数清这些船，他必须拥有比阿耳戈斯①还多的眼睛，视力也得比阿耳戈斯好得多才行。从某些方面来说，这项工作最适合海鸥来做，因为它们整天都沿着海岸飞来飞去，在海面盘旋不止。

管理员的继任告诉我，次年六月八日的清晨，天气格外晴朗宜人，他起得比日出早了半个钟头左右，所以就有了一点儿空闲，因为他的习惯是日出才去灭灯。于是他走向海边，想看看会不会有什么发现。走到堤岸边缘的时候，他抬眼一看，惊讶地发现太阳正在升起，一部分已经高出了地平线。他以为自己的时钟出了问题，赶紧回到塔里，虽然看到钟上显示的时间还早，但还是去灭掉了塔上的灯。忙完之后他走下塔来，往窗子外面看了看，看见的是一幅更让他惊讶的景象，因为太阳依然在先前的位置，有三分之二露在地平线上。说到这里，他指给我看房间对过的那面墙，好让我知道阳光当时落在什么位置。看到太阳没动窝之后，他开始生火，等他把火生好，太阳还是在同样的高度。这时他再也不敢相信自己的眼睛，便叫他妻子起来看看，他妻子看到的情形也是一样。他说，当时他看到海上有一些船，那些船员肯定也看见了同样的景象，因为阳光照到了他们身上。从钟上的时间来看，太阳在那个高度停留了约莫十五分钟，然后才照常往上升，

---

① 阿耳戈斯（Argus）是古希腊神话中的百眼巨人。

除此之外，当天并没有发生其他任何怪事。他虽然对海滨的情况十分熟悉，之前也从未目睹或耳闻同样的现象。我对他说，他的钟想必跟一般的钟走得一样准，当时的景象也许是因为地平线上有一层他看不见的云，一直在跟太阳一起上升。他表示没有这种可能，于是我又说，他看到的可能是太阳的一种蜃景，那种蜃景据说曾出现在苏必利尔湖等地。举例来说，约翰·富兰克林爵士曾在他那本《纪实》①当中写道，他在北冰洋岸边逗留期间，有一天早晨出现了格外强烈的水平折射，以至于"太阳在地平线上冒了两次头，然后才冉冉升起"。

能看见太阳隐隐升起的人，肯定得是奥萝拉②的骄子，因为千千万万的人只能看见太阳**隐隐沉落**，或者要到日出**之后**一小时才能看见它。话虽如此，我们这些老江湖还是应该勤剪灯芯，务必让灯火燃烧到最后一刻，不能去指望太阳的幻影。

管理员说，灯焰的中心必须正对反光罩的中心，所以说可想而知，如果他早上疏忽大意，忘了把灯芯截短，哪怕是在天气最冷的日子，灯塔南侧的反光罩也会像火镜一样汇聚阳光，把灯芯重新点燃，以致他中午时抬头一看，就看见所有的灯都是亮着的！你的灯适合给予光线的时候，恰恰也是它最适合领受光线的时候，太阳自然会把它点亮。管理员的继任却说，他只知道灯在

---

① 约翰·富兰克林爵士（Sir John Franklin, 1786—1847）为英国海军军官及探险家，1847年在探索北冰洋航道的航程中失踪，著有《北冰洋海岸探险纪实》（*Narrative of A Journey to the Shores of the Polar Sea*），后一处引文即出自该书。

② 奥萝拉（Aurora）是古罗马神话中的曙光女神，对应于古希腊神话中的埃俄斯（Eos）。

这种情况下会冒烟，从没见它们自燃。

我已经意识到，这是个神奇的地方。次年夏天，我在这里遇上了名为"海霭"的贴地雾气，高过头顶的空气清澈透明，不碍瞻望，区区二十杆之外的堤岸边缘，看着却像是地平线上的山顶牧场。海霭弄得我完全辨不清距离，于是我恍然大悟，有时它为何会使海员搁浅失事，因为在起了海霭的时候，尤其是在夜间，海员虽然看得见陆地，却会以为陆地还远在天边。后来有一个漆黑的夜晚，我乘着一艘大型的采蚝船，航行在离这儿两三百里的地方，海上和陆上都笼着一层薄薄的雾气，致使我们的船长不知不觉地把船开向岸边，发现不对劲的时候已经离海岸近得要命，以至于第一个警讯竟然是我听见的拍岸涛声，涛声还是从我手肘的下方传来的。海岸近在咫尺，我简直可以一跃而上，所以我们不得不陡然转向，这才没有一头撞上去。在此之前，我们一直在驶向远处的一点灯光，满以为那是一座五六里之外的灯塔，到这时才发现那是从一个渔家窝棚的缝隙透出的亮光，离我们至多只有六杆远。

管理员在他孤零零的海滨小屋里做东，给了我们非常大方的款待。他这个人特别耐烦，特别聪明，面对我们提出的问题，他的回答总是像钟声一样干脆利落。塔顶的灯盏离我只有几尺，灯光溢满我的卧房，照得像白昼一样亮堂，所以我对高地灯塔整夜的表现了如指掌，绝没有失事的危险。跟前一个夜晚不同，这个夜晚如夏夜一般宁谧。半梦半醒之间，我躺在那里，一边透过窗子仰观我头顶上方的灯光，一边暗自思量，此时此刻，不知道有多少一边轮班值夜一边谈天说地的万族水手，不知道有多少双无眠的眼睛，正在从浩瀚大洋上的遥远地方，眺望我的卧床。

九　大海与沙漠

我起身去看日出的时候,塔上的灯仍然亮着,只是灯光泛出了一点儿银色。我看到的是海上日出,因为太阳依旧是从我们东边升起,不过我坚信不疑,它虽然看着像是从水里钻了出来,实际上却肯定是从大洋之外的一张干燥床铺里爬起来的。

> 太阳再一次照临田野,
> 从水流和缓的渊深大洋,
> 升向穹苍。①

此时我们看见,海面扬起了无数风帆,全都是出海捕捞鲭鱼的渔船,一支船队正在从北边绕过海岬,另一支正在驶向南边的查特姆,我们主人家的儿子也赶紧出发,去搭乘前一支船队里的一艘落后渔船,那艘船还没有离开海湾。

离开灯塔之前,我们不得不认认真真给鞋子上了上油,因为我们这一路走海滩蹚盐水踩沙地,鞋子已经变得又红又脆。为了给海滩一个公允的评价,之前我已经讲过,海滩的好处是格外干

---

① 引文原文是梭罗对荷马史诗《伊利亚特》第四二一行至第四二三行的英译。

净，连泥滩也不例外，何况这里的海滩并不泥泞。上船下船的时候，你当然躲不过泥水的飞溅和蛤蜊的喷射，但你最体面的那条黑裤子，终归不会像在乡间行走时那样，沾上难以去除的污渍或尘迹。

我们听说，我们离开灯塔几天之后，由于普罗文思顿银行惨遭抢劫，几名密探从普罗文思顿飞速赶来，仔仔细细调查了我们的情况。事实上，他们沿着海岬一路回溯我们的行程，最终得出结论，我们之所以选择这条不同寻常的路线，始终在海岬的背面徒步行进，正是为了提前踩点，以便在实施抢劫之后携款逃离。海岬如此狭长，又如此无遮无挡，以至于一般而言，外来的生人几乎不可能躲过本地居民的耳目，除非他是在夜里失事上岸。这一来，银行劫案发生之后，他们似乎毫不犹豫，立刻把所有怀疑指向了我们这两个刚刚走完海岬的旅人。幸亏事有凑巧，我们很快就离开了海岬，如其不然，我们多半会遭到逮捕。真正的劫匪是两个来自伍斯特县①的小伙子，他们随身带着一把曲柄钻，据说是活计干得非常漂亮。我们嘛，窥伺过的银行只有伟大的鳕鱼岬沙岸银行②一家，劫走的也仅仅是一枚古老的法国克朗、几片贝壳和几粒卵石，外加这本书的素材，没拿什么别的。

我们又一次踏上海滩（十月十三日），沿着喧腾大海的边缘一路前行，决意把大海装进心里。我们想与大洋多多厮混，直到它

---

① 伍斯特县（Worcester County）是马萨诸塞州中部的一个县。
② "沙岸银行"原文为"sand-bank"，一语双关，可解为"沙岸"及"沙岸银行"，因为英文词语"bank"兼"堤岸"及"银行"二义。

卸去这副穿给内陆人看的池塘装扮。此时我们仍然觉得，自己可以看到大洋的彼岸。海面比前一天还要波光潋滟，让我们看到了"大洋浩波那无穷无尽的笑靥"①，当然喽，其中一些笑靥得算是相当夸张的咧嘴大笑，因为风依然在吹，浪头也依然在岸边溅成水沫。我们往正东方向望去，大洋彼岸离我们最近的海滩位于西班牙的加利西亚②，那个地区的首府是圣地亚哥，虽说照古代诗人的估计，离我们最近的应该是亚特兰蒂斯或赫斯帕里德斯之园③，但人们业已发现，如今的天堂是在更靠西边的地方④。我们起初与葡萄牙的河间省并排，继而走到面向加利西亚和蓬特韦德拉港⑤的地方，但我们并未进港，原因是浪头太高。接下来，东边往北一点儿的菲尼斯特雷岬伸入大洋，向我们展示它峥嵘的头角，但它的

---

① 引文出处不详，其中"无穷无尽的笑靥"是梭罗对希腊文"ἀνάριθμον γέλασμα"的英译，可参看《海滩》当中的梭罗自注及相关注释。

② 加利西亚（Galicia）是西班牙西北角的一个地区，纬度与鳕鱼岬大致相同，首府为圣地亚哥-德孔波斯特拉（Santiago de Compostela）。

③ 亚特兰蒂斯（Atlantis）是西方人自古以来津津乐道的一个神秘岛屿或大陆，据说沉没在大西洋底，关于它的最早记载见于柏拉图《对话录》《蒂迈欧篇》（"Timaeus"）和《克里特雅斯篇》（"Critias"）；赫斯帕里德斯之园（Hesperides）是古希腊神话中的一个园圃，由合称"赫斯帕里德斯"的多个女仙看管。这个园圃出产吃了可以长生不老的金苹果，据说位于（欧洲人心目中的）极西之地，在后世成为乐土的象征。

④ 这句话暗指美国的西进运动，参见本段下文："我们隔着浪花向他们讲述极西之地……"

⑤ 杜罗与米尼奥河间省（entre Douro e Mino）为葡萄牙省份，简称河间省，因位于杜罗河和米尼奥河之间而得名，1936年分为两个省。河间省北接西班牙的加利西亚地区；蓬特韦德拉（Pontevedra）是加利西亚地区的一个海港。

自吹自擂徒劳无用，因为我们立刻出言回敬："我们这儿是鳕鱼岬，大地开端之岬。"① 再往北去，陆地出现了一个小小的缺口——因为在我们脑海之中，陆地的蜃景是作为一个整体呈现的——我们知道那个缺口就是比斯开湾②，于是唱了起来：

> 我们躺在那里，直到第二天，
> 躺在比斯开湾，啊！③

东边往南一点儿是帕罗斯，哥伦布启航的地方④，再往南去则是赫拉克勒斯竖立的两根石柱⑤。早晨的阳光照在我们脸上，晃得我们看不清东西，于是我们扯着嗓子询问，柱子上到底刻了些什么，当地居民也大喊着回应，说上面刻的是"*Ne plus ultra*"（不能更

---

① 菲尼斯特雷岬（Cape Finisterre）是加利西亚地区西端的一个半岛，在蓬特韦德拉北边。"Cape Finisterre"的本义是"大地尽头之岬"，所以梭罗说它"自吹自擂"，并以"大地开端之岬"回敬。

② 比斯开湾（Bay of Biscay）是西班牙北岸和法国西岸之间的一个海湾，位于加利西亚北边。

③ 引文出自爱尔兰剧作家及歌曲作家安德鲁·切瑞（Andrew Cherry, 1762—1812）创作的歌谣《比斯开湾》（*The Bay of Biscay*），但歌词原文是"她躺在那里……"，"她"是一艘失事但最终获救的船。

④ 帕罗斯（Palos）为西班牙西南部海港。1492年8月3日，哥伦布从这里启航前往美洲。

⑤ 根据西方传说，西班牙南端的直布罗陀海峡是古希腊英雄赫拉克勒斯（Hercules）开凿的，西方古人由此把海峡入口的对峙山崖称为"赫拉克勒斯之柱"（Pillars of Hercules）。传说赫拉克勒斯以这两根石柱标明他游踪的最西端，所以下文有"不能更远"之说。

远），但风儿捎给我们的只是体现真理的后半句话，"*plus ultra*"（能更远）①，"*ultra*"（更远）这个词则久久回荡，响彻了我们西边的海湾。我们隔着浪花向他们讲述极西之地②，讲述真正的赫斯帕里亚、έω πέρας 或说白昼的尽头③，讲述我们这边的日落，太阳在这边沉入的是**太平洋**。我们还建议他们举家搬迁，把他们的石柱挪到加利福尼亚的海边，我们的同胞全都跑去了那里，那里如今是唯一一个"**不能更远**"的地方。听了我们的话，他们一脸沮丧地坐在他们的悬崖上，因为他们的气焰，已经被我们彻底扑灭。

我们觉得，海浪不可能把他们的任何痕迹冲来此地，可我们还是捡到了一个儿童玩具，也就是一只散了架的小船，没准儿是蓬特韦德拉的失物。

我们离特鲁罗和普罗文思顿之间的海岬腕部越来越近，海岬便越来越窄，海岸也越来越笃定地折向西方。到了东港溪的源头④，大西洋已经离海湾的涌潮近在咫尺，中间只隔着六七杆宽的沙地。从黏土幢开始，一直到海岬末端的急流角，最后十里的堤

---

① 根据西方传说，赫拉克勒斯之柱的铭文是"*Ne plus ultra*"，这句拉丁铭文的用意是警告水手，这里已经是世界尽头，不能再往前去。去除了否定词"*ne*"的"*plus ultra*"是西班牙的立国箴言，写在西班牙的国徽上。

② 这里的"极西之地"（Far West）是指美国最西边的疆土，所指地域随美国的西进运动而不断变化，在梭罗的时代已经包括了加利福尼亚。

③ 西方古人用"赫斯帕里亚"（Hesperia）一词来指称本土西边的土地（比如古希腊人指称意大利，古罗马人指称伊比利亚半岛）。"έω πέρας"为希腊文，意为"白昼的尽头"。西方为日入之所，所以等同于"白昼的尽头"。

④ 东港溪（East Harbor Creek）即前文曾提及的东港河，其源头在特鲁罗和普罗文思顿的交界处。

岸越来越低，但地势最高的一些地方仍然比大西洋面高七八十尺，这些地方从海上远处看像是一座座岛屿，所以被称为"小岛"，它们都是绝佳的瞭望台，从上面可以俯瞰大西洋的景色，还可以随时眺望海湾，因为前方没有阻挡视线的树木或山丘。除此而外，沙子也开始变本加厉地侵占陆地，最终便在陆地最狭窄的地方大获全胜，将两个海域之间的陆地彻底覆盖。在特鲁罗和普罗文思顿之间，海岬上连着三四里没有人烟，即便是在两倍于此的范围之内，房屋也只有三四座而已。

我们跋涉前行，时而贴着海边，看沙滩迅速吸干打湿它的上一波海浪，时而攀上堤岸，翻越一座又一座的沙丘，与此同时，在我们北边十或十五里的远处，捕鲭鱼的多桅纵帆船一直在陆陆续续绕过海岬，一艘接着一艘，多得无法计数，最终汇成了一座水上的城市。这些船排得密密麻麻，其中许多都像是缠在了一起，一会儿集体开向这边，一会儿又集体开向那边。我们由此发现，新英格兰人是多么忠实地遵循了约翰·史密斯上尉[①]一六一六年就渔业提出的建议，把上尉着意命名的"这桩可鄙的捕鱼营生"做到了多么兴旺的地步，以至于已经可以与上尉鼓励他们仿效的荷兰人平起平坐，尽管上尉曾经写道，"荷兰人在这个行当是如此地天赋过人，对销售渠道又如此地了如指掌，别人根本不可能赶上他们。他们拥有两三千艘多桅船、平底船、插板船和托德船[②]，

---

① 约翰·史密斯上尉（Captain John Smith, 1580—1631）为英格兰陆军军官、探险家及作家，弗吉尼亚殖民地的奠基人，新英格兰的命名者。

② 插板船（sword-pink）是一种装有下风板（leeboard）的小渔船；托德船（tode）是荷兰人使用的一种小型渔船，具体形制不详。

如此等等,为他们培养了一大批永远不会弃业改行的水手、海员、士兵和商人。"① 但我们觉得,上尉罗列的这些种类,还不足以涵盖我们眼前的无数渔船。早在那个年代,在我们那些"声名显赫的先辈"携他们"举世无匹的夫人"②踏上普利茅斯礁岩③几年之前,上尉就写道,"纽芬兰每年都会运回将近八百船又蠢又瘦、皮包骨头的鳕鱼干和腌鳕鱼",尽管这些船的全部给养都得从欧洲一年一年地往那边运。既然如此,干吗不在这儿建一个殖民地,就地生产各种给养呢?"我在世界各地见过四片无人居住的土地,"他写道,"要是有能力在其中一片建立殖民地的话,我宁愿选择在这里生活。要是这里做不到自给自足,要是我们不能无一例外地立刻适应这里的环境,那就让我们饿死好了。"来到这里之后,你"可以在家门口捕鱼,每天晚上都可以高高兴兴地安眠水边,想生多旺的火都行,愿意的话还可以带上妻小家眷"。早在那个时候,他已经预见"以故乡城镇命名的一座座新英格兰新建城镇",以及这片土地的"心脏和腹地"将会带来的天知道什么发现,因为"你可以看见,就连它的最边缘"都是如何如何,如何如何。

---

① 约翰·史密斯于1616年出版《新英格兰概况》(A Description of New England)一书,书中说鱼是一种"低贱的商品",渔业也是"可鄙的营生",但荷兰人却依靠渔业达到富强,值得北美的英国殖民者仿效。本段引文除另有说明之外,均出自《新英格兰概况》。

② 前两处引文出自美国律师及政客约翰·戴维斯(John Davis, 1761—1847)为普利茅斯殖民地建立周年纪念撰写的诗作《十二月二十二日颂歌》(Ode for the 22d of December, 1794)。

③ 普利茅斯礁岩(Plymouth Rock)是"五月花号"乘员于1620年创建普利茅斯殖民地时的登陆地点。

史密斯上尉的所有预言，到今天都已经超额兑现，反过来看，荷兰现在又在哪里呢？确实是让荷兰人给占了。① 史密斯的建议和伯克的赞歌②，相隔的时间并不久长。

捕捞鲭鱼的船队，依然在一艘接一艘绕过海岬的顶端，驶入我们的眼帘，"染白整条海路"③，而我们全神贯注，看着每一艘船掠过眼前。看样子，捕鱼是一项不错的消遣。在内陆，赶上雨天才会有几个懒散少年或无聊闲汉跑去捕鱼，而在这里，似乎是海湾里所有的壮健男丁，外加所有的勤快少年，全部都坐着游艇出了门，踏上了愉快的远足旅程，最后也都能成功上岸，在海岬上呷那么一碗蛤蜊汤。《新英格兰地名索引》会郑重其事地告诉你，这些城镇有多少男丁少年在从事捕捞鲸鱼、鳕鱼和鲭鱼的行当，有多少远航到了纽芬兰的台地、拉布拉多的海滨、贝尔岛海峡或沙勒尔湾（水手们管它叫"沙罗尔"）④，就跟我会去清点康科

---

① 这句话是讽刺荷兰的衰落。荷兰曾经拥有许多海外殖民地（其北美殖民地包括鳕鱼岬的一部分），但从十七世纪后期开始国势日衰，并于1795年被法国占领，1815年才恢复独立。

② "伯克"即英国政客埃德蒙·伯克（Edmund Burke, 1729—1797）。他曾于1775年3月在议会发表支持北美殖民地的演讲，美国作家梅尔维尔（Herman Melville, 1819—1891）由此在名著《白鲸》(*Moby-Dick*, 1851)当中写道："谁在议会为我们唱出了光芒万丈的赞歌？还能是谁，不就是埃德蒙·伯克！"

③ 引文出自美国作家及废奴主义者纳撒尼尔·罗杰斯（Nathaniel Rogers, 1794—1846）的一篇文章。梭罗曾在1844年的一篇文章里引用该文，其中一句话是："让你们的船帆染白整条海路。"

④ 拉布拉多（Labrador）是加拿大东部的一个半岛；贝尔岛海峡（Straits of Belle Isle）是加拿大东部的一个海峡，在拉布拉多半岛和纽芬兰岛之间；沙勒尔湾也在加拿大东部，参见前文注释。

德夏天里有多少少年在捕捞鲈鱼、狗鱼、太阳鱼、鲖鱼和金光鱼[①]似的。康科德的渔业可没有人去统计,尽管我觉得,相较于鳕鱼岬的渔业,它可以带给成人(或少年)同样多的道德和心智进益,而就身体层面而言,它带来的危险无疑要小一些。

我以前有个比较淘气的玩伴,在一家印刷厂当学徒。一天下午,他问师傅他可不可以去捕鱼,师傅说可以,于是他一去就去了三个月,回来时说他去了大浅滩[②],然后就重新捡起排字的工作,就跟他只去了一个下午似的。

我承认,看到这么多的人整天捕鱼,岂止如此,几乎是整整一辈子都在捕鱼,着实让我吃了一惊。人们居然把觅食当成一件如此严肃的工作,如此不约而同地借蝼蚁一般的营营役役来掩饰苟且与凡庸,实在是一件匪夷所思的事情。依我看,人宁可没有食吃,也强过像鸬鹚一样没完没了地捕鱼。当然喽,**从海边看过来**,我们在内陆追逐的种种目标,一样是毫无意义。

我自己也坐过捕捞鲭鱼的渔船,航行了三里的路程。那是个星期天,天气十分炎热,雷阵雨频频洒落,我沿着海岸前行,傍

[①] 根据梭罗在《两河一周》(*A Week on the Concord and Merrimack Rivers*, 1849)当中对康科德鱼类的描述,这里的太阳鱼(bream)是太阳鱼科太阳鱼属的普通太阳鱼(*Lepomis gibbosus*),云斑鲖(horn-pout)是北美鲶科鲖属的一种淡水鱼,学名 *Ameiurus nebulosus*,金光鱼(shiner)则是鲤科美鳊属的金体美鳊(*Notemigonus crysoleucas*)。

[②] 大浅滩(the Grand Banks)位于纽芬兰岛西南,是北美大陆架上的一系列海底台地,那里水比较浅,又是寒流和暖流的交汇处,因此是全世界最丰产的渔区之一。

晚时已经从科哈塞特走到了达克斯伯里①。我想从达克斯伯里渡海去克拉克岛，可他们说潮水不够高，船都还陷在高处的泥地里，根本开不了。最后我才听说，酒馆老板温莎当晚要跟另外七个人一起出海捕捞鲭鱼，而且可以捎上我。一番可想而知的耽搁之后，我们一个接着一个，慢吞吞地往海边溜达，就跟还在等潮水涨高似的，有的穿着橡胶靴子，有的把鞋子拎在手里，就这么涉水走到小艇旁边，每个船员都抱着一捆柴火，其中一个还多拿了一桶新挖的土豆。这之后，他们决定让每个人再去抱一捆柴火，这样就够用了。他们已经把一桶水搬上了小艇，大船上还有一些。接下来，我们推着一艘艘小艇在泥水里走了十几杆的距离，直到它们浮起来为止，然后划到半里之外，爬上泊在那里的大船。这是艘专门用来捕捞鲭鱼的多桅纵帆船，又漂亮又结实，载重四十三吨，名字我记不得了。他们用的鱼饵并不是挂在钩子上的干料，船上备着一盘用来磨鲭鱼的磨，以及一个装鱼糜的槽子，外加一把长柄的勺子，用来舀起鱼糜往水里撒。船还没有出港，我们就已经看见成群的小鲭鱼，也就是真正的 *Scomber vernalis*②，在水面搅起了片片涟漪。船员开始慢悠悠地起锚，升起两张风帆，因为海上吹着方向有利却又轻柔和缓的风。雷雨洗过的夕阳，清亮亮地照在船上，我心里想，这次出航的兆头，真是再吉利不过了。

---

① 达克斯伯里（Duxbury）为马萨诸塞州海滨城镇，北距科哈塞特约二十五公里。

② 鲭鱼（mackerel）可以指鲭科（Scombridae）的多种鱼类，由梭罗列出的学名可知，这里的鲭鱼是鲭科鲭属的大西洋鲭，拉丁现名 *Scomber scombrus*。

他们有四只平底尖头小艇，通常是坐在小艇上捕鱼，要不就在船尾右舷垂钓，一人看两根钓线。帆桁转动了那么一两次之后，温莎把剩在槽子里那些混着雨水的腥臭鱼糜倒到海里，我们随即聚集到舵手身旁，开始讲故事。我记得船上的罗盘受到周围铁器的影响，发生了几度的偏差。船上有个人刚从加利福尼亚回来，上船来只是充当乘客，为的是养养身体，找找乐子。他们预计要出海一个星期左右，从第二天早上开始捕鱼，然后把新鲜的渔获运往波士顿。同伴们把我放在了克拉克岛，就在朝圣先民当初登陆的地方①，因为他们想买点儿牛奶在船上喝。不过，我已经看明白了他们捕鱼的整个过程，没看见的仅仅是出海捕鱼的具体操作而已，考虑到他们携带的给养如此有限，我没跟他们一起去也是对的。

此时我看见的是**现场作业的**捕鲭鱼船队，虽说我一开始并没有意识到这一点。这一来，我在这方面的体验就算是完整无缺了。

这一天风大天冷，比前几天更甚，所以我们时常迫不及待，去沙丘后面藏身。此时此刻，所有的自然元素都不消停。海滩上的戏剧永不落幕，无论天好天坏，冬季夏季，白日夜晚，总有一些好戏正在上演。海滩上的人就算坐着不动，视野也几乎跟动起来一样广阔。天气晴朗的时候，最懒惰的人也能一眼望见海湾对面的普利茅斯，或是看见大西洋上人类视力所能企及的最远处，需要做的不过是抬抬眼皮而已。要是他看都懒得看，终归也会避

---

① 抵达普利茅斯之前，"五月花号"乘员曾在克拉克岛（Clark's Island）登陆。这个岛得名于"五月花号"的大副约翰·克拉克（John Clark, 1575—1623）。

无可避地**听见**无休无止的拍岸涛声。永不休歇的大洋，随时可能把一头鲸鱼或一艘残船抛到你的脚下。全世界所有的记者，外加所有那些写字最快的速记员，照样是报道不完它带来的消息。周遭如此生机勃勃，任何生灵也不能独自拖沓。零零星星的拾荒者，为数众多的船只和鹬鸟，还有在人们头顶尖叫的海鸥，全都在马不停蹄地来来去去，站着不动的只有海岸。小小的海滩鸟①贴着水边小跑，偶尔停那么一眨眼的工夫，好把嘴里的食物咽下去，始终保持着与自然元素相同的节拍。我真想知道，它们到底是怎么跟大海混得这么熟络，竟然敢凑到离波涛这么近的地方。陆地的产育，全都是如此微细的居民！除了一只狐狸以外。但是，一只伫立高岸眺望大洋的狐狸，又能干些什么呢？大海对于狐狸，能有什么意义？我们偶或遇见一个推车牵狗的拾荒者，狗儿冲我们这些行路之人猖猖狂吠，声音本已细小，在咆哮涛声中更显得微弱可笑。瞧瞧吧，一只浑身颤抖、细腿细脚的小小恶犬，站在广袤大洋的边缘，在大西洋的怒吼声中，冲一只海滩鸟徒劳吠叫！说不定，它原来还打算冲鲸鱼吠叫哩！它那点儿声音，在农家场院里还是够用的。所有的狗儿，到海边都显得仓皇失所，身无寸缕，仿佛被眼前的浩瀚吓得直打哆嗦，依我看，要不是为了给主人壮胆，它们是不会上这里来的。猫儿蹩到这里来，对着大西洋抖它们打湿了的脚爪，场景更叫人无法想象，可他们告诉我，哪怕这样的事情，居然也时有发生。夏天里，我看见一只只笛鸻的幼雏，好似刚出壳的小鸡，不过是长了两条腿的一小撮绒毛而

---

① 即笛鸻，参见前文注释。

已，它们贴着波浪的边缘，成群结队地跑来跑去，发出唧唧唧的纤细叫声。以前我在纽约湾斯塔腾岛暂住的时候①，常常看见一群群行将野化的家犬，在南岸的荒僻海滩游荡，等待着海浪抛上来的腐肉。我记得有一次，我听见高高的沼地草丛里传来愤怒的犬吠，听了多时之后，便看见六七只大狗从草丛中冲上海滩，拼命追赶一只小狗，小狗径直跑到我面前寻求保护，于是我靠几块石头保护了它，虽然说此举不无风险。可到了第二天，第一个冲我狂吠的就是这只小狗。面对这样的境遇，我不由自主地记起了诗人的话语：

> 吹吧，吹吧，冬日的风，
> 比起它的忘恩绝情，
> 你没有那么心如铁石；
> 你的牙没那么尖，
> 因为你隐身不见，
> 虽说你气息凌厉。
>
> 冻吧，冻吧，严寒的天，
> 比起不受念记的恩典，
> 你咬得没那么狠；
> 纵然你凝水成冰，
> 但比起被遗忘的友情，

---

① 1843年5月至12月，梭罗曾在斯塔腾岛（Staten Island）暂住。

你刺得没那么疼。①

有时我走在斯塔腾岛的海滩，渐渐靠近一头牛或一匹马的尸体，视野中不见任何活物，然后呢，一只狗会冷不丁地从尸体里钻出来，叼着一嘴杂碎溜去了别处。

海滩是某种意义上的中立场所，最适合思考凡尘俗世。甚至可以说，它是个没有意义的所在。波浪无休无止地涌向陆地，可它们走过了太过漫长的旅程，太过难以驯服，根本无法亲近。我们悄然行走在无穷无尽的海滩，走在"太阳的嚎啕"和水沫之间，禁不住油然想起，我们，同样是海底淤泥的产物。

海滩是一个荒蛮怵目的地方，不包含一丝假意殷勤。这里遍地都是螃蟹、鲎和剃刀蛤，以及大海抛上来的其余一切，活脱脱是一间巨大的**停尸房**，饥肠辘辘的狗儿可以在这里成群游荡，乌鸦也可以天天来这里捡拾潮水留下的残羹剩饭。人和动物的尸骸并排停放在这里的搁架上，在日晒水浸中腐烂漂白，每一股潮水都会帮它们在尸床上翻一次身，给它们身下垫上新鲜的沙子。这便是赤裸无遮的大自然，真诚得没有人性，丝毫不考虑人类的观感，顾自在鸥飞浪卷之处，啃啮森然壁立的海岸。

这天上午，我们在海滩上看到一件东西，远看像一根漂白的原木，上面还带了一根枝杈，走近才发现这是鲸鱼身上的一根大骨头，这头鲸鱼是在海上被人掏空了油脂，然后又被人丢弃，尸

---

① 引文出自莎士比亚戏剧《皆大欢喜》第二幕第七场，"它"这个字的强调标记是梭罗加的，因为莎剧原文是"比起世人的忘恩绝情"。

骸在几个月前被冲上了海滩。巧得很，这恰恰是我们碰上的最确凿证据，足可证明哥本哈根那些古史专家说得没错，这里的海滩就是 *Furdustrandas*，就是梭霍于一〇〇七年悻悻驶过的地方，当时他正在跟梭芬一起探索文兰。[①] 看情形，在他们离开鳕鱼岬、探索完 *Straum-Fiordr*（也就是鸳鸟湾！[②]）一带之后，梭霍因为没能在鸳鸟湾找到葡萄酒喝，心里面很是失望，于是决定再一次扬帆北上，寻找文兰的所在。尽管古史专家为我们提供了冰岛文记载的原文，我还是选择引用他们的译文，因为据我所知，他们的译文是有关鳕鱼岬的唯一一种拉丁文记载：

> *Cum parati erant, sublato*
> *velo, cecinit Thorhallus:*
> *Eò redeamus, ubi conterranei*
> *sunt nostri! faciamus aliter,*
> *expansi arenosi peritum,*
> *lata navis explorare curricula:*

[①] 文兰（Vinland）是古代北欧探险家对他们行经的北美海滨地区的称谓，"Vinland"在古代北欧语言中有"葡萄酒之地"的意思，所以下文有梭霍找葡萄酒的事情。"*Furdustrandas*"是冰岛语的拉丁文转写，意为"神奇海滩"，是冰岛传说中文兰的一个地方。"哥本哈根那些古史专家"指丹麦历史学家卡尔·拉芬（Carl Christian Rafn, 1795—1864）等人，拉芬在自己编著的《美洲古史》（*Antiquités Américaines*, 1837）中说，"*Furdustrandas*"在鳕鱼岬。梭芬（Thorfinn）和梭霍（Thorhall）均为冰岛探险家，曾于十一世纪初探索文兰。参见下文叙述。

[②] 鸳鸟湾见前文注释。

*dum procellam incitantes gladii moræ impatientes, qui terram collaudant, Furdustrandas inhabitant et coquunt balænas.*①

译文的意思是:"准备停当、升起风帆之后,梭霍唱道:让我们回返,同胞们所在的地方。让我们巧妙地放飞鸟儿②,飞越沙子的穹苍③,去探索宽广的航道;与此同时,那些勇敢投入刀剑风暴④的战士,那些赞美大地的战士,将会在'神奇海滩'定居,**煮食鲸鱼**。"⑤于是他便像古史专家所说的那样,驶向北方,驶过鳕鱼岬,"最后遭遇海难,漂到了爱尔兰"⑥。

以往有更为众多的鲸鱼,被海浪抛上这里的沙滩,但我还是认为,以往的光景,绝不比现在更为荒蛮。跟面对陆地的时候不同,我们不会把大洋和"古老"这个词联系到一起,也不会去遐想它一千年前的模样,因为它从古到今都是一样荒蛮,一样深不可测。印第安人不曾在大洋表面留下任何痕迹,文明人看到的大

---

① 拉丁引文出自拉芬《美洲古史》。如梭罗文中所说,这本书收录了各种冰岛文记载,并附有拉丁译文。
② 梭罗原注:"即船只。"
③ 梭罗原注:"即大海,因为大海像穹窿一样覆盖着沙质的海底,好似天空一般。"
④ 梭罗原注:"即战斗。"
⑤ 引文原文是梭罗对前引拉丁文字的英译。
⑥ 引文原文是梭罗对拉芬《美洲古史》中相应拉丁文字的英译。

洋跟野蛮人看到的毫无二致,有所改变的事物,仅仅是海岸的风貌而已。大洋是一片蔓延全球的荒漠,比孟加拉丛林还要荒蛮,还多怪兽,它侵蚀的触角伸进了我们城镇的码头,以及我们海滨住所的园圃。文明足迹所到之处,蛇虺、熊罴、鬣狗和老虎迅速殄灭,然而,即便是那个人烟最稠密、文明程度最高的城市,还是无法把鲨鱼远远驱离它的码头。从这个方面来说,它的文明程度并不高于老虎肆虐的新加坡①。波士顿的各家报纸从来不曾告诉我,波士顿港里有海豹出没,而我也一直以为,海豹只跟爱斯基摩人之类的远地民族有关系,可你只需从海岸各处的客厅窗子向外张望,便可看见它们拖家带口,在海边的滩涂上嬉戏。对我来说,它们十分新奇,简直跟传说中的鱼人一样。从未散步林间的女士们,大可以扬帆出海。去海上吧!不是吗,这样就可以获得挪亚的体验,搞清大洪水是怎么一回事。② 海上的每一艘船,都可以算是方舟。

走在海滩之上,我们没看见任何围栏,没看见栏杆顶上的桦木横档③,没看见这些东西伸入大海,防止牛群蹚水乱跑。没有任

---

① 十九世纪中叶,新加坡种植业大兴,种植园扩展到丛林地带,由是老虎为患,据说每天都有人丧生虎口。政府最终悬赏捕猎,新加坡的野生老虎于二十世纪初绝迹。

② 据《旧约·创世记》所载,上帝曾以大洪水惩罚作恶的人类,唯独放过了义人挪亚(Noah)一家。挪亚靠方舟逃过洪水,并把各种动物带进方舟,使它们免于绝灭。

③ "横档"原文为"*riders*",梭罗用斜体强调这个词,也许是因为这个词兼具"(放牧的)骑手"之意。

何东西来提醒我们，人类是这片海滩的主人。话又说回来，有个特鲁罗居民确实跟我们说过，镇东土地的各位业主都被视为毗邻海滩的主人，为的是让他们有权采取措施，保护自己的产业免受沙子和海滩草的侵袭，原因是就连像海滩草这样的朋友，有时也会被看成敌人。但他又说，海湾一侧的情形并非如此，而我确实在海湾一侧一些背风的地方看见了一些临时的围栏，一直延伸到了低潮水位线，围栏的立柱以平放的门槛或枕木为基座。

我们行走了好几个钟头之后，捕鲭鱼的船队依然在北边的地平线上逡巡，方位几乎没变，距离则更加遥远，船身隐没在地平线下方，能看见的只有帆樯。它们都张着帆，但却既没有扬帆远去，也没有抛锚碇泊，而是朝着各自不同的方向停在一起，彼此挨得跟避风港里的船一样近。我们不明就里，以为它们这是在耐着性子与逆风周旋，准备驶向东边，后来才听人说，它们当时就已经到达渔场，正在捕捞鲭鱼，捕鱼时用不着收起主帆，也不用抛下船锚，原因就像有个人说的那样，"当时正刮着最有利于"捕鱼的"清爽和风（所以他们管这种风叫'鲭鱼风'）"。[①] 我们数了数，地平线上一小段圆弧里就聚集了大约两百艘渔船，此外还有将近此数的渔船驶向了南边，这会儿已经看不见了。它们就这样盘旋在海岬的末端，像一群绕着蜡烛飞舞的蛾子，急流角和长角的灯塔，便是它们夜里趋向的明亮烛火。隔着这么远的距离，它们看起来又洁白又美丽，似乎还不曾飞到火里，可我们后来走到

---

① 这里的"有个人"是指摩西·珀莱，引文（包括括号里的文字）出自珀莱撰著的《新不伦瑞克海滨及河滨鱼类养殖场报告》（参见前文注释）。

了近处，便发现它们中有一些曾遭火灼，烧伤了翅膀和身体。

全村的壮健男丁都在大洋上协力耕耘，整个村子便像是一块公用的田地。北特鲁罗的妇人和姑娘往往会坐在自家门前，看她们的丈夫和兄弟赶着数百辆装运庄稼的白色大车，在十五或二十里外的海面收割鲭鱼，情形正如那些内陆的农妇，有时会眺望遥远的山坡，看自己的丈夫在地里干活。只不过，随便你使上什么样的开饭号角①，声音也传不进渔夫的耳朵。

我们走出了海岬腕部最狭窄的地带，但还是没有走出特鲁罗，因为这个镇子沿海岸延伸了大约十二里之多。这之后，我们横穿到不到半里外的海湾一侧，打算去"亚拉腊山"②午休一下，那是普罗文思顿境内离我们最近的一座灌木覆盖的沙丘，海拔有一百尺。去那里的路上，我们饱览了沙漠的各种美形美色，不得不由衷赞叹，并且留意到了一种有趣的蜃景，后来我发现，希区柯克③也曾在鳕鱼岬的沙漠里观察到同样的现象。当时我们走在沙漠中的一个浅坑里，四围都是平滑光洁的沙地，朝各个方向的地平线缓缓抬升，坑底有一长串很清却又很浅的水洼。我们想喝点儿水，于是就沿对角线的方向，穿过浅坑走向水洼。走着走着，我们发现水洼与地平线形成了一个微小却不容抹杀的夹角，尽管所有的水洼明明白白是连在一起的，水洼里的水又完全处于静止状态，

---

① 当时的农人会以钟声或号角声召唤下地干活的人回家吃饭。

② 亚拉腊山（Mount Ararat）是普罗文思顿东北部的一座小山，得名于《圣经》中挪亚方舟停靠的亚拉腊山（mountains of Ararat）。

③ 即爱德华·希区柯克，可参看前文相关叙述及注释。

因为水面连一丝涟漪也没有。这一来,等我们走到其中一个水洼边上,抵达一个方便喝水的地点,感觉自己似乎爬高了几尺。这串水洼仿佛是被魔法定在了浅坑的侧壁,宛如一面斜搭坑壁的镜子。这样的蜃景在普罗文思顿沙漠来说非常奇妙,但还比不上梵文所称的"羚羊渴"①,因为它毕竟有真实的水作为基础,使我们得以解渴。

我曾跟一个年事已高的普罗文思顿居民说起我看到的蜃景,他说他从来没见过这种景象,以前也没有听人说过。哥本哈根的拉芬教授认为,这种蜃景跟"*Furdustrandas*"也就是"神奇海滩"这个地名有点儿关系,正如我先前所说,根据冰岛的古代记载,这个地名指的是梭芬一〇〇七年探索文兰期间登上的一处海滩。但这片沙滩的神奇之处,与其说在于哪个沙漠都有的蜃景,不如说在于它的长度,由此可见,北欧探险家们自己给出的命名理由——"因为花了很长时间才驶过它"②——已经是非常充足,而且更符合实际。不过,要是你从格陵兰岛出发,沿着海岸一直航行到鸳鸟湾,路上看到的沙滩肯定是多不胜数。话又说回来,且不管梭-芬有没有见到这里的蜃景,跟他一家子的梭-罗③反正是

---

① 引文出自根据洪堡著作英译的《自然奇观》(参见前文注释)。洪堡在书中说,"羚羊渴"的说法出自梵文,指的是一种蜃景,出现这种蜃景的时候,干燥无水的沙漠看起来就像一个大湖;梵文词语"मृगतृष्णा"(蜃景)本义为"鹿(羚羊)的焦渴",想来是因为蜃景会使羚羊之类的动物上当。

② 引文原文是梭罗对拉芬《美洲古史》相应拉丁文字的英译。

③ "梭-芬"和"梭-罗"的原文分别是"Thor-finn"和"Thor-eau"。梭罗这是拿两人名字的偶然相似来调侃,以此表明自己与梭芬"同宗"。

见到了，说不定，多亏了"幸运雷夫"①在之前的某次航程中见义勇为，从海中孤岩上救下了梭－某等人，梭－罗才得以来到人世，见证奇景。

这并不是我在海岬看见的唯一蜃景。海岬上靠堤岸的半边沙滩通常是平的，或者说几乎是平的，靠海的半边则倾斜向下，伸向水面。日落时分，我走在威尔弗利特境内的堤岸边缘，恍然觉得靠里的半边沙滩向着水面倾斜向上，与靠外的半边接在一起，形成了一道纵贯海岸的沙脊，沙脊有十或十二尺高，正对我立足之处的部分则总是更高一些。一直到走下堤岸之后，我才终于相信，这道沙脊只是我的错觉，尽管沙滩上有前一次潮浪留下的暗色水痕，本应该让我早早醒悟，因为水痕虽然沿着错觉变出的坡地向下延伸，但却只延伸到了坡地的腰部。②陌生人很容易发现使最老的居民感到陌生的事物，因为发现陌生事物正是陌生人的专长。前文中的养蚝老人曾经告诉我们，猎杀海鸥的时候，如果是从堤岸上往下开火，那就得瞄低一点儿才行。

我的一个邻居③告诉我，有一年的八月，他在诺申岛④用望远

---

① "幸运雷夫"（Leif the Lucky）即冰岛探险家雷夫·埃里克森（Leif Erikson, 970?—1020?）。据信他是第一个踏上北美大陆（不算格陵兰岛）的欧洲人。他曾在探索文兰归来的航程中救下一艘失事冰岛船舶的船员，由此得到"幸运雷夫"的绰号。

② 梭罗此处所说，应该是因为堤岸比沙滩和水面都高，从堤岸上俯瞰下方的时候，光线的折射使水面看似比沙滩高，造成了沙滩倾斜向上与水面相接的错觉。

③ 根据梭罗1857年8月的日记，这里的"邻居"是爱默生。

④ 诺申岛（Naushon）位于鳕鱼岬西南海滨，与玛莎葡萄园岛隔葡萄园海峡（参见前文注释）相望。

镜眺望海面，观看航行在玛莎葡萄园岛附近的一些船只。船周围的水面似乎一平如镜，以至于可以看见船的倒影，可那些船都张着满帆，说明水面肯定泛着波澜。他的同伴们认为，这是一种蜃景，也就是雾气反射形成的幻象。

站在上文所说的沙丘上，我们纵目俯瞰普罗文思顿，还有它现已空无一船的港湾，外加一片广阔的海面。尽管风大天寒，可我们依然贪恋大海的魅力，不想在天黑之前走进这个镇子，所以就掉头横穿沙漠，回到大西洋一侧，再一次沿着海滩不断前行，一直走到了急流角附近。一路之上，大海可不像读者想象的那么平静，我们的耳朵里自始至终灌满了呼、呼、呼，哗、哗、哗，嗵、嗵、嗵的声音，一刻也不曾停息。此时的海岸，几乎已经变成了东西走向。

日落之前，看过捕鱼船队返回海湾的场景之后，我们离开普罗文思顿北部的海滩，穿过沙漠走向这个镇子的东端。沙漠边缘第一座高耸沙丘长满了海滩草和灌木，从山脚蔓延到山顶，我们在沙丘上俯瞰那些灌木丛生的小山沼地，它们从北边环抱普罗文思顿，可以在一定程度上保护它免受沙漠的侵袭。眼前的原野一片荒凉，并且与沙漠接壤，涂染的秋色却美得我前所未见。它就像一张富丽至极的地毯，铺展在一片起伏不平的地面，随便什么锦缎或天鹅绒，随便什么推罗紫绸①或毛料，随便什么织机织出的布匹，都不能与它争艳媲美。它点染着佳露果的炫目绯红，滨梅

---

① 推罗（Tyre）是地中海东岸古代国家腓尼基的港口城市，古时以出产紫色染料闻名。

的赭赤，混杂着小刚松生机勃发的鲜绿，滨梅、茶莓①和滨李的暗绿，矮橡树的黄绿，以及桦树、枫树和杨树缤纷斑斓的金色、黄色和棕色，每一种色彩都自成图案，此外还有一片片浅黄的沙坡，零星散布在小山侧面，就像从地毯破洞显露的一块块白色地板。我来自内陆乡野，见惯了秋日丛林，但我眼前的这片秋色，兴许是我在海岬看到的最新奇也最特出的景观。多半是因为四围沙漠的反衬，这片原野的秋色才显得格外明艳。这幅秋景，同样是鳕鱼岬的妆奁。之前我们沿着她的大西洋一侧，连日行走在她荒凉单调的长长游廊，然后又穿过她沙子铺墁的一座座厅堂，眼下才获准觐见，踏进了她的绣房。千百张白帆你挨我挤地绕过长角，驶入普罗文思顿的港湾，它们与前景中的七彩山丘相映成趣，好似一艘艘摆在壁炉台上的玩具船。

这幅秋景之所以不同寻常，一方面是因为植被的色彩格外明丽，一方面也因为灌木长得格外低矮，格外茂密。这里的灌丛宛如一块厚厚的呢料或毛料，仿佛你若是拥有巨人的身量，便可以抓住它的包边，确切说则是抓住它拖曳到沙漠里的流苏，把它拎起来抖搂抖搂尘土，虽说它并不需要抖搂。当然喽，真要是把它拎起来抖搂的话，肯定会抖得尘土飞扬，因为积在它下面的尘土可不是一星半点儿。我们那些色彩鲜艳的毯罽，灵感岂不正是来自这样的秋景？从此以后，我要是看到一张格外富丽的地毯，细细端详它的图案，心里就会想，这几块是佳露果覆盖的山丘，那

---

① 茶莓（Boxberry，英文亦作 teaberry）即原产北美大陆东北部的杜鹃花科白珠树属小灌木匍匐白珠，学名 *Gaultheria procumbens*。

几块是茶莓和蓝莓密密生长的沼地，这几块是矮橡树和滨梅，那几块是枫树、桦树和松树。还有什么染料能跟它们相提并论？之前我可没有想到，新英格兰海岸居然有这么温暖的色彩。

我们蜿蜒穿过一片长满茶莓的沼地，翻过几座矮橡树覆盖的小山，走到了贯穿普罗文思顿大街的那条四板人行道[①]的东端，途经的沼地和小山无路可循，夜间来此的失事海员将有性命之虞。普罗文思顿是海岬上的最后一个镇子，大部分建筑坐落在同一条街道上，街道与面向东南的弧形海滩齐头并进。紧贴镇子背面的是一座座灌木丛生的沙丘，其间散布着一块块沼地和一个个池塘，这片沙丘地带呈新月形，宽半里到一里，中部还要更宽一些，沙丘之外则是占据了本镇所辖大部分土地的沙漠，朝东西北三个方向伸到海边。镇子建得十分紧凑，挤在港湾和沙丘之间一溜十到五十杆宽的狭窄空间里，现有的居民数目大概是二千六百。镇上的住宅已经抛弃渔夫木屋的样式，最终臣服于一种更现代也更做作的风格，全部都矗立在大街内侧，或者说靠木板人行道的一侧，鱼店和商铺，以及怪异惹眼的盐场风车，则建在靠海的一侧。住宅和商铺之间的一溜大约十八尺宽的狭窄海滩，便是镇上唯一的一条可容马车错车的街道，如果镇上真有不只一辆马车的话。看上去，这街道比我们之前走过的任何沙滩或沙漠都要"难走"得

[①] 据《普罗文思顿指南》(*The Provincetown Book*, 1922) 的作者南茜·史密斯 (Nancy Smith，生平不详) 及当代美国作家约翰·赖特 (John Wright) 的《普罗文思顿》(*Provincetown*, 1997) 一书所说，普罗文思顿的木板人行道建于1838年，建在普罗文思顿大街靠内陆的一侧，由一些长约六米（宽度不详）的木板按四块并排的方式拼接而成，长度与大街相当，宽度则是木板宽度的四倍。

多，因为再高的潮水也淹不着它，来往的旅人又不多，沙子由此保持着疏松的状态。我们听人说，我们正在走的这条四板人行道是用镇子分到的财政结余①建起来的，镇上居民曾经为款项的用途争论不休，最后才做出明智的决定，把这笔款子铺在脚下。尽管如此，据说还是有些人一心想拿到自个儿那一份钱，没拿到便大动肝火，以至于在人行道建成之后继续行走沙地，坚持了很长一段时间。在我有机会了解的范围之内，这是唯一的一个财政结余造福城镇的例子。用来自国库的钞票结余，去抵挡一种更大的邪恶，也就是来自大洋的沙子结余。②按照他们的计划，等这些木板烂掉之后，他们会另建一条坚实的道路。事实上，我们离开之后，他们已经大功告成，几乎忘记了跋涉沙地的艰难日子。

我们一边走，一边看镇上居民晾晒鱼干或粗砺的盐干草③，他们把这些东西拿回自己家里，又在家门口的沙滩上摊开，看起来黄澄澄的，就像从海里耙出来的一样。他们的前院看着像一块块篱墙围护的海滩，事实也的确如此，院里还长着海滩草，就跟院子偶尔会被潮水淹没似的。进了他们的院子，你没准儿还是能捡到贝壳和卵石。房屋之间有一些树木，主要是白杨、柳树和基列

---

① 据南茜·史密斯《普罗文思顿指南》所说，当时美国的安德鲁·杰克逊（Andrew Jackson，1829 至 1837 年任美国总统）政府将四千万美元的财政结余分给各州，再由各州分给各个城镇。

② 这句话暗含的意思是，政府的财政结余也是一种邪恶，因为它可以说明政府征税过度。

③ 盐干草（salt hay）即原产美洲大西洋岸的禾本科米草属植物狐米草。这种草可以充当饲料，学名 *Spartina patens*。

乳香①，有个人还给我展示了一棵小橡树，是他从镇子背后移栽来的，因为他误以为它是苹果树。当然，各人有各人的专长。他虽然不谙林木，却通晓天气变化，并且给我们提供了一条相关信息，也就是说，根据他的观察，雷雨云若是出现在涨潮时分，雷雨就不会来临。在我们到过的镇子当中，普罗文思顿的海滨成色最为十足。它仅仅是一处良港，四围是虽不坚实倒还干燥的陆地，仅仅是一片有人居住的海滩，可以供渔夫们晾晒储存捕来的海鱼，镇子后方没有任何腹地。哪怕是已经上岸，居民还是要走木板。②他们排干沼泽，拓出了几块补丁似的土地，每块地的面积通常只有六七平方杆。我们看见了一块用四道栏杆围起来的新拓土地，还看见了一道完全用戳在地里的桶板搭成的篱笆。这些东西，以及诸如此类的东西，便是普罗文思顿境内仅有的耕地和可耕土地。我们听人说，这个镇子总共有三十或四十亩耕地，可我们看见的耕地还不到这个数的四分之一，每一块都盖满了沙子，看着就跟即将被沙漠夺去似的。现如今，他们正在大规模改造各处的沼泽，想把它们变成种植蔓越橘的草地。

话又说回来，普罗文思顿绝不是什么道路不通的穷乡僻壤，

---

① 基列乳香（Balm-of-Gilead）这个名称出自《圣经》，实指欧洲大叶杨（*Populus balsamifera*）和东部灰杨（*Populus deltoides*）杂交而得的香叶杨（*Populus ×jackii*）。

② "走木板"原文为"walk on planks"，一语双关，既指涉普罗文思顿居民拥有木板人行道的事实，又指涉海盗采用的一种名为"走木板"（walking the plank）的杀人方法，亦即强迫身遭捆绑的俘虏走上一块从船上伸到海面的木板，直至木板尽头落水淹死。

而是坐落在航路的中央，航海者得有上好的运气，夜里才不至于撞到它的身上。它挨着一条贸易干道，每一年都有籍贯遍及全球的客人上门造访。

时值周六夜晚，捕鲭鱼的船队几乎都比我们先回港湾，例外的只有晨间南下查特姆的那个分队。我们站在观赏海湾日落的小山上数了数，发现港湾里停着两百艘模样中看的多桅纵帆船，离岸或近或远，还有一些正在绕过海岬往这边开。每艘船抛锚之后，马上就收起船帆，在风中掉转船头，把船上的小艇放下去。这些船就是我们先前所见，就是那座船身隐没在地平线下的白帆之城，大都来自威尔弗利特、特鲁罗和安妮岬。如今它们近在眼前，桅杆裸露，看起来便黑得出人意表，μέλαιναι νῆες①。一个渔夫告诉我们，捕鲭鱼的船队共有一千五百艘船，有次他数了数同时停泊在普罗文思顿港的渔船，竟然有三百五十艘之多。因为水太浅，渔船必须泊在离海岸相当远的地方，这一来，港湾里的船只数目看着就比大城市的码头还多。白天它们一直在海上活动，仿佛是为了给沿着大西洋岸往西北边走的我们提供娱乐，所以我们觉得，眼下它们天黑归航，在我们刚到普罗文思顿的时候蜂拥入港，似乎也是为了迎接我们，让我们近距离瞧瞧它们的模样。它们次第驶过急流角和长角，速度有快有慢，让我想起了归巢的禽鸟。

这些都是正宗地道的新英格兰船只。据那位编年史家的弟弟，

---

① 希腊文引文出自荷马史诗《伊利亚特》第二卷第五二四行，意为"黑色的舰船"。

摩西·普林斯①一七二一年的日记所说，他曾于该年造访格洛斯特，而在他造访大概八年之前，安德鲁·罗宾逊在该镇建造了全世界第一艘"schooner"（多桅纵帆船）。②同一个世纪晚些时候，一个名叫科顿·塔夫茨的人为我们提供了较为详尽的"schooner"传说，是他在造访格洛斯特的时候听来的。③按照塔夫茨的说法，罗宾逊建造了一艘桅杆索具与众不同的船，船刚刚滑下船架的时候，一个旁观者喊道，"哎哟，它 scoon（滑）得可真快！"罗宾逊应声答道，"那就叫它'schooner'好了！""从此以后，"塔夫茨说，"像这样支桅牵索的船就用上了'schooner'这个名字。在此之前，欧洲人还没有见过这样的船。"④（见《马萨诸塞历史学会资料汇编》第一辑第九卷及第四辑第一卷。）可是我很难相信这样的说法，原因是照我的感觉，多桅纵帆船历来就是最典型的一种船。

---

① 摩西·普林斯（Moses Prince, 1696—1745）为出生在马萨诸塞的医生及海员，《新英格兰编年史》作者托马斯·普林斯（参见前文注释）的弟弟。

② 这里的格洛斯特（Gloucester）为马萨诸塞海滨城镇，以渔业闻名；安德鲁·罗宾逊（Andrew Robinson, 1679—1742）为格洛斯特海员及造船师；这里说的事情出自《马萨诸塞历史学会资料汇编》第四辑第一卷（1852年刊行）收载的《洛厄尔教士的补正》（"Notices: Communicated by Rev. Dr. Lowell"）。该文作者是美国教士及神学博士洛厄尔（Charles Russell Lowell Sr., 1782—1861），文中引用了摩西·普林斯1721年9月25日的日记。

③ 科顿·塔夫茨（Cotton Tufts）不详所指，可能是马萨诸塞医生科顿·塔夫茨（Cotton Tufts, 1734—1815）。这里说的事情出自《马萨诸塞历史学会资料汇编》第一辑第九卷（1804年刊行）收载的《关于"Schooner"一词：科顿·塔夫茨先生来信》（"Of the Word Schooner: A Communication from Cotton Tufts, Esq."）。据该文所说，塔夫茨造访格洛斯特的时间是1790年。

④ 引文出自《关于"Schooner"一词：科顿·塔夫茨先生来信》。

按照新罕布什尔州曼彻斯特居民钱·伊·波特①的说法,"schooner"一词确实是新英格兰的土产,源自印第安词语"*schoon*"或"*scoot*",意思是"飞奔",它的出处跟"Schoodic"这个地名一样,后者源自"*scoot*"和"*anke*",意思是"水流飞奔的地方"。②注意,某位格洛斯特居民将会向波士顿的一个谱系协会宣读一篇相关论文,日期是一八五九年三月三日③,详情可参看《波士顿日报》④。

普罗文思顿居民出门的时候,几乎都得走我前面说的这条四板人行道,这样一来,只要你自始至终待在户外,十之八九就能在一天之内碰见所有那些走出家门的本镇居民。这天傍晚,木板人行道上挤满了出海归来的渔夫。返回旅馆的路上,我们

---

① 钱·伊·波特(C. E. Potter)即钱德勒·伊斯特曼·波特(Chandler Eastman Potter, 1807—1868),为美国律师及历史学家,曾在新罕布尔城镇曼彻斯特(Manchester)担任法官。

② 这里的说法出自《缅因历史学会资料汇编》(*Collections of the Maine Historical Society*)第一辑第四卷收载的《〈阿布纳基语言〉补遗》("Appendix to Language of the Abnaquies")。该文为钱·伊·波特所撰,是对《缅因历史学会资料汇编》之前收载的他人文章的补遗。据该文所说,"Schoodic"是美加界河圣十字河(St. Croix)的印第安名字。

③ 这里的"格洛斯特居民"应该是指格洛斯特学者约翰·巴布森(John Babson, 1809—1886)。据1859年的《新英格兰历史及谱系学会会刊》(*The New England Historical and Genealogical Register*)所说,1859年3月2日,巴布森在该学会(位于波士顿)宣读了他即将出版的《格洛斯特史》(*History of the Town of Gloucester*, 1860)的一个章节。梭罗在后文中引用了《格洛斯特史》。

④ 《波士顿日报》(*The Boston Journal*)是从1833年开始在波士顿刊行的一份日报,1917年并入《波士顿先驱报》(*Boston Herald*)。

时而把好走的道让给他们，时而又向他们借来好走的道，礼尚往来，不亦乐乎。旅馆的东家是个裁缝，把衣铺开在自家大门的一侧，旅馆开在另一侧，他的日子似乎也分成了两半，一半切肉，一半裁衣。

　　第二天早上，虽然说天寒风烈甚于前日，可我们还是再次走进了沙漠，因为我们这些天从早到晚都是在户外度过，承受着时或有之的日晒，以及从无间断的风吹。出发之后，我们先是穿过镇子西南端一片灌木丛生的丘陵，丘陵在锚扣沼地的西边，这片沼地的名字十分形象——因为我们起初是按内陆人望文生义的办法来理解这个名字的①——增添了它在我们眼中的分量。接下来，我们横越沙地，走到急流角往南三里处的海边，继而掉头向东，穿过沙漠，走到了我们头天傍晚离开海边的地方。我们在沙漠中蜿蜒行走了五里或六里，也没准儿是九里或十里，走过一个又一个巨大的沙质浅盘，从沙盘中央望不见一丝一缕的植被，只看见一片片稀疏的海滩草耸出远处，为沙盘添上一圈凸边，四围的沙地斜斜铺展，向着凸边缓缓抬升。这一路自始至终风刀割面，像一月一样寒冷，事实上，这之后将近两个月的时间里，我们再没有碰上这么冷的天气。这片沙漠从海岬尽头发端，穿过普罗文思顿伸入特鲁罗境内，穿行其间之时，虽然说天寒不似阿拉伯沙漠，

---

　　① 据《普罗文思顿概况》（参见前文注释）所说，锚扣沼地（Shank-Painter Swamp）是该镇最著名的一片沼地，有一英里长。"Shank-Painter"意为"锚扣"，亦即把锚杆固定在船边的短绳或短链，但这个词亦可照字面理解为"小腿漆匠"或"杆子画师"，与沼地的秋色产生联系。

我们还是无数次地想起了莱利《信史》中关于他被困该地的记述①。我们的眼睛把地平线上的一片片海滩草放大成了一块块麦田,多半还受了蜃景的捉弄,高估了沙盘凸边的高度。后来我高兴地从卡尔姆的《北美游记》②当中读到,圣劳伦斯河下游的居民把这种草（*Calamagrostis arenaria*）和海赖草（*Elymus arenarius*）通称为"*seigle de mer*"③。卡尔姆还补充说,"我非常肯定,这些植物大量生长在纽芬兰岛,以及北美的其他海岸。长满这些植物的地方,远看就像是大片的麦田,这也许可以解释,我们北欧的记载为什么会在关于美妙文兰（即 *Vinland det goda*,译者注）的篇章（他这段文字是一七四九年写的）中说,他们在当地看到了整片整片的野生小麦。"④

---

① 莱利即美国海员詹姆斯·莱利（James Riley, 1777—1840）。1815 年,莱利担任船长的美国商船"商业号"（*Commerce*）在非洲海滨失事,全体船员身陷撒哈拉沙漠,沦为奴隶,受尽折磨,最后才在英国商人威廉·威尔谢尔（William Willshire, 1790?—1851）的帮助下脱困。1817 年,莱利出版了记述这一经历的《美国双桅横帆船"商业号"失事信史》(*Authentic Narrative of the Loss of the American Brig Commerce*)。

② 卡尔姆《北美游记》见前文注释。

③ 圣劳伦斯河（St. Lawrence）是从美国流入加拿大的一条大河,下游是加拿大的法语区;海滩草即美洲沙茅草,见前文注释;海赖草（Sea-lyme grass）即原产大西洋及北欧海滨的禾本科赖草属植物沙赖草;"*seigle de mer*"是法文,意为"海黑麦",梭罗说他觉得高兴,是因为这个名字印证了他的观感。

④ 引文出自约翰·福斯特（参见前文注释）《北美游记》英译本,括号里的文字是梭罗加的。福斯特在此处的译注中说:"文兰（wine-land,即前文曾提及的 Vinland）即'*Vinland det goda*',意为'美酒乐土',是古代斯堪的纳维亚航海者对美洲的称谓。"卡尔姆是北欧人,所以有"我们北欧的记载"之说。

海滩草"高二至四尺,呈海绿色"[1],据说是广布于世界各地。赫布里底群岛的居民把它编结起来,制作鞍子、口袋、帽子之类的物品,本州多切斯特[2]的居民用它造纸,牲畜则以它的嫩叶为食。它长着类似于黑麦的穗子,长度从六寸到一尺不等,靠根和种子都能繁殖。为了体现它对沙地的热爱,一些植物学家把它命名为 *Psamma arenaria*,"*Psamma*"是希腊文的"沙",再加上意为"沙质的"的拉丁词语"*arenaria*",合起来就是"沙质的沙"。它的根牢牢抓住沙地,叶子却被风吹得四处摇摆,由此在沙地上画出无数圆圈,标准得跟圆规画的一样。

这片沙漠的景色十分单调,达到了人能想象的极限。我们当时看到的动物只有蜘蛛,因为蜘蛛几乎无处不有,雪堆、冰水和沙地里都能找见。此外还有一种百足虫,或者说千腿虫,又长又细,一看就不是善类。我们惊讶地发现,这样的一片流沙之中,居然也有一些口沿跟石砌井壁一样坚硬的蜘蛛洞。

六月里,这片沙漠布满了大小乌龟夜出活动的足迹,足迹在沙漠和沼地之间来来回回。有个土生土长的居民[3]在沙漠边缘经营着一片"农场",熟知普罗文思顿的各种小道消息,他告诉我,这一年的春天,有个人在这里逮到了二十五只拟鳄龟[4]。他自个儿也

---

[1] 引文出自埃蒙斯(参见前文注释)与他人合著的《马萨诸塞草本植物及四足动物报告》(*Reports on the Herbaceous Plants and on the Quadrupeds of Massachusetts*, 1840)。

[2] 多切斯特(Dorchester)为马萨诸塞海滨城镇,1870 年并入波士顿。

[3] "土生土长的居民"原文为拉丁文"*terræ filius*"。

[4] 拟鳄龟(snapping-turtle)是鳄龟科拟鳄龟属的一种大型淡水龟,广泛分布于北美东部,学名 *Chelydra serpentina*。

有一套逮乌龟的方法,那就是在钓鲭鱼的鱼钩上挂一只蟾蜍,然后把鱼钩投进池塘,鱼线则拴在岸边的树桩或木柱上。上了钩的乌龟会无一例外地顺着鱼线爬上岸来,待在树桩旁边等人来逮,多晚去逮都逮得到。他还说,这里见得到水貂、麝鼠①、狐狸、浣熊和野鼠,但却没有松鼠的影踪。我们听人说,海滩上和东港沼地里都出现过水桶那么大的海龟,但我们并未获知,它们究竟是这里的土产,还是从某艘船上掉下来的。它们既然出现在这么靠北的地方,兴许应该是咸水泥龟,要不就是光滑泥龟②。在除了沙子和海滩草别无一物的地方,仍然可以遇见许多蟾蜍。此前在特鲁罗,我看到干燥的沙地里到处都有跳来跳去的大蟾蜍,浅浅的体色与沙子一致,数量多得让我吃了一惊。此地沙滩的常见动物还有蛇类,沙滩上的蚊虫滋扰也有甚于我以往的全部经历。我来的这个季节,植根沙地的草莓正在沙漠边缘的小沟小谷里繁茂生长,支棱在丛生的海滩草之间。除此而外,这儿的山丘上多的是唐棣(*Amelanchier*)的果实,也就是当地人口中的"卓什梨"(这名字是像有些人认为的那样,由"多汁梨"讹变而来吗?)③。我偶

---

① 麝鼠(muskrat)是仓鼠科麝鼠属的唯一物种,学名 *Ondatra zibethicus*,为原产北美的中型半水栖啮齿类动物,因分泌物气味类于麝香而得名。

② 据美国作家塞缪尔·古德里奇(Samuel Goodrich, 1793—1860)的《图绘动物王国自然史》(*Illustrated Natural History of the Animal Kingdom*, 1859)第二卷所说,咸水泥龟(Salt-water Terrapin)的学名是 *Emys palustris*,光滑泥龟(Smooth Terrapin)的学名是 *Emys terrapin*。根据国际自然保护联盟龟类分类工作组编写的《世界龟类》第八版(*Turtles of the World*, 2017),这两个学名都是 *Malaclemys terrapin* 的异名,都是指原产美国东部等地的泽龟科钻纹龟属动物钻纹泥龟。

③ "卓什"(西方常见人名)的原文"Josh"与"多汁"的原文"juicy"发音相近。

然碰见一个热心人,他把我领到了采草莓的最佳去处。他对我说,要不是看我是个外乡人,来年不可能抢在他的前面,他肯定是不会带我来的,所以我自感义不容辞,必须为他保守这个秘密。我跟他走到一个池塘边上的时候,他恪尽地主之谊,像辛巴达①那样把我背了过去。受人滴水之恩,理当涌泉相报,要是他哪天来到我的地界,我也会为他奔走效劳。

我们在沙漠中一个地方看见了无数枯树的颠梢,支棱在别无他物的连绵沙地里,后来我们得知,三四十年之前,这地方曾是一片繁茂的树林,现如今,枯树颠梢一年一年地出露地面,当地居民便砍了来当柴烧。

这一天,我们没有看见任何人在镇子外面活动。天这么冷,很多人都会觉得不宜外出,比如说已经看过海岬背面的人,以及为数更多压根儿就不想看的人,于是我们看见,沙漠里几乎没有人迹。可是我听说,每当天气恶劣,便有一些人跑到海岬的背面,日夜守望失事的船舶,想找份卸货之类的工作,由于他们的存在,失事的海员往往可以得到救援。话又说回来,总体而言,本地居民很少走进这片沙漠。有个人告诉我,他在普罗文思顿住了三十年,其间却从未踏足海岬的北侧。哪怕你是当地居民,若是在雪暴天气走到镇子背面,有时也会迷途失路,陷入几乎送命的险境。

---

① 辛巴达(Sindbad)是中东及南亚民间故事集《天方夜谭》(*Arabian Nights*,即《一千零一夜》)当中的航海家。在第五次航海历程中,辛巴达遭遇海难流落荒岛,好心去背一个老人过河,不料老人用双腿紧夹住他的脖子,日日夜夜骑在他的头上,再也不肯下来。辛巴达受尽折磨,趁老人醉酒之机才得逃脱。

这里的风不属于那个通常与沙漠相关联的类别，不是"西热渴"或"咒猛"①，而是一种新英格兰东北风。我们在沙丘下面寻求庇护，结果是枉费心机，因为风绕着沙丘打转，把沙丘车成了一个个圆锥，无论我们坐在沙丘的哪一边，它笃定能找到我们。我们时或伏下身子贴近沙地，就着一些盛满清澄淡水的小水洼喝水，十有八九，这些水洼是某个池塘或沼泽仅有的遗迹。空气中弥漫着霰雪一般的尘埃，刀尖似的沙子把脸颊扎得生疼，我们由此想到，要是天变得更干，已经不可能再大的风变得更大，我们会面对怎样的处境——会面对一片裹挟着全部家当在空中迁徙的沙洲，会面对一只九尾猫，不对，会面对一只每条尾巴都长了刺的万尾猫，承受猫尾的抽打②。有一位姓惠特曼的先生③，曾经担任威尔弗利特的牧师，他常常写信给内陆的朋友，说风沙把他家的窗子刮得一塌糊涂，迫使他每个星期都得换一块新的玻璃，这样才能看见外面。

沙漠延伸到与灌木林交界的地方，看起来就像一排即将淹没林子的巨浪，因为沙漠尽头是一道突兀的沙崖，比林中树木生长的地面高好多尺，而且部分地埋住了林子外围的树木。曾

---

① "西热渴"（Sirocco）是从北非沙漠地带吹向南欧的一种热风，英文"sirocco"源自阿拉伯文词语شرق（东风）；"咒猛"（Simoon）是北非及阿拉伯半岛沙漠里的一种炙热沙暴。英文"simoon"源自亚拉姆语词语"*sammā*"（毒药）。

② 这句话暗指西方古时的刑具"猫爪九绺鞭"（cat o'nine tails）。这种鞭子有多股鞭梢，材质通常是皮条或棉绳。"cat o'nine tails"的字面意义是"九尾猫"。

③ 即列维·惠特曼（Levi Whitman, 1748—1838），《威尔弗利特详况》（参见前文注释）一文的作者。

经有人声称，英格兰的移动沙丘与这片沙漠相似，那里的情形是海浪卷来或陆地风化的沙子堆成沙丘，然后借风力推动向内陆挺进，这里的情形则是一股沙子的潮水，在海浪海风的驱策之下，从大海缓缓流向城镇。东北风据说最为强劲，搬移沙子的头号干将却非西北风莫属，因为它最为干燥。在以前，比斯开湾海滨的许多村庄就是让西北风给毁掉的。我们看见的一片片形成沙盘凸边的海滩草，有一些是政府多年之前种植的，为的是保护普罗文思顿港和海岬尽头的土地，这是我听一些当年的种草雇工说的。据我前文征引过的《东海岸概况》所说，"春夏两季，海滩草能长高两尺半左右。如果草丛四周都是裸露的沙滩，秋冬两季的风暴就会围着草丛垒起沙堆，几乎垒到草丛的顶部。海滩草会在来年春天再次抽芽，来年冬天又再次被沙子覆盖，就这样，草和沙子垒成的山丘或山脊不断增高，直到它的底座无法支撑它继续膨胀，或是周围的沙地也长满了海滩草，沙子不再被风吹跑。"这样形成的沙丘有时能达到一百尺高，像雪堆或阿拉伯帐篷一样千姿百态，形状还不停地变来变去。海滩草在沙地里扎得很牢，如果我使劲儿拔它，它的主干通常会在地下十寸或一尺的位置断掉，断口四周长着无数的侧枝，可见断处就是去年地面所在的地方，因为这些侧枝圆鼓鼓的，又直又硬，它们的长度就是去年沙子堆积的高度。拔草的时候，有时会连带着拔起时间更早、埋得更深的已死残茬，以及附在残茬上的一些腐烂更甚的侧枝。沙丘的年龄，以及它最近几年的增高速度，由此便得到了相当准确的记录。

英格兰植物学家老杰拉尔德①,在他那本书的第一二五〇页写道:"我发现,史铎在《编年史》②的一五五五年大事记当中写到了一种他们所称的豆子或豌豆,而他之所以写到这种豌豆,是因为它为穷人提供了奇迹般的赈济,帮他们捱过了那一年的大饥荒。(他写道)在萨福克海滨,奥福德镇和奥尔德博罗镇③之间,有一片只有坚硬岩石和卵石的海滩,当地人称之为岩礁。那是个寸草不生、寸土不见的荒瘠地方,那一年的八月却未经耕耘播种,突然长出了大量豌豆,当地穷人从那里采走了(估计多达)一百夸脱以上的豌豆,那里的豌豆荚和豌豆花却似乎丝毫不见减少。诺里奇主教和威洛比勋爵④带上大批随从,骑着马去那里考察,发现从豌豆根往下三码的范围内只有坚硬的岩石,但豌豆根仍然长得又粗又长,十分甜美。"杰拉尔德还告诉我们,格斯纳从盖尤斯医生⑤那里获知,那里的豌豆足以养活好几千人。他接着写道,"毫

---

① "老杰拉尔德"即英格兰植物学家约翰·杰拉尔德(John Gerard, 1545?—1612),他在他人著作的基础上编成了《草木志或植物通史》(*The Herball, or, Generall Historie of Plantes*)一书,本段引文皆出自该书。

② 史铎(John Stow, 1524/1525—1605)为英格兰历史学家,著有《英格兰编年史》(*The Annales, or Generall Chronicle of England*)。

③ 萨福克(见前文注释)是英格兰东部的一个郡,奥福德(见前文注释)和奥尔德博罗(Aldborough)均为该郡滨海城镇。

④ 当时的诺里奇(Norwich)主教辖区覆盖诺福克郡(Norfolk)的大部分地区及萨福克郡的一部分,当时的诺里奇主教是约翰·霍普顿(John Hopton, ?—1558),当时的威洛比勋爵是威廉·威洛比(William Willoughby, 1515?—1570)。

⑤ "格斯纳"即康拉德·格斯纳(Conrad Gessner, 1516—1565),瑞士医生及博物学家;"盖尤斯医生"(Dr. Cajus)即曾担任英格兰内科医学院院长的约翰·盖尤斯(John Caius, 1510—1573)。

无疑问，豌豆已经在那里生长多年，只不过一直无人发现，是饥饿迫使人们留意它们，擦亮了人们的眼睛，因为我们同胞的眼睛通常十分昏昧，尤其是在从自然界寻找食物这个方面。我可敬的友人阿琴特医生①曾经告诉我，他多年前去过那个地方，还吩咐他的仆人用手扒开海滩，去捋这种豌豆的根，捋出来的根几乎已经有他仆人的身高那么长，但还是没有到头。"杰拉尔德并没有见过这种豌豆，所以无法确定它的品类。②

德怀特在《新英格兰游记》③当中说，在以前，特鲁罗居民每年四月都会收到当局依法发出的通知，要求他们种植海滩草，就跟其他地方的居民收到修路通知一样。他们会挖出一捆一捆的海滩草，再把每捆草分成几个小捆，按三尺左右的间距一排一排地种下去，相邻的两排虚实互补④，以便挡风。海滩草自然会迅速蔓延，因为成熟的草籽会压弯草茎的颠梢，直接掉到旁边的地面，

---

① "阿琴特医生"（Dr. Argent）可能是指曾多次担任英格兰内科医学院院长的约翰·阿琴特（John Argent, ?—1643）。

② 在《威尔弗利特的养蚝人》一篇当中，梭罗提到了奥福德居民靠滨豆捱过1555年饥荒的事情，由此可见，这里说的"豌豆"就是滨豆，可参看前文相关记述及注释。

③ "德怀特"即美国教育家及作家蒂莫西·德怀特（Timothy Dwight, 1752—1817），著有《新英格兰及纽约游记》（*Travels in New-England and New-York*, 1821—1822）。

④ "相邻的两排虚实互补"原文为"arranged as to break joints"。从德怀特原书来看，这里的"break joints"是一个木工术语，以镶墙板为例，"break joints"的意思是使相邻两排墙板的接缝相互错开，以免接缝连成一条直线。这个说法用于种草，意思是种第二排草的时候，要使每一丛草刚好对着第一排草的草间间隙，使风不能直线前进。

就地生根发芽。举例来说，特鲁罗和普罗文思顿之间的一块土地曾在上个世纪被海水冲垮，后来却借由种草得到了恢复。那附近如今有条公路，筑路的方法是把密布草根的草皮翻过来铺在沙地上，一块紧挨一块，路的中央铺两层，然后在路两侧的沙地上分别种一条六尺宽的灌木带，再按上文所说的方法在沙岸上种几排间距整齐的海滩草，并在沟谷边缘竖起一道灌木篱墙。

大约三十年前，马萨诸塞州政府第一次注意到了风沙侵袭对鳕鱼岬港造成的威胁，于是委派专员来进行实地考察。一八二五年六月，专员们在报告中说，由于"港湾背面大洋一侧的树林和灌木遭到砍伐，海滩草也遭到破坏"，原来的地表变得支离破碎，并在风力作用之下向着港湾移动，之前的十四年里，地表剥蚀的范围达到了"半里宽，约四里半长"。"有个地方几年前还是鳕鱼岬上数一数二的高处，覆满树林和灌木"，如今却变成了"一大片沙丘起伏的荒漠"。除此而外，之前的十二个月里，沙漠"向港湾推进了平均五十杆的距离，沙化的范围长达四里半！"如果不采取措施来遏制这种势头，蔓延的沙漠就会在短短几年之内毁掉港湾和镇子。有鉴于此，专员们建议用海滩草构筑一条宽十杆、长四里半的弧形防护带，同时禁止居民砍伐灌木，或是在户外放养牛马绵羊。

我听说，政府为这项工程总共投入了大约三万元的资金，只不过有人抱怨，很大一部分资金都跟大多数的公共开支一样，花得不是地方。有人说，就在政府极力捍卫海湾、在镇子背后广种海滩草的同时，镇上的居民却在用推车往港湾里填沙子，为的是从海里夺来盖房子用的土地。不久前，专利局从荷兰进口了这种草的种子，然后分发到全国各地，然而十之八九，我们拥有的草种本来就跟荷兰人一样多。

就这样，海滩草仿佛是千万条细细的缆绳，将鳕鱼岬系在了天国的港湾，倘若这些缆绳纷纷折断，鳕鱼岬就会彻底变成一艘失事的残船，沉底只在旦夕之间。在以前，鳕鱼岬的奶牛可以到处乱跑，由此吃掉了绾系海岬的许多条缆绳，险些像那头吃掉草绳放跑小船的公牛一样[①]，使得海岬随水漂走。还好，奶牛已不再享有四处游荡的权利。

特鲁罗境内有一片包含大量可征税产业的土地，新近被划给了普罗文思顿，我听一个特鲁罗居民说，他们镇的人正在商量去议会请愿，希望把毗邻那片土地的一里土地也划给普罗文思顿，一是为了让普罗文思顿吃肥肉的时候捎上点儿瘦肉，二是为了让普罗文思顿负责照管贯穿那块土地的道路，因为那块土地全部的价值不过是把海岬连成一个整体，就连这点儿价值也不是总能实现。然而，普罗文思顿坚拒他们送出的这份礼物。

东北风吹得实在强劲，以至于尽管天气寒冷，我们还是决定去大西洋一侧看看海浪，毕竟这天上午，我们耳朵里一直灌满了海浪的喧声。于是我们继续向东穿越沙漠，在普罗文思顿的东北

---

① 梭罗这个说法，可能来自1840年1月25日的英国周刊《钱伯斯爱丁堡杂志》(*Chambers's Edinburgh Journal*)。该期杂志载有英国演员及剧作家乔治·史蒂文斯（George Alexander Stevens, 1710—1780）的文章《往昔时代的伦敦怪人》("Odd London Characters of Former Times")，文中讲述的故事之一是一头公牛跳上小船，吃掉了系船的草绳，由此与小船一同随水漂走，公牛的主人和小船的主人为此对簿公堂。

边再次踏上海滩，挺身承受刺骨狂风的全力冲击。大海以磅礴之力拍击这里的广阔浅滩，离岸半里之内的海面化作一整片白茫茫的浪花，在风中发出震耳的轰鸣，我们几乎听不见自己说话的声音。关于这片海岸，书中写道："来自东北的风暴最为猛烈，对海员来说也最为致命，它时常裹挟雪片，直接吹上陆地。岸边会涌起强劲的水流，而船只还得顶着这样的风暴奋力北上，这样才能驶入港湾。它们若是不能成功地绕过急流角，就会被风暴撑上海岸，遭遇无法避免的海难。正因如此，这片浅滩上到处都是船只的碎片。"① 不过，自从高地灯塔建成之后，这片海岸已经不再像以前那么危险，如今的海难据说大多发生在灯塔以南，尽管在此之前，那里几乎没有海难。

这是我们所见最狂暴的海洋，所以我同伴断言，它比尼亚加拉的飞瀑急流还要**闹腾**，当然，闹腾的规模也比尼亚加拉大得多。这是晴朗寒天里狂风肆虐的大洋，我们眼前只有孤零零一点帆影，那艘船正在苦苦挣扎，似乎是急于靠港避风。我们到海边的时候正值高潮，有一大段海滩迎来了一波又一波的大浪，一直冲到海滩上非常高的地方，使人很难从浪头和沙岸之间通过。往南去沙岸更高，穿行海滩是一件十分危险的事情。有个本地人告诉我，许多年以前，他的三个小伙伴跑上威尔弗利特东边的海滩，去看一艘失事的船。他们趁落潮的时候跑到了船边，看见涨潮便掉头往沙岸跑，可海水迅速地追了上来，冲垮沙岸，把他们活生生埋在了下面。

---

① 引文出自弗里曼《巴恩斯特博县东海岸概况》。

这便是咆哮的大海，θάλασσα ἠχήεσσα①，

ἀμφὶ δὲ τ᾽ ἄκραι
Ἠϊόνες βοόωσιν, ἐρευγομένης ἁλὸς ἔξω
大海澎湃向前，
涛声回荡在四围崖岸的峰巅。②

我们伫立原地，观看这幅场景，心里面渐渐确信，在这里捕鱼和在池塘里捕鱼，从哪个方面来看都不是一回事，而那些一定要等风平浪静才出海的人，兴许永远也别想瞥见鲭鱼的闪闪鳞光，永远也别想够到鳕鱼，就像够不到议院的鳕鱼木雕③一样。

我们徜徉海边，最终被寒风冻得半死，甚至产生了去"慈善之家"避风的念头，此时我们已走过比船只绕过海岬还长的路程，于是便掉转饱经风霜的面庞，再次向普罗文思顿和海湾走去。

---

① 希腊文引文出自荷马史诗《伊利亚特》第一卷第一五七行，意为"咆哮的大海"。
② 引文原文是梭罗对前面两行希腊文诗句的英译，希腊文诗句出自荷马史诗《伊利亚特》第一七卷第二六四行和第二六五行。
③ 议院的鳕鱼木雕见前文注释。

十　普罗文思顿

第二天清早，我走进旅馆附近的一家鱼店，看到有三四个人正忙着用推车把腌鱼运到门外，摊在地上晾晒。这些人告诉我，最近有艘船从大浅滩驶来此地，船上载了四万四千条鳕鱼。据蒂莫西·德怀特所说，就在他即将抵达普罗文思顿的时候，"一艘多桅纵帆船从大浅滩载来了五万六千条鳕鱼，总重将近一千五百担[1]，这还仅仅是一次航程的渔获。返航途中，即便在风平浪静的时候，这艘船的主甲板也比水面低八寸。"[2] 这家店的鳕鱼刚刚腌好，在地上堆了几尺高，三四个人穿着牛皮靴子站在鱼堆上，用一种只装了一个铁尖的工具往推车上叉鱼。一个小伙子边叉鱼边嚼烟草，一而再再而三地往鱼堆里吐唾沫。我说先生啊，我心里想，那个岁数大点儿的看见你这么干，肯定要说你的呀。可我很快就看见，岁数大点儿的那个也在干同样的事情。此情此景，让我想起了士麦那[3]的无花

---

[1] 这里的"担"（quintal）为英制计量单位，相当于一百磅（约合四十五公斤）或一百一十二磅（约合五十一公斤）。

[2] 引文出自德怀特《新英格兰及纽约游记》。

[3] 士麦那（Smyrna）为土耳其港口城市伊兹密尔（Izmir）的旧称，该地历来以盛产无花果闻名。

果。① 我问他们，"腌这些鱼要多长的时间？"

"天气好的话要两天，先生，"有人如是回答。

我横穿街道，回旅馆去吃早餐，主人家问我，要吃"鱼糜还是菜豆"。我选了菜豆，虽说我向来不爱吃这种东西。第二年夏天，我发现餐单上依然只有这两个选择，主人家也依然以这两个词为根本，变着法子做文章。前一种菜肴包含比例可观的鱼肉，可你要是在内陆旅行，同一种菜肴就会以土豆为主。事有凑巧，我没有在鳕鱼岬品尝任何一种鲜鱼，而且我确信，这儿的人吃鲜鱼没有内陆人吃得多。这里是腌鱼的地方，有时也是旅人厌鱼的地方。② 普罗文思顿没有本地屠宰的新鲜肉食，酒馆虽然供应少量的鲜肉，但也是靠汽船从波士顿运来的。

这里的许多房屋都被高及窗台的晒鱼架四面包围，只有大门口留着一条两三尺宽的狭窄通道，这一来，如果你望向窗外，看见的就不是什么花床草地，而是无数平方杆腔子朝外的鳕鱼。据说在仲夏时节的晒鱼佳日，这些精心构筑的庭院尤其不像花园。晒鱼架的年代有早有晚，形制千差万别，其中一些覆满了锈迹苔

---

① 梭罗这么说，应该是因为爱尔兰作家及废奴主义者理查德·麦登（Richard Madden, 1798—1886）的相关描写。麦登曾在《土耳其、埃及、努比亚及巴勒斯坦游记》（*Travels in Turkey, Egypt, Nubia, and Palestine*, 1833）第一卷当中如是记述他的士麦那见闻："我从没见过比包装无花果更恶心的工作。一间巨大无比的仓房，果子乱七八糟堆在地上，五六十个邋里邋遢的妇人，带着哼哼唧唧的婴儿蹲坐在果子堆里……靠唾沫和揉搓来去除坚韧的果皮……从此以后，我发誓不吃无花果。"

② 这句话里的"腌"和"厌"原文都是"cured"，"cure"一词兼有"腌制"和"使……厌倦"二义。

痕，看上去仿佛是此地渔业的祖师爷用过的东西，还有一些受不住连年丰收的重压，眼下已经散了架。这时节，本地居民的首要活计似乎是早上用推车把鱼运出去摊开，晚上再收回来。我看见好些个闲汉，就因为碰巧出门早了一点儿，结果就被急于把好天气用到十足的邻居抓个正着，摊上了把鱼推出去晒的工作。现在我可知道，咸鱼是从哪儿来的了。它们到处都是，四仰八叉躺在地上，支棱着好似水兵外套翻领的胸鳍，邀请所有的生物到它们的胸腔里去歇息，所有的生物也欣然接受了它们的邀请，只有几种除外。顺便说一句，依我看，要是把一条大咸鱼套在一个小男孩身上的话，肯定就像是给他穿了一件款式特别的外套，我见过许多人穿那种外套去参加民兵会操。堆在码头上的咸鱼，看着跟没剥树皮的枫木和黄桦木垛子差不多，我起初就把咸鱼堆认成了木垛，但从某种意义上说，咸鱼确实是木头，是维持我们生命之火的燃料，是一种生长在大浅滩的东部木材①。有一些咸鱼堆好似一个个巨型的花钵，堆码的方法是让鱼的尾巴全部朝外，拼成一个小小的圆饼，就这样一层一层往上码，每一层的圆饼都比前一层的大，码到三四尺高的时候再迅速减小圆饼的尺寸，码出一个圆锥形的顶盖。新不伦瑞克的海滨居民还会给这种咸鱼堆盖上桦树皮，再用石头压住，这样就不怕雨淋，可以静待咸鱼干透，然后打包出口。

传言说每逢秋季，本地人有时会拿鳕鱼的脑袋来喂奶牛！这是鳕鱼身上最神圣的部位，构造跟人的脑袋一样奇妙，容量其实

---

① "东部木材"可参看前文关于"东部木料"的叙述及注释。

也比人小不了多少，居然会落得这样的下场！供奶牛大嚼特嚼！我禁不住觉得，我自个儿的脑壳也开始在同情驱使之下嘎吱作响。要是有某种栖居在天穹岛屿的高等生物，把人的脑袋砍下来喂他们的奶牛，那会怎么样？你那颗聪颖的头脑，那座容纳思维与直觉的殿堂，就这么与你分道扬镳，去扩充一头反刍动物的反刍之食！还好，有个本地居民信誓旦旦地告诉我，他们并没有养成用鳕鱼脑袋喂奶牛的风习，奶牛仅仅是偶尔**想**吃鳕鱼的脑袋而已，更何况，哪怕我在这里住上一辈子，没准儿也看不见牛吃鱼头的场景。奶牛如果缺少盐分，有时还会去舔晒在架子上的鳕鱼，把鱼身上的柔软部分舔个精光。他想要说服我相信，牛吃鱼头的传说就是这么来的。

这个或那个民族拿鱼来喂牛喂马或喂羊，无非是一种经久不衰的旅途异闻或旅人谤讪，到现在已经流传了几千年，拉丁作家和希腊作家都曾经重述这一类的传说，例子便是伊利安和普林尼的著作[①]。然而，亚历山大的海军统帅尼阿库斯[②]曾于公元前三二六年在印度河和幼发拉底河航行，他在日记中说，这两条河之间有一个靠海的地区，那里栖居着一个他称之为"伊克索法基人"亦即"食鱼者"的民族，这个民族不光生吃鱼肉，还用鲸鱼的脊骨

[①] 伊利安（Aelian, 175?—235?）为古罗马作家，著有《论动物之性》（*De Natura Animalium*）；普林尼即《自然史》的作者老普林尼（参见前文注释）。

[②] 尼阿库斯（Nearchus, 前360?—前300?）是马其顿君主亚历山大大帝（Alexander the Great, 前356—前323）的部将，此处所说的事情见于英国教士威廉·文森特（William Vincent, 1739—1815）根据古代著作编写的《尼阿库斯的航程》（*The Voyage of Nearchus*, 1797）。

做臼，把鱼干捣成肉酱来喂牛，因为那片海岸没有牧草。除此而外，巴尔博萨和尼布尔①等几位近代旅行家也留下了同样的记载。既然有这些相关的证据，我仍然对普罗文思顿的奶牛心存怀疑。至于说其他的家畜，金上校②在他续成的库克上校一七七九年航海日志当中写到了堪察加半岛的狗儿，说"它们的冬令食品只有鲑鱼的脑袋、内脏和脊骨，靠这些东西勉强填饱肚子，人们特意把这些东西留起来晒干，充作冬季的狗粮"。（见库克航海日志第七卷第三一五页。③）

既然说到了鱼类奇谈，且容我插上一段普林尼的话，"亚历山大大帝的一些舰队统帅曾说，阿拉比斯河畔的吉德罗夏人④习惯用鱼的颌骨来做屋门，用鱼的其他骨骼来做屋顶的椽子。"⑤据斯特雷

---

① 巴尔博萨（Duarte Barbosa, 1480?—1521）为葡萄牙旅行家及作家，著有讲述异国见闻的《巴尔博萨之书》（*Book of Duarte Barbosa*）；尼布尔（Carsten Niebuhr, 1733—1815）为德国数学家及探险家，著有《阿拉伯亲历记》（*Beschreibung von Arabien. Aus eigenen Beobachtungen und im Lande selbst gesammleten Nachrichten*）等书。

② 金上校（Captain James King, 1750—1784）为英国海军军官，在库克上校（见前文注释）最后一次环球探险中担任库克的副官，在库克及库克的继任死后担任船队的指挥官，后来参与了此次航程官方日志的出版工作，并撰写其中部分章节。

③ 此处的"库克航海日志第七卷"即《詹姆斯·库克上校的三次环球航行》（*The Three Voyages of Captain James Cook Round the World*, 1821）第七卷。由这本书的目录可知，梭罗此处引用的文字属于"金上校的日志"。库克于1779年2月14日被夏威夷土著杀死，船队抵达堪察加半岛是库克死后的事情。

④ 吉德罗夏（Gedrosia）为古代地名，指的是濒临阿拉伯海的一个半沙漠地区，阿拉比斯河（Arabis）即今日巴基斯坦境内的哈布河（Hub），哈布河流入阿拉伯海。

⑤ 引文出自老普林尼《自然史》1855年英译本第二卷，译者是英国地质学家约翰·博斯托克（John Bostock, 1773—1846）和英国翻译家亨利·莱利（Henry Riley, 1816—1878）。

博所说，伊克索法基人也是如此。①"哈杜因指出，在他那个年代，巴斯克人习惯用鲸鱼的肋骨来做花园的篱笆，鲸鱼肋骨的长度有时能超过二十尺。居维叶说，今天的挪威人仍然在用鲸鱼的颌骨来做屋梁或屋柱。"②（见博恩版普林尼著作译本③第二卷第三六一页。）希罗多德④说，色雷斯地区普拉西亚斯湖畔⑤的居民住在木桩上，"拿鱼来充当饲料，喂马和驮东西的牲口。"⑥

一望而知，普罗文思顿是一个通常所说的繁庶城镇。一些本地居民问我，有没有觉得他们的日子总体说来过得不错。我说我觉得，跟着又问他们，镇上的救济院收留了多少人。"哦，就那么一两个，不是病秧子就是大傻子，"他们是这么回答的。此地的住宅和店铺，外观往往使人联想到贫困，内饰则可称舒适乃至奢华，使贫困的联想无法成立。安息日的早上，你没准儿会邂逅一位刚

---

① 斯特雷博（Strabo，前64?—24?）为古希腊地理学家及哲学家，著有《地理》（*Geographica*）。《自然史》1855年英译者在关于"吉德罗夏人"的译注中说："斯特雷博在其著作第一五卷中说，伊克索法基人也是如此。"

② 引文是《自然史》1855年英译本的一条译注；哈杜因（Jean Hardouin, 1646—1729）为法国古典学者；巴斯克人（Basques）是主要生活在西班牙中北部和法国西南部的一个民族；居维叶见前文注释。

③ 即《自然史》1855年英译本，该书出版者是英国出版商亨利·博恩（Henry Bohn, 1796—1884）。

④ 希罗多德（Herodotus，前484?—前425）为古希腊历史学家，经典巨著《历史》（*Histories*）的作者。

⑤ 色雷斯（俄耳甫斯的家乡，参见前文注释）为古代地名，指巴尔干半岛东南部的一个地区，普拉西亚斯湖（Lake Prasias）位于今天的北马其顿。

⑥ 引文原文是梭罗对希罗多德《历史》第五卷相应文字的英译。从《历史》中的相关记述来看，"住在木桩上"的意思是住在用木桩支起来的湖中房屋里。

从教堂出来的女士，眼看她跋涉在沙丘之间，一身的衣装十分华贵，周围简直找不出适合接待她的房子，然而毫无疑问，房子的内在肯定配得上女士的外表。至于说房子住户的内在，我依然是两眼一抹黑。我曾跟街上碰见的一些居民短暂交谈，常常是喜出望外地发现，对方虽然粗朴未琢，乍一看前途渺茫，终归也不乏聪明才智。岂止如此，我还曾应一位本镇居民的特意邀请，在次年夏天登门造访。当时是安息日的傍晚，我看见他坐在他家的前门口，正等着我去找他，只可惜门前拉着一张再大不过的圆形蛛网，蛛网还相当完整，未免有损他好客的美名。那蛛网看上去实在凶险，竟至于迫使我绕到一边，从后门进了屋。

这个周一上午风和日丽，陆上海上一片安宁，预示着我们横渡海湾的航程将会平安顺利，渔夫们则担心，这一天不像前一天那么天冷风大，恐怕不适合晾晒鱼干。两天里的天气反差，简直是大得不能再大。这是秋老虎时节的第一天，虽然说我们发现，将近中午之时，镇子背后的沙地水井依然覆盖着昨夜结的冰。由于天气的反差，再加上风吹日晒，我脸上最突出的部位脱皮脱得厉害，不过我可以跟你保证，仅仅是两个晒鱼的好天，还不足以治好我到处乱跑的毛病。我们先是在锚扣沼地左近的丘陵地带来了一次郊游，顺便做了点儿与郊游密切相关的工作①，然后爬上俯瞰镇子的最高一座沙丘，坐到一块悬空架在两个小沙丘之间的长板子上，几个小男孩在板子上放风筝，怎么也放不上去。我们在板子上度过了这天上午余下的时光，眺望风平浪静的港湾，留意

---

① 这里的"工作"应该是梭罗的调侃，实指采摘野果。

着从威尔弗利特驶来的汽船何时现身,以便在听见长角岸边的启航汽笛之后,及时登上渡海的汽船。

与此同时,我们从旁边的小男孩口中打听到了能打听到的一切情况。普罗文思顿的男孩自然都是水手,生来就具备水手的眼力。上一个夏天,一个星期天的上午,我们身在离普罗文思顿港七八里远的高地灯塔,打算坐从波士顿驶来的著名游艇"奥拉塔号"[1]回大陆,所以想知道它到没到港。一个十岁上下的普罗文思顿男孩碰巧在我们桌子边上,这时便接口说道,"奥拉塔号"已经到了。我问他是怎么知道的,他回答说,"我刚刚看见它进港。"于是我啧啧称奇,因为他竟然能在这么远的地方认出那艘船,他解释说,挂两面上桅帆的纵帆船在这一带并不多见,所以他认得出来。在巴恩斯特博镇发表演讲的时候,帕尔弗雷曾说,"鸭子的天生水性也比不过巴恩斯特博的男孩。(他这话完全可以适用于整个鳕鱼岬的男孩。)这里的男孩可以从学步带直接过渡到支桅索,从母亲的膝头到桅杆的顶端也只需纵身一跃。早在婴儿时期,他们就懂得自言自语地念叨罗盘上的三十二个方位。到学会放风筝的时候,他们已经学会了收帆、缩帆和掌舵。"[2]

这样的天气可说是上上之选,最适合坐在山顶,一边俯瞰海洋陆地,一边沉思默想。捕捞鲭鱼的纵帆船队正在飞速出港,一

---

[1] "奥拉塔号"(Olata)是1853年建造的一艘多桅纵帆船,当时被用作波士顿和普罗文思顿之间的班船。由此可知,梭罗此处的"上一个夏天"是1855年夏天。
[2] 引文出自帕尔弗雷《巴恩斯特博演讲》(参见前文注释),括号里的文字是梭罗加的。

艘接一艘绕过海岬，好似一只只晨间离巢的雀鸟，次第飞往远处的田地。形如龟背的盐场工棚紧贴在镇子背后，挤满了沙丘之间的每一个角落，现已停转的一架架盐场风车，则沿着海岸一字排开。盐场的光景值得一看，可以让你知道，人类获取这种几乎可算生活必需的物品，借助的只是何等粗糙原始的化学方法，哪怕是大型的盐场，需要的也只是太阳这一个熟练工，外加一个干杂活的学徒。这是一种热带的活计，同样是在日头最大的时节开工，它远看有点儿像淘金或洗钻，但却比后面两种活计有趣一些。人类制造生活必需品的时候，大自然非常乐意帮忙。我在赫尔镇看见的钾肥厂也是如此，他们的生产方法不过是把海藻茎干烧成灰，再把灰拿去熬煮。说实在的，既然在实验室里干活的只是六七个粗枝大叶的爱尔兰人，化学就绝不可能是什么铢分毫析的精细活计。据说在面积相同的条件下，普罗文思顿盐田的产盐量比本县其他任何地方的盐田都要高，一是因为沙丘的反射增强了日照，二是因为普罗文思顿港完全没有淡水注入。少许的雨水也是人们心目中的晒盐必需，它可以清洁空气，提高晒盐的速度和质量，因为闷热的天气不利于水分蒸发，就跟不利于油漆干透一样。不过，这里的居民如今也跟海岬别处的居民一样，正在拆除他们的盐场，把拆下来的构件当原木卖。

坐在这样的高处，我们可以把镇上居民的一举一动尽收眼底，简直就跟镇上的房顶都被掀掉了一样。他们正在屋子周围的柳条晒鱼架旁边忙活，把腌鱼往架子上挂，而我们这才发现，他们的后院跟前院一样，也是地尽其用的晒鱼场所，一户人家晒鱼架的尽头，便是另一户人家晒鱼架的开端。我们发现几乎每个院子里都有一间小屋,他们正在从小屋里把那些宝贝推出来,有条不紊地摊开,还发现摊鱼也是一件讲究技巧和窍门的活计,衍生了一种互惠互利的劳动分工。有个男的正在把自家的腌鱼往回挪,跟邻家奶牛的鼻头拉开几寸的距离,因为那头牛已经把脖子伸过栅栏,正准备舔上几口。晒鱼似乎很可以算作一种家务劳动,跟晾衣服差不多,在本县的一些地方,这活计确实有女人参与。

我在海岬上几个地方看到了一种晾衣架[①]。他们把灌木枝杈铺在地上,用篱笆围起来,再把衣服放在枝杈上晾,免得沾上沙子。这样的晾衣场,充满了鳕鱼岬的独特韵味。

沙子是本地居民的头号敌人。他们把一些沙丘的顶部围了起来,旁边竖上禁止入内的牌子,怕的是脚步搅得沙子漫天飞扬,或者是顺坡滑落。居民必须事先征得当局的许可,才能去砍伐镇子背面的树木,用来搭建晒鱼架、菜豆棚和豌豆架之类的东西,但我们又听人说,他们可以在本镇范围之内移栽树木,用不着向谁申请。沙堆像雪球一样四处漂移,有时会掩埋房子的底层,砌了围墙也挡不住。以前的房子都建在木桩上,好让流沙从房子底下通过。我们看到了几座依然由木桩支撑的老房子,只不过木桩之间已经砌上板墙,因为邻近的新房子为老房子提供了屏障。我们所在的沙丘脚下有间校舍,屋里的沙子堆得跟课桌一样高,不用说,全体师生早已经逃之夭夭。这也许是因为他们麻痹大意,某一天忘了关上窗子,或者是没有及时换掉破了的玻璃。尽管如

[①] "晾衣架"原文为"clothes-*flakes*",梭罗把"flakes"(架子)变成斜体以示强调,也许是因为晾衣服通常是用绳子或杆子。

此,镇上有个地方居然在打"此处出售细沙"的广告,弄得我简直不敢相信自己的眼睛,他们有细沙卖,多半是把街道的一段铲起来过了过筛吧。这是个绝佳的例子,足证人们可以给最没价值的东西添上价值,只需要把自己跟那样东西搅和在一起就行,按照这样的法则,我们想必已经给鳕鱼岬的整个背面添上了价值。但我始终觉得,他们应该在广告上写"此处出售肥土",兴许也可以写"代客清除细沙",对了,还可以写"代客倒空鞋子",这样才比较诱人。我们俯瞰镇子的时候,我恍惚看见了一个男的,此人多半住在木板人行道的范围之外,正在左弯右拐地奔向人行道,脚上穿的是一双类似雪鞋的东西,话又说回来,没准儿是我看错了。在一些描绘普罗文思顿的图片里,镇上居民脚踝以下的部位都没有画出来,想来是作者认定,他们的脚是埋在沙子里的。然而,普罗文思顿居民纷纷向我保证,他们哪怕是穿着拖鞋,照样可以顺顺当当地走在街道中央,因为他们都学会了提脚放脚的合理方法,不会把沙子弄到鞋里。有个居民说,要是他晚上能在自己穿的浅口鞋里找出哪怕六七粒沙子,他都会感到非常吃惊,还说镇上的年轻女士善于走路,鞋里的沙子随步清空,这样的妙法,外地人得花很长时间才能学会。公共马车的轮胎大概有五寸宽,鳕鱼岬马车的轮胎一般要比这宽一两寸,因为地上的沙子要比其他地方厚一两寸。我见过一辆胎宽六寸的婴儿车,装这么宽的轮胎是为了防止车子下陷。轮胎越费胶皮,马儿越省脚力。[①]但是,

---

① "费胶皮"和"省脚力"的原文分别是"more tired"和"less tired",英文词语"tire"兼有"轮胎"和"使……疲累"二义。

我们在普罗文思顿待了两天两夜，看见的马车只有一辆一匹马拉的双轮车，车上拉的还是棺材。没有特殊情况，他们可不会轻易尝试马车这种东西。次年夏天，我看见的还是只有一辆单马双轮车，它拉着我跑了三十杆的距离，送我去港湾里坐汽船。可我们从书中读到，一七九一年，这里有两匹马和两轭公牛[①]，还有人告诉我们，我们逗留期间，这里除去公共马车的辕马之外，另外还有好几匹马。据巴贝尔的《史料汇编》所载，"这地方的马车实在罕见，竟至于成为了当地年轻人眼里的新奇事物。有一个走海路比走陆路在行的小伙子，看到有人赶着马车在街上跑，马上就啧啧称奇，羡慕对方不用舵也能跑这么直。"[②] 这里听不见辚辚的车声，就算有车在街上跑，那也发不出辚辚的声响。傍晚有几个人骑马经过我们住的旅馆，街上响起的只是沙子飞扬的沙沙声，与作家在纸上奋笔疾书的声音相仿佛，却没有得得的蹄声。毫无疑问，这个镇子现有的车马会比我们造访时多。雪橇从未在鳕鱼岬出现，就算出现过也是千载难逢的奇观，因为这里的雪要么是被沙子吸到了地里，要么就被大风吹成了雪堆。

话虽如此，海岬居民通常不会对他们的"土壤"口出怨言，反倒会跟你说，我们这儿土质不错，挺适合晒鱼的。

此地虽然黄沙漫漫，我们却在这条街上数出了足足三座教堂，

[①] 可参看美国地理学家杰迪迪亚·莫尔斯（Jedidiah Morse, 1761—1826）的《美国地理通志》(*The American Universal Geography*, 1812) 第六版第一卷，其中写道："一七九一年，这个镇子（普罗文思顿）只有两匹马、两轭公牛和大约五十头奶牛。"

[②] 引文是巴贝尔《马萨诸塞史料汇编》（参见前文注释）的一条脚注。

外加四所几乎跟教堂一样大的学校，只不过其中一些被木板篱墙围得密不透风，为的是让墙里的地面保持平整坚实。这一类的篱墙屡见不鲜，许多篱墙离房子还不到一尺，使这个镇子的欢快氛围和好客风貌为之减色。他们告诉我们，过去十年当中，沙漠总体上没有前移，因为奶牛已不再享有到处晃荡的权利，人们又使尽了阻遏沙潮的办法。

一七二七年，为了促进普罗文思顿的发展，当局向这个镇子"颁授了一些特权"[①]。往昔年代，这个镇子有过一两次险遭废弃的经历，然而时至今日，镇上的临街地块已经可以卖出很高的价钱，虽然说镇子的所有权属于州政府，业主的土地权益是通过占据和利用土地获得的，买家能拿到的只是一纸免责转让地契。[②] 尽管临街的地块十分值钱，但在许多地方，无主的土地或沙滩离临街的地块只有石头一掷之遥，你依然可以去加以占据和利用，取得持有这些地产的权利。

石头是海岬上的稀罕事物。行走海岬期间，我确曾看到，有一两个地方的人行道和堤坝使用了一点儿少得可怜的小石头，但

[①] 引文出自《普罗文思顿概况》。1727年是普罗文思顿正式建镇的年份，居民得到的特权之一是免税。

[②] 免责转让地契（quitclaim deed）是一种特殊的地契，卖方凭此向买方转让与某地产相关的各种权益，但不保证买方取得该地产的所有权。1727年普罗文思顿建镇的时候，马萨诸塞殖民地议会向镇上的地主（亦即当时占据和利用该镇各处土地的人）颁授的也是免责转让地契，只承认他们是土地的合法持有者，不承认他们是土地的所有者。镇上的地主并不拥有土地的所有权，转让所持土地时只能签免责转让地契。直到1893年，马萨诸塞州议会才更改建镇规章，将镇上的地主承认为所持土地的所有者，无主土地则仍然归州政府所有。

石头的数量实在有限，以致我听人家说，当局已经禁止过往船只拿海滩上的石头充当压舱物，结果呢，船员们常常会趁夜上岸来偷石头。在我耳闻目睹的范围之内，奥尔良以北的地方连一杆的普通石墙都没有，不过我在伊斯特汉看见，有个人正在盖新房，地基用了一些他所称的"岩石"。他告诉我，石头是一个邻居经年累月千辛万苦的收集成果，最后都转给了他。我觉得这是一件值得大书特书的礼物，简直不亚于转让加利福尼亚的"岩石"①。他的一个帮手似乎格外留意观察自然，为我提示了附近一块岩石的位置，说那块石头"周长四十二步，高十五尺"，因为这个帮手看出我是个外地人，多半是不会把它搬走的。话又说回来，海岬的前臂上总共就那么几块大石头，我估计大多数的居民都对它们的位置一清二楚。我甚至遇到过一个略懂矿物学的居民，只是想不出他的矿物学知识是从哪儿来的。依我看，他要是哪天造访大陆，比如说科哈塞特和马博黑德②之类的地方，肯定会碰上一些饶有兴味的地质难题。

高地灯塔的石砌水井用的是从欣厄姆③运来的石头，但海岬上的水井和地窖一般都是砖砌的，砖块同样是从外地运来。他们把地窖和水井都砌成圆形，为的是防止沙子压垮侧壁。地窖的直径只有九到十二尺，造价据说是十分低廉，因为哪怕地窖的直径

---

① 当时的加利福尼亚兴起了"淘金热"，这个打了引号的"岩石"应该是指金矿。
② 科哈塞特见前文注释，马博黑德（Marblehead）为马萨诸塞州东北海滨城镇，这两个地方都有很多岩石。
③ 欣厄姆（Hingham）为马萨诸塞州海滨城镇，邻近波士顿。

再大一点儿,窖壁仍然只需要砌一层砖。不用说,你要是在沙漠里安家,自然用不着建一个储藏块根的大地窖。早些年,沙子总是在普罗文思顿居民的屋子下面横冲直撞,将他们那些仅具雏形的地窖彻底抹去,所以他们根本不种蔬菜,没什么东西需要往地窖里装。威尔弗利特的一个农夫倒是种出了五十蒲式耳土豆,还带我参观了他家的地窖,地窖在屋子一角的下面,直径至多只有九尺,看着跟一口水缸差不多,不过他还在谷仓下面挖了个地窖,跟屋里这个一样大。

几乎是在鳕鱼岬海滨的任何地方,你都可以在区区几尺深的地下掘到淡水,但我们在这里尝到的淡水全都乏善可陈,尽管本地居民觉得好喝,似乎是在拿它跟咸水比。关于特鲁罗的那篇介绍文字写道,"在低潮时分,确切说是所谓的'初潮'时分,海岸附近的水井是干的,但井水会随潮水一起上涨"[①],显而易见,原因是始终位于沙滩底层的咸水正在把淡水往上顶。要是你在旱季走进普罗文思顿的某个海滨园圃,为它的葱绿啧啧称奇,主人有时就会告诉你,这是因为潮水迫使地下的水汽腾腾上涌,滋润了园圃的土地。这方面还有个奇妙的事实,也就是说,海中的低矮沙洲无不是海员们借以解渴的天然水库,兴许连那些低潮时才会露出水面的沙洲也不例外。它们就好比一块块巨型的海绵,能留住天降的雨露,还能借毛细作用保持水质,不让周围的咸水掺入。

从我们此时所在的沙丘俯瞰,可以看见普罗文思顿港和大半个海湾,以及一大片海面。普罗文思顿港蜚声远近,可说是实至

---

① 引文出自《特鲁罗详况》(参见前文注释)。

名归，因为它向南开口，没有礁石，从不封冻。偶尔出现在这个港口的浮冰，据说都是从巴恩斯特博港或普利茅斯港漂来的。德怀特曾说，"美国海岸常有的风暴通常来自东方，而在向风的海岸，两百里之内再没有别的港口。"① 詹·邓·格雷厄姆对这个港口及邻近海域做过一番十分详尽的勘查，由是宣称，"它港阔水深，港中有上佳锚地，完全不受任何风暴的侵袭，因此是我国海岸数一数二的良港。"② 对鳕鱼岬乃至整个马萨诸塞州的渔民来说，它都是**港中之港**。至迟是在普利茅斯殖民地建立数年之前，航海家们就已经知晓它的存在。在约翰·史密斯上尉③ 于一六一四年发布的新英格兰地图上，它的名字是"米尔福德港"，马萨诸塞湾的名字则是"斯图亚特湾"。查理王子殿下曾经把鳕鱼岬改名为"詹姆斯岬"④，只不过，王子也并不总是拥有把地名往坏里改的权力，正如科顿·马瑟⑤ 所说，"鳕鱼岬"是"一个我认为会与此地永相伴随

---

① 引文出自德怀特《新英格兰及纽约游记》。

② 引文出自格雷厄姆《关于鳕鱼岬末端军事水文图的报告》（参见前文注释）。

③ 约翰·史密斯上尉见前文注释。

④ 查理王子（Prince Charles）即 1625 年继位的英王查理一世（参见前文注释），他把鳕鱼岬改名为"詹姆斯岬"（Cape James），是为了向他父亲詹姆斯一世（James I，1566—1625）致敬。上文中的"斯图亚特湾"原文是"Stuard's Bay"，应该是"Stuart's Bay"的异写，这个名字也是查理王子取的，因为当时的英格兰王室属于斯图亚特家族（House of Stuart）。本书前文提及的安妮岬和查理河同样由查理王子命名，一个用的是他母亲的名字，一个用的是他自己的名字。

⑤ 科顿·马瑟（Cotton Mather, 1663—1728）为新英格兰教士及作家，著有讲述新英格兰宗教史的《基督的美洲神迹》（*Magnalia Christi Americana*），后一处引文即出自该书。

的名字，除非人们在此地最高的山巅看到了成群游弋的鳕鱼"。

许多早期航海家都曾在无意之中被这个钩子①钩住，不知不觉驶入港湾。在他们陆续发布的地图上，鳕鱼岬一带似乎标满了形形色色的法文、荷兰文和英文地名，因为它先后是新法兰西、新荷兰②和新英格兰的一部分。有一张地图把普罗文思顿港标为"*Fuic Bay*"（虾笼湾？），把巴恩斯特博湾标为"*Staten Bay*"（国会湾）③，又把巴恩斯特博湾北边的海域标为"*Mare del Noort*"，亦即"北海"。另一张地图把鳕鱼岬末端标为"*Staten Hoeck*"，亦即"国会钩"。在扬④发布的一张地图上，这片区域标有"*Noord Zee*"（北海），"*Staten hoeck* 或 *Wit hoeck*（白钩）"字样，只可惜收藏在剑桥⑤的地图副本没有标注年代。这张地图还把整个鳕鱼岬

---

① 鳕鱼岬整体形如一个弯钩，普罗文思顿港则形如鳕鱼岬尖端的一个小弯钩。

② 新法兰西（New France）是法国在北美建立的殖民地，鼎盛时期（1712年）的疆域从魁北克延伸到墨西哥湾；此处的"新荷兰"（New Holland）即新尼德兰（New Netherland），是荷兰在北美大陆东岸建立的殖民地。

③ "国会湾"（Staten Bay）这个地名的来由和前文提及的"斯塔腾岛"（Staten Island）一样，是为了向荷兰国会（Staten-Generaal）致敬。

④ 这里的"扬"不详所指，也许与美国印刷商亚历山大·扬（Alexander Young, 1768—1834）及其子美国教士及作家亚历山大·扬（Alexander Young, 1800—1854）有关，后者著有《普利茅斯殖民地朝圣先民一六〇二至一六二五年编年记事》（*Chronicles of the Pilgrim Fathers of the Colony of Plymouth, from 1602-1625*, 1841），书中说："荷兰人于一六五九年在阿姆斯特丹印行的一张地图……把整个鳕鱼岬称为'*Nieuw Hollant*'，并把海岬北端称为'*Staatten Hoeck*'或'*Witte Hoeck*'……"

⑤ 这里的剑桥（Cambridge）应指哈佛大学所在的马萨诸塞州剑桥镇。

称为"Niew Hollant"(沿用了哈德森的命名①)。还有张地图把急流角和林木角②之间的海岸标为"Bevechier"③。尚普兰那张令人赞叹的新法兰西地图开了先河,清晰画出了我所熟知的新英格兰海岸轮廓④,图中把鳕鱼岬标为"C. Blan"(亦即"白岬"),这个名字源自海岬上的白沙,又把马萨诸塞湾标为"Baye Blanche"(白湾)。此地于一六〇五年迎来德蒙茨和尚普兰的探访⑤,又于次年接受了坡岑古⑥和尚普兰的深入考察,后者以《航行记》一书详细记述了这些探险历程,并且为此地的两个港湾分别配上了航路图和水深图,一个是"Malle Barre",亦即"恶洲"(对应的是瑙塞特港吗?),这个地名现已被转给法国人所称的"Cap Baturier"⑦,另一个则是"Port Fortune"(幸运港),这个港湾显然就是现今的查

---

① "Niew Hollant"意为"新荷兰";哈德森即英格兰探险家亨利·哈德森(Henry Hudson, 1565?—1611),他于1609年受荷兰东印度公司委派探索北美,同年8月抵达鳕鱼岬,并把鳕鱼岬命名为"新荷兰"。

② 急流角见前注,位于普罗文思顿西北端,林木角(Wood End)位于普罗文思顿西南端。

③ "Bevechier"这个地名是荷兰探险家阿德里安·布洛克(Adriaen Block, 1567?—1627)取的,可能是法语"beauchef"(美丽海岬)的讹变。

④ 梭罗此处说的是尚普兰(参见前文注释)1612年绘制的新法兰西地图,这张地图于1613年出版,是《尚普兰航行记》1613年版的附录。

⑤ "德蒙茨"(De Monts)即法国商人及探险家皮埃尔·杜加·德蒙斯(Pierre Dugua de Mons, 1558?—1628)。德蒙斯(德蒙茨)是加拿大境内第一个永久性法国殖民地的创建者,曾于1604至1605年率尚普兰等人远航北美。

⑥ 坡岑古见前文相关叙述及注释。

⑦ 梭罗这么说,是因为尚普兰地图上标的"Cap Baturier"就是现今的"Cape Mallebarre"(恶洲岬,参见本书第一篇的相关叙述和注释)。

特姆港。奥吉尔比《美洲》一书所附的"新比利时"地图[①]照搬了这两个地名。尚普兰还细致地描绘了野蛮人的风俗习惯，用一张插图呈现了野蛮人突袭杀死五六个法国人的场景。在此之后，法国人也杀了一些土著，还打算把几个土著掳到皇家港去摇手磨，以此作为报复。[②]

奇怪的是，法国人一六〇四至一六〇八年间探索现今新英格兰海岸的活动，居然没有在英语文献中留下任何详实准确的记载，虽说我们不得不承认，是他们创建了北美大陆圣奥古斯丁[③]以北的第一个永久性欧洲人定居点。如果拿画笔的是狮子，情况肯定会大不相同。[④] 英语文献之所以在这个方面疏于记载，原因之一多半是作者们没有参阅尚普兰《航行记》的**早期版本**。关于朝圣先民到来之前的新英格兰历史，这个一百六十页的四开本包含着迄今为止最为详尽、在我看来还最为有趣的记载，尽管如此，评说普

[①] 奥吉尔比、《美洲》及"新比利时"地图可参看《威尔弗利特的养蚝人》当中的相关叙述及注释。

[②] 皇家港（Port Royal）位于今日加拿大的新斯科舍省，德蒙斯（德蒙茨）于1605年在此建立殖民地；根据《尚普兰航行记》1613年版的相关记载，法国人抓土著去皇家港做工的计划"得到了圆满完成"。

[③] 圣奥古斯丁（St. Augustine）为佛罗里达州东北部海滨城镇。1565年，西班牙探险家在这里建立了欧洲人在北美大陆的第一个永久性殖民地。

[④] 传为公元前六世纪希腊作家伊索（Aesop）所作的《伊索寓言》当中有一则狮子和人比高低的故事。这则故事版本众多，部分情节是一头狮子和一个人争论谁更优越，人就带狮子去看一幅描绘人杀狮子的画，以此证明自己的优越。狮子说画是人画的，如果让狮子来画，情况就不一样。

利茅斯礁岩的历史学家和演说家①却似乎都对它一无所知。列举关于德蒙茨探险的资料来源之时，班克罗夫特完全没提尚普兰，也没说尚普兰曾经造访新英格兰的海岸，尽管尚普兰拥有德蒙茨船队领航员的头衔，在**另一种意义**上可说是船队的精神领袖，同时又是记录德蒙茨探险的历史学家。霍姆斯、希尔德雷斯和巴里②，显然还可以算上本国所有提到了尚普兰的历史学家，参考的都是尚普兰著作的一六三二年版，但这个版本缺少了我国港湾等处的所有单列图表，相关记述也少了一半左右，因为尚普兰在初版刊行之后又探索了许多地方，大可以忘掉他之前完成的一部分壮举。记述德蒙茨探险的时候，希尔德雷斯写道，"（一六〇五年）他认真考察了普林在两年之前发现的珀诺布斯科特河"③，但却只字未提

---

① 普利茅斯礁岩见前文注释。"历史学家"指下文提及的美国历史学家及政客班克罗夫特（George Bancroft, 1800—1891），他撰著的《美国历史》（*History of the United States*）第一卷于1834年出版，其中写道："旧历（一六二〇年）十二月十一日，星期一，朝圣先民派出的探路队在普利茅斯登陆。感恩的后人特意标明了他们首先踏足的那块礁岩。""演说家"指丹尼尔·韦伯斯特（参见前文注释），他曾于1820年12月22日在普利茅斯发表《普利茅斯礁岩演讲》（"Plymouth Rock Oration"）。

② 霍姆斯（Abiel Holmes, 1763—1837）为美国教士及历史学家，著有《美洲编年史》（*American Annals*）；希尔德雷斯（Richard Hildreth, 1807—1865）为美国报人及历史学家，著有《美国历史》（*The History of the United States of America*）；巴里（John Stetson Barry, 1819—1872）为美国历史学家，著有《马萨诸塞史》（*The History of Massachusetts*）。

③ 引文出自希尔德雷斯《美国历史》第一卷，括号里的文字是梭罗加的；普林（Martin Pring, 1580—1626）为英格兰探险家，曾于1603年率船队考察北美；珀诺布斯科特河（Penobscot）是缅因州一条流入大西洋的河流。

尚普兰在一六〇四年（霍姆斯说是一六〇八年，依据的是珀恰斯[①]的说法）代表德蒙茨深入考察这条河的事情。希尔德雷斯还说，德蒙茨按照普林的路线，沿着海岸航行"到了鳕鱼岬，并且称它为'*Malabarre*'"[②]。（在希尔德雷斯之前，哈里伯顿[③]于一八二九年做出了同样的陈述。他把鳕鱼岬称为"*Cap Blanc*"，又说"*Malle Barre*"亦即"恶洲"是鳕鱼岬东侧一个港湾的名字。）普林压根儿没提过那里有条河，按照贝尔讷普的说法，珀诺布斯科特河是韦茅斯在一六〇五年发现的[④]。根据斐·果吉斯爵士一六五八年的记述（见《缅因历史学会资料汇编》第二卷第一九页）[⑤]，普林在一六〇六年"圆满地发现了所有的河流和港湾"[⑥]。关于普林的功劳，以上便是我所能找到的全部资料。班克罗夫特说尚普兰发现了缅因地区一些更靠西边的河流，没说他曾为珀诺布斯科特河命

[①] 珀恰斯（Samuel Purchas, 1577?—1626）为英格兰教士，著有收录了他人美洲见闻的《珀恰斯朝圣之旅》（*Hakluytus Posthumus or Purchas his Pilgrimes*）。

[②] 引文出自希尔德雷斯《美国历史》第一卷。

[③] 哈里伯顿（Thomas Haliburton, 1796—1865）为新斯科舍政客及作家，著有《新斯科舍历史及相关统计》（*An Historical and Statistical Account of Nova-Scotia*, 1829）。

[④] 贝尔讷普（Jeremy Belknap, 1744—1798）为美国教士及历史学家，著有《美国名人传》（*American Biography*）。该书第二卷记述了英格兰探险家乔治·韦茅斯（George Weymouth, 1585?—1612?）在今日缅因州的探险活动。

[⑤] 斐迪南·果吉斯爵士（Sir Ferdinando Gorges, 1565?—1647）为英格兰军官，于1622年在北美建立名为"缅因省"（Province of Maine）的殖民地。《缅因历史学会资料汇编》第一辑第二卷收载了果吉斯的《美洲开创性殖民事业略记》（*Brief Narration of the Original Undertakings of Plantations in America*）。

[⑥] 引文出自果吉斯《美洲开创性殖民事业略记》。

名，但他想必率先测定了这条河上一些航程的长度（见贝尔讷普著作第一四七页①）。普林离开英格兰的时间只有短短六个月左右，驶过鳕鱼岬这个部分（Malebarre）时并未停留，只因他发现这里不产檫木②，与此同时，多半对普林闻所未闻的法国人却付出了年复一年的努力，耐心地探索这片海岸，勘查测量它的各个港湾，想找个合适的定居地点。

约翰·史密斯以自己一六一四至一六一五年间的考察成果为依据，于一六一六年发布了一张地图，许多人都认为它是最古老的新英格兰地图。它确实是这个地区得名"新英格兰"之后的第一张地图，因为"新英格兰"这个名字是史密斯取的，但在尚普兰《航行记》的一六一三年初版（莱斯卡博在一六一二年引述了尚普兰的航行见闻，时间比这还早③）当中，这个被当时的基督教世界称为"新法兰西"的地区已经有了一张地图，名为"皇家海军预备上校圣东日人④尚普兰先生一六一二年所绘新法兰西地理

---

① 贝尔讷普《美国名人传》第二卷第一四七页列有珀诺布斯科特河上一些航程的长度。

② 檫木（sassafras）是樟科檫木属各种乔木的通称。原产北美东部的北美檫木（*Sassafras albidum*）气味芬芳，由此被十六十七世纪的欧洲人视为珍贵药材。

③ 莱斯卡博（Marc Lescarbot, 1570?—1641）为法国作家及诗人，曾于1606至1607年间远航北美的法国殖民地，其间曾与尚普兰等探险家交游，归国后根据北美见闻写成并出版了《新法兰西史》(*Histoire de la Nouvelle-France*)。这本书初版于1609年，1612年又出了新版。

④ 尚普兰拥有法国皇家海军"预备上校"（Cappitaine ordinaire）的头衔。"圣东日"原文为"Saint Tongois"，应为"Saintonge"（圣东日）的异写。圣东日为古代法国中西部海滨省份，是尚普兰的家乡。

图",是尚普兰根据自己一六〇四至一六〇七年间的考察成果绘制的。这张地图覆盖了北起拉布拉多半岛、南抵鳕鱼岬、西至五大湖的广大地区,密匝匝地标满了各种地理学、人种学、动物学和植物学信息,甚至标出了他在海岸多处实时观察到的罗盘偏转情形。除了这张地图以外,书中还有**不载于一六三二年版**的许多张大比例尺**单列地图**,图中标有水深数据,描绘的是各处的港湾,包括"*Qui ni be quy*"(肯尼贝克)、"*Chouacoit R.*"(萨科河)、"*Le Beau port*"和"*Port St. Louis*"(在安妮岬附近)①,以及我国海岸其他的一些港湾。所有这些地图加在一起,就成了一张最为完备的新英格兰及其北方邻近海岸地图,在这个方面领先了整整半个世纪,甚至可以说一直领先到了同为法国人的德斯巴雷斯②为我们重绘地图的时候,后者的地图到最近才被我们的海岸勘测图超越③。尚普兰之后的很长一段时间里,人们为这片海岸绘制的地图,绝大多数都带有受惠于他的痕迹。他既是技艺娴熟的海员,又是通晓科学的智者,还是法兰西王的御用地理学家。他视大西洋如无物,先后横越了大约二十次,坐的往往是今天很少有人敢坐着出

---

① "肯尼贝克"(Kennebec)是缅因州一条河的名字,萨科河(Saco R.)是流经新罕布什尔和缅因两州的一条河,两条河都流入大西洋,河口都有港湾;"*Le Beau port*"字面意义为"美丽港",指马萨诸塞州城镇格洛斯特(参见前文注释)的港口;"*Port St. Louis*"字面意义为"圣路易港",指马萨诸塞州的普利茅斯港。

② 德斯巴雷斯(Joseph DesBarres, 1721—1824)为法国军官及制图师,曾在北美服役,于1777年出版四卷本地图集《大西洋海域》(*Atlantic Neptune*),书中有许多北美海岸地图。

③ 美国的海岸测量局(Office of Coast Survey)成立于1807年,主要职责是绘制海图。

海的小船，有一次只用十八天就从塔杜萨克航行到了圣马洛①。从一六〇四年五月到一六〇七年九月，**或者说在将近三年半的漫长时间里**，他坚守在我们这一带，也就是安纳波利斯②、新斯科舍和鳕鱼岬之间的地区，一边观察这里的风土人情，一边为这里的海岸绘制地图。除此而外，他还详细地记述了他勘测港湾的方法。照他自己的说法，他这张地图有一部分是在一六〇四年（？）刻版的。蓬格拉维③等人于一六〇六年返回法国之后，他依然和坡岑古一起留在皇家港，据他说是"为了在上帝庇佑之下完成我已经着手绘制的海岸地图"。在他那本出版于约翰·史密斯来到北美之前的著作当中，还有这样的一番话："在我看来，如果我没有忘记把我目睹的一切画进我前面说到的地图，也没有忘记向公众详尽介绍一些前人或有述及，却从未像我这样翔实叙写的事物，就算是尽到了自己的职责。不过，相较于我们过去十年的发现，我这些工作只能说是微不足道。"④

有这样一个事实，朝圣先民的子孙们就算是曾经知晓，通常也不再记得，也就是说，他们的先辈在新大陆度过没齿难忘的第一个冬季之时，不远处的皇家港（即新斯科舍的安纳波利斯）早已住上了一帮法国邻居，皇家港离他们的先辈只有三百里（普林

---

① 塔杜萨克（Tadoussac）是魁北克的一个邻海河港，圣马洛（St. Malo）是英吉利海峡上的法国海滨城镇。
② 安纳波利斯（Annapolis）即上文提及的皇家港。
③ 蓬格拉维（Pont-Gravé）即法国商人及探险家弗朗索瓦·格拉维（François Gravé Du Pont, 1560—1629），尚普兰的好友和航海导师。
④ 前两处引文原文都是梭罗对《尚普兰航行记》1613年版相应文字的英译。

斯^①似乎认为有五百里左右），而那些邻居虽然饱经风雨，却已经在那里住了整整十五年。早在一六〇六年，他们就建起了一座谷物磨坊，据威廉森^②所说还已经开始在河边烧砖，炼制松节油。身为清教徒的德蒙茨把他的牧师带到了北美，后者往往为宗教问题与殖民地的天主教神父大打出手。这些阿卡迪亚^③奠基人经受的磨难并不比朝圣先民少，来北美的第一个冬天里也有同样大比例的人不幸离世，那是在朝圣先民到来十六年之前，一六〇四与一六〇五年之交的那个冬天，他们在圣十字岛^④艰难度日，七十九人中死了三十五人（威廉森的《缅因州史》说是七十人中死了三十六人）。尽管如此，据我所知，从来都没有哪个演说家称颂过他们的开拓精神（虽然威廉森的《缅因州史》对他们多有揄扬），而他们的后继者和子孙在英国人手里吃的苦头，倒成了历史学家和诗人津津乐道的主题。（例见班克罗夫特的《美国历史》和朗费罗的《伊雯婕琳》^⑤。）上世纪末，他们在圣十字岛建造的要塞残迹重见天日，帮助确定了圣十字河的真正位置，也就是我国边界所

---

① 即《新英格兰编年史》的作者托马斯·普林斯（参见前文注释）。

② 威廉森（William Durkee Williamson, 1779—1846）为美国政客及历史学家，曾任缅因州长，著有《缅因州史》（*The History of the State of Maine*, 1832）。

③ 阿卡迪亚（Acadie, 亦作 Acadia）是法国在北美大陆东北部建立的殖民地，疆域包括今日加拿大东南海滨的三个省、魁北克的一部分和美国缅因州的一部分。

④ 圣十字岛（St. Croix）是今日缅因州圣十字河口的一座小岛，德蒙斯（德蒙茨）曾于1604年末在此创建殖民地，次年春天即迁往皇家港。

⑤ 朗费罗（参见前文注释）的《伊雯婕琳》（*Evangeline*, 1847）是一首史诗，讲的是阿卡迪亚姑娘伊雯婕琳寻找失踪爱人的经历，背景是阿卡迪亚的法国移民在1755至1764年间遭到英国人的大规模驱逐。

在的地方。①

这些法国人的区区墓石，年代多半都要早于新英格兰伊丽莎白群岛以北地区——甚或是整个新英格兰——最古老的英国遗迹，原因在于，就算是戈斯诺尔德的仓房尚有残痕，他的要塞却早已湮没②。一八三四年，班克罗夫特颇为慎重地写道，"这个要塞的遗迹，只有一厢情愿的眼睛才能辨识"③，到了一八三七年，要塞的遗迹已经荡然无存。查尔斯·托·杰克逊④医生告诉我，一八二七年，他参加了一次地质考察，其间在新斯科舍安纳波利斯（皇家港）对面的山羊岛上发现了一块暗色岩墓石，上面刻有共济会徽标⑤，以及"一六〇六"这个年份，说明它的历史比朝圣先民登陆北美早十四年。这块墓石后来交由新斯科舍法官哈里伯顿⑥保存。

---

① 1783 年美国独立战争结束时签订的《巴黎条约》（Treaty of Paris）把圣十字河规定为美国与新不伦瑞克之间的界河。圣十字岛要塞残迹于 1797 年被人发现，圣十字河的位置由此确定。

② 伊丽莎白群岛（Elizabeth Islands）是鳕鱼岬西南边的一个群岛。1602 年，英格兰探险家戈斯诺尔德（参见前文注释）发现了这个群岛，并在其中的卡提洪克岛（Cuttyhunk）上修建了要塞和仓房，停留了几个星期，为的是采伐岛上的檫木。

③ 引文出自班克罗夫特《美国历史》第一卷。

④ 查尔斯·托马斯·杰克逊（Charles Thomas Jackson, 1805—1880）为美国医生及科学家，梭罗密友爱默生的内弟。

⑤ 山羊岛（Goat Island）今日犹存，位置如文中所说；暗色岩（trap rock）是一种火山岩；共济会（Freemasonry）是一个类似于兄弟会的国际性互助团体，历史悠久，起源不详，带有一定神秘色彩。

⑥ 这个"哈里伯顿"可能是前文注释提及的《新斯科舍历史及相关统计》作者，也可能是他的父亲威廉·哈里伯顿（William Haliburton, 1767—1829），父子二人都曾在新斯科舍担任法官。

耶稣会士于一六一一年抵达皇家港,又于一六一三年来到这个后来得名"新英格兰"的地方,在当时名为"圣救主岛"的荒山岛①劝化野蛮人,比来此享受宗教自由的朝圣先民早了好几年,尽管他们的工作几乎是立刻遭到了英国人的打断②。这件事情见于尚普兰的著述,沙勒瓦③也留下了同样的记载。一六一一年从法国来到北美之后,这些耶稣会士从皇家港沿岸西行,于一六一二年走到了肯尼贝克,之后又从皇家港乘船出发,航行到了荒山岛。

事实上,一直到这个地方不再是新法兰西的时候,英国人的新英格兰历史才算是真正开始。尽管北美大陆是由卡博④最先发现的,英国人又在《尚普兰航行记》一六三二年版印行之前暂时占据了魁北克和皇家港,尚普兰在这本书中的抱怨还是显得入情入理:"全欧洲一致认为,新法兰西的疆域至少也该延伸到北纬三十五度和三十六度,西班牙、意大利、荷兰、佛兰德斯、日耳曼和英格兰的世界地图都是这样印的,英国人却擅自改变现

---

① 耶稣会(Society of Jesus)是天主教会的一个分支,以戒律谨严闻名;荒山岛(Mount Desert)是缅因州中南海滨的一个岛。

② 在荒山岛传教的是法国耶稣会士,他们的信条不同于英国国教,也不同于反抗英国国教的清教徒(朝圣先民)。1613年,英国海军军官及探险家塞缪尔·阿格尔(Samuel Argall, 1572?—1626)突袭荒山岛传教团,杀死了一些耶稣会士,抓走了剩下的人。

③ 沙勒瓦(Pierre Charlevoix, 1682—1761)为法国耶稣会士及历史学家,著有《新法兰西通史及概况》(*Histoire et Description Generale de la Nouvelle France*)。

④ 卡博(Sebastian Cabot, 1474?—1557)为意大利探险家,他声称他和父亲约翰·卡博(John Cabot, 1450?—1500?)一起,于1494年率先发现北美大陆,但这个说法广受质疑。

状,占领了新法兰西的海岸,占领了阿卡迪亚、埃切明(即缅因和新不伦瑞克)、阿蒙奇索瓦(是马萨诸塞吗?)和浩荡的圣劳伦斯河①,还按照他们自己的口味,给这些地方强行安上了'新英格兰''苏格兰'之类的名字,但是,要想让大家忘掉一个基督教世界尽人皆知的事实,并不是一件容易的事情。"

卡博的成就虽然仅限于登上不宜人居的拉布拉多海岸,但这并不意味着英国人有权占据新英格兰,或者说今日美国的任何地方,道理就跟他无权占据巴塔哥尼亚②一样。他那位认真细致的传记作者(比德尔③)并不确定,他是在哪次航程中完成了传闻所称的美国海岸考察壮举,也没有人能告诉我们,他考察美国海岸时看见了什么。在《纽约历史学会资料汇编》第一卷第二三页,米勒④说他似乎不曾在任何地方登陆。与此形成鲜明对比的是,维拉

---

① "埃切明"(Etchemins)和"阿蒙奇索瓦"(Almouchicois)都是法国殖民者对北美印第安原住民及其生活地域的称谓;圣劳伦斯河见前文注释。

② 巴塔哥尼亚(Patagonia)是南美洲南端的一个地区,现属智利和阿根廷,英国人曾尝试殖民该地,但远远落后于西班牙人。

③ 比德尔(Richard Biddle, 1796—1847)为美国作家及政客,著有《塞巴斯蒂安·卡博传及航海发现史评述》(*A Memoir of Sebastian Cabot, with a Review of the History of Maritime Discovery*, 1831)。这句话中的"他"指英国殖民者。

④ 米勒(Samuel Miller, 1769—1850)为美国神学家。《纽约历史学会资料汇编》(*Collections of the New-York Historical Society*)第一辑第一卷(1811年刊行)收载了米勒的《亨利·哈德森发现纽约纪念专论》("A Discourse, Designed to Commemorate the Discovery of New-York by Henry Hudson")。哈德森是英格兰人,梭罗在这里用他来代表所有的英国殖民者。

扎诺①在新英格兰海岸的一个地方停留了整整十五天,其间还时常深入内陆。说来也巧,后者于一五二四年给弗朗西斯一世②写了封信,信中恰恰包含着"关于美国大西洋海岸现存最古老的第一手记载"③。早在那个时候,美国大西洋海岸的北部就已经被人称作"*La Terra Francese*",亦即"法国人的土地"。这块土地得名"新英格兰"之前,其中一部分还曾经名为"新荷兰"。在探索和移居这块偶然撞上的大陆之时,英国人的动作十分迟缓。法国人在两个方面同时领先于英国人,一是尝试殖民北美大陆(卡罗莱纳和佛罗里达,一五六二至一五六四年),二是在北美大陆建立首个永久居民点(皇家港,一六〇五年)。顺理成章的是,从亨利七世④时期开始,英国就对西班牙和葡萄牙的领土占有权表示了大体上的承认和尊重,对法国也是如此。

全靠法国人的努力探索,世人才看到了描绘这些海岸的第一批珍贵地图。一五〇六年,翁弗勒尔的邓尼斯绘制了一张圣劳伦斯湾地图⑤。

---

① 维拉扎诺(Giovanni da Verrazzano,梭罗写作 Verrazzani,1485—1528)为意大利探险家。

② 弗朗西斯一世(Francis I,1494—1547)为1515至1547年在位的法国君主,于1523年委派维拉扎诺探索北美。

③ 引文出自《纽约历史学会资料汇编》第二辑第一卷(1841年刊行)收载的维拉扎诺致弗朗西斯一世信函英译本的译者前言,译者是美国文献学家约瑟夫·科格斯维尔(Joseph Cogswell,1786—1871)。

④ 亨利七世(Henry VII,1457—1509)为1485至1509年在位的英国君主。

⑤ 翁弗勒尔的邓尼斯(Denys of Honfleur)即法国水手让·邓尼斯(Jean Denis,生卒年不详),此人出生于法国中北部城镇翁弗勒尔,曾受法国大船主让·安戈(Jean Ango,1480—1551)之父委派远航北美;圣劳伦斯湾(Gulf of St. Lawrence)即圣劳伦斯河口的海湾。

卡地亚[①]一五三五年探索圣劳伦斯河的航程刚刚结束，他的同胞就开始印行准确得出奇的圣劳伦斯河地图，地图覆盖的范围从河口上溯到了蒙特利尔。在问世于此后三十多年的所有地图上，他们画出的这块地方几乎是北美大陆佛罗里达以北唯一一个我们认得出的区域，尽管在维拉扎诺远航北美（一五二四年）五十多年之后，哈克吕特[②]认为，维拉扎诺（由法国君主赞助绘制）的简率草图才是对我们海岸最准确的描绘。法国人留下的足迹十分清晰，他们一路勘测地形水深，航行或探险回家时总是有成果可以展示，他们的地图没有丢失的危险，不会像卡博的地图那样不知所踪[③]。

那个时代，最杰出的航海家都是意大利人或意大利裔，再就是葡萄牙人。法国人和西班牙人虽然没有前者那么先进的航海技术，但却比英国人更富想象力和冒险精神，迟至一七五一年，他们依然比英国人更适合探索新大陆[④]。

---

① 卡地亚（Jacques Cartier, 1491—1557）为法国探险家。

② 除《英格兰民族航海通商探索发现大事记》之外，英格兰作家哈克吕特（参见《再上海滩》一篇的相关注释）还著有《关涉美洲发现之历次航行》(*Divers Voyages Touching the Discoverie of America*)。梭罗此处引述的是后一本书的说法，后一本书出版于1582年，故有"五十多年之后"之说。

③ 据英国历史学家雷蒙德·比兹利（Sir Charles Raymond Beazley, 1868—1955）的《卡博父子与发现北美》(*John and Sebastian Cabot: the Discovery of North America*, 1898)所说，塞巴斯蒂安·卡博绘制的地图几乎全部失传，仅有一张1544年刊行的世界地图于1844年重见天日。

④ 梭罗这么说，也许是因为法国探险家及科学家拉孔达明（Charles Marie de La Condamine, 1701—1774）于1735年随探险队前往今日的厄瓜多尔，十年后才带着许多重要成果回到法国，并于1751年出版《赤道考察日志》(*Journal du voyage fait par ordre du roi à l'équateur*)。

正是在这种精神的激励之下，法国人一早就来到了五大湖区和密西西比河北段，西班牙人则来到了同一条河的南段。他们对这些地方的探索，比我们的拓荒者殖民西部①早得多，时至今日，我们在西部依然要靠"*voyageur*"或"*coureur de bois*"②来当向导。"*Prairie*"（大草原）是法文词语，"*Sierra*"（山脉）③则是西班牙文。佛罗里达的奥古斯丁和新墨西哥的圣塔菲④（建于一五八二年），这两个最古老的美国城镇，都是西班牙人建起来的。在岁数最大的人犹有记忆的年代，英裔美国人的活动区域仍然局限在阿巴拉契亚山脉和大海之间，局限在"一个不到两百里宽的范围"⑤，而密西西比河则是条约规定的新法兰西东界⑥。（可参看一七六三年在伦敦印行的那本小册子，跟约翰·巴特拉姆爵士的游记装订在一起。⑦）就探索内陆而言，英国人的冒险精神与那些只上岸待一

---

① 这里的"西部"是相对新英格兰地区而言。

② "*voyageur*"和"*coureur de bois*"都是法文词语，分别指十七至十九世纪毛皮贸易鼎盛时期在今日美加边境等地活动的两类人，前者指提供运输服务的法裔船户，后者指从事毛皮贸易的法裔商贩。

③ 这两个词经常出现在美国西部的地名当中。

④ 奥古斯丁即前文曾提及的圣奥古斯丁；圣塔菲（Santa Fé）为新墨西哥州首府，该州土地于1848年成为美国领土。

⑤ 引文出自安塞尔姆·耶茨·贝利（Anselm Yates Bayly, 生平不详）撰写的《殖民北美俄亥俄河之利益》（*The Advantages of A Settlement Upon the Ohio in North America*, 1763）。

⑥ 波及整个世界的"七年战争"（Seven Years' War, 1756—1763）结束之后，英国、法国和西班牙于1763年签订《巴黎条约》（Treaty of Paris），条款之一是法国将北美大陆密西西比河以东的属地让与英国。

⑦ "小册子"即《殖民北美俄亥俄河之利益》；约翰·巴特拉姆爵士（Sir John Bartram, 1699—1777）为北美殖民地植物学家及探险家，著有多种游记。

天的水手无异，开拓精神也只配与商贩为伍。有人说，发现北美大陆的时候，卡博自称大失所望，因为他发现这片大陆向北延伸，挡住了他去印度的路。假使他真这么说过的话，那他的口气跟英国人还挺像的，话又说回来，对于这么伟大的一位发现者，我们只愿意增添他的声望，不愿意诋毁中伤。

塞缪尔·彭哈洛[①]在《交战史》（一七二六年在波士顿印行）第五一页写到了"皇家港和新斯科舍"，说后者"最初是由塞巴斯蒂安·科比特先生[②]在亨利七世一朝代表大不列颠王室占据的，但却一直沉睡到了一六二一年"，其时威廉·亚历山大爵士[③]取得了这片土地的专利，占据了一些年的时间。到后来，大卫·科尔克爵士[④]又成了这片土地的主人，然而时隔不久，"令所有有识之士惊诧莫名的是，它居然被拱手送给了法国人"。

温斯诺普[⑤]是马萨诸塞殖民地首任总督，不太可能不了解当时

[①] 塞缪尔·彭哈洛（Samuel Penhallow, 1665—1726）为北美殖民地历史学家及民兵首领，著有《新英格兰与东部印第安人交战史》（*History of the Wars of New-England with the Eastern Indians*），本段引文均出自该书的1726年初版。

[②] 这里的"塞巴斯蒂安·科比特"（Sebastian Cobbet）即塞巴斯蒂安·卡博，他曾于1497年随父亲奉亨利七世之命探索北美。

[③] 威廉·亚历山大爵士（Sir William Alexander, 1567?—1640）为苏格兰贵族及诗人，于1621年获得詹姆斯一世颁授的新斯科舍（这个地名的字面意义是"新苏格兰"）专利，随后尝试在该地建立殖民地。

[④] 大卫·科尔克爵士（Sir David Kirke, 1597?—1654）为查理一世宠臣，于1629年从尚普兰手中攻占魁北克，由是成为纽芬兰总督，并从威廉·亚历山大爵士手中分得一部分新斯科舍权益。

[⑤] 温斯诺普（John Winthrop, 1587/1588—1649），信奉清教的英国律师，马萨诸塞湾殖民地首任总督。美国银行家及作家詹姆斯·萨维奇（James Savage, 1784—1873）用温斯诺普的日记编成了《一六三〇至一六四九年新英格兰史》（*The History of New England from 1630 to 1649*, 1825—1826）。

的情况，何况他还是瓦楚瑟特山①的发现者（所谓发现，也就是看见了这座矗立在内陆四十里处的山），至少**传闻**是这么说的，可我们发现，迟至一六三三年，他仍然在谈论康涅狄格河和"波多马克河"源头附近的那个"大湖"，以及"它周围的骇人沼泽"②，而在记述一六四二年重大事件的时候，他写到了爱尔兰人达比·菲尔德前往"白山"的探险历程，说菲尔德登上白山顶峰，向东望见了他"认为是加拿大湾的地方"，向西望见了他"认为是加拿大河源头的那个大湖"，又说他在峰顶发现了许多"白云母"，"可以挖到四十尺长、七八尺宽的大块矿石"③。在这些新英格兰本地居民如此这般编织传说、遐想内陆百里处那片"*terra incognita*"（未知之地）的时候，更确切地说，在比上文提及的最早年代还要早许

---

① 瓦楚瑟特山（Wachusett）是马萨诸塞州的一座山，位于康科德西边。

② 前几处引文均出自萨维奇《一六三〇至一六四九年新英格兰史》第一卷。引文中的"大湖"即今日美加交界处的尚普兰湖（Lake Champlain，见下文）。康涅狄格河（Connecticut）是新英格兰地区最长的河流，发源于新罕布什尔州；波多马克河（Potomac，引文作Potomack）是美国东北部的一条大河，发源于西弗吉尼亚州。梭罗引用这些文字，是想说明当时的英国殖民者对新英格兰的地理缺乏了解。

③ 前几处引文均出自萨维奇《一六三〇至一六四九年新英格兰史》第二卷。引文中的"白山"（White hill）即主要位于新罕布什尔州的白山山脉（White Mountains），前文曾提及的华盛顿山为白山主峰。达比·菲尔德（Darby Field，1610—1649）是登临白山的第一个欧洲人，白山山脉中的菲尔德山（Mount Field）因他而得名。引文中的"加拿大湾"（Gulf of Canada）和"加拿大河"（Canada River）分别是圣劳伦斯湾和圣劳伦斯河的异名。《一六三〇至一六四九年新英格兰史》编者萨维奇在针对这段叙述的注释中说："也许无需我在此赘述，这位旅行者（菲尔德）初次登上那座高峰的时候，在东西北三个方向看到的大片水面都是幻象，他多半是受了山谷中大团雾气的迷惑。"

多年的时候，在朝圣先民听说新英格兰这片土地之前，身为**加拿大首任总督**的尚普兰业已在林间要塞与易洛魁人①作战，并已深入五大湖区，在那里度过了冬天，更别说早在之前的一个世纪，卡地亚②和罗伯威尔③等人已经探索了内陆的许多地区，而尚普兰自己也还有年代较早的北美之行。一六一三年版的《尚普兰航行记》附有一张插图，画的是他在尚普兰湖南端附近帮助加拿大印第安人对抗易洛魁人的一场战斗，时间是一六〇九年七月，比普利茅斯殖民地建立早十一年。班克罗夫特也说，尚普兰曾与阿尔冈昆人④一起远征纽约的西北边，讨伐易洛魁或说"五族联盟"。尚普兰湖便是上文所说的那个"大湖"，英国人很久以后才从法国人

---

① 易洛魁（Iroquois）是北美东北部多个印第安部族组成的一个历史悠久的联盟，起初包括莫霍克人（Mohawk）、奥奈达人（Oneida）、奥农达加人（Onondaga）、塞内卡人（Seneca）和卡尤加人（Cayuga）五个部族，由此亦称"五族联盟"（Five Nations）。

② 梭罗原注："值得一提的是，一五三五年，也就是戈斯诺尔德看到鳕鱼岬六十七年之前，卡地亚从蒙特利尔山放眼眺望，看到的第一片（如果不是唯一一片的话）新英格兰土地是佛蒙特（当时他还看见了纽约的山峰）。**如果说看见就等于发现**——从有据可查的历史来看，卡博对美国海岸的**全部了解**也不过是看见而已——新英格兰发现者的头衔就应该送给卡地亚（不考虑维拉扎诺和戈麦斯的话），而不是通常所说的戈斯诺尔德。"梭罗这条原注中的"蒙特利尔山"（Montreal Mountain）即今日加拿大蒙特利尔市的皇家山（Mount Royal），卡地亚是登临此山的第一个欧洲人。戈麦斯（Esteban Gómez, 1483?—1538）为葡萄牙探险家，曾于1524年航行至缅因海岸。

③ 罗伯威尔（Jean-François Roberval, 1500?—1560）为法国贵族及探险家，曾尝试在加拿大建立殖民地。

④ 阿尔冈昆人（Algonquins）指操阿尔冈昆语的各个印第安部族，大多生活在美加交界地区，主要以渔猎为生。

口中听到关于它的些许传闻，得知它位于"一个名为'拉科尼亚'的假想省份，并在一六三〇年前后的几年里竭力找寻它的下落，最终徒劳无功。"①（参见《缅因历史学会资料汇编》第二卷第六八页斐迪南·果吉斯爵士的记述。②）托马斯·莫尔顿也用了一章的篇幅来讲这个"大湖"。③尚普兰所绘地图的一六三二年版已经标出了尼亚加拉瀑布，并在"*Mer Douc*"（休伦湖）西北边的一个大湖中标出了一个岛，名字是"*Isle ou il y á une mine de cuivre*"（有铜矿的岛）④。岛上的铜矿，足可使我们总督的"白云母"黯然失色。所有这些探险和发现都留下了巨细靡遗的忠实记录，有事件有日期，还有图表和水深数字，一切都是严谨科学的法国人风格，几乎不掺杂任何虚构臆造、任何道听途说。

十之八九，早在十七世纪到来之前许久，欧洲人就有了造访

---

① 这句引文不详所自，亦不见于梭罗在括号中列明的出处。"拉科尼亚"（Laconia）见下一条注释。

② 在《缅因历史学会资料汇编》第一辑第二卷当中，紧接斐迪南·果吉斯爵士《美洲开创性殖民事业略记》的一篇文章是从斐迪南·果吉斯《美洲写真》（*America Painted to the Life*, 1658）一书中摘录的《拉科尼亚概述》（"A Brief Description of Laconia"）一文，但该书作者斐迪南·果吉斯（Ferdinando Gorges, 1629—1718）是斐迪南·果吉斯爵士的孙子，没有爵士头衔，梭罗此处的"斐迪南·果吉斯爵士"应为笔误。《拉科尼亚概述》一文的注释（《资料汇编》第六八页）讲述了英国人寻找尚普兰湖的尝试。据该文所说，"拉科尼亚得名是因为该地有一些大湖……拉科尼亚虽然自有专名，终归是在缅因省范围之内。"由此可知，地名"Laconia"是由拉丁词语"*lacus*"（湖）衍生而来。

③ 指托马斯·莫尔顿《新英格兰的迦南》（参见前文注释）一书的记述。

④ 这个岛是苏必利尔湖（在休伦湖西北边）中的皇家岛（Isle Royale），该岛曾以产铜闻名。

鳕鱼岬的经历。说不定,卡博曾经亲眼看见这个地方。按照维拉扎诺本人的说法,一五二四年,他曾在我们海岸上某个坐标为北纬四十一度四十分的地方(有些人推测是纽波特①的港湾)待了十五天,其间还经常深入离海五六里格的内陆。维拉扎诺还说,之后他立刻向东北航行了一百五十里格,**一路上始终可以看见海岸**。②哈克吕特的《关涉美洲发现之历次航行》附有一张地图,是根据他极为推崇的维拉扎诺草图绘制的,可我没能在这张地图上找到鳕鱼岬,除非图中的"*C. Arenas*"(沙岬)就是它,但沙岬虽然纬度相符,经度却比"Claudia"(克劳德岛)还偏西十度,而人们通常认为,克劳德岛就是现今的布洛克岛。③

《传记大全》告诉我们,"有一份古老的地图手稿,是西班牙的世界地图绘制师迭戈·里贝罗④于一五二九年绘制的,其中保存了戈麦斯(一个奉查理五世⑤之命探险的葡萄牙人)航行的相

---

① 美国有许多地方名为"纽波特"(Newport),这里的纽波特是罗得岛州的一个海滨城镇。

② 鳕鱼岬在罗得岛州纽波特的东北边。

③ 布洛克岛(Block Island)是罗得岛州海滨的一个岛,因荷兰探险家阿德里安·布洛克(参见前文注释)而得名,这个岛的旧名"Claudia"是维拉扎诺1524年取的,为的是向弗朗西斯一世的王后克劳德(Claude of France, 1499—1524)致敬。布洛克岛在鳕鱼岬的西边。

④ 迭戈·里贝罗(Diogo Ribeiro, ?—1533)为葡萄牙裔西班牙制图师及探险家。

⑤ 查理五世(Charles V, 1500—1558)为1519至1556年在位的神圣罗马帝国皇帝,戈麦斯(参见上文注释)的探险受其赞助。戈麦斯的全名通常作"Esteban Gómez"(伊斯特凡·戈麦斯),下文中的"Etienne Gomez"(埃蒂安·戈麦斯)应为异写。

关资料。在这张地图上，纽约、康涅狄格及罗得岛三州所在位置的下方（原文作'au dessous'）标的是'Terre d'Etienne Gomez, qu'il découvrit en 1525'（意为'埃蒂安·戈麦斯之地，由戈麦斯于一五二五年发现'）。"① 这张地图，连同一本回忆录，已于上个世纪在魏玛刊行。

让·阿方索②堪称他那个时代数一数二的航海家，曾于一五四二年充任罗伯威尔探索加拿大的领航员，为上溯圣劳伦斯河的航程给出了格外详尽准确的指引，足证他熟知当地情形，绝非信口开河。根据哈克吕特的译文，他曾在《路书》中写道，"我到过一个远达北纬四十二度的海湾，在诺伦贝加河（是珀诺布斯科特河吗？）③和佛罗里达之间，不过我没有航行到海湾尽头，所以不知道它是否从一块大陆通向另一块大陆"④，也就是亚洲。（J'ai

---

① 《传记大全》(Biographie Universelle) 是法国历史学家及书商路易-加布里埃尔·米绍（Louis-Gabriel Michaud, 1773—1858）主编的传记辞典。引文原文是梭罗对比德尔《塞巴斯蒂安·卡博传及航海发现史评述》摘引的《传记大全》法文原文的英译，括号里的文字都是梭罗添加的说明。比德尔在这段法文引文之后写道："这张地图，连同一本珍贵的回忆录，已于一七九五年在魏玛出版……"魏玛（Weimar）为德国中部城镇。

② 让·阿方索（Jean Alphonse, 1484?—1544/1549）为葡萄牙航海家及探险家，著有《让·阿方索的路书》(Rutter of Jean Alphonse, 1600)。

③ 现今的西方学者大多认为，阿方索说的诺伦贝加河（Norumbega, 文中作 Norimbegue）指的是珀诺布斯科特河。

④ 引文原文是梭罗对魁北克文学及历史学会 1843 年编印的《发现加拿大的航程》(Voyages de decouverte au Canada) 一书所载法文版《路书》(Le Routier) 相应文字的英译，括号里的文字是梭罗加的。该书所载《路书》标题下印有"哈克吕特译"字样。下文括号里的法文是梭罗附上的该书原文。

été a une Baye jusques par les 42e degres entre la Norimbegue et la Floride; mais je n'en ai pas cherché le fond, et ne sçais pas si elle passe d'une terre à l'autre.）假使他这句话不可能是指再往南一点那段向西延伸的海岸，指的就应该是马萨诸塞湾。他宣称"我坚信诺伦贝加河会流入加拿大河"的时候，也许是在尝试解释印第安人的一种说法，亦即你可以取道圣约翰河，或者是珀诺布斯科特河，甚或是哈德森河，从圣劳伦斯河驶入大西洋。①

关于这片"诺伦贝加"之地，以及该地的那座大城，四面八方都有传闻。拉姆西奥著作（一五五六至一五六五年间印行）第三卷载有一位杰出法国船长的记述②，说"诺伦贝加"这个地名是土著居民起的，发现者是维拉扎诺。一六〇七年刊行的一本著作宣称，土著居民把这片地方或这条河称为"阿衮西亚"，书中随附的地图则把"阿衮西亚"画成了一个岛。③古代作家经常提到它，把它描述为加拿大和佛罗里达之间一片面积忽大忽小的土地，哈

---

① 引文是梭罗对《发现加拿大的航程》所载法文版《路书》相应文字的英译，《路书》原文整句是："我坚信诺伦贝加河会流入加拿大河，最终流入萨格奈海。"阿方索说的"加拿大河"即圣劳伦斯河，萨格奈海（la mer du Saguenay）即萨格奈河口的大西洋海域（萨格奈河在魁北克，为圣劳伦斯河支流），亦即圣劳伦斯湾；圣约翰河（St. John）是从缅因北流入加拿大再向东南流入大西洋的一条河；哈德森河（Hudson River）是纽约州东部一条由南向北流入大西洋的河流。

② 拉姆西奥（Giovanni Battista Ramusio, 1485—1557）为意大利地理学家及游记作者，编有汇集历代探险家著述的《航海与旅行》（*Navigationi et Viaggi*）。该书第三卷于1556年印行，书中没提这位"杰出法国船长"的名字。

③ 据美国学者约翰·休顿（John Huden, 1901—1963）所说，"阿衮西亚"（Aguncia）在印第安语言中意为"岛屿"，指珀诺布斯科特河口附近区域。

克吕特《关涉美洲发现之历次航行》收载的那张根据维拉扎诺草图绘制的地图,则把它呈现为一个东端在布列塔尼人岬①的大岛。也许是受了这些地图和传闻的影响,早期移民普遍认为,新英格兰是一座岛屿。在奥提柳斯②绘制的一张地图上(《寰宇大观》,一五七〇年在安特卫普印行),诺伦贝加和诺伦贝加城大致是在今日缅因州的位置,而在对应于珀诺布斯科特河或圣约翰河的位置,图上标的是"R. Grande"(大河)。

一六〇四年,尚普兰奉德蒙茨先生之命探索诺伦贝加海岸,他从"高地岛"③出发,沿珀诺布斯科特河上溯了二十二或二十三里格,直到被瀑布挡住去路为止。他写道:"在我看来,这条河就是许多领航员和历史学家口中的'诺伦贝加',他们中的大部分人都说它浩荡宽广,岛屿无数,又说它的河口大致是在北纬四十三度或四十三点五度,照另一些人的说法则是四十四度。"④他坚信,声称诺伦贝加有座大城的人,"大部分"都不是基于亲眼所见,仅仅是以讹传讹而已,不过他认为,有些人确实见过这条河的河口,因为他们对河口的描述符合事实。

在"一六〇七年"题头之下,尚普兰写道:"我们在坡岑古岬

---

① 今日加拿大的新斯科舍省有一个岛名为"布列塔尼人岬"(Cape Breton),布列塔尼人即法国西北海滨地区布列塔尼(Bretagne)的居民。

② 奥提柳斯(Abraham Ortelius, 1527—1598)为安特卫普地理学家及制图师,所著《寰宇大观》(*Theatrum Orbis Terrarum*)为第一部现代地图集。

③ 高地岛(Isle Haute)是新斯科舍海滨的一个小岛,邻近珀诺布斯科特河口,岛名是尚普兰取的。

④ 引文原文是梭罗对《尚普兰航行记》1613年版相应文字的英译。

(靠近新斯科舍芬迪湾①的外缘)往北三四里格的地方找到了一个十分古老的十字架,上面长满了苔藓,几乎已经彻底朽烂。这是个一目了然的证据,说明基督徒曾经来过这里。"②

莱斯卡博撰写的如下文字,同样可以说明十六世纪期间,欧洲人在邻近海岸的活动是多么地频繁。记述一六〇七年从皇家港返回法国的航程之时,莱斯卡博写道:"到最后,我们终于驶入离坎梭(即坎索海峡)不到四里格的一个港湾(新斯科舍),遇见了来自圣让德吕兹③的萨瓦列船长,一位年高德劭的绅士,当时他正在港湾里捕鱼,给了我们极其有礼的款待。这个港湾很小,条件却很优越,我发现它尚未命名,便在我的地图上把它标为'萨瓦列港'④。(尚普兰的地图上也有这个地名。)这位可敬的绅士告诉我们,他已经是第四十二次航行到这一带了,而那些纽芬兰人(原文是'*Terre neuviers*')一年只来一次。他对自己的渔获十分满意,还跟我们说,他一天就能捕到价值五十克朗的鳕鱼,这一趟的收入将会达到一万法郎⑤。他雇了十六个船员,他的船载重八十吨,

---

① 芬迪湾(Bay of Fundy)是新斯科舍和新不伦瑞克之间的一个海湾,上文中的高地岛就在这个海湾里;坡岑古岬(Cap de Poitrincourt)即芬迪湾边缘的裂口岬(Cape Split)。

② 引文原文是梭罗对《尚普兰航行记》1613 年版相应文字的英译,括号里的文字是梭罗加的。

③ 坎索海峡(Strait of Canso)是新斯科舍半岛和布列塔尼人岬岛之间的海峡;圣让德吕兹(Saint-Jean-de-Luz,文中作 St. John de Lus)是法国西南端的一个海滨城镇。

④ 萨瓦列港(Savalet)可能是新斯科舍半岛南侧渔港托贝(Tor Bay)。

⑤ 按照十六世纪末期的法国币制,一克朗等于三法郎。

可以装十万条干鳕鱼。"（引自《新法兰西史》一六一二年版。）①他们的鱼干是在岸边的岩石上晒制的。

上文说到一五五六至一五六五年间印行的拉姆西奥著作第三卷收载的"记述"，这份记述还附有一张"新法兰西"及诺伦贝加地图，图上已经标出了一个名为"*Isola della Réna*"（是沙岛②吗？）的所在。据尚普兰所说，一六〇四年，沙岛上有"公牛（原文是'bœufs'）和奶牛在吃草，这些牛是葡萄牙人六十多年前带过来的"③，他这里说的"六十多年前"，当然得从一六一三年倒推回去。他还在《航行记》的后一个版本中说，有一艘西班牙船只在殖民布列塔尼人岬岛的航程中失了事，船载的牛跑上了沙岛，德·拉罗歇④的手下从一五九八年开始在沙岛困了七年，充饥就是靠这些牛提供的"大量"⑤肉食，盖房则是靠漂上岛来的失事残船（没准儿是吉尔伯特⑥的船），因为岛上既无树木又无石头。莱斯卡博说，这些人活命是"靠鱼和牛奶，奶牛是勒瑞及圣耶男爵

---

① 引文原文是梭罗对莱斯卡博《新法兰西史》相应文字的英译，括号里的文字都是梭罗加的。

② "*Isola della Réna*"是意大利文，意为"沙之岛"；沙岛是新斯科舍半岛东南边的一个小岛，《海滩》一篇亦有提及，可参看相关叙述及注释。

③ 引文原文是梭罗对《尚普兰航行记》1613年版相应文字的英译，括号里的文字是梭罗加的。

④ 德·拉罗歇（De la Roche, 全名作 Troilus de La Roche de Mesgouez, 1536—1606）为法国贵族，曾任新法兰西总督，一度尝试在沙岛建立殖民地。

⑤ "大量"原文为法文"*en quantite*"，引自《尚普兰航行记》1632年版。

⑥ 吉尔伯特即1583年遇难的英格兰探险家汉弗莱·吉尔伯特爵士（参见《再上海滩》一篇的相关叙述及注释）。

大约八十年前留在那里的"①。沙勒瓦则说他们先是吃光了牛，然后才靠吃鱼过活。哈里伯顿却说，留在沙岛上的牛群纯属谣传。班克罗夫特援引沙勒瓦的记载说，早在一五一八年（一五〇八年？），勒瑞及圣耶男爵就提出了殖民沙岛的计划。类似的记载还有很多，我只是略引数例而已。

按照通常的说法，鳕鱼岬是一六〇二年发现的。我们不妨仔仔细细分析一下，信史中第一批踏足新英格兰海岸的英国人，是在什么样的情形下来到此地，心里又怀着一些什么样的感受和期望。按照阿彻和布里热顿②（两人都是戈斯诺尔德船长的随行人员）的记述，旧历③一六〇二年三月二十六日，巴塞洛缪·戈斯诺尔德船长乘坐"协和号"小帆船，从英格兰的法尔茅斯④启航前往弗吉尼亚北部。其中一篇记述说，船上总共有"三十二人，包括八名海员和水手，其中十二人将在考察之后随船返回英格兰，其余人

---

① 引文原文是梭罗对莱斯卡博《新法兰西史》相应文字的英译。"勒瑞及圣耶男爵"（Baron de Leri and Saint Just）是莱斯卡博书中提到的一名法国贵族，生平不详。

② 阿彻即加布里埃尔·阿彻，参见《海难》一篇的注释；布里热顿（John Brereton, 1571/1572—1632?）为英格兰教士及探险家。《马萨诸塞历史学会资料汇编》第三辑第八卷（1843年刊行）收载了阿彻撰写的《戈斯诺尔德船长航行弗吉尼亚北部纪实》("The Relation of Captain Gosnold's Voyage to the North Part of Virginia"），以及布里热顿撰写的《考察弗吉尼亚北部简略实录》("A Brief and True Relation of the Discovery of the North Part of Virginia"）。

③ "旧历"指英国换用格里高利历（公历）之前的日历，旧历和公历的日期相差十天左右，旧历的1602年3月26日是公历的同年4月5日。

④ 法尔茅斯（Falmouth）为英格兰西南端海滨城镇。

等则留在当地殖民"①。人们普遍认为，这是"英国人在新英格兰范围内建立殖民地的第一次尝试"②。他们舍弃经由加那利群岛的通常路线，沿着一条新开辟的捷径航行，于"同年四月十四日看到了亚速尔群岛当中的圣玛丽岛"③。由于船员为数不多，用他们自己的话来说又"乏善可陈"，再加上他们"面临的是一片未知的海岸"，因此他们不曾"草率驶到近岸之处，除非天气和暖"④，这一来，他们发现陆地不是靠眼睛，靠的是测水深的铅锤⑤。四月二十三日，大洋呈现出一片黄色，但他们打了一桶海水上来看，发现"它依然泛着大海的蔚蓝，颜色和味道都没变"。五月七日，他们看到了几种叫得出名字的禽鸟，外加许多"在英语中没有名字"的鸟类。五月八日，"海水转为黄绿色"，他们在"七十英寻的深处探到了海底"。九日，他们的铅锤带上来"许多闪闪发光的砾石"，"也许意味着那里的海底有什么矿物"。十日，他们驶过一片据他们推测靠近圣约翰岛⑥西端的浅滩，看到了成群的游鱼。据他们说，十二日，"海藻不停地从我们船边漂过，仿佛它们长了脚，正在朝东北方向迁徙"。十三日，他们看到了"漂过的大片海草，许多木头，

---

① 引文出自阿彻《戈斯诺尔德船长航行弗吉尼亚北部纪实》。

② 引文出自《马萨诸塞历史学会资料汇编》第三辑第八卷编者为该书所载戈斯诺尔德史料撰写的引言。

③ 引文出自阿彻《戈斯诺尔德船长航行弗吉尼亚北部纪实》。

④ 前三处引文均出自布里热顿《考察弗吉尼亚北部简略实录》。

⑤ 布里热顿原文是说，航程中有些日子雾气弥漫，他们看不见陆地，通过测水深才知道陆地在附近。

⑥ "圣约翰岛"（St. John's Island）是加拿大爱德华王子岛（Prince Edward Island）的旧名。

以及其他杂物",并且"闻到了海岸的气味,与西班牙南部海岬和安达卢西亚①的气味相似"②。十四日,星期五,他们一早就看见了北方的陆地,那块陆地位于北纬四十三度,显然是缅因海岸的某个部分。威廉森在《缅因州史》中说,他们当时看见的陆地绝不可能是浅滩岛③中段的南岸,贝尔讷普则倾向于认为,他们看见的是安妮岬的南缘。他们贴着海岸航行,同日十二点左右抛锚碇泊,有八个野蛮人"坐着一艘帆桨齐备的比斯开双桅船④"来探访他们,船上还配有"一柄铁制抓钩和一把铜壶"。一开始,他们错把来人当成了"遭难的基督徒",其中之一"穿着跟我们的海员一样的黑哔叽马甲和马裤,脚上有鞋有袜,其他人(除了一个穿了条蓝布马裤的以外)则都是一丝不挂"。照这些英国人的说法,来访的野蛮人似乎跟"一些来自圣让德吕兹的巴斯克人"打过交道,"知道的情况比我们能够听懂的多得多,因为我们跟他们语言不通"。但英国人不久就"扬帆西去,离开了他们和他们的海岸"⑤。(对于发现者来说,这真是一个了不起的发现。)

"十五日,"加布里埃尔·阿彻写道,"我们又一次看见了陆

---

① 安达卢西亚(Andalusia)是西班牙南部海滨的一个地区。
② 前九处引文均出自阿彻《戈斯诺尔德船长航行弗吉尼亚北部纪实》。
③ 浅滩岛(Isle of Shoals)是缅因州和新罕布什尔州交界处几个小岛的合称,今称浅滩群岛(Isles of Shoals)。
④ 比斯开双桅船(Biscay shallop)是巴斯克人在十六世纪创制的一种小型捕鲸船。
⑤ 前七处引文第一、三、六、七处出自阿彻《戈斯诺尔德船长航行弗吉尼亚北部纪实》,第二、四、五处出自布里热顿《考察弗吉尼亚北部简略实录》。

地，这片陆地向前方延伸，西侧似乎有一道宽广的海峡，使它与大陆不相连属，而我们航行到它西端的时候，确实看到了一个很大的缺口，所以我们以为它是个岛屿，把它命名为'希望洲'。在这个海岬附近，我们在水深十五英寻的地方抛锚碇泊，捕到了大量鳕鱼，于是就把'希望洲'改名为'鳕鱼岬'。我们还在这里看到了成群的鲱鱼、鲭鱼和其他小鱼，数目极其庞大。这片洲屿低矮多沙，航行却并不危险。这之后，我们在水深十六英寻的岸边停了一阵，坐标是北纬四十二度。这个海岬有将近一里宽，走向是东偏东北。船长在此登岸，发现地上长满了尚未成熟的豌豆、草莓和越橘，如此等等，还发现岸边的沙层相当厚。我们在这里砍了些树木来当柴火，有柏树、桦树、金缕梅①和榉树。有个身背弓箭、耳挂铜牌的印第安小伙子跑来找船长，表示他愿意帮我们的忙。"

"十六日，我们沿着海岸向南行驶，岸上只有一片荒草覆盖的旷野，周围的岛屿倒长着一些树木。"②

或者，按照约翰·布里热顿的记述，"我们来到这里"，亦即他们初次和土著居民打交道的地方，"找不到泊船的良港，又担心天气有变，于是就在同日午后三点左右启碇开船，向南驶入远海，借着清爽的劲风连续航行了一整个下午，再加上一整个晚上，次日早晨便发现自己身处一个巨大海岬的包围之中。同日九点左右，

---

① "金缕梅"原文为"witch-hazel"，是禾本科金缕梅属灌木或小乔木的通称，尤指原产北美东部的弗吉尼亚金缕梅（*Hamamelis virginiana*）。

② 前两段引文均出自阿彻《戈斯诺尔德船长航行弗吉尼亚北部纪实》。

我们在离岸不到一里格的地方抛锚停泊，放出我们的半艘小船①，载着巴塞洛缪·戈斯诺尔德船长、我本人和其余三人，一同登上了十分陡峻的白沙海岸。我们身背火枪，在我们视线范围内最高的山丘上走了整整一个下午（天气十分炎热），最终发现这个海岬是大陆的一部分，还发现它周围岛屿众多，几乎是各个方向都有。傍晚时分，我们动身走回小船（这时他们已经把另外半艘小船划上岸，做完了拼装的活计），路上碰见一个印第安小伙子，身材匀称，长相也讨人喜欢。我们跟他套了套近乎，然后就把他留在海边，顾自返回大船，随即发现我们不在的五六个钟头当中，大船上已经鳕鱼成灾，以至于我们不得不把一些鱼扔回海里。不用说，我完全相信这一带的鱼跟纽芬兰一样多，捕鱼的好时节也同样是三至五月，因为我们往来这片海岸的时候，天天都看见一群又一群的鲭鱼、鲱鱼、鳕鱼和其他鱼类，多得叫人吃惊"，等等，等等。

"我们从这个地方出发，绕着海岬航行，航向几乎覆盖了罗盘上的所有点位，沿途的海岸十分陡峻。不过，考虑到世上绝没有毫无危险的海岸，我深信这里跟任何海岸一样安全。这里的地势比较低，长满了秀美的树木，但也有一些空旷的原野。"②

他们究竟是在鳕鱼岬的哪一侧登陆，并不是特别清楚。布里热顿说"我们从这个地方出发，绕着海岬航行，航向几乎覆盖了

---

① 当时有把大船所载的备用小船锯成两半以便收纳，需用时再拼起来的做法，本书多次提及的约翰·史密斯上尉就曾经这么做。

② 前两段引文均出自布里热顿《考察弗吉尼亚北部简略实录》。

罗盘上的所有点位",这句话似乎表明,他们是在海岬内侧登陆的,果真如此的话,具体的地点一定是特鲁罗或威尔弗利特的西岸。沿海岬向南驶入巴恩斯特博湾的海员,只有在这两个镇子才能看见"十分陡峻的白沙海岸",虽然说海岬西侧的沙岸并不像东侧那么高。这两个镇子的西侧沙崖平齐规整,尤其是威尔弗利特的沙崖,从四五里之外望去,就好像一列用黄色砂岩筑成的长长城垛,仿佛是陆地借以抵御大洋侵蚀的要塞。沙崖上间杂着东一条西一条的泛红沙带,就跟画上去的一样。再往南去的海岸比较平坦,沙质不那么突兀**显眼**,片片沼地时或为海岸添上一抹葱绿,在水手眼里不啻珍罕的翡翠。然而,普林(以及萨尔特恩,他曾随戈斯诺尔德出航,当时又与普林同行)在次年的航行日志[①]当中写道,"我们从这里(亦即野人礁)出发,驶入了戈斯诺尔德船长去年绕过的那个大海峡。"[②]

[①] 普林见前文注释;萨尔特恩全名为罗伯特·萨尔特恩(Robert Salterne,生卒年不详),英格兰探险家,是普林1603年航行期间的副手;这里的"航行日志"是珀恰斯《珀恰斯朝圣之旅》(参见前文注释)收载的普林《一六○三年考察弗吉尼亚北部之行》("A Voyage... for the Discoverie of the North Part of Virginia, in the Yeere 1603"),后一处引文即出该书,括号里的文字是梭罗加的。梭罗引用普林的记述,意在表明他对自己的推测不那么肯定,因为他推测戈斯诺尔德航行到了海岬内侧,普林却说戈斯诺尔德"绕过"(亦即没有驶入)了"那个大海峡"(鳕鱼岬湾的入口)。

[②] 梭罗原注:"有些人望文生义,认为'野人礁'指的是安妮岬岩港的萨尔维基斯礁,一块离海岸大概两里的礁岩,然而十之八九,这个地名指的是缅因州约克港东侧的**纳博礁**,一块靠近海岸的高耸巨岩。一些经验丰富的航海者认为,戈斯诺尔德看见的第一块陆地,就是同一片海岸上的伊丽莎白岬。(参见巴布森《格洛斯特史》。)"梭罗这条原注里的"野人礁"(Savage Rock)是戈斯诺尔德命名的,原因如本篇上文所说,他们在那里遇见了"八个野蛮人"。岩港(Rockport)是位(转下页)

他们就这样绕着海岬航行，将海岬的东南端命名为"忧心角"①，后来又遇上一个岛屿，名之为"玛莎葡萄园岛"（现名"无主之地岛"）②，还在另一个岛上待了一阵，把这个岛命名为"伊丽莎白岛"，以此向女王致敬，这个岛所在的群岛从此以"伊丽莎白群岛"为名，这个岛本身的现名却是来自印第安语的"卡提洪克"。③他们拿海滩上捡来的石头充当一部分的建材，在这个岛上建了座小小的仓房，也就是英国人在新英格兰盖的第一座房子，房子的地窖到最近都还清晰可辨。班克罗夫特在《美国历史》一八三七年版中说，他们那座要塞的遗迹，如今已经无从辨识。戈斯诺尔德船上那些原定要留在北美的人，渐渐地心生不满，于是乎，六月十八日，所有人一同启程返回英格兰，船上载满了檫木和其他货品。

（接上页）于安妮岬东端的马萨诸塞城镇，萨尔维基斯礁（Salvages）位于该镇，梭罗说"有些人望文生义"，是因为"Savage"和"Salvages"音形皆近。约克港（York Harbor）是缅因州西南角约克镇的海港，伊丽莎白岬（Cape Elizabeth）是缅因州的一个海岬，在约克港北边不远处。梭罗注文中关于纳博礁（Nubble）和伊丽莎白岬的说法出自巴布森的《格洛斯特史》（参见《大海与沙漠》一篇的相关注释），注文中戈斯诺尔德看见的"第一块陆地"应理解为"第一块新英格兰陆地"。

① 忧心角（Point Care）即鳕鱼岬莫诺莫伊半岛南端的莫诺莫伊角（Monomoy Point），戈斯诺尔德一行曾在该地遇到险情。

② 玛莎葡萄园岛见前文注释，戈斯诺尔德如此命名，是因为他的岳母和女儿都叫"玛莎"。梭罗说的"无主之地岛"原文为"No Man's Land"，这个说法应该是因为玛莎葡萄园岛旁边有个"Nomans Land"（诺曼之地岛），这个岛得名于印第安酋长特克诺曼（Tequenoman），岛名亦作"No Man's Land"。

③ 伊丽莎白群岛和卡提洪克岛均见前文注释，戈斯诺尔德致敬的女王是1558至1603年在位的英格兰君主伊丽莎白一世（Elizabeth I, 1533—1603）。

第二年，马丁·普林也来这里寻找檫木。从此以后，他们开始一窝蜂拥来此地，一直持续到了檫木早已失去神药光环的时候。

以上便是现存最古老的鳕鱼岬记载，除非鳕鱼岬像一些人猜测的那样，就是古人笔下的"*Kial-ar-nes*"亦即龙骨岬。据一些冰岛古代手稿所说，一〇〇四年，红胡子埃里克的儿子梭沃[1]从格陵兰往西南方向航行了许多天，然后在这个海岬上撞折了船的龙骨。另据一份在某些方面不那么可信的手稿所说，一〇〇七年，梭芬·卡尔瑟夫尼[2]（"'卡尔瑟夫尼'的意思是'可望或注定成为能人或伟人的人'"，据说此人在新英格兰生了个儿子，雕塑家梭沃森[3]即其后裔）也曾从这里驶过。梭芬的船队有三条船，船上有他的妻子古德丽德，还有斯诺尔·梭布兰森、比亚恩·格林沃夫森、梭霍·加拉森[4]等北欧豪杰，一共载了"一百六十人，外加各种牲畜"（其中多半包括北美的第一批挪威鼠[5]）。他们航行海上，陆地

---

[1] 红胡子埃里克（Eric the Red, Erik Thorvaldsson, 950?—1003?）为北欧探险家，前文中提及的"幸运雷夫"的父亲，据冰岛传说是第一个在格陵兰建立殖民地的人，埃里克的另一个儿子梭沃（Thorvald Eiriksson, 梭罗写作 Thorwald）据说是第一个死在北美的欧洲人。

[2] 梭芬·卡尔瑟夫尼（Thorfinn Karlsefne）即前文曾经提及的梭芬（可参看《大海与沙漠》一篇的相关叙述及注释）。

[3] 梭沃森（Bertel Thorvaldsen, 梭罗写作 Thorwaldsen, 1770—1844）为驰名世界的丹麦雕塑家，通常译名是"托瓦尔森"。

[4] 古德丽德（Gudrid Thorbjarnardóttir, 梭罗写作 Gudrida）、斯诺尔·梭布兰森（Snorre Thorbrandson）、比亚恩·格林沃夫森（Bjarne Grimolfson, 梭罗写作 Biarne Grinolfson）和梭霍·加拉森（Thorhall Garnlason）都是冰岛传说中的探险家。梭霍·加拉森即前文曾经提及的梭霍。

[5] 这句话是梭罗的调侃。"挪威鼠"（Norway rat）是褐家鼠（brown rat, *Rattus norvegicus*）的别称，这种老鼠源自亚洲，十八世纪才传入北美。

在他们"右手边"，后来又"划船上岸"，看到了"*Or-œfi*"（无路可循的沙漠）和"*Strand-ir lang-ar ok sand-ar*"（沙丘和狭长海滩），并且"将这片海岸命名为'*Furdu-strand-ir*'（神奇海滩），因为驶过它的航程显得十分漫长"。①

从冰岛手稿看来，梭沃才是第一个发现美洲大陆的人，除非我们算上另一个潜在的候选者，亦即一个名为"比亚恩·赫柳夫森"的人（"赫柳夫森"的意思是"赫柳夫之子"）。公元九八六年，赫柳夫森突然之间游兴大起，于是从冰岛驶向格陵兰，去找移居该岛的父亲，因为据手稿所载，他决意"跟父亲一起度过接下来的这个冬天，跟以往的每个冬天一样"②。风暴把赫柳夫森的船吹到了西南方的远处，天气转晴之后，他看到地势低矮的鳕鱼岬隐现远方，发现那地方不像是格陵兰，随即掉转船头，缘岸北上，最终抵达格陵兰，与父亲欢聚一堂。无论如何，梭沃仍然很有资格揽下美洲大陆发现者的称号。

这些北欧人性情刚毅，长子之外的儿子只有权继承大洋，不得不扬帆海上，既没有海图作为参考，也没有罗盘指引方向。他们据说是"利用风力航行的第一人"③，习惯是把房门的柱子扔到海里，门柱在哪里漂上海岸，他们就在哪里定居。不过，尽管我们十分钦佩比亚恩、梭沃和梭芬的航海技术与冒险精神，可他们并

---

① 本段引文（包括括号中的引文）原文都是梭罗对拉芬《美洲古史》（参见前文注释）相应拉丁文字的英译。

② 引文原文是梭罗对拉芬《美洲古史》相应拉丁文字的英译。

③ 引文出自1838年1月美国杂志《北美评论》（*North American Review*）刊载的拉芬《美洲古史》书评。

没有把他们到达的经纬度说得足够清楚,所以我们只好对他们看见的海岬暂时存疑。我们认为,那些海岬要比鳕鱼岬靠北许多。

时间和篇幅允许的话,我还可以列举其他的一些杰出人物,说一说他们的美洲发现者候选资格。莱斯卡博于一六〇九年断言,早在无从追忆的远古时代,法国水手便开始频频造访纽芬兰的浅滩,"为的是捕捞鳕鱼,以此供应几乎整个欧洲的居民,外加所有的海船",这一来,纽芬兰"左近各个地方的语言都与巴斯克语相似"。① 莱斯卡博还引用了波斯特尔②的记述,后者是一位博学却浮夸的法国作家,出生在一五一〇年,只比传闻中巴斯克人、布列塔尼人和诺曼人发现大浅滩及其邻近岛屿的时间晚六年。我们没见过波斯特尔撰著的《地理图》,但根据莱斯卡博的引述,其中写道:"*Terra haec ob lucrosissimam piscationis utilitatem summa litterarum memoria a Gallis adiri solita, et ante mille sexcentos annos frequentari solita est; sed eo quod sit urbibus inculta et vasta, spreta est.*",亦即"这里拥有利益可观的渔场,从历史开端便时常迎来高卢人③的造访,一千六百多年前就成了人来人往的热闹地方,但这里没有城镇,而且一片荒凉,由此受到了人们的轻视"。④

---

① 前两处引文的原文是梭罗对莱斯卡博《新法兰西史》相应文字的英译。

② 波斯特尔(Guillaume Postel, 1510—1581)为通晓多门学科的法国学者,著述繁多。

③ 高卢人(Gauls)是公元前五世纪至公元五世纪活动在西欧和中欧的一个凯尔特民族,在有些语境下等同于法国人。

④ 引文原文是梭罗对前引拉丁引文的英译,"这里"指纽芬兰。拉丁引文出自莱斯卡博《新法兰西史》。波斯特尔的《地理图》(*Charte Geographique*)已经失传。

一切都是老一套：某甲找到了矿，让全世界找到这个矿的却是我，现在某甲又跳出来说，矿是他找到的。

话又说回来，我们不应该嘲笑波斯特尔和他的观点。说不定，他掌握的情况比我们多，就算他说得确实有点儿玄，兴许也是因为他说的事情有点儿远，远在大西洋对面。我们中的大多数人都相信，美洲有过一次被人发现又被人遗忘的经历，既然如此，同样的经历干吗不能有两次呢？更何况，早期的发现本来就留不下多少记载。想想吧，构成历史的都是些什么材料，绝大部分的历史，不过是后人集体相信的故事而已。黑河之战①是离我们非常近的事情，可是有谁能告诉我，究竟有多少俄罗斯人参加了这场战役？然而毫无疑问，史学家瞎编先生②肯定会拿出一个明确具体的数字，好让过目不忘的学童们记在心里。那么，参加了萨拉米斯战役③的波斯人又有多少呢？我读过的那位历史学家对那场战役双方位置和战术的了解程度，跟当今那些不等拿到战报就开始撰文报道近期战事的记者一样。我相信，要是我手拿一本世界通史，亲自把人类的历史从头到尾体验一遍（这事情拿钱请我我也不干），我肯定搞不清哪是哪。

---

① 黑河之战（Battle of the Chernaya）是克里米亚战争（Crimean War, 1853—1856）期间的一场战役，多国联军在这场战役中击败了俄罗斯军队。战役发生在1855年8月16日，离梭罗写作本书的时间非常近。

② "瞎编先生"原文为"Mr. Scriblerus"，应是源自斯威夫特（参见前文注释）等英国作家于十八世纪早期在伦敦成立的"Scriblerus Club"（三流作家俱乐部）。

③ 萨拉米斯战役（Battle of Salamis）是公元前480年在希腊萨拉米斯岛附近进行的一场海战，希腊军队在这场战役中大败来犯的波斯军队。

不管怎么说，在波斯特尔提及的那个时间之前，鳕鱼岬对文明世界而言确然是一片黑暗，只不过即便是在那个时候，太阳照样会日复一日从东边的大洋里升起，然后从这个海岬的上空缓缓划过，最后沉入西边的那个海湾。即便是在那个时候，也已经有了这个海岬和那个海湾，岂止如此，没准儿还有了**鳕鱼**岬和**马萨诸塞**湾哩。①

众所周知，没多久以前，具体说则是旧历一六二〇年十一月十一日，"五月花号"的朝圣先民曾在鳕鱼岬港抛锚碇泊。他们是同年九月六日从英格兰的普利茅斯解缆出航的，然后呢，用《莫尔特纪实》②的话来说，"我们在肆虐的风暴中经历了许多磨难，最终才凭借上帝的恩典，于十一月九日看见了陆地。我们断定眼前的陆地是鳕鱼岬，后来也发现的确如此。十一月十一日，我们进港停泊。这是个景色宜人的良港，除入口之外四面都有屏障，一端到另一端的距离约有四里，环抱海湾的尽是橡树、松树、刺柏和檫木之类的芳香树木，树林一直延伸到了水边。港湾里足可安全停泊上千艘船，我们在这里弄到了亟需的柴火和淡水，填了填肚子，同时准备好我们的小船，派它去缘岸巡游，寻找适合落脚的地点。"在这里，**我们**住进了富勒旅馆——没去住"朝圣先民之家"，觉得我们消受不起（后来我们发现，我们用不着这么挑剔）——靠鱼糜和菜豆填了填肚子，还喝了点（不醉人的）饮料，

---

① 梭罗这么说，是因为"鳕鱼"（自然事物）和"马萨诸塞"（印第安部族）的历史都要比欧洲人的殖民活动长得多。

② 《莫尔特纪实》见前文注释。

同时重新准备好我们的双腿，以便巡游海岬的背面。朝圣先民接着说①："由于水太浅，我们只能把船停在离岸四分之三里的地方，没办法靠得更近。这给我们造成了很大的麻烦，我们的人上岸时不得不涉水走过一箭之地或两箭之地，很多人都因此受寒咳嗽，因为天气比上冻的时候还要冷很多倍。"后来他们又说，"这搞垮了我们许多人的身体。"他们中的一些人随后死在了普利茅斯殖民地，无疑就是因为这个。

普罗文思顿港的近岸区域水非常浅，朝圣先民登陆的岬角周围更是如此。次年夏天我离开此地的时候，汽船无法驶入码头，于是我们坐上马车，由一群在马车四周蹚水玩耍的小男孩陪伴，在浅水里跑了足足三十杆的距离，登上一艘大个儿的小艇，再借助绳索的牵引，从小艇爬上汽船。由于港湾的岸边沙多水浅，近海商贩常常跑来这里给船上漆，等到潮水退去，他们的船自然就留在了干爽的高地上。

我们身在此地的这个周日上午，我碰巧走到一个码头，跟一帮靠着一堆板子抽烟的闲汉待在一起，（*nihil humanum a me, &c.*②），看到我们的旅馆东家跑上前去，制止一些水手给船上

---

① 后两处引文同样出自《莫尔特纪实》，如前文注释所说，《莫尔特纪实》的主要作者是"朝圣先民"当中的一员、"五月花号"乘员爱德华·温斯洛。

② 这句拉丁文意为"人间万事我无不，等等等"，应是梭罗节录的古罗马剧作家特伦斯（Terence, 前195/185—前159?）名言，借此表明自己跟闲汉待在一起的缘由。特伦斯这句名言全句是："*Homo sum, nihil humanum a me alienum puto.*"（我身为人，人间万事我无不关心。）

漆,因为他担负着类似于纠察吏①的角色。不时有其他居民跑来加入我们的闲汉阵营,个个都是边走边揉眼睛,似乎是刚刚起床。有个老头告诉我,本地人习惯周日睡到日上三竿,因为这本来就是个休息的日子。我回答说,依我看,倒不如由着那些水手漆船,代表我们所有人干活。他们的活计又不吵,不会妨碍大家的祈祷。可是,我们中的一个小伙子把烟斗从嘴里拿了出来,说他们彻底违背了上帝的律法②,然后把律法念了一遍,说要是没有这一类规矩的话,船只就会一窝蜂跑来上油上漆,装配索具,大家就别想过什么安息日了。如果这个小伙子没拿宗教来当幌子的话,这番话倒也算不无道理。第二年夏天,一个闷热的周日下午,我坐在一座小山上冥想,牧师制造的噪音却从敞开的教堂窗子里涌了出来,打断了我的思绪,只听那牧师像水手长一般大吼大叫,亵渎了宁谧的空气,依我看,他准保已经脱掉了外衣。再没有比这更讨嫌更败兴的事情了,真希望那个纠察吏能去制止他。

朝圣先民说,"这里有无数禽鸟,多得我们见所未见。"③

除了各种各样的海鸥以外,**我们**没在这里看见什么禽鸟,但在港湾东侧一片水非常浅的滩涂上,我们确实看到了多得我们见

---

① 纠察吏(tithing-man)是昔时新英格兰地区的一种民选官吏,职责是维护教规(比如督促人们守安息日)和教堂秩序。

② 据《旧约·出埃及记》所载,上帝在西奈山上向以色列先知摩西(Moses)颁布了十条诫命,是为"十诫",其中第四条是:"当纪念安息日,守为圣日。"基督教由此将星期天规定为安息日,不允许人们从事任何工作。

③ 引文出自《莫尔特纪实》。

所未见的海鸥，还看到一个划小艇来的男的鬼鬼祟祟走在岸边，打算冲它们开火，可它们显然已经弄到了午餐，这会儿便集体飞起，一哄而散，使得他来不及弄到自己的午餐。

奇怪的是，朝圣先民（或者说他们事迹的记录者）居然说海岬的这个部分不光林木荟郁，而且覆盖着深厚肥沃的土壤，几乎没提"沙子"这个字眼儿。现如今，这片土地给旅人的印象却是寸草不生，一片荒凉。**他们**发现"这里的土地和沙丘很像荷兰的丘陵，土质却好得多，地表有一层一铲子深的肥沃黑土"。**我们**却发现，这里就算是有过表土这种东西，现在也已经荡然无存，压根儿就没有土壤可言。不算沼地的话，我们在普罗文思顿看见的全部黑土，还不够装满一只花盆。他们发现这里"长满了橡树、松树、檫木、刺柏、桦树、冬青、葡萄、榉树和胡桃树，树林大多疏朗通透，下方没有灌木，适合走路，也适合骑马"。我们却几乎没见到任何高得可以称为树木的东西，仅仅在镇子东头看到了一小片低矮的林子，在一些居民的院子里看到了寥寥几棵观赏树木。镇子背后的沙丘上有那么几棵微型的样本，代表了他们提及的几个品种，但林子里全都是密匝匝的灌木，上方没有大树，非常不适合走路，更不适合骑马。大部分土地都是成色十足的黄沙荒漠，被风吹成了波浪的形状，其间只点缀着一小丛一小丛的海滩草。他们还说，刚刚走过东港溪源头的时候，树枝和灌木把他们的"铠甲钩成了碎片"（因为好奇，我们去灌木丛里试了试，结果呢，我们穿的这种铠甲也落得了同样的下场），又说他们碰见了一些"长满灌木、'wood-gaile'和长草"的深谷，"找到了一道道淡水清泉"。①

在这里的大多数地方，我们既看不见树枝，也看不见灌木，想找根灌木枝杈来钩衣服都找不着，就算这里有足够的牧草来让绵羊长出羊毛，也没有灌木来把羊毛钩掉②。我们看见的只有海滩草和穷草，外加一点儿勉强够点染地面的酸模。既然如此，照我的估计，他们说的"wood-gaile"应该是指滨梅。

所有的记载一致认定，一个世纪之前，海岬的这个部分覆盖着相对繁茂的林木。然而，尽管海岬的植被确实发生了巨大的变化，我还是不得不认为，我们必须对朝圣先民当初的说法有所保留，要考虑到他们在这些事情上比较青涩，由此便容易看见青绿的颜色。我们不相信这里有过大树，也不相信这里有过深厚的土壤。他们的说法在细节上或许所言不虚，整体看来却有悖事实。无论是从字面意义上说，还是从比喻意义上说，他们看见的都只是海岬的一面。他们情不自禁地夸大了这里的优点和魅力，因为他们经历了一段惊涛骇浪的航程，抵达任何陆地都会额手称庆。在他们眼里，这里的一切事物都呈现出玫瑰的色彩，散发着刺柏和檫木的芬芳。约翰·史密斯上尉来这里的时间比他们早六年，随手写下的概述与他们的说法大不相同，上尉的口气像一位老于世故的旅人、航行者和士兵，已经见过太多的世面，所以不会夸

---

① 本段引文均出自《莫尔特纪实》，"wood-gaile"见下文记述。
② 梭罗这句调侃，也许与英格兰大哲弗朗西斯·培根（Francis Bacon, 1561—1626）《随笔集》（*Essays*）中的《论司法》（"Of Judicature"）有关。该篇随笔有云："敲诈勒索的胥吏……使得'法堂好似荆棘丛'的惯常比喻有了依据，绵羊跑进荆棘丛躲避风雨，身上的羊毛必有损失。"

说个别的地方,甚至不会为个别的地方多费口舌。在一六一六年刊行的《新英格兰概况》当中,讲完了后来改名普利茅斯的阿科迈克①之后,上尉写道:"接下来我们看到的是鳕鱼岬,这虽然只是一个高高沙丘堆出的海岬,沙丘上长满矮松和'hurts'(亦即越橘)之类的无用植物,却也不失为一个全天候的良港。这个海岬呈镰刀状,一侧是大洋,另一侧是宽广的海湾。"② 在他之前,尚普兰已经写过,"我们把它命名为'Cap Blanc'(白岬),因为这里的沙滩和沙丘(sables et dunes)都是白色。"③

朝圣先民抵达普利茅斯的时候,他们事迹的记录者再次写道,"这里的表土有一铲子深"——这似乎是他们描写表土的固定套路——"尽是上好的黑色腐殖土,有些地方的土壤十分肥沃。"④ 然而,按照布拉德福德⑤——有些人认为,他也是《莫尔特纪实》的作者之一——本人的说法,那些第二年坐"幸运号"⑥过来的人,

---

① 史密斯上尉(他和他的《新英格兰概况》见前文叙述及注释)起初按印第安语把后来的普利茅斯殖民地所在地域命名为"阿科迈克"(Accomack),后又把这个地方改名为"新普利茅斯"(New Plimouth)。

② 引文出自史密斯《新英格兰概况》,括号里的文字是梭罗加的。

③ 引文原文是梭罗对《尚普兰航行记》1613年版相应文字的英译,引文中的法文是该书原文。

④ 前两处引文均出自《莫尔特纪实》。

⑤ 布拉德福德(William Bradford, 1590?—1657)是出生在英格兰的"五月花号"乘员,曾长期担任普利茅斯殖民地总督,著有《普利茅斯殖民地史》(Of Plimouth Plantation)。

⑥ "幸运号"(Fortune)是从英格兰驶到普利茅斯殖民地的第二艘船,载有三十五个移民,1621年11月9日抵达鳕鱼岬,月底抵达普利茅斯。

多少有点儿灰心丧气，因为"他们驶入鳕鱼岬的港湾，看见的只是一片光秃秃的不毛之地"。他们很快就发现，自己对普利茅斯的土壤品质判断有误。一些年以后，他们已经充分领教了自己选的这个地方究竟有多么贫瘠，但在这个时候，据布拉德福德所说，"大部分人都同意迁往一个名为'瑙塞特'的地方。"① 他们决定全体迁往瑙塞特，也就是现今的伊斯特汉，等于是选择从火坑跳进油锅，而普利茅斯的一些头面人物确确实实依计行事，搬到了那个地方。

我们必须承认，朝圣先民基本不具备现代拓荒者的素质，算不上当代美国那些深林隐士的先辈。当时他们非但没有立刻拿上斧子深入丛林，反倒组成了家庭和教会，一个个急着抱团取暖，哪怕只能困守沙地，却不愿去探索和垦殖一片崭新的大陆。用布拉德福德的话来说，前述那些人移居伊斯特汉之后，留在原处的普利茅斯教会"就像一位老迈的母亲，在风烛残年遭到了儿孙的抛弃"②。他们旧历十二月九日就踏上了普利茅斯港湾里的克拉克岛，十六日就集体登陆普利茅斯，十八日就在大陆上四处巡游，十九日就决定定居此地，然而，一直到次年一月八日，弗朗西斯·比灵顿③才跟一名大副一起，去考察大概两里之外的一个大池塘或说湖泊——那个池塘现名"比灵顿海"，是比灵顿爬树瞭望时

---

① 前两处引文均出自布拉德福德《普利茅斯殖民地史》。
② 引文出自布拉德福德《普利茅斯殖民地史》。
③ 弗朗西斯·比灵顿（Francis Billington）是"五月花号"乘员约翰·比灵顿（John Billington, 1580?—1630）的儿子，当时年仅十四岁。比灵顿海（Billington Sea）是普利茅斯的一个大池塘。

看见的——当时还错把它当成了一片宽广的海洋。迟至三月七日，他们才派出"卡维尔①先生和另外五个人，去考察那些似乎很适合捕鱼的大池塘"②。与此同时，无论是"比灵顿海"还是"那些大池塘"，位置都在寻常日子午后散步可以到达的范围之内，地方再荒蛮也是一样。确实，他们刚开始都忙着盖房，恶劣的天气又拖慢了盖房的进度，可那些迁居加利福尼亚或俄勒冈的移民，手头的活计绝不比他们少，还得对付敌意更甚的印第安人，照样能在到达的头一个下午完成他们那么久才完成的考察工作，要是换成尚普兰先生的话，肯定能在比灵顿上树之前完成与野蛮人的会晤，考察完远达康涅狄格的土地，画出一张地图来。或者我们不说别的，就拿他们跟一六〇三年在芬迪湾一带寻找铜矿的那些法国人比一比，后者在印第安向导的带领下，上溯了一条又一条小河小溪。③尽管如此，就一桩远为宏大的事业而言，朝圣先民仍然是开路先锋，是开路先锋的先祖。

这时候，我们看见小小的"诺申号"汽船驶入港湾，听见它鸣响汽笛，于是便走下小山，去码头与它会合。就这样，我们告别了鳕鱼岬，告别了鳕鱼岬的居民。我们非常喜欢后者的言谈举止，虽说我们看见的只是一星半点。他们十分直爽，十分快活。老年人看起来保养得特别好，仿佛空气里的盐分有助保鲜，猜错

---

① 卡维尔（John Carver, 1584?—1621）为英格兰教士，"五月花号"乘员及"五月花号"航行的主要资助者，普利茅斯殖民地首任总督。

② 引文出自《莫尔特纪实》。

③ 这件事情见于《尚普兰航行记》1613年版的记述，这支法国探险队以蓬格拉维（见前文注释）为首，成员包括尚普兰。

过一次对方年纪之后①，我们便再也不敢断言，我们交谈的对象究竟是与我们的祖辈同龄，还是与我们自己年岁相若。据说在本州范围之内，他们是血统最纯正的朝圣先民后裔。我们听人说，"巡回法院来到巴恩斯特博，有时会发现无案可审，监狱也关了门。"我们身在巴恩斯特博的时候，镇上的监狱正在"招租"。直到最近，海岬上奥尔良以北的地方连个常年执业的律师都没有。既然如此，纵然海岬背面有那么几条常年出没的食人鲨，又有谁会口出怨言呢？

我问特鲁罗的一个牧师，当地渔民冬天都在干些什么，他回答说他们什么也不干，成天价到处串门，坐在一起侃大山，虽然说他们夏天的工作十分辛苦。话又说回来，他们的假期并不算长。我觉得很是遗憾，没有在冬季来到这里，听他们讲讲故事。几乎每个鳕鱼岬人都是这种或那种船舶的船长，退一万步说，每个独立自主的鳕鱼岬人都是这样，哪怕鳕鱼岬人并不是个个如此，因为有些人的脑袋受了**头号剥夺者**②的影响，足可使大自然乐于托付他们的一切任务一笔勾销。大多数的人，不过是军队中的下士③而

---

① 可参看《威尔弗利特的养蚝人》一篇的相关叙述。

② "头号剥夺者"原文为"*Alpha privative*"，通常指英文中表示否定的前缀，比如"a-"和"an-"，但梭罗用斜体强调这个短语，也许因为它可以照字面解释为"头号剥夺者"，或可借喻剥夺清醒头脑的酒精。

③ 下士是听命于人的低级军官，梭罗这么说，是因为上文中的"船长"原文为"Captain"，这个词兼有"（陆军）上尉"和"（海军）上校"之义。此外，"下士"的英文是"corporal"，兼有"身体的/肉体的"之义，有鉴于此，梭罗这句话也可理解为："大多数的人，不过是没有脑袋的身体而已。"

已。跟一个被四邻敬称为"船长"的人交谈，是一件非常值得的事情，哪怕他的船早已沉没，哪怕他兴许只是在用牙齿咬住烟斗，仿佛紧抓着破碎的桅杆，哪怕他如今只能在比喻意义上"半渡大海"①。到最后，他几乎肯定能证明自己对得起"船长"的名号，再怎么也能讲出一两个精彩的故事来。

从很大程度上说，我们看见的仅仅是各个镇子的背面，但我们的故事，句句都可谓真实无虚。我们本可以多看看海湾这面，可我们更乐意尽量睁大自己的眼睛，饱览大西洋的风景。我们没兴趣了解海岬那些次于内陆或仅仅与内陆相当的方面，只想看看它独树一帜或优于内陆的特点。我们说不出迎面走向海岬各镇时看到的城镇风貌，因为我们去看的是城镇背后的大洋。城镇仅仅是我们立足的木筏，我们只留意到了依附木筏的藤壶，还有木筏上的一些雕刻。

汽船驶出码头之前，我们结识了之前在旅馆里看见过的一名乘客。我们问他是从哪条路来的普罗文思顿，他说他是在林木角漂上来的，时间是上周六的夜里，赶上的正是掀翻"圣约翰号"的那场风暴。他之前是在缅因做木工，当时坐上了一艘载满木材的多桅纵帆船，准备去波士顿。风暴袭来的时候，他们竭尽全力，想把船开进普罗文思顿港。"当时天很黑，而且起了雾，"他说，"我们正在朝长角灯塔那边开，突然却看见陆地已经近在眼前，因为我们的罗盘出了毛病，偏了几度（海员出事总是怪罗

---

① "半渡大海"原文为"half-seas-over"，这个短语最初的意思是"半渡大海"（见《牛津英语词典》），比喻意义为"喝醉"或"半醉"。

盘）。岸上有雾，所以我们以为船离岸还比较远，继续往前开，结果是立刻撞上了沙洲。船长说，'我们完了。'我对船长说，'千万别让它再这么撞了，赶紧冲上去。'船长想了想，然后就让船冲了上去。海浪冲刷我们的整个身体，几乎使我们无法呼吸。我紧紧抓住了船上的活动缆索，不过吃一堑长一智，下次我会去抓固定缆索。"我问他，"这么说的话，有人淹死吗？""没有，我们所有人都在半夜里上了岸，安全抵达林木角的一所房子，浑身精湿，冻得半死。"上岸之后的这段时间里，他似乎一直窝在旅馆里下棋，为下赢了一个高个子住客洋洋得意。"那艘船今天拍卖，"他补了一句（这之前，我们已经听见了拍卖师宣告拍卖开始的铃声），"船长觉得很是懊恼，不过我劝他振作起来，新船很快就会有的。"

正在这时，船长在码头上跟他打了个招呼。船长看着像一个刚从内陆来的人，头上戴着一顶土拨鼠皮做的帽子，由于我对他的遭遇有了一点儿了解，他在我眼里就显得格外丧气——船长没有船，只有一件大衣！大衣没准儿还是借来的！他手下连条狗都没有，只有船长的虚名还跟着他。我还看见了那艘船上的一名船员。船长和船员戴着同样款式的帽子，同样是一副灰头土脸的神情，再加上他俩都长着一副跟鹰隼一样鸷悍的五官，看上去就跟被一个浪头——一个"弯钩大浪"——打垮了似的。汽船驶过林木角的时候，我们看到了岸上的一堆木材，原本是他们船上的货物。

夏天里，你通常可以看见他们坐着小船，守在长角附近紧靠岸边的水里，捕捉供应纽约市场的龙虾，确切说则是龙虾自己捕捉自己，因为它们会自愿抓牢装有饵料的网子，就这样被人拎出水面。新鲜捕获的龙虾，他们的卖价是两分钱一只。人只需要比龙虾聪明一点点，就可以用陷阱捉到它们。捕鲭鱼的船队，头天午夜就开始陆续出海，离开海岬的路上，我们近距离驶过许多扬帆前行的渔船，由此得到了空前贴近的观察机会：六七个身穿红衬衫的男丁少年，倚在船舷上打量我们，船长大声喊出渔获的桶数，回答我们的提问。所有水手都会停下活计来看驶过的汽船，发出或是欢迎或是嘲讽的叫喊。有艘船上载着一只硕大的纽芬兰犬，它用爪子扒住船舷，立得跟那些水手一样高，看上去也跟他们一样聪明。可船长不乐意让人觉得他干的事情跟一条狗一样，于是就捶了捶狗的鼻子，把狗赶了下去。这就是人类的公道！我恍惚听见，那只狗正在从船舷下方提出有力的上诉，从人类的公道转向了神明的公道。对于这两种公道，它想必有着再清楚不过的认识。

横渡海湾的汽船驶出许多里之后，我们依然能看见捕捞鲭鱼的船队，看见点点白帆在鳕鱼岬四周盘旋，等到所有渔船的船身都从视线中消失，海岬的低矮末端也沉入地平线的下方，白色的船帆依然显现在海岬两侧，簇拥在海岬沉没之处的周围，像一座海上的城市，昭示着鳕鱼岬港的罕有特质。不过，海岬末端还没有彻底沉没的时候，看着就像一条平铺大洋的纤薄银带，稍后又变成一抹依稀的映象，变成沙洲投射在上空云雾的一个影子。这个海岬的名字，提示的只是一个质朴无华的事实，可它要是能传达海岬留给观者的印象，肯定会更有诗意。有一些海岬就拥有格外引人遐想的名字，比如说苏格兰西北端的"恚怒岬"，对于一个在阴沉天空下黑压压伸入远海的海岬来说，这名字何等贴切！①

这天上午，岸上的风温和适度，海上的风却寒冷刺骨。哪怕岸上适逢七月里最热的一天，哪怕这段航程只需四小时的时间，你还是得带上最厚的衣服，因为你即将浮泛的是冰山融成的海面。第二年的六月二十五日，我坐这艘汽船从波士顿出发，岸上的天气相当炎热。同船的旅客都穿着最薄的衣服，一开始都在阳伞底下坐着，但等到我们远远驶入海湾，只穿了外套的那些旅客便已经冻得不行，不得不躲进驾驶室，靠着烟囱取暖。然而，在汽船靠近普罗文思顿港的时候，我却惊讶地发现，就这么一溜又低矮又狭窄的沙地，总共不过一两里宽，居然对方圆许多里的空气温度造成了这么大的影响。我们一头扎进一团燠热的空气，再一次把薄外套奉为时尚，并且发现当地居民挥汗如雨，热得够呛。

这一天雾气蒙蒙，汽船又远离侧向远处的普利茅斯马诺默特角和锡楚埃特海岸，所以我们有一两个钟头完全看不见陆地，然后才来到米诺特礁岩旁边，再一次与科哈塞特群礁近距离接触②，观瞻锡楚埃特边缘的那棵高大蓝果树③，它擎着穹顶似的树冠，像

---

① "恚怒岬"原文为"Cape Wrath"，"wrath"在英文中是"恚怒"的意思，但苏格兰海岬名字"Cape Wrath"当中的"Wrath"源自古代北欧语言，意为"转弯处"。

② 米诺特礁岩（Minot's Ledge）是科哈塞特群礁的一部分，因十八世纪波士顿富商乔治·米诺特（George Minot）的一艘船在此失事而得名，其余地名均见前文相关叙述及注释。

③ 蓝果树（Tupelo-tree）是蓝果树科蓝果树属（*Nyssa*）各种树木的通称。梭罗在1851年7月的日记中说锡楚埃特这棵大蓝果树的学名是 *Nyssa multiflora*，由此可知此处的蓝果树是原产北美大陆东部的多花蓝果树，学名亦作 *Nyssa sylvatica*。

一株伞形植物，耸出四围林木之上，从海上和陆上都可以遥遥望见。米诺特礁岩上有一座尚未完工的铁质灯塔①，形状像一个涂成红色的蛋壳，架在高高的铁质支柱上，好似一枚随波荡漾的海怪巨卵，注定要发出短暂磷光。汽船驶过灯塔的时候，潮水刚涨到一半，但我们看到，浪花几乎已经溅上了蛋壳。蛋壳离海岸有一里远，里面得有人日夜值守。第二年夏天，我又从这里经过，发现灯塔已经完工，里面住了两个人。有个灯塔管理员告诉我，他听别人说，最近的一个大风天，这座灯塔晃得非常厉害，连桌上的盘子都掉到了地上。想想吧，把你的床铺安在这样的风口浪尖！汹涌的波涛就像饥饿的狼群，日夜窥伺你的动静，时不时向你发起冲刺，吞掉你几乎是板上钉钉的事情。所有这些过往的旅客，没有一个能来救你，你灯塔之火熄灭之时，便是你生命之光熄灭之日。这样的地方，真是个赋咏浪花的好所在！这座灯塔是所有目光的焦点，每个乘客都会盯着它看至少半个钟头，可我们船上有一名黑人厨子，之前我几次看见他从厨房里出来，动作夸张地往海里倒剩菜，这会儿他又一次走出厨房，正赶上船开到跟灯塔并排的地方，离灯塔至多不过四十杆，所有乘客都看得目不转睛，只见他倒完剩菜把手一收，无意中瞥见旁边的灯塔，居然发出了一声惊叫，"这是个什么玩意儿？"他已经在这艘船上干了一年，除周末之外天天都要路过灯塔，之前却从未赶在合适的时

---

① 即1847年开工、1850年亮灯的米诺特礁岩灯塔（Minot's Ledge Light）。如下文所说，这座灯塔于1851年毁于风暴，现存的米诺特礁岩灯塔是1860年建成的石塔。

间出来倒剩菜，所以没有看见过它。观望灯塔是领航员的事情，他只需负责照看炉火。由此可知，有的人虽然环游世界，看见的东西却可能少得可怜。你简直可以同样自然地想见，有的人至今不曾赶在合适的时间出来，所以连太阳都没见过。要是你一辈子都在山底下待着，山顶上安盏灯又有什么用呢？那就跟把灯藏在谷斗底下①一样。正如大家所知，一八五一年四月，这座灯塔，连同塔里的两个人，一起被风暴卷进了海里，第二天早上，从岸上已经看不见灯塔的任何痕迹。

一个家在赫尔的人告诉我，一些年以前，他曾经跟别人一起，在米诺特礁岩上支了一根白橡②杆子。杆子直径十五寸，高四十一尺，扎进礁岩有四尺深，由四个人合力支起，但却仅仅维持了一年的时间。附近曾有一个垒成玉米棒子形状的石堆，坚持了八年才倒。

七月里，我乘"梅尔鲁斯号"班船横渡海湾，班船尽可能地贴着锡楚埃特海岸行驶，为的是利用风力。从这边的海岸远远驶入海湾之时，我们惊起了一窝小鸭，它们多半属于那个黑色的品种③，习惯在这一带繁殖，由此时常遭到路过班船的骚扰。船到海湾中央的时候，一个初次横渡海湾的城里人慢慢绕到舵手身后，

---

① "把灯藏在谷斗底下"的比喻，典出《新约·马太福音》中耶稣对门徒的训诫："你们是世上的光……人点了灯，不会藏在谷斗底下，只会把它摆上灯台，照亮满屋的人。"
② 白橡（white-oak）是原产北美的一种橡树，学名 *Quercus alba*。
③ 应即广布于北美大陆东部的鸭科鸭属水禽美国黑鸭（American black duck, *Anas rubripes*）。

放眼眺望海面,然后原地坐下,说了句从别人那里借来的套话,但却给那句话添上了再多不过的新意:"这是个伟大的国家。"他以前做过木材生意,后来我看见他用手杖测量主桅的直径,试着估算主桅的高度。返程时我坐的是"奥拉塔号",这是艘非常漂亮的小帆船,速度也很快,同时驶离普罗文思顿的还有其他两艘班船,"梅尔鲁斯号"和"弗罗里克号"。刚开始,海上几乎连一丝风也没有,三艘船一起在长角附近晃荡了一个钟头,大家纷纷把脑袋探出船舷,透过十五尺深的平静海水观看那些巨大的沙圈①,还有水底的游鱼。不过,绕过海岬之后,我们立刻扯起飞角帆②,很快就像船长预计的那样,把我们的背影亮给了另外两艘船。海岬附近,我们北边六里或八里的远处,一艘汽船正在把一艘大船拖往波士顿。汽船的黑烟曳出一条完全水平的带子,在海上绵亘数里,它拖曳的方向突然改变,使我们知道风向陡转,虽说我们还没有感觉到风的变化。汽船似乎离它拖着的大船非常远,我们船上的几个小伙子频繁借用船长的望远镜,却没有想到那两艘船是连在一起的,于是就啧啧称奇,因为它们居然能在好几个钟头的时间里保持相同的间距。听了他们的评论,船长不动声色地说了一句,那两艘船啊,多半是永远不会彼此靠近的。风没停的时候,我们一直都能跟汽船齐头并进,不过它最终还是渐行渐远,几乎完全驶出了我们的视线,虽说我们的飞角帆已经尽了全力。我们驶过

---

① "沙圈"即镰玉螺的巢穴,可参看《再上海滩》一篇的相关叙述及注释。
② 飞角帆(flying-jib)是纵帆船船头位置最靠前的三角帆。

米诺特礁岩的灯船①之时,"梅尔鲁斯号"和"弗罗里克号"已经落在了十里之外的后方,勉强可以看见。

想想那些得名于各位圣徒的岛屿吧,上面的要塞多得跟栗实或海胆的毛刺一样,可警察绝不会允许几个爱尔兰人在其中某个岛上来一场私下斗殴,因为斗殴是政府的专利。所有的大海港都保持着拳击手的姿势,你必须小心翼翼地穿过两排坚硬的指关节,才能够投入它们的温暖怀抱。

据约翰·史密斯上尉所说,百慕大群岛是由一艘在该地失事的同名西班牙船只发现的,"那之前的六千年里,这个群岛一直没有名字。"在前往弗吉尼亚的最初几次航程当中,英国人并没有撞见百慕大群岛,率先到达这个群岛的英国人是一五九三年在此失事的一名船员。史密斯说,"据我所知,没有哪个地方有比这里更坚固的城墙,更宽阔的壕沟。"尽管如此,一六一二年,为数大约六十的英国人第一次殖民此地的时候,首任总督还是在同年"建好了八九座要塞或要塞地基"②。你尽管说,这是为了招待**下一批**在此失事的船员,可他们建的如果是同样数目的"慈善之家",肯定会更加明智。这便是风狂雨骤的百慕大群岛③。

---

① 梭罗这里记述的是 1855 年 7 月的航程,米诺特礁岩上当时没有灯塔,所以用灯船警示过往船只。

② 前几处引文均出自史密斯上尉的《弗吉尼亚通史》(*The Generall Historie of Virginia*)。

③ "风狂雨骤的百慕大群岛"原文为"vexed Bermoothes",这个说法出自莎士比亚戏剧《暴风雨》第一幕第二场,其中说到了"常年风狂雨骤的百慕大群岛"(the still-vexed Bermoothes)。

我们的宽阔船帆借来了全部的风力，又矮又窄的船身则把摩擦的阻力减到最低。我们逆水驶入波士顿港口，飞快地掠过周遭的一切。我们稳步赶超一艘捕鱼归来的小渔船，船上的几个小伙子凑到船边，一边鞠躬致意，一边说"我们输了"，风度优雅得无以复加。话又说回来，有些时候，我们的船简直动不了窝。船上的水手得拿岸上的（两个）物体作为参照，才能确定我们是在前进还是在后退。港口里的气氛好似假日的黄昏，东方汽船公司的一艘汽船，载着乐声与欢呼从我们旁边驶过，就跟要去参加舞会似的，其实呢，他们要去的地方没准儿会是——深深的海底。

我们驶过尼克斯大副岛的时候，我听见一个少年跟几个姑娘讲起了"尼克斯大副"的传说。少年说，大副是在这个岛上受了绞刑的一名水手，死的时候宣称，"如果我真的有罪，这个岛就能保持原样；如果我清白无辜，这个岛就会被水冲走"，现在呢，它真的被水彻底冲走了！①

我们驶过的下一个（？）地点是乔治岛上的要塞②。这些都是愚不可及的施设，不是我们的**强项**，而是我们的**弱点**③。沃尔夫在

---

① 尼克斯大副岛（Nix's Mate）是波士顿港中一个非常小的岛，面积曾经有将近五万平方米，目前不足四千平方米。根据相关传说的不同版本，"尼克斯大副"或者是沦为海盗的商船大副，或者是某艘海盗船的大副。文中的少年讲的是前一个版本，即某商船大副被控杀死船长尼克斯，因而在此岛被处绞刑，死时自称无辜并诅咒此岛，致使此岛面积变小。

② 乔治岛（George's Island, 亦作 Georges Island）是波士顿港中的一个岛，岛上的要塞始建于 1833 年。

③ "强项"和"弱点"原文分别是"*fortes*"和"*foibles*"，均为击剑术语，前者指剑身的坚韧部分（靠近剑柄的部分），后者指剑身的脆弱部分（靠近剑尖的部分）。

黑暗之中扬帆驶过北美最坚固的要塞，随即攻城拔寨。①

到最后，我们的船终于驶入长码头②尽头附近的泊位，水手的靠船技艺令我赞叹。眼下已是掌灯时刻，我的眼睛辨不出伸向我们的一座座错落码头，只看见密匝匝的船舶排成一道平整的海岸。到了离长码头不到四分之一里的地方，你还是猜不出码头在哪里。无论如何，我们总归会乘风飘向船舶之间的一条缝隙，径直钻进这座迷宫。主帆降下，拽着我们向前的只剩船头的三角帆。我们闪过几艘出港的船舶，开到了离船舶之岸不到四杆的地方，眼前却依然是一座帆樯林立、缆索纵横、船身拥挤的迷宫，连一条缝隙也看不见。三角帆降下，但我们依然前行不止。船长站在船尾，一手把着舵柄，一手拿着夜用望远镜，他的儿子则站上船首斜桅，睁大了眼睛寻找泊位，乘客们的心提到了嗓子眼儿，都以为撞船在所难免。船长若无其事地问了一句，"你找见停船的地儿了吗？"他必须在五秒钟之内做出决定，要不然就得捎上另一艘船的船首斜桅，或者把自己这艘船的斜桅送出去。"找见了，先生，这儿有个地方可以停。"三分钟之后，我们已经驶入两艘大船之间的一个小小缺口，把缆绳拴在了码头上。

我们到了波士顿。走到过长码头的尽头，逛过昆西市场③，就

---

① 沃尔夫（James Wolfe, 1727—1759）为英军将领，曾于1759年9月率军趁夜登陆，攻占北美最坚固的法军要塞魁北克。沃尔夫本人阵亡此役。

② 长码头（Long Wharf）是波士顿的一个古老码头，建于十八世纪初年。

③ 昆西市场（Quincy Market）于1826年建成，因时任波士顿市长约西亚·昆西三世（Josiah Quincy Ⅲ, 1772—1864）而得名，是美国十九世纪上半叶建成的最大市场之一。

算是见过了波士顿。

波士顿、纽约、费城、查尔斯顿、新奥尔良①,诸如此类的名字,指的都是伸进大海的码头(四周环绕着商人的店铺和住宅),拆箱装箱的好地方(卸下舶来品,装上出口货)。我看见数不清的木桶和无花果箱②,一堆堆做伞柄的木材,一垛垛花岗石和冰块,堆积如山的货物,各式各样的包装材料和运输工具,不计其数的包装纸和绳索,许许多多的板条箱、大桶和推车,这就是波士顿。越多木桶,波士顿风味越浓。博物馆、科学学会和图书馆,则只是附带的产物。所有施设通通聚集在木桶周围,以节省搬运的气力。码头扒手、海关官员和落魄诗人,个个都跑到木桶之间来讨生活。他们还有好坏不一的讲堂③,良莠不齐的布道和教谕,这些东西,同样是附带的产物,公园绿地也无足轻重,永远只能占据巴掌大的空间。我在波士顿没什么住在犄角旮旯里的亲戚,每次到了这里,自然会(取道昆西市场)径直穿过市区,走到长码头的尽头,然后纵目远望,便看见无数个只穿衬衫的缅因和宾夕法尼亚同胞,沿海各地和近海各地的同胞,再加一些外国人,在四周装货卸货,赶牲驭畜,景象如乡村集市一般。

---

① 查尔斯顿(Charleston)和新奥尔良(New Orleans)分别是南卡罗来纳州和路易斯安那州的大港。

② "无花果箱"原文为"fig-drum",指一种用来装无花果或其他干果的箱子,一箱容量约十公斤。

③ 十九世纪中叶,美国兴起讲堂运动(lyceum movement),亦即在公共讲堂举办讲座、戏剧表演及辩论等活动,借此提高成年人的文化水平。梭罗是这一运动的热心参与者,曾多次当选康科德讲堂的执事。

这年十月抵达波士顿的时候,我鞋里还装着一及耳①普罗文思顿的沙子,等我们回到康科德,剩下的沙子依然能满足我好些天的吸墨之用。之后的一个星期,我一直都能恍惚听见大海的咆哮,就跟住在海螺里似的。

我在书中描写的这些地方,或许会让我的乡人觉得陌生遥远,确实,波士顿到普罗文思顿可不近,距离足有英国到法国的两倍哩。话又说回来,从走进火车车厢的时候算起,用不了六个钟头你就可以踏上那条四板人行道,看到那个据说由戈斯诺尔德发现、又由我拙笔叙写的海岬。要是你听到我的建议就马上动身,没准儿还能看到我们在沙地上留下的足迹,看到它历历如新,从瑞塞特灯塔一直延伸到急流角,长达三十里左右,因为我们的海岬之旅可说是一步一个印记,哪怕我们自己并未觉察,哪怕我们的记述并未在你的心里留下印记。当然喽,我们的记述能算什么呢?里面没有涛声,没有海滩鸟,也没有粗麻布。

如今我们乐于遐想海滩居民的生活,至少是仲夏时节晴好日子的光景,遐想他们阳光明媚的沙滩岁月,以海滩草和滨梅为邻,以一头奶牛为侣,家产是一捆漂木或几捧滨李,音乐则是海浪的轰鸣,以及海滩鸟的啁啾。

我们去看了大洋,去的还多半是我国海滨最适合看海的地方。要是你走水路去,就可以体验离开这些海岸的感觉是什么样,靠近的感觉又是如何,路上还可以看见风暴海燕,也就是 $\theta\alpha\lambda\alpha\sigma\sigma o\delta\rho\acute{o}\mu\alpha$,急匆匆掠过海面,但凡海上有一丁点儿的雾气,便

---

① 及耳(gill)为英美体积计量单位,美制一及耳略多于一百毫升。

可以在中途见识四面汪洋不见陆地的光景。我可不知道，大西洋沿岸各州哪儿还有这样的一片海滩，既像鳕鱼岬的海滩一样与大陆相连，又有它这么长这么直，而且完全没有被溪涧、海湾、淡水河流或沼泽打断，原因在于，有些海滩虽然在地图上看来畅通无阻，徒步的旅人却多半会发现，其间横亘着沼泽和溪涧。毫无疑问的是，其他哪片海滩也不像我前文叙写的这样有两条路，一条是沙滩，一条是沙岸，由此为你同时呈现陆地和海洋的美景，海洋的美景有时还是两幅。后来我去过长岛的大南滩①，它连续延伸的距离比鳕鱼岬还长，可它实实在在只是一带露出水面的沙洲，跟长岛隔着几里的距离，并不是遭受大洋啃啮的大陆边缘。它虽然狂野荒凉，却缺少一道陡峻的沙岸，所以在我看来，它的壮美就只有鳕鱼岬的一半，南侧的景观也使人意有未惬。我从水手们那里听说，不算前面两处的话，我国的大西洋岸只有两片特别长的海滩，一片是泽西海滨的巴尼加特，一片是弗吉尼亚和北卡罗来纳之间的考里塔克，但这两片海滩跟大南滩一样，也是低矮狭窄的近岸沙洲，跟大陆之间隔着潟湖。除此而外，海潮越往南去越弱，再没有力气为海滨景色增添变化和壮美。不用说，我国的太平洋岸也有值得一走的海滩，家住那边的一位新起作家②告诉我们，"从失望岬（或者说哥伦比亚河）到鼓舞岬（位于胡

---

① 大南滩（Great South Beach）即长岛（见前文注释）南边的火岛（Fire Island），一个东西走向的沙洲，长约五十公里，宽约一公里。

② "新起作家"指生活在现今华盛顿州地域的美国政府印第安事务代表詹姆斯·斯旺（James Swan, 1818—1900）。斯旺著有《西北海岸》（*The Northwest coast*, 1857），随后引文出自该书，括号里的文字是梭罗加的。

安·德·富卡海峡)^①的海岸差不多是正南正北走向,你几乎可以在美丽的沙滩上走完整段海岸",中间只会被两个海湾、四五条河和几个伸进海里的岬角打断。看样子,那边的常见贝类往往与鳕鱼岬的贝类品种相似,甚或完全同种。不过,我叙写的这片海滩并没有坚实到可通马车的程度,只能够徒步探索。如果有一辆马车从上面跑了过去,接下来的一辆就会在它的辙迹里陷得更深。我这片海滩至今没有名气,连个统一的名字都没有。瑙塞特港以南的部分通常号为"查特姆海滩",伊斯特汉境内的部分名唤"瑙塞特海滩",威尔弗利特和特鲁罗附近的海滩则名为"海岬背面",有时又似乎有"鳕鱼岬海滩"的别称。依我看,从瑙塞特港连续伸展到急流角的整片海滩都应该叫作"鳕鱼岬海滩",我也确实是这么称呼它的。

鳕鱼岬的一个绝胜之地位于威尔弗利特的东北部,在这里,你(我指的是身体还算健康生活不太挑剔的男男女女)多半能找到离海岸不到半里的住处。这里有乡野况味与海滨风情的绝佳组合,你虽然看不见大洋,却可以听见它最轻悄的低语,只需要爬上一座小山,便可以站到它的边缘,只需要跨出一步,便可以从水平如镜的鲱鱼池^②,走到浩瀚无边、浪涌不息的大西洋池。也

---

① 失望岬(Cape Disappointment)在华盛顿州西南端,哥伦比亚河(Columbia River)河口,因英国探险家约翰·米尔斯(John Meares, 1756?—1809)在此失望而得名;鼓舞岬(Cape Flattery)在华盛顿州西北端,胡安·德·富卡海峡(Strait of Juan de Fuca,地名来自十六世纪的一位希腊裔西班牙航海家)附近,因库克上校(见前文注释)在此受到鼓舞而得名。

② 鲱鱼池可参看《威尔弗利特的养蚝人》一篇的相关叙述及注释。

没准儿，特鲁罗的高地灯塔可以与这里媲美，因为那里有更加开阔的视野，可以将大洋和海湾尽收眼底，夏天又总是有清风吹拂堤岸边缘，使当地居民不知何为暑热。至于说那里的景色，灯塔管理员，还有他的一两个家人，每餐饭之后都会走到堤岸边缘放眼眺望，就跟他们并不是天天都在那里住似的。一句话，那里的景色相当耐看。还有，那里的窗边风景，你能拿什么挂画来替代呢？美中不足的是，女士们如果没有滑轮吊索帮忙，目前是到不了堤岸下面的。

大多数人都是在炎炎夏日造访海滨，虽说那时节经常起雾，空气往往比较浑浊，多少会掩盖大海的魅力。但是我**估计**，秋天才是最好的季节，其时天朗气清，眺望大海更有乐趣。要得到大海理当带给我们的印象，澄明冷冽的空气，还有清秋乃至寒冬的风暴，都可谓必不可少。十月里，天气并非酷寒难当，大地则已经染上秋色——比如我认为专属于鳕鱼岬的这种秋色，逗留期间若有风暴，秋色尤其可观——所以我坚信不疑，这个月是造访鳕鱼岬的最佳时节。秋天来时，哪怕时间早在八月，沉思的日子便告开始，不管你去哪里漫步，都能够有所进益。更何况外界的寒冷与凄凉，会使你不得不费力寻找遮风蔽雨的过夜之地，而你的漫步之旅，由此便平添些许冒险之趣。

总有一天，这片海岸会引来那些真正想看大海的新英格兰人，成为他们的度假胜地。就目前而言，时髦社会对这里一无所知，十之八九，这里永远也入不了他们的法眼。倘若访客寻求的只是一条保龄球道，抑或是一圈环行铁路，又或是一片注满冰镇薄荷酒的大洋，倘若他们觉得葡萄酒比海水强，跟我设想中有些纽波特游客的心理一样①，那我敢打包票，在很长的一段时间之内，这里只会让他们大失所望。话又说回来，这片海岸永远也不会比现时更有魅力。我几乎可以说，所谓的时髦海滩，在这里不过是大浪淘沙的瞬息产物，从创造到毁灭用不了一天的时间。说什么林恩和南塔斯基特②！全靠这一只赤裸弯曲的臂膀，才围出了它们怡然安躺的那个海湾。泉水和瀑布算什么？这里有的是泉中之泉，瀑中之瀑。来这里的话，最相宜的日子是秋冬时节的暴风天，最相宜的旅店则是灯塔，或者是渔夫的小屋。站在这里，你可以把整个美洲大陆抛到身后。

---

① 罗得岛州的纽波特（参见前文注释）是当时著名的度假胜地，但当地旅店普遍离海比较远，游客更注重的也许是休闲和社交。与梭罗同时代的英国作家安东尼·特洛罗普（Anthony Trollope, 1815—1882）曾在《北美》(*North America*, 1862)一书当中抱怨："对我来说，纽波特永远不会是一个能靠自身魅力使人着迷的所在……旅店全都建在离海很远的地方，弄得你没法坐在窗边欣赏波涛之舞。"

② 林恩（Lynn）为马萨诸塞城镇。林恩和南塔斯基特（参见前文注释）都濒临马萨诸塞湾，都是广受时人欢迎的度假胜地。

汉译文学名著

第一辑书目（30种）

伊索寓言	〔古希腊〕伊索著　王焕生译
一千零一夜	李唯中译
托尔梅斯河的拉撒路	〔西〕佚名著　盛力译
培根随笔全集	〔英〕弗朗西斯·培根著　李家真译注
伯爵家书	〔英〕切斯特菲尔德著　杨士虎译
弃儿汤姆·琼斯史	〔英〕亨利·菲尔丁著　张谷若译
少年维特的烦恼	〔德〕歌德著　杨武能译
傲慢与偏见	〔英〕简·奥斯丁著　张玲、张扬译
红与黑	〔法〕斯当达著　罗新璋译
欧也妮·葛朗台 高老头	〔法〕巴尔扎克著　傅雷译
普希金诗选	〔俄〕普希金著　刘文飞译
巴黎圣母院	〔法〕雨果著　潘丽珍译
大卫·考坡菲	〔英〕查尔斯·狄更斯著　张谷若译
双城记	〔英〕查尔斯·狄更斯著　张玲、张扬译
呼啸山庄	〔英〕爱米丽·勃朗特著　张玲、张扬译
猎人笔记	〔俄〕屠格涅夫著　力冈译
恶之花	〔法〕夏尔·波德莱尔著　郭宏安译
茶花女	〔法〕小仲马著　郑克鲁译
战争与和平	〔俄〕列夫·托尔斯泰著　张捷译
德伯家的苔丝	〔英〕托马斯·哈代著　张谷若译
伤心之家	〔爱尔兰〕萧伯纳著　张谷若译
尼尔斯骑鹅旅行记	〔瑞典〕塞尔玛·拉格洛夫著　石琴娥译
泰戈尔诗集：新月集·飞鸟集	〔印〕泰戈尔著　郑振铎译
生命与希望之歌	〔尼加拉瓜〕鲁文·达里奥著　赵振江译
孤寂深渊	〔英〕拉德克利夫·霍尔著　张玲、张扬译
泪与笑	〔黎巴嫩〕纪伯伦著　李唯中译
血的婚礼——加西亚·洛尔迦戏剧选	〔西〕费德里科·加西亚·洛尔迦著　赵振江译
小王子	〔法〕圣埃克苏佩里著　郑克鲁译
鼠疫	〔法〕阿尔贝·加缪著　李玉民译
局外人	〔法〕阿尔贝·加缪著　李玉民译

第二辑书目（30种）

枕草子	〔日〕清少纳言著	周作人译
尼伯龙人之歌	佚名著	安书祉译
萨迦选集		石琴娥等译
亚瑟王之死	〔英〕托马斯·马洛礼著	黄素封译
呆厮国志	〔英〕亚历山大·蒲柏著	李家真译注
波斯人信札	〔法〕孟德斯鸠著	梁守锵译
东方来信——蒙太古夫人书信集	〔英〕蒙太古夫人著	冯环译
忏悔录	〔法〕卢梭著	李平沤译
阴谋与爱情	〔德〕席勒著	杨武能译
雪莱抒情诗选	〔英〕雪莱著	杨熙龄译
幻灭	〔法〕巴尔扎克著	傅雷译
雨果诗选	〔法〕雨果著	程曾厚译
爱伦·坡短篇小说全集	〔美〕爱伦·坡著	曹明伦译
名利场	〔英〕萨克雷著	杨必译
游美札记	〔英〕查尔斯·狄更斯著	张谷若译
巴黎的忧郁	〔法〕夏尔·波德莱尔著	郭宏安译
卡拉马佐夫兄弟	〔俄〕陀思妥耶夫斯基著	徐振亚·冯增义译
安娜·卡列尼娜	〔俄〕列夫·托尔斯泰著	力冈译
还乡	〔英〕托马斯·哈代著	张谷若译
无名的裘德	〔英〕托马斯·哈代著	张谷若译
快乐王子——王尔德童话全集	〔英〕奥斯卡·王尔德著	李家真译
理想丈夫	〔英〕奥斯卡·王尔德著	许渊冲译
莎乐美 文德美夫人的扇子	〔英〕奥斯卡·王尔德著	许渊冲译
原来如此的故事	〔英〕吉卜林著	曹明伦译
缎子鞋	〔法〕保尔·克洛岱尔著	余中先译
昨日世界：一个欧洲人的回忆	〔奥〕斯蒂芬·茨威格著	史行果译
先知 沙与沫	〔黎巴嫩〕纪伯伦著	李唯中译
诉讼	〔奥〕弗兰茨·卡夫卡著	章国锋译
老人与海	〔美〕欧内斯特·海明威著	吴钧燮译
烦恼的冬天	〔美〕约翰·斯坦贝克著	吴钧燮译

第三辑书目（40种）

埃达	〔冰岛〕佚名著　石琴娥、斯文译
徒然草	〔日〕吉田兼好著　王以铸译
乌托邦	〔英〕托马斯·莫尔著　戴镏龄译
罗密欧与朱丽叶	〔英〕莎士比亚著　朱生豪译
李尔王	〔英〕莎士比亚著　朱生豪译
大洋国	〔英〕哈林顿著　何新译
论批评　云鬟劫	〔英〕亚历山大·蒲柏著　李家真译注
论人	〔英〕亚历山大·蒲柏著　李家真译注
亲和力	〔德〕歌德著　高中甫译
大尉的女儿	〔俄〕普希金著　刘文飞译
悲惨世界	〔法〕雨果著　潘丽珍译
安徒生童话与故事全集	〔丹麦〕安徒生著　石琴娥译
死魂灵	〔俄〕果戈理著　郑海凌译
瓦尔登湖	〔美〕亨利·大卫·梭罗著　李家真译注
罪与罚	〔俄〕陀思妥耶夫斯基著　力冈、袁亚楠译
生活之路	〔俄〕列夫·托尔斯泰著　王志耕译
小妇人	〔美〕路易莎·梅·奥尔科特著　贾辉丰译
生命之用	〔英〕约翰·卢伯克著　曹明伦译
哈代中短篇小说选	〔英〕托马斯·哈代著　张玲、张扬译
卡斯特桥市长	〔英〕托马斯·哈代著　张玲、张扬译
一生	〔法〕莫泊桑著　盛澄华译
莫泊桑短篇小说选	〔法〕莫泊桑著　柳鸣九译
多利安·格雷的画像	〔英〕奥斯卡·王尔德著　李家真译注
苹果车——政治狂想曲	〔英〕萧伯纳著　老舍译
伊坦·弗洛美	〔美〕伊迪斯·华尔顿著　吕叔湘译
施尼茨勒中短篇小说选	〔奥〕阿图尔·施尼茨勒著　高中甫译
约翰·克利斯朵夫	〔法〕罗曼·罗兰著　傅雷译
童年	〔苏联〕高尔基著　郭家申译
在人间	〔苏联〕高尔基著　郭家申译
我的大学	〔苏联〕高尔基著　郭家申译

地粮	〔法〕安德烈·纪德著	盛澄华译
在底层的人们	〔墨〕马里亚诺·阿苏埃拉著	吴广孝译
啊，拓荒者	〔美〕薇拉·凯瑟著	曹明伦译
云雀之歌	〔美〕薇拉·凯瑟著	曹明伦译
我的安东妮亚	〔美〕薇拉·凯瑟著	曹明伦译
绿山墙的安妮	〔加〕露西·莫德·蒙哥马利著	马爱农译
远方的花园——希梅内斯诗选	〔西〕胡安·拉蒙·希梅内斯著	赵振江译
城堡	〔奥〕弗兰茨·卡夫卡著	赵蓉恒译
飘	〔美〕玛格丽特·米切尔著	傅东华译
愤怒的葡萄	〔美〕约翰·斯坦贝克著	胡仲持译

第四辑书目（30种）

伊戈尔出征记		李锡胤译
莎士比亚诗歌全集——十四行诗及其他	〔英〕莎士比亚著	曹明伦译
伏尔泰小说选	〔法〕伏尔泰著	傅雷译
海上劳工	〔法〕雨果著	许钧译
海华沙之歌	〔美〕朗费罗著	王科一译
远大前程	〔英〕查尔斯·狄更斯著	王科一译
当代英雄	〔俄〕莱蒙托夫著	吕绍宗译
夏洛蒂·勃朗特书信	〔英〕夏洛蒂·勃朗特著	杨静远译
缅因森林	〔美〕梭罗著	李家真译注
鳕鱼海岬	〔美〕梭罗著	李家真译注
黑骏马	〔英〕安娜·休厄尔著	马爱农译
地下室手记	〔俄〕陀思妥耶夫斯基著	刘文飞译
复活	〔俄〕列夫·托尔斯泰著	力冈译
乌有乡消息	〔英〕威廉·莫里斯著	黄嘉德译
生命之乐	〔英〕约翰·卢伯克著	曹明伦译
都德短篇小说选	〔法〕都德著	柳鸣九译
无足轻重的女人	〔英〕奥斯卡·王尔德著	许渊冲译
巴杜亚公爵夫人	〔英〕奥斯卡·王尔德著	许渊冲译
美之陨落：王尔德书信集	〔英〕奥斯卡·王尔德著	孙宜学译
名人传	〔法〕罗曼·罗兰著	傅雷译
伪币制造者	〔法〕安德烈·纪德著	盛澄华译
弗罗斯特诗全集	〔美〕弗罗斯特著	曹明伦译

弗罗斯特文集	〔美〕弗罗斯特著	曹明伦译
卡斯蒂利亚的田野：马查多诗选	〔西〕安东尼奥·马查多著	赵振江译
人类群星闪耀时：十四幅历史人物画像		
	〔奥〕斯蒂芬·茨威格著	高中甫、潘子立译
被折断的翅膀：纪伯伦中短篇小说选	〔黎巴嫩〕纪伯伦著	李唯中译
蓝色的火焰：纪伯伦爱情书简	〔黎巴嫩〕纪伯伦著	薛庆国译
失踪者	〔奥〕弗兰茨·卡夫卡著	徐纪贵译
获而一无所获	〔美〕欧内斯特·海明威著	曹明伦译
第一人	〔法〕阿尔贝·加缪著	闫素伟译

图书在版编目(CIP)数据

鳕鱼海岬/(美)梭罗著;李家真译注.—北京:商务印书馆,2023
(汉译世界文学名著丛书)
ISBN 978-7-100-23085-8

Ⅰ.①鳕… Ⅱ.①梭… ②李… Ⅲ.①散文集—美国—近代 Ⅳ.① I712.64

中国国家版本馆 CIP 数据核字(2023)第 209434 号

权利保留,侵权必究。

汉译世界文学名著丛书
鳕鱼海岬
〔美〕梭罗 著
李家真 译注

商务印书馆出版
(北京王府井大街36号 邮政编码100710)
商务印书馆发行
北京通州皇家印刷厂印刷
ISBN 978 − 7 − 100 − 23085 − 8

| 2023年12月第1版 | 开本 850×1168 1/32 |
| 2023年12月北京第1次印刷 | 印张 10¾ 插页 1 |

定价:55.00元